アメリカのナボコフ

塗りかえられた自画像

秋草俊一郎

慶應義塾大学出版会

アメリカのナボコフ——塗りかえられた自画像　目次

凡例

・ナボコフの著作からの引用は原則として拙訳をもちいたが、読者の便宜のため、邦訳がある場合は邦訳の該当箇所も脚注で記した。ナボコフの著作以外からの外国語文献の引用は、既訳がある場合基本的にそれを使用した。

・ロシア語の人名・地名をふくむ表記は、慣例を大きく逸脱することがないようこころがけた。そのため、一部で不統一が出ていることをお断りしておく（「ヴラジーミル」でなく、「ウラジーミル」、「イヴァン・ブーニン」など）。

・アーカイヴ資料の出典情報に対する略号は以下の通り。

VN　Vladimir Nabokov
JL　James Laughlin
TLS　typed letter signed
ALS　autograph letter signed
HLHU　Houghton Library of Harvard University
NYPL　New York Public Library

序章　ナボコフと読者《オーディエンス》たち

1　ナボコフ、アメリカ上陸

一九四〇年五月二十六日、戦火につつまれたヨーロッパをはなれ、ウラジーミル・ナボコフ――ロシア語作家V・シーリンとして知られていた――は、妻ヴェラと六歳になったばかりの息子ドミトリイをつれ、ニューヨーク・シティに上陸した。パリ陥落は六月十四日のことであり、まさに危機一髪の脱出劇だった。とはいえ、大西洋上のシャンプラン号船内で作家が感じていたのは、新天地に向かう単純な昂揚感だったはずはなかったろう。

ベルリン―パリで活躍したロシア語作家の到着を知らせるべく、現地のロシア語日刊紙『新しい《ノーヴォエ・》ロシアのことば《ルースコエ・スローヴォ》』は、六月二十三日号に早くもそのインタヴューを掲載している。紙面のほとんど右半分を費やしておこなわれたこのインタヴューで記者が期待したのは、ロシア語作家シーリンの新天地での継続的な活動についてのポジティヴなコメントだったはずだ。しかし、ナボコフによるコメントは記者の予想を裏切るものだった。それは、「現在、英語で犯罪小説を書き、ロシア語で『孤独な王』の仕上げをしている」というものだったからだ。[1] 長編『孤独な王』は、『賜物』の続編として一九三七年か

...ается республиканский конвент

В. В. Сирин-Набоков в Нью Йорке чуствует себя „своим“

Работает сразу над двумя книгами — английской и русской

ЛЕЗГИНКА ...

ЮМОР

Письмо английского летчика

『新しいロシアのことば』1940年6月23日号

ら構想されていた。一九四〇年の二月には第二章「孤独な王」が、渡米の直前の四月には第一章「北の果ての国」が完成していたと推定されている。(2) しかしながら、「仕上げ」という言葉とは裏腹に、一九四〇年五月以降本作を執筆した痕跡はあまりない。

他方、英語の「犯罪小説」がなにかはわかっていないが（すでに執筆済みだった『セバスチャン・ナイトの真実の生涯』も推理小説仕立てと言えなくもない）、そのことばの片手間な響きに反して、ナボコフは新天地で英語の創作にうちこむことになる。そもそも、ナボコフが執筆言語の切り替えにとり組んだのは、渡米以前からのことだった。ロシア語創作の経済的な行き詰まり、国際的に存在感を増すソヴィエト政権、ナチスの台頭、亡命者コミュニティの崩壊などの諸事情によって、一九三〇年代後半からナボコフは英語での執筆を考えるようになる。まだ出版こそ果たせていなかったが、英語での第一作『セバスチャン・ナイトの真実の生涯』の原稿は、アメリカ行きの荷物の中に大切にしまいこまれていた。

『新しいロシアのことば』の同インタヴューでも、作家はパリのロシア人作家がおかれた窮状について触れ、「フランスの崩壊でロシア人亡命者のひとつの時代が終わった」と述べている。この点について同時期、ナボコフはインタヴューでは言い足りなかったのか、同紙『新しいロシアのことば』用に「定義」という短いエッセイを書きおこしている。その中で、ナボコフは「ロシア文学の二十年におよぶヨーロッパ時代が幕を下ろしてしまった」と宣言することになった。[3]

今の読者には、「ロシア文学のヨーロッパ時代」という表現は大げさに聞こえるかもしれない。しかし最盛期である一九二〇年代のはじめ、ベルリンのロシア語出版社は百近くあり、新聞や雑誌といった定期刊行物は六十近くもあった。[4] ベルリンの出版社の多くは一九二三年以降のハイパーインフレの煽りをうけて消滅するが、それでもパリの『現代雑記《サブレメンヌエ・ザピースキ》』など亡命出版の一部は根強く活動をつづけてきた。その、多くの亡命者たちが守り、育てた亡命ロシア文化が戦争によってとどめを刺されてしまったこと。それを指してナボコフは「ロシア文学のヨーロッパ時代」が終わったと述べたのだ。この「定義」ですら作家ははっきり述べていないが、それは自分のロシア語創作時代が終わったことと同義だったはずだ。しかし、「定義」は結局発表されず、自分のロシア語作家としての今後も明言されることはなかった。

さて、インタヴューで作家は新天地の印象をたずねられて、パリとくらべてこう答えている。

私見ではここでは「性急さ」はないし、生活はパリよりもゆっくりしている。もちろん、パリに比べて人々は快適に暮らしている。街は驚くほどの静けさで、言うなれば音の種類が一種類なんだ。ヨーロッパでは音が何種類もあるし、それでもっと騒がしいんだ。

奇妙にも、ニューヨーク・シティの喧騒は、ナボコフの目には穏やかに映っていた。

「V・V・シーリン＝ナボコフはニューヨークで落ち着く」という記事のタイトルがしめすように、一九四〇年の上陸時点で作家はまだ「シーリン＝ナボコフ」という二重姓を生きていた。それは、単純に二言語の世界というだけではなく、二〇年代から（あるいはもっと前から）つづく亡命ロシア人の世界であり、もうひとつはまったく異なる文化的背景をもった新世界だった。

2　新天地でのロシア語活動

ナボコフがインタヴューに答えていた時点で、幻の長編『孤独な王』の完成にふくみをもたせたのは、新天地のロシア語社会に気をつかったせいもあるだろう。

そもそもアメリカ行きが実現したこと自体、亡命者ネットワークの口添えによるものだった。第一章でも触れるハーヴァード大学のスラヴ文学者ミハイル・カルポヴィチ（一八八八―一九五九）はナボコフのアメリカでの就職先を探して奔走してくれた。最終的にヴィザがおりたのも、同輩の亡命ロシア人作家、マルク・アルダーノフ（一八八九―一九五七）がスタンフォード大学での臨時教員の口を斡旋してくれたおかげだった。

渡米後も、多くのロシア人の世話になった。作曲家・ピアニストのセルゲイ・ラフマニノフ（一八七三―一九四三）は作家V・シーリンの援助者でもあって、ナボコフがニューヨークでまっさきに会いにいった人物だった。マンハッタンのフラットで作家に面会したピアニストは、講演用のスーツを贈った。(5)さらにラフマニノフは議会図書館の詩人アーチボルド・マクリーシュや『ヘラルド・トリビューン』編集部のオグデン・リードに手紙を書きおくり、この卓抜なロシア語作家の働き口がないか問い合わせ、(6)自分のオペラのためにプーシキンの「鐘」や「吝嗇の騎士」を英訳する仕事もまわしてくれた。(7)

これはあくまで一例だが、ナボコフはアメリカ行きと前後してさまざまなかたちでロシア人コミュニティの庇護をうけていた。そして作家の側でも、機会があればロシア語読者の前に姿をあらわした。『新しいロシアのことば』以外にも、『新評論《ノーヴィ・ジュルナール》』など現地のロシア語新聞や雑誌に、ときおり寄稿もしていた。

新大陸でのロシア語作家としての活動のひとつに、朗読会の開催があった。ロシア語では夜におこなう朗読会のことを、伝統的に「詩の夕べ」と言い習わす。到着した同年には早速、十月・十一月と、立て続けにニューヨークで「詩の夕べ」をおこなっている。ロシア語紙『新しいロシアのことば』は、シーリンの朗読会の前には告知をし、その後には批評を載せている。一九四〇年十月十二日の詩の夕べの様子を、紙面は以下のように伝えている。

ロシア文化の支持者で協会のホールは超満員になり、聴衆は非常に温かく、ときに熱くさえ、作家を出迎え、一音一音を固唾をのんで追った……。巨匠自身が詩を解説し、詩の言葉にくわえて、表情、身振り手振り、抑揚をつけ、声を高くしたり低くしたり、韻律を転換したりした……。(8)

旧世界でのV・シーリンの威光は、新世界でも鳴りひびいていたようだ。私たちは、このような新聞や同じ亡命者からの書簡で、その反応を知ることができる。(9) 英語での創作活動が本格化したあとでさえ、亡命文学界の「巨匠」ナボコフの詩の夕べは、五〇年代まで断続的に開催されていた。

3 「ロシア詩の夕べ」

ロシア語・英語での作家活動のかたわら、本業以外の仕事にも労力を払わざるをえなかった。アメリ

ウェルズリー大学でのウラジーミルとヴェラ・ナボコフ（左）、1942年

カ到着後、ナボコフがスタンフォードで臨時教員を務めたことはすでに述べたとおりだ。一九四一年の春には、滞在講師の職をえてボストン郊外の名門女子大学ウェルズリー大学に二週間滞在する。講演の題目は「ロシア小説の技法」、「ゴーリキーとチェーホフの短編小説」、「プロレタリア小説」、「ソヴィエト演劇」のようなものだった。ナボコフはウェルズリーのニューイングランド的な落ち着いたたたずまいが気に入り、同大学で初級ロシア語を講じることが、四〇年代のナボコフの貴重な定期収入源になった。

ただし、ウェルズリーから得られる収入だけでは不足だったため、長期の休みには北米全土を講演旅行でめぐった。演題は自分のロシア語創作ではなく（英語創作でももちろんなく）、ロシア文学やソヴィエト文学一般についてだった。第二次大戦中、アメリカは連合国の一員としてともにファシズムと闘うことになった社会主義国家ソヴィエト・ロシアについての情報を求めていた。

一九四二年秋からは、当時住んでいたマサチューセッツ州ケンブリッジをでて、サウスカロライナ州のコカー大学、アトランタのスペルマン大学、バルドスタのジョージア州立女子大学、セントポールのマカレスター大学、イリノイ州ゲイルズバーグのノックス大学、ヴァージニア州ファームヴィルのロングウッド大学と単身まわった。この講演旅行は、洗練された東海岸をはなれて、より「アメリカ的」な南部や中西部を実地に見聞するいい機会になった。

他方で、こういった相当数の講演がどのような内容で、聴衆からどのような反応があったのか、記録は少ない。当時ナボコフはあくまで無名のロシア人講師にすぎず、聴衆の期待もそれを出るものではなかったろう。

一九四五年に書かれた、百三十行を超す長詩「ロシア詩の夕べ」は、そのような情景をとらえた一編だ。ナボコフの英詩は散文に比してマイナーなジャンルと見なされ、数も少なく、内容の軽さもあって、一般に評価はあまり高くない。しかしこの詩「ロシア詩の夕べ」は、中でも比較的評価の高いもので、ところどころ語り手の妄想的な内容が差しはさまれる点から、長編『青白い炎』（一九六二）の前身と見なされることもある。研究者ブライアン・ボイドもその『青白い炎』をのぞけば、英詩の中では一番すぐれているという評価をしている。[10]

他方で、この詩が作家の実人生を映したものであることは否定できない。詩は、ナボコフ同様に、地方の女子大に講師として呼ばれた亡命ロシア人の男によって語られている。この詩が私小説的な性格をもっていることは、その作業中のタイトルが「N氏がロシア詩を講じる」だったという事実をぬきにしても明らかだろう。[11] 語り手がまず注意を惹くのは、ロシアの、あのアルファベットを鏡写しにしたようなキリル文字である――

今宵のおはなし会に選んだ話題は、
どこにでもあるものです――〔中略〕
すてきな助手が魔法のランタンのところにおりまして、
スライドをさしこみ、

私の名前か、まあそんなような亡霊を
スラヴの文字でスクリーンにカラフルに映写してくれます。
左右反対ですね、左右反対。ありがとうございます。

そう、居心地のいい丘に暮らしていたギリシア人は、
ツルが飛ぶ姿からアルファベットをこしらえました――
ギリシア人の矢は夕暮れをこえ、夜をこえていきました。
私たちのシンプルなスカイラインと、心なごむ森林地帯、
ハチの巣とタイガの影響もあって、
この矢と借りてきた鳥はつくりかえられたのです。(12)

手品師きどりの語り手は、文字から肝心の詩、詩のメロディー、メロディーを生む脚韻、そして言語そのものへと軽快に話を移していく。

でも目を閉じて、詩に耳をかたむけてみてください。
メロディーがほぐれていきます。中央の単語は
とっても長くて、ヘビみたいですよね。
ひとつのリズムがきこえるでしょう。でも、べつのリズムの
影も聞こえましたよね。するとみっつめのリズムが

ドラをそっと鳴らし、それからよっつめのリズムがため息をつきます。

こうしてすこぶる魅惑的な音が生まれるのです。
ゆっくりと、一昔前の教育映画にでてくる
くすんだバラのように花開くのです。

そう、脚韻は詩がうまれいずる日です。
ほかの言語のように、ロシア語にも
ある種、慣習的に結びつけられる双子がおります。たとえば、
愛は自動的に血と韻を踏み、
自然は自由と、悲しみは距離と、
思いやりは永久不変と、公子は泥と、
月は数えきれないほどのことばと韻を踏みます。しかし太陽と
日と風と生と死はなにものとも押韻しません。

私が王錫を落としてしまった海のかなたから聞こえてくるのは、
芦毛の名詞たちのいななきです。
融通無碍な分詞たちが玄関の段をおり、
落ち葉を踏みつけながら、ガウンをさらさら音をたてて引きずっていく音も聞こえます。

ala とか ili の語尾がついた流れるような動詞たち、
アーオニアの洞穴、アルタイ山脈の夜、
暗い池はスイレン《ヴォードナヤ・リリヤ》の「L」の音で満ちています。
この指先が触れたグラスは空になったあとも鳴っていますが、
いまや手が口をふさいでしまったので、沈黙するほかありません。[13]

「海のかなた」に「王錫を落としてしま」ったと述べるこの講師は、たしかに『青白い炎』で、自分はゼンブラ国から亡命した王であるという妄想を抱いているチャールズ・キンボートを思わせる。他方で、ロシア語の「いなな」く「芦毛の名詞たち」、「融通無碍な分詞たち」、「流れるような動詞たち」といった表現から連想されるのは、かつてはそのように感じられるほどことばを自家薬籠中のものにしていたという語り手の過去である。それは同時に、それほどまでに親しんだ自分の「王国」をあとにしなければならなかった無念をも伝えている。

しかし自分の愛する言葉と詩をめぐる饒舌な語り手の話は、聴き手によって何度も中断される。聴衆の質問は講演のトピックであるロシア詩についてのものにかぎらず、まったく無関係な、場当たり的なものも含まれる。「ことばの話なんかより／知りたいのはお日さまにあたった知識のことよ」、「木は？動物は？　お好きな宝石は？」といった質問は、[14] 講師に対して敬意を払ったものと言うよりは、好奇心を満たす見世物的に連れてこられた「ガイジン」にぶつけるような内容でしかない。女子大生の的外れな質問に、ユーモアをまじえて答えていく講演者だが、あまりの状況の陳腐さに、つい本音がロシア語でもれてしまう。

今晩もう少し時間があれば、おどろくべき話をぜんぶ——まったく耐えがたい《ニヴィナシーマ》、きまり悪いったらない《ニウクリュージェ》——をひもといて差しあげるのですが、

あいにく行かなくてはなりません。

もごもごなにを言ったのですかって？　私は帽子にしこんだ盲いた鳴鳥に言ったのです。

私の親指と、黄身があふれそうになっているオペラハットに割りいれた玉子のことは気にしなくていいと。

講演者は話をまとめようとするが、内容はすでになげやりになっており、修辞で韜晦しているにすぎない。そして、詩はこう終わるのだ。

手品師が粗末な持ち物をまとめます。
カラフルなハンカチ、魔法のロープ、
二重底になった脚韻、鳥かご、唄。
手品のタネがわかったら言ってやってくださいね。
謎は手つかずで残されています。さあ小切手が

にこにこ顔をした封筒に入れられてやってきましたよ。
「ロシア語で「すてきなお話」はなんとおっしゃるの?」
「「おやすみなさい」は?」

ああ、それはこうです。

Bessónnitza, tvoy vzor oonýl i stráshen;
lubóv moyá, otstóopnika prostée.[15]

「にこにこ顔をした封筒」にはいった謝礼の小切手を受けとって、一刻も早くこの場所を離れたいと思っている語り手は、最後に聴衆に復讐する。聞かれた質問に、嘘のロシア語（「不眠症だ、きみのまなざしは悲しげで、恐ろしい。／愛しい人よ、この裏切りを許してくれたまえよ Bessónnitza, tvoy vzor oonýl i stráshen; ／lubóv moyá, otstóopnika prostée」）を教えるのだ。

最後、語り手がロシア語で告げる謝意の宛先である「愛しい人《リュボーフィ・マヤ》」については、解釈がいろいろあるだろう。この詩を論じたのちの伝記作者アンドルー・フィールドは、最後に語り手が謝意を告げる「愛しい人」を、「ロシア語」だと解釈している。[16] 実際に、ロシア語が生き物のように扱われていることを思えば、講演料の「小切手」のために「裏切」ったものを、自分がかつて慣れ親しんだ言語ととるのは自然だろう。フィールドは「詩の本当の主題」とは、「自分の文化を別の言語に伝えること、それこそが詩人のとんでもない「偉業」と、個人的な、ひどくなまなましい痛みの元」であるとしている。[17]

右記のような読み方は、詩のごくスタンダードな解釈である。それは従来のナボコフ批評の枠内におさまっている。しかしその枠をはなれて、ナボコフの実人生のなかで「ロシア詩の夕べ」の役割を再考してみれば、詩が高級誌《クオリティ・マガジン》『ニューヨーカー』に掲載されたという事実がある。一九四五年三月のこの時点まで、ナボコフは『ニューヨーカー』には短詩しか寄稿した経験がなかった。「かなりの、しかるべき好評」でむかえられたというこの物語じたての長詩は、[18]同年同誌にはじめての短編「ダブル・トーク」(のちに「団欒図、一九四五年」に改題)を掲載する足がかりにもなったことだろう。『ニューヨーカー』に短編を寄稿することは、ナボコフの作家としてのステータスの向上にも寄与した。

ナボコフがえたのは権威だけではない。『ニューヨーカー』は、原稿料が高額なことで知られている。ナボコフは当初この詩の報酬として二百四十五ドルをうけとった。その後、さらにエドマンド・ウィルソン(一八九五―一九七二)を通じて編集部と交渉し、追加の小切手六十ドル分を送らせている。詩に対しての三百五ドルという原稿料が高額だったのは、一九四三年に雑誌『アトランティック・マンスリー』に回想記「マドモワゼル・O」を二百五十ドル、短編「アシスタント・プロデューサー」を三百ドルで売却したことを考えてもわかるだろう。つまり、「にこにこ顔をした封筒」にはいった小切手を受けとったのは、詩の語り手(仮に「N氏」とする)だけではなく、結果的に詩の著者であるナボコフその人でもあった。このことが示すのは、愛しいロシア語を屈辱的なかたちで金銭に替えなくてはならないという経験――フィールドが言う「個人的な、ひどくなまなましい痛み」――すらも「商品」になったという端的な事実である。

他方で、一九四五年の雑誌掲載時には、最終二行のロシア語には英訳は記されなかった。語り手が最後になんと言ったのかは、当時『ニューヨーカー』を読んでいる読者にはわからなかったはずだ。その意味では、詩の語り手（N氏）と詩の書き手（ナボコフ）同様、自分たちが連れてきた詩人に、もの珍しさからのみ接する「ロシア詩の夕べ」の聴き手と、Vladimir Nabokov という明らかに外国人の名前で署名された詩を読む『ニューヨーカー』の読者も、同じ地平に置かれていた。

4 『ロリータ』以後

ロシア文学・文化についての講演は、一九四八年のコーネル大学着任以降も、学期の合間を縫うようにしてつづけられた（コーネルの俸給も、かならずしも十分とは言えなかったようだ）[19]。もちろんその本務校でも、ロシア文学について講義していたことは、死後編纂された『ロシア文学講義』が伝えているとおりだ。このようなナボコフのステータスが一変するのが、一九五八年八月の『ロリータ』の米国での刊行であることは言うまでもない。八月十八日にパットナム社より刊行された『ロリータ』は、三週間で十万部を売り上げた（これは、『風と共に去りぬ』以来の記録だった）。九月、ハリス・キューブリック・ピクチャーズが『ロリータ』の映画化権を、十五万ドルとプロデューサー収入の一五パーセントという条件で買いに来た。十一月、フォーセット社が『ロリータ』のペーパーバック化権に十万ドル出すという条件を提示してきた。一九五九年九月の時点で、『ロリータ』は一年以上ベストセラーリストに居座り、累計二十八万部を売り上げていたが、その勢いは衰えを見せなかった[20]。

このような環境下で、ナボコフは、もはやロシア文化やロシア文学についての講演をする必要はなくなり、代わって（ロシア語作品ではなく）英語作品の朗読会を頼まれるようになった。ナボコフはロシア・ソヴィエトの詩や小説について呼ばれてきて話をする無名の講師「N氏」から、名のある英語作家になったのだ。

米国人読者を対象とした朗読会では当然ながら、英語の著作――『ロリータ』からの抜粋、短編、エッセイなど――が読みあげられた。渡米後、折に触れて発表してきた英詩は、リーディングのためのよい材料になった。ナボコフの英詩がシリアスな批評の対象にはなりづらかったことはすでに述べた。他方、英詩の「使い道」についての言及はほとんどされてこなかった。四〇年代から五〇年代に書かれた英詩の多くは、朗読会の席で、短編小説や長編抜粋の前に読んで、場を和ませるための一種の「前座」として用いられるようになった。

この「ロシア詩の夕べ」も朗読の格好の材料になった。芝居がかった口調で朗読することで、講師と講師をまねいた女子大側の落差が強調される。フィールドが言うように、「「ロシア詩の夕べ」は結局、英詩の夕べ[21]」になったのである。五八年以降におこなった朗読会のうちのいくつかは録音が残されており、現在も聴くことができる。たとえば、ニューヨーク公共ラジオのサイトでは、『ロリータ』アメリカ発売直後の一九五八年（十月二十七日）にウォルドルフ゠アストリアホテルでおこなわれた「本と著者との昼食会」の録音を公開しており、ナボコフがこの詩を朗読するのを実際に聴くことができる[22]。その録音を聴くと、ナボコフは最終二行のロシア語を読みあげたあと、その英訳「Insomnia, your stare is dull and ashen, / my love, forgive me this apostasy」も、つづけて読んでいることが確認できる。雑誌に掲載するのとは異なり、朗読するのであれば、最後を意味不明なロシア語で締めくくるわけにはいかないだろう。高級ホテルのホールに集まった一千人の、主に年配の女性たちはしとやかな拍手をおくったが、詩にこめられたユーモアを理解しなかったようだ[23]。

翻訳がつけられたのは朗読だけではなかった。一九五九年、ナボコフははじめての英語詩集をダブルデイ社より出版した。わずか十四編の詩を集めただけのこの『詩集』は、タイトルからしていかにも急ごしらえだが、明らかに一九五八年の『ロリータ』アメリカ版の大ヒットの後追い需要を狙ったものだ(『ロリータ』以前には、詩人としての評価も定まらない作家の、このような薄い詩集を刊行する出版社はそもそも存在しなかった)。そしてこの『詩集』に、「ロシア詩の夕べ」を収録するにあたって、ナボコフは『ニューヨーカー』掲載版の最後の二行に、やはり英訳をつけ加えている。(24)

5 ケンブリッジ凱旋

一九五九年九月、ナボコフはコーネル大学を辞し、アメリカをはなれヨーロッパにおもむく。以後、数えるほどしか帰米せず、一九六一年にはスイスのモントルー・パラスに移り住んだ。

一九六四年四月、ナボコフは二年ぶりにアメリカを再訪した。主目的はようやく出版されることになった『エヴゲーニイ・オネーギン』訳注のためのプロモーションだった。ニューヨーク、ボストンと滞在したナボコフは、道中で講演会も開催した。四月十日には、ハーヴァード大学のサンダース・シアターで講演をおこなった。(25)ナボコフ生涯最後の講演になったこの会には、多数の人々が駆けつけ、その中にはハーヴァードの卒業生、当時売り出し中の若手作家だったジョン・アップダイク(一九三二―二〇〇九)もいた。かつてケンブリッジに六年間住み、ハーヴァードで代替教員として授業ももっていたことを考えれば、この講演はナボコフにとって一種の凱旋講演とでも言うべきものだったかもしれない。

講演の司会は旧友でもある、ハーヴァード大学比較文学科教授のハリー・レヴィン(一九一二―一九九四)がおこなった。レヴィンは友人の講演会のために、「魔術師」の帰還を祝して熱のこもったスピーチ原稿を書いた。

ナボコフ氏は『ロリータ』のあとがきでこう書いていますーー

自分の個人的な悲劇とは、誰の関心事であるはずもなく、またそうであってはならないが、私が自然な日常表現や、なんの制約もない、豊かで、限りなく従順なロシア語を捨てて、二流の英語に乗りかえねばならなかったことであり、そこにはあの小道具たちーー幻惑させる鏡、黒いビロードの背景幕、言外にほのめかされた連想や伝統ーーが一切ないことだ。それさえあれば、その土地で生まれ育った奇術師が、燕尾服の裾をひるがえし、魔法のように用いて、自分なりのやり方で遺産を超越することもできるはずなのだ。

まったく、この声明文を謙遜として割り引いて考えなくてはなりません。私たちの同時代人のうち、英語に生まれつきながら、いったいどれだけの者に氏ほどのことばの遊びができるでしょうか。それでは登場していただきましょう。氏は袖にタネをたくさんしこんでいます。ナボコフ氏です。(26)

「『ロリータ』と題する書物について」の有名な、一流のロシア語から二流の英語へ乗りかえたことを嘆いた文言すら、謙遜として受けとられるようになった大家。このときの講演の音声を、ハーヴァード大学のウッドベリー・ポエトリー・ルームで聴くことができる。ナボコフは、『ロリータ』の抜粋やほかの詩と一緒に、詩「ロシア詩の夕べ」も読んでいる。レヴィンがスピーチで触れた『ロリータ』のあとがきで小道具がないことを嘆く「奇術師」は、そのまま「ロシア詩の夕べ」の「手品師」として聴衆には聴こえたことだろう。デジタル化された音声は、当時の聴衆の反応をよく保存しているが、なまりのある英語で「ロシア詩の夕べ」を聞かされた聴衆は笑っているのだ。もちろん、最後の二行の英訳まで(27)。

一九四三年から六四年まで、二十年以上にわたるこの詩の流通から浮かびあがってくるのは、読者とその受容の変遷である。当初、この詩は「無知なアメリカ人相手の講演を金のために引き受けた無名のロシア人」という実体験を反映した詩と、英語読者にはわからないささやかな復讐という内容だった。ところが英語作家ナボコフの大成とともに、有名人の著者による「英詩の夕べ」に引きだされたその詩は、「ささやかな復讐」の部分に至るまで翻訳され、可視化され、パロディ化され、読者によって新しい文脈（『ロリータ』のあとがきや、後期の傑作『青白い炎』につながるもの）で消費されるようになった。

しかし、このようなひとつの作品が持つ多様な読みの層は、ナボコフが世界的な名声を獲得した現在からは見えにくくなった。それは日本で、『ロリータ』以降の文脈でもっぱらその作品を読む私たちにも無関係なことではなかった。本書で扱うのは、アメリカ到着以降、ナボコフが被り、あるいは作家自らの力で引き起こした文脈のドラスティックな変化だと言える。

6　各章について

本書の各章の内容について簡単に触れておく。

第一章「亡命の傷——アメリカのロシアで」は、ナボコフの渡米と英語作家への転身に対する亡命ロシア人たちのリアクションを手がかりに、肯定的にのみ語られてきたナボコフの二言語使用や自己翻訳を再評価しようとした章である。五〇年代におこった『ロリータ』の商業的成功や、パステルナーク

『ドクトル・ジバゴ』の評価をめぐる意見の相違は、結果的にほかの亡命ロシア人たちとの関係の破断をまねくことになった。英語作家ナボコフが、二〇年代、三〇年代の自分の「ヨーロッパ亡命時代」をいかに後始末したのかについて論じた。

第二章「ナボコフとロフリン――アメリカ・デビューとモダニズム出版社」は、ナボコフ初の英語作品の出版社となったニューディレクションズ、およびその創業者のジェイムズ・ロフリンが、英語作家ナボコフの創造と受容にはたした役割を論じた。ナボコフのアメリカ出版界への進出については、エドマンド・ウィルソンとの関連がとりざたされるが、同じくらいこのインディペンデント系出版社の力と創業者の性格がはたしたものが大きかったことはあまり知られていない。ナボコフはニューディレクションズのイメージの恩恵を受けながらも、最終的に『ロリータ』の成功によってこの出版社と袂を分かつことになった。

第三章「注釈のなかのナボコフ――『エヴゲーニイ・オネーギン』訳注から自伝へ」では、ナボコフが一九六四年に刊行したプーシキン『エヴゲーニイ・オネーギン』訳注をとりあげる。ナボコフはこの翻訳と注釈を、少なからず他の文学者の目を意識してつくっているが、千頁を超す膨大な注釈のなかには個人的な目的で書かれたとおぼしきものも存在する。全体でもっとも長いもののひとつ、数ページにわたる注釈の中で、ナボコフが唱えるのは自分の領地でプーシキンと詩人コンドラチイ・ルイレーエフが決闘したという説である。この注釈を経由することで、ナボコフが自分の幼年期と故郷をいかに描きかえたのかを論じた。

第四章「フィルムのなかのナボコフ――ファインダー越しに見た自画像」では、ナボコフの写真《ポートレイト》の流通に焦点をあてた。一九五八年の『ロリータ』のアメリカ出版以降、ナボコフは膨大な取材やインタヴューをうけ、当然肖像写真も広く一般の目に触れることになった。その「捕虫網を携えた愛妻家」というイメージは、『ロリータ』の内容と、その過度の金銭的成功を「洗浄」するものだった。後年、ナボコフは写真家とともに、「共同作品」と呼べるような、演出過剰な一連のポートレイトを作成するようになった。その自意識過剰なイメージが、どのように後期の作品・翻訳の内外を塗り替えていったのかを論じた。

第五章「日本文学のなかのナボコフ――戦後日本のシャドーキャノン」では、ナボコフの日本における受容について論じた。言うまでもなくナボコフが日本で知られるようになったのは、『ロリータ』のアメリカでのヒットをうけて、一九五九年に大久保康雄による翻訳が河出書房新社から刊行されたことを契機とする。その後、日本におけるナボコフ再評価の中心になったのは、丸谷才一とその盟友篠田一士であって、そのモダニストとしてのナボコフ像はのちの批評の方向性を決定づけたと言える。丸谷才一、大江健三郎、円城塔といった作家たちの作品のなかに登場するナボコフへの言及とその使われ方を追いながら、日本でのナボコフ受容が、モダニズムと私小説、エロチシズム（背徳か否か）、前衛文学という争点をめぐっておこなわれていることをしめした。こうした文芸での受容もあって、日本でもナボコフは正典《カノン／キャノン》作家として現在の地位を築くようになった。

第六章「カタログのなかのナボコフ――正典化、死後出版、オークション」は、一九七七年のナボコフの死後、その「文学的価値」がいかに高められたのかを追った章になる。ナボコフの初版本やサイン本は、いまでも高値で取引されている。それだけでなく内容の難解さゆえ、多くの批評をあつめることになった。じつはそれは、もともとは作者がしくんだことであり、その方針は死後も遺族によって踏襲されることになった。死後出版や公認の伝記の出版をつうじてナボコフへの興味を持続させ、他方でその資料を売却する。古書店のカタログやオークションにかけられたナボコフの署名つき献本や手択本の価格や、二十一世紀になって矢継ぎ早に刊行された死後出版について、ナボコフの正典化とも関連づけながら論じた。

7　亡命者の自画像

本書は、アメリカに上陸したナボコフが、卓越したロシア語作家という自画像を、世界的な英語作家へと描きかえるまでを追ったものになるだろう。最後に、亡命者としてのナボコフ自身の自画像を見てみよう。一九四三年、雑誌『アトランティック・マンスリー』に発表した自伝的な文章「マドモワゼル・O」(この文章自体、フランス語で執筆したものの英訳なのだが)の中で、ナボコフは追憶のロシアを美しい筆致で描きだしながら、ふと筆をとめて、そこから放りだされてしまった自分を冷めた目で見つめている。

でも、私はこの立体鏡の夢の国でなにをしているのだろう? どうやってここにたどり着いたのだろう? あの二台の橇も滑っていってしまった。あとには置きざりになった私が、青白い道に立ち尽くしている。耳に残っている呻りは、遠ざかっていく鈴の音ですらなく、ただ自分の血が鳴っているだけだ。あたりは静まりかえり、私のロシアの荒野の空に輝く巨大な、この世のものとも思えない「O《オー》」の字に呑まれてしまって、微動だにできない。雪は本物だったが、かがんで一摑み掬おうとすると、三十五年間がきらめく霜の塵になって崩れ、指のあいだからこぼれてしまった。(28)

ナボコフはこの回想‐自伝を何度も書きなおし、訳しなおしている。橇からふり落とされた「私」は、一九五一年の単行本では「私の想像上の分身」になり、[29] 一九五四年のロシア語版の自伝では「ラマの毛皮の、アメリカ製コートを着た分身」になった。[30] 一九六七年の自伝『記憶よ、語れ——自伝再訪』で、「私」はついに、「ニューイングランド製の雪靴と外套を着た、パスポートをなくしたスパイ」にされている。[31] ノスタルジアに包まれたロシアから放りだされた「私」の自画像は、渡米後二十五年の歳月をへて、アメリカ製のコートをまとった国籍不明のスパイにまで変貌をとげていた。

注

（1） Николай Алл, "В.В. Сирин-Набоков в Нью-Йорке чувствует себя 'своим'," *Новое русское слово*, 23 июня 1940 года.

（2） この第二章と第一章は別々の媒体で刊行されることになった。В. Сирин, "Solus rex," *Современные записки*, no. 70, 1940. С 5-36. В. Набоков-Сирин, "Ultima thule," *Новый журнал*, no. 1. 1942. С. 49-70. Brian Boyd, *Vladimir Nabokov: The Russian Years*, Princeton: Princeton University Press, 1990. pp. 517-518. ［ブライアン・ボイド『ナボコフ伝——ロシア語時代 下』諫早勇一訳、みすず書房、二〇〇三年、六五二頁。］

（3） Владимир Набоков, "Определения," *Звезда*, no. 9, 2013. С. 118-119. ［ウラジーミル・ナボコフ「定義」『ナボコフの塊——エッセイ集 1921-1975』秋草俊一郎編訳、作品社、二〇一六年、一〇七―一〇八頁。］

（4） ロシア亡命文化については諫早勇一『ロシア人たちのベルリン——革命と大量亡命の時代』（東洋書店、二〇一四年）を参照のこと。数値などの情報も同書を参照した。

（5） Brian Boyd, *Vladimir Nabokov: The American Years*, Princeton: Princeton University Press, 1991. pp. 13-14.

（6） Sergei Rachmaninoff, TLS to Archibald McLeish, 13 November 1940, Sergei Rachmaninoff, TLS to Ogden Reid, 27 November 1940, Sergei Rachmaninoff Papers, Music Division, Library of Congress.

（7） Yuri Leving, “Singing *The Bells* and *The Covetous Knight*: Nabokov and Rachmaninoff's Operatic Translations of Poe and Pushkin,” Will Norman, Duncan White ed., *Transitional Nabokov*, Oxford: Peter Lang, 2009. pp. 205-225.

（8） В. Васильев, “Вечер В.В. Сирина,” *Новое русское слово*, 15 октября 1940 года.

（9） たとえば、ナボコフの親しい友人ロマン・グリンベルグも、一九四九年三月七日の朗読会のあとには「きみの到着と出演はこちらの人間の意識に大きな印象を残した」、一九五一年十二月八日、ニューヨークで朗読会がおこなわれたあと、会の反響について「舞台にきみを見にいった人の印象や、経験、感情、意見をたくさん聞いた」と本人に書き送っている。Галина Глушанок, “Заметки 〈для авторского вечера «Стихи и комментарии» 7 мая 1949 г〉,” *Материалы и исследования о жизни и творчестве В.В. Набокова*, оставитель Б.В. Аверин, СПб.: Изд-во Русского Христианского гуманитарного института, 1997. С. 132, 134.

（10） Boyd, *Vladimir Nabokov: The American Years*, p. 80.

（11） Michael Juliar, *Vladimir Nabokov: A Descriptive Bibliography*, New York: Garland Publishing, p. 515.

（12） Vladimir Nabokov, “An Evening of Russian Poetry,” *The New Yorker*, vol. 21, no. 3, March 3, 1945. p. 23.

（13） Ibid., p. 23.

（14） Ibid., p. 23.

（15） Ibid., p. 24.

（16） Andrew Field, *Nabokov, his Life in Art*, Boston: Little, Brown & Company, 1967. p. 103.

（17） Ibid., p. 103.

（18） Vladimir Nabokov, *Dear Bunny, Dear Volodya: The Nabokov-Wilson Letters, 1940-1971*, Berkeley: University of California Press, 2001. p. 166.［ウラジーミル・ナボコフ、エドマンド・ウィルソン／サイモン・カーリンスキー編『ナボコフ＝ウィルソン往復書簡集　1940-1971』中村紘一・若島正訳、作品社、二〇〇四年、二〇九頁。］

（19） 研究者のブラックウェルによれば、当時のコーネル大学の年俸（四千ドル強）は、二〇一一年に換算すると四万ドル弱だという。Stephen H. Blackwell, “Nabokov and his Industry,” John Bertram and Yuri Leving ed., *Lolita-The Story of a Cover Girl: Vladimir Nabokov's Novel in Art & Design*, Blue Ash, Ohio: Print Books, 2013, p. 233.

（20） Boyd, *Vladimir Nabokov: The American Years*, pp. 365-387.
（21） Field, *Nabokov, his Life in Art*, p. 103.
（22） "Vladimir Nabokov's Passionate Reading of 'An Evening of Russian Poetry,' 1958," http://www.wnyc.org/story/215696-vladimir-nabokov-1958/（二〇一七年六月十八日閲覧）なおこのサイトでは、朗読会を『ロリータ』の刊行直前としているが、管見のかぎりでは、『ロリータ』刊行直後のことのようである。
（23） Stacy Schiff, *Véra (Mrs. Vladimir Nabokov)*, London: Picador, 2000. p. 235.
（24） Vladimir Nabokov, *Poems*, New York: Doubleday, 1959. p. 24.
（25） ブライアン・ボイドはこの建物を「サンダース・ホール」としているが、正しくは「サンダース・シアター」あるいは「メモリアル・ホール」である。Boyd, *Vladimir Nabokov: The American Years*, pp. 482-483.
（26） Harry Levin, "Introducing Vladimir Nabokov," *Grounds for Comparison*, Cambridge: Harvard University Press. 1972. pp. 378-379.
（27） Vladimir Nabokov, "Reading [Sound Recording]," Cambridge: Woodberry Poetry Room, 1964. Recorded at Sanders Theatre, Harvard University, April 10, 1964. Woodberry Poetry Room digital collection of poetry readings.
（28） Vladimir Nabokov, "Mademoiselle O," *The Atlantic Monthly*, January 1943. p. 68. なお、この英訳はヒルダ・ウォードとともになされたとのことだが、上記の文献には、訳者の名前は記載されていない。[ウラジーミル・ナボコフ「マドモワゼル・O」諫早勇一訳『ナボコフ全短篇』秋草俊一郎・諫早勇一・貝澤哉・加藤光也・杉本一直・沼野充義・毛利公美・若島正訳、作品社、二〇一一年、五三七―五三八頁。]
（29） Vladimir Nabokov, *Conclusive Evidence: A Memoir*, New York: Harper Brothers, 1951. p. 61. [ウラジーミル・ナボコフ『ナボコフ自伝――記憶よ、語れ』大津栄一郎訳、晶文社、一九七九年、七四頁。]
（30） *Владимир Набоков, Собрание сочинений русского периода в 5 томах*, том 5. СПб.: Симпозиум, 2000. С. 204.
（31） Vladimir Nabokov, *Speak, Memory: An Autobiography Revisited*, New York: Vintage International, 1989. pp. 99-100. [ウラジーミル・ナボコフ『記憶よ、語れ――自伝再訪』若島正訳、作品社、二〇一四年、一一五頁。]

第一章　亡命の傷
――アメリカのロシアで

1　亡命、二言語使用、翻訳

ウラジーミル・ナボコフの文学を論じるうえで、その「亡命」、「二言語使用」や「翻訳」は、六〇年代にハリー・レヴィンが亡命を文学的想像力の源と見なし、[1]七〇年代にジョージ・スタイナーが二言語使用を「治外法権《エクストラテリトリアル》」として高く評価したことに代表されるように、[2]現在にいたるまで、その言語芸術の卓越性をしめす鍵言葉として、その現代性をあらわす紋章として、ポジティヴな文脈で語られてきた。二十一世紀の現在、移民先で多言語創作や自己翻訳をする作家も珍しくなく、その批評・研究もおびただしい。彼らこそが、グローバル時代の文学を代表する作家なのだ、と。そしてナボコフはそのさきがけだったのだ、と。

実際、ナボコフは、英語作家に転身することで、世界的な名声を勝ちとった。今日、私たちが彼を知っているのも、もちろんそのおかげだろう。母語ではない英語で世界的ベストセラー小説『ロリータ』を執筆したナボコフは、渡米以前のロシア語作品も自らの手で英訳し、世界中で読まれている……。もとのシーリンとしてのロシア語作家のイメージ、そしてその作品にとってもプラスこそあれ、マイナスはないようにも映るこの転身だが、そう評価しなかったものもいる。

2 亡命文学史上の「V・シーリン」

グレーブ・ストルーヴェ（一八九八―一九八五）は、自身亡命ロシア人でありながら、亡命文学史研究のさきがけになった人物だ。ストルーヴェの父、ピョートル・ストルーヴェは立憲民主党《カデット》の代表的な政治家として、ナボコフの父、やはり同党で主導的な立場にあった政治家の父ウラジーミル・ナボコフとは盟友関係にあった。一九一七年の二月革命で臨時政府に参加し、民主化を達成しようとした立憲民主党はボリシェビキに十月革命で敗北し、祖国を追われる立場になった。同じ政治的理想を追求した親をもつ、ひとつしか年が変わらない息子同士が接近するのも、ごく自然ななりゆきだったと言えるだろう。ナボコフはケンブリッジ、ストルーヴェはオックスフォードで学んでいた一九二〇年代前半から交流ははじまり、二〇年代、三〇年代をつうじて多くの書簡を残している。

ストルーヴェはロンドン大学に就職したが、戦後教鞭をとる場をうつし、一九四六年からカリフォルニア大学バークリー校のスラヴ語スラヴ文学科で教えた(3)。モノグラフ『追放のロシア文学』（一九五六）は、亡命ロシア文学を論じた最初の研究書として古典的著作になった。同書でストルーヴェは「ナボコフ＝シーリン」を「若い世代の散文作家」の筆頭にあげ、かなりのページ数をさいて論じている(4)。

では亡命文学史の視点からは、ナボコフの英語作家への転身と、その作品はどう映っていたのだろうか。ナボコフの死後、一九八〇年にサンフランシスコでおこなった講演「ウラジーミル・ナボコフ――いかに彼を知り、いまどう見ているのか」で、ストルーヴェは率直な意見を述べている。

私もロシア人なので——おそらくかつてナボコフをすすめていたということもあって——アメリカ作家、英語作家ナボコフよりもロシア語作家としてのナボコフを高く評価する。私が残念なのは、『ロリータ』の成功後、ナボコフが基本的にロシア語で書かず、ロシア語作家であることをやめてしまったことだ。［中略］これはもちろん、ロシア文学にとっては大きな損失だ。(5)

ストルーヴェはナボコフの転向はロシア文学にとって「大きな損失」だったとしている。たしかに、ナボコフが四十代で英語作家に転身してしまったことで、その後書くはずだったさらなるロシア語作品は永遠に書かれないままになってしまった（実際、ロシア語長編『賜物』の第二部は中絶された）。しかし、ナボコフが英語作家に転身したことの意味の重さを正確に理解するためには、その前身であるロシア語作家としての影響力と、彼を育てた「亡命ロシア」というコミュニティについて知る必要があるだろう。

グレーブ・ストルーヴェ

ここで、ストルーヴェの言う「大きな損失」がどれほどのものだったのかを理解するため、もうひとり同時代亡命文壇のインサイダーの証言を聞くことにしよう。ニーナ・ベルベーロヴァ（一九〇一—一九九三）は、ナボコフと同じく、若い世代に属する詩人・作家である。一九二二年にナボコフが尊敬した詩人、ヴラジスラフ・ホダセーヴィチ（一八八六—一九三九）と駆け落ち同然にソ連を出国し、以降パリを中心に活動した。三〇年代は

ホダセーヴィチとベルベーロヴァ、ソレントのゴーリキー邸で、1924年

ナボコフともかなり密に交流していた。[6] 戦後は一九五〇年に渡米し、一九五八年からはイェール大学でロシア語教師として教鞭をとった。[7]

亡命ロシア人は、自分たちの生きた痕跡を刻みこもうとするかのように、当時をふりかえって無数の回想記を執筆した。ベルベーロヴァの『強調は私』はなかでも古典的なものとして知られている。ベルベーロヴァがパリで『最新ニュース《パスレードニエ・ノヴァスチ》』や『ロシア思想』といった亡命出版物の編集にかかわっていたこともあり、この著作も当時の亡命ロシア文壇の様子をよく伝えているが、二〇年代、三〇年代の亡命文学史を彩る群像のなかでもV・シーリンは特筆されている。一九二九年にナボコフの「最初の傑作」である『ディフェンス』が『現代雑記』に掲載されたときの衝撃を、[8] ベルベーロヴァは次のように表現している。

> ナボコフの『ディフェンス』のはじめの数章をのせた『現代雑記』がでたのは一九二九年である。私は座って読み、繰り返し二度読んだ。精妙な技巧を持った円熟した恐るべき現代作家が私の前に現れた。偉大なロシアの作家が、革命と亡命の火と灰の中から不死鳥のように出現したのだ。これからの私たちの生活が充実したものになる。私たちの世代の生存が正当なものとなる。私たちは救われたのだ。
> [中略] 過去と現在を展望するならば、ナボコフこそが答えなのだ！――追放され、処刑され、恥

ずかしめられ、傷つけられ、「顧みられず」、「打ち棄てられた」人びとに向けられた疑いすべてへの。

ナボコフはロシアのみならず全西欧世界（あるいは世界全般）に属する唯一のロシア人作家（ロシアにおいても移民した場所においても）である。[9]

ベルベーロヴァによる「V・シーリン賛」のポイントはふたつある。ひとつは、ナボコフが「世界的な文脈」においたのが「ロシア文学」であること。『ロリータ』や『青白い炎』のイメージが強い私たちは、英語作家ナボコフによってそれがなされたと思いがちだが、ベルベーロヴァによれば、ロシア語作品によって戦前すでに達成されていたことになる。ベルベーロヴァにとって、ナボコフはまさに「偉大なロシアの作家」だった。

ベルベーロヴァのシーリン賛の二つ目のポイントは、その世界的な文脈に置かれた「ロシア文学」とは、亡命ロシア文学だったということだ。引用文中の「ロシアにおいても移民した場所においても」という表現は、ナボコフが亡命者だけでなく、広義の「ロシア文学」を代表する存在であるという含意がこめられている。

さまざまな原因はあるだろうが、ナボコフ以外に、真の意味で新しい文学を亡命ロシアは生まなかったというのが、後世の一般的な評価になっている（実際、ナボコフ自身のちに「〔シーリン〕だけが唯一の大作家だった」と述べているほどだ）[10]。十月革命と前後して出国した百万人を超えるロシア人のうち、帰国を拒んだ亡命者たちがソヴィエトにたいする圧倒的「マイノリティ」として国外で数多くの辛酸をなめながら創作をし、出版文化を育ててきたことを思えば、（革命前から創作をつづけていたブーニンとは異なり）その中から生まれたシーリンの登場によってはじめて「私たちの世代の生存が正当なもの」になったというベルベーロヴァの表現は、けっして大げさなものではなかった。[11]ナボコフ＝シーリンこそが亡命文化がだした「答え」だったのだ。

3　亡命者たちの英語作家ナボコフ評

このような亡命ロシア文学にシーリンが残したあまりにも大きな足跡が、転身後の英語作家ナボコフの評価に影響しないはずがなかった。ストルーヴェも、先ほどの講演で「私もロシア人なので［中略］アメリカ作家、英語作家ナボコフよりもロシア語作家としてのナボコフを高く評価する」と述べている。一九七六年、ストルーヴェはベルベーロヴァに「ナボコフが英語で書いた小説のうちどれも――『ロリータ』でさえ――初期の作品におよばない」とも書きおくっているが、[12]ベルベーロヴァにしても『ディフェンス』（ロシア語版『ルージン・ディフェンス』と言ったほうが正確か）こそが、ロシア文学のみならず世界文学の範疇においても最良の作品だったのだ。

一九五八年の『ロリータ』アメリカ刊行は在外ロシア人にも少なからぬ反響を呼び、実際にベルベーロヴァをはじめ文学者もリアクションをしているが、[13]亡命者たちのなかでもっとも極端な反応をしめしたのは、やはりロシア貴族出身の女性作家ジナイーダ・シャホフスカヤ（一九〇六―二〇〇一）だった。シャホフスカヤは、ナボコフのいとこの作曲家ニコライ・ナボコフ（一九〇三―一九七八）と姉が結婚していたこともあり、ヨーロッパ時代にはナボコフと文字通り家族ぐるみの交友関係があった人物だ。シャホフスカヤもシーリンの才能の崇拝者であって、一九三六年にナボコフが、シャホフスカヤが当時住んでいたベルギーで朗読会を催したさいには、献身的に世話をしたこともある。[14]

晩年にシャホフスカヤは、『ナボコフをさがして』というタイトルの回想記も出版している[15]。ナボコフ死後の一九七九年に出版されたこの本は、（実際は雑文のよせあつめという印象が強いが）ナボコフについての初のロシア語モノグラフということもあって、当時はそれなりの影響力があった。そのなかでシャホフスカヤはロシア語時代のナボコフを「すぐに「若い」亡命者すべてのなかからナボコフが卓越していることに気づき、私たちのなかの誰も彼に並ぶものはいないと思った」と絶賛している[16]。

しかし、『ロリータ』が世界的なベストセラーになったのちの一九五九年、当時パリに住んでいたシャホフスカヤはフランスの文芸誌『両世界評論《ルヴュ・デ・ドゥ・モンド》』に、「ジャック・クロワゼ」というペンネームで評論「ナボコフの場合——あるいは亡命の傷」を寄稿した。このなかで、シャホフスカヤは『ロリータ』の内容を口をきわめて非難した。

ジナイーダ・シャホフスカヤ（左）とナボコフ一家、マントン、1938年

> ナボコフは、つなぎの作品でしかない『ロリータ』において、情け容赦ない世界をつくりあげた。この世界には好ましいものはなにもない——花火の音のように素早く、乾いた文体のすばらしい想像力をのぞいて。善意は存在しない——すべてが悪夢であり欺瞞である。知的な快楽を求めるものは、ナボコフの書くものを読むより、苛性ソーダを飲みこむほうがましだ[17]。

「ナボコフの登場が、ロシア文学史においていつか大きな影響を残すだろうと思っ」ていた（そして今なお思っている）シャホフスカヤにとって、[18]『ロリータ』は文名を自らおとしめる、才能の浪費でしかなかったのである。それだけでなく、ロシア人の伝統的な道徳規範を重んじるシャホフスカヤの目には、『ロリータ』は反ロシア的なもの、その文化にたいする侮辱とも映っていた。シャホフスカヤの意見は極端にも映るが、作家（詩人）は、ただの職業ではなく、政治・思想・宗教・道徳などあらゆる事象に対して一家言を持つ「思考の支配者《プラスチーチェリ・ドゥム》」たるべし、というロシアの社会規範も考えあわせる必要がある。シャホフスカヤが「最高傑作」と評価するのは、ベルベーロヴァと同じく『ディフェンス』であり、『ロリータ』をふくめた英語作品は、ロシア語作品にはまったくおよばないことになる。

4　アメリカのなかのロシアで

このような亡命ロシア人たちの反応を考慮にいれてはじめて、英語作家への転向というナボコフの決断がおよぼしたインパクトの大きさが理解できる。ただの一作家ではなく、亡命文学を代表する作家、亡命文学が生みだした作家V・シーリンが消えてしまったこと——これを指してストルーヴェは「大きな損失」と呼んだのだ。興味深いのは、亡命ロシア人たちは、英語作家ナボコフを評価する過程で、作品だけでなく、人格にも疑いの目をむけていることだ。

先の講演のなかで、ストルーヴェは晩年のナボコフがかつてのように、自分の著作を全部は送ってこなくなり、大部分は、昔のような手のこんだ絵つきの献辞もないこと、自分がしたためた作家の新作についての長文の手紙の返事が、妻ヴェラによるごく短い返事だけなことについての不満をもらしている。[19]

ベルベーロヴァは、五〇年代にニューヨークでナボコフのロシア語朗読会にいったとき、遠くからそっけなくあいさつされただけだったという出来事を書きとめている。シャホフスカヤは『ロリータ』の成功以降のナボコフを「自分のことをオリンポスの神のように思いだし、私がだれにたいしてもいだいたことのない、無制限の崇拝を期待するようになっていた」と、その傲慢さを批判している。一九五九年、ガリマールが開催したフランス語版『ロリータ』出版記念パーティで、ナボコフからあからさまに無視されたことにも[20]。女性二人は五十をこえたナボコフの容姿についても「太りはじめ、また頭もはげかかっていた」（ベルベーロヴァ[21]）、「病的にむくんでいて、苦みばしったしわがよった口元に浮かんでいた」（シャホフスカヤ）など[22]、若いシーリンと露骨に比較するような書き方で、手厳しい。

『ロリータ』で金銭的な成功をおさめた著者が（ベルベーロヴァの場合のみ時期的に異なるが）、かつての同胞にたいして傲慢にふるまったというのは、いかにも週刊誌的な興味をそそるゴシップの範疇に属することであって、そもそもどこまで真実なのか、またその理由はなんなのか、一概に決めることはできないだろう。しかし、ナボコフとロシア人たちのあいだにかわされた書簡（その多くは二十一世紀になってから公刊された）や回想をしらべていくと、そういった記述が散見されることもひとつの事実としてある。そこから導かれる推論としては、ナボコフの側でも、新天地で英語作家として再出発するうえで、過去の傑出したロシア語作家としての自分と、亡命ロシア人社会とどう折りあいをつけていくかは難しい問題だったのではないかというものだ。

アルベルト・パリイ

　やはり亡命ロシア人だったアルベルト・パリイ（一九〇一―一九九二）が残した回想は、短いながら、五〇年代アメリカでのナボコフとロシア人とのつきあいかたを知るうえで貴重な証言になっている。(23) 一九三〇年代、月刊誌『アメリカン・マーキュリー』編集部で働いていたパリイは、記事を執筆して当時新進のロシア語作家だったナボコフをアメリカの読者に紹介した。出版にはつながらなかったものの、このアメリカで最初期の紹介を恩義に感じていたナボコフは、パリイの勤務先のコルゲート大学がイサカとさほどはなれていなかったこともあり、一九五〇年代をつうじて交流した。ナボコフがパリイにうち明けたところによれば、「ごくわずかなロシア人としかつうじあわず、交流がない。いわく、アメリカのロシア人は彼を嫌っている」。

5　プニンたち

ナボコフが感じていた疎外感に理由があったのだろうか。別な機会に、ナボコフはパリイに気を悪くしていないか訊ねたことがあった。パリイが質問の意味がわからないでいると、ナボコフは「アメリカでロシアものを教えているロシア人は、みな自分のなかにプニンを見て、怒っている」のだと告げた。それでもパリイが怒らないのを知ると、ナボコフの方が逆に不満げだったという。

パリイと交流していた当時、ナボコフは雑誌『ニューヨーカー』に『プニン』を数回にわけて掲載していた（一九五三―一九五五）。これはロシア人亡命学者のアメリカでの大学生活《キャンパスライフ》をえがいたユーモラスな作品だ。主人公のウェインデル大学教授のティモフェイ・プニンは、コーネル大学の同僚だった歴史学者マルク・シェフチェリ（一九〇二―一九八五）をモデルにしたというのが定説になっている。ユダヤ系ロシア人のシェフチェリは、ポーランド、ベルギー、フランスをへて、ナチスの迫害を逃れてアメリカにわたって教員になった人物だった。とはいえ、なまりのひどい英語しか話せず、原稿がなければ人前で話すらできない（これはナボコフ自身もそうだった）プニン教授は、シェフチェリのみならず当時のロシア人アカデミシャンのステレオタイプを戯画化して描いたものとも言えるだろう。こういった人物を『ニューヨーカー』という人目をひく媒体に登場させることに対して、作者は周囲からどう思われるか、それなりの覚悟があったはずだ（そういえば、コルゲート大学に残されたパリイの写真は、プニンと同じ「みごとな禿げあがりぶり」をしている[24]）。

パリイが自分に対して怒らないかどうか気にしていたというナボコフは、自分にむけられた同輩からの敵意を、まさに『プニン』のなかに描きいれている。物語全体の語り手である「私」は、明らかにナボコフ自身を投影したと思しき、ロシアの貴族階級出身の「著名な作家」[25]で、革命前のロシア、そして亡命後のヨーロッパでもプニンと面識がある旧知のあいだがらだ。しかし、プニンは「彼の下ではどんなことがあっても働かない」と断言するほど、この「私」を憎んでいる[26]。

気のいい、やさしいプニンが、なぜ語り手の「私」をこれほどまで嫌っているのか、それは物語全体を貫く謎になっている。ひとつには、「私」がプニンの前妻リーザをめぐって、一種の恋敵のような役目をはたしたから。もうひとつには、「私」がプニンが待望したウェインデル大学の終身在任権を横どりしようとする人間だから。しかし、プニンは一九二〇年代のパリで、「私」と再会したはじめから、「私」のことを嫌っていたようなのだ。生まれが近く、同じコミュニティで暮らしていたからこそ、発生する嫌悪や嫉妬は、それを経験したことがなければ描けないものだったろう。

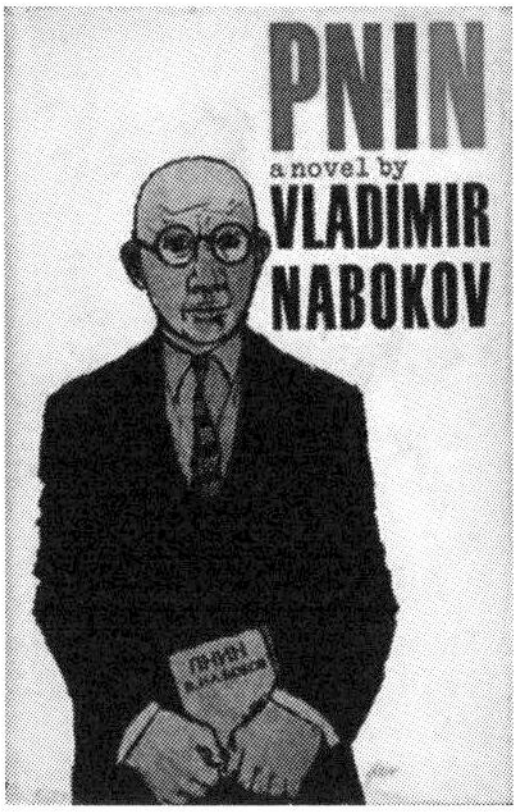

『プニン』初版表紙

シェフチェリとナボコフについてのモノグラフを執筆した研究者のガーリャ・ディメントによれば、プニンのモデルのシェフチェリは実際にナボコフに嫉妬していたという。

> シェフチェリはこの男［ナボコフ］のことを、自分の手から漏れてしまったように感じていた職業上の達成と成功を体現した人物と見なしていた。［中略］シェフチェリはナボコフの生まれを、著作を、健康そうな体を、高い世評をうらやんだ。シェフチェリはナボコフの妻のヴェラさえもうらやんだ［後略］[27]。

マルク・シェフチェリ

貴族、著名な政治家の長男として家柄も申し分なく、その文才もロシア人のあいだでは広く知れわたっていたナボコフは一際目立つ存在だったのだ。もちろん、その生まれや作家としての実績があってこそ、仕事の斡旋などをうけられることもあったわけだが、同時に嫉妬の対象にもなったのだった。同じような感情をいだく人間が、シェフチェリひとりだったとはかぎらない。

小説『プニン』では結局、終身在任権をもたないプニン教授は、語り手であるロシア人作家の「私」のせいで、慣れ親しんだウェインデル大学を追われることになる。ここにはもちろん、四〇年代をつうじて、ナボコフが体験した「就職活動」が反響している。沼野充義が『ナボコフの文学講義』の解説で指摘しているように[28]、ナボコフのアメリカ時代は作家にとって職さがしの時代だったとも言える。ナボコフは渡米した一九四一年には客員教授のようなあつかいでボストン郊外にある名門女子大、ウェルズリー大学に在籍、一九四三年からは同大学で講師として教鞭をとっていたが、そこではロシア語の初級などの講座を受けもっていただけで、年ごとの契約だった。

ナボコフはさまざまなつてを頼って奔走したが、この「就活」は困難をきわめた。最大の原因は、ナボコフが博士号はおろか、修士号すらもっていないことだった。一九四二年六月、コネチカット州のイエール大学まで足を運んで求めた職が、自分の思うようなものではなかったとき、ナボコフは批評家エドマンド・ウィルソンに書面でこうこぼしている――「可笑しいのは、この世で――少なくともアメリカで――誰よりもロシア語を知っていて、アメリカのどのロシア人より英語を知っているのに、大学の職を見つけるのがここまで難しいことだ[29]」。

この手紙が意味しているのは、ナボコフが「アメリカのロシア人」とポストを奪いあわなくてはならなかったという事実だ。たとえば、ナボコフが候補になった一九四六年のヴァッサー大学のポストには、最終的には亡命ロシア人エカテリーナ・ヴォルコンスカヤ（一八九五―一九九二）が就いている。求めた職に、友人のロシア人亡命者が選ばれたこともあった。同年、ナボコフは「ヴォイス・オブ・アメリカ」のロシア語部門に応募するため、いとこのニコライ・ナボコフに紹介状を頼んだが、最終的にそのポストに就任したのはニコライ・ナボコフそのひとだった[30]。一九四八年にコーネル大学に終身在任権《テニュア》つきで着任したナボコフだが、それは潜在的にプニン教授のような人物を押しのけることでもあったはずだ。アメリカで生きるうえで、ロシア人は友人でもあったが、商売敵でもあった。

6　ハーヴァード・ヤードの青い芝生

伝記作家アンドルー・フィールドも述べているように、一九五〇年代の時点ですでに、ナボコフのロシア人とのつきあいはかなり限定されたものになっていたが[31]、好むと好まざるとにかかわらず、ロシア人――スラヴ研究者との確執はつづいた。一九五八年三月、『エヴゲーニイ・オネーギン』の翻訳と注釈を準備していたナボコフは、コーネル大学出版会から同書を出版するため、パリイに原稿の査読を内々に依頼した。アメリカの学術出版は、事前に外部の専門家に査読を依頼するのが通例になっている。一九四九年から作業しつづけ、執筆していたこの大著の出版に、ナボコフはきわめて神経質になっていた。パリイは自分が査読者に選ばれたことに驚いたが、ナボコフによれば「アメリカとイギリスの大多数のスラヴ研究者は自分に嫉妬しているか、あろうことか憎んでさえいる」ため、人選がきわめて難しいのだと書きおくってきた。

パリイの証言を裏づける証拠も残っている。イェール大学バイネキー稀覯館には、ロシア人学者のユーリイ・イヴァスク（一九〇七―一九八六）へのナボコフの書簡が所蔵されている。イヴァスクは雑誌『試み《オープィトゥイ》』の編集者で、寄稿をつうじてナボコフと親交があった人物だ。ナボコフが一九五八年三月二十二日にイヴァスクに書きおくった手紙には、『オネーギン』の原稿の査読をイヴァスクにも頼みながら、決して「ほかのプーシキン研究者、スラヴ研究者」に見せないように厳命している(32)。

このとき査読のため、ナボコフが避けた人選には、ハーヴァード大学のロマン・ヤコブソン（一八九六―一九八二）やミハイル・カルポヴィチもふくまれていた。ヤコブソンとはシェフチェリとともに、もうひとつのロシア文学の古典『イーゴリ軍記』の共訳をすすめていた間柄だった。ヤコブソンはもちろん偉大な碩学であって、ナボコフとは言語的才能にめぐまれているなど共通点も多かった。とはいえ、モスクワの、富裕とはいえ町人階級に生まれ、ひたすら学問の道を歩んできたヤコブソンと、ペテルブルグの貴族出で、詩の女神《ミューズ》に魂をささげてきたナボコフはもとより水と油とでも言うべき間柄だったようだ(33)。

もうひとりのハーヴァード大学教授、カルポヴィチは著作こそほとんどなかったが、一九二〇年代より同大スラヴ語スラヴ文学科で教鞭をとって権勢をふるった歴史学者で、ナボコフが渡米するさいに身元引受人のような役割をはたして奔走した人物だった（カルポヴィチはほかのロシア人にも仕事の斡旋や移住の手引きをしていた）。またカルポヴィチは一九四六年からロシア語誌『新評論』をアメリカで刊行、この雑誌は新大陸での亡命者たちの執筆活動の受け皿の役割をはたし、ナボコフも渡米後はたびたび寄稿することになった。アメリカ移住直後、住居のさだまらないナボコフ一家はカルポヴィチのヴァーモントの別荘に逗留するなど、世話になった恩こそあれ、本来は避ける必要などないはずの人物だった。しかし、一九五七年にハーヴァードにナボコフを招聘する人事が持ちあがった時に、カルポヴィチは疑義をとなえ、スラヴ学科のスター学者だったヤコブソンは「有名な作家だからといって、動物学を学ぶのに象を呼ぶ必要があるか？」という有名な台詞を吐き、人事は流れてしまった（ヤコブソンとカルポヴィチは博士号をもった学者を同僚にむかえたかったのだ[34]）。

ロマン・ヤコブソン

のちにこの話を比較文学科教授ハリー・レヴィンの妻（ユダヤ系ロシア人だった）から間接的に聞いたナボコフは激怒して、ヤコブソンが「全体主義国家に小旅行を繰りかえしている」ことを理由に[35]、『イーゴリ軍記』共訳の中止を申しわたす手紙を送りつけた。赤狩り《マッカーシズム》が吹き荒れていた当時の時代背景を考慮すれば、この非難は重大な意味と危険性をはらんでいた。それだけでなく、カルポヴィチのこともシェフチェリに「古ギツネ」と呼んで非難したという[36]。

ナボコフはヤコブソンやカルポヴィチには、以前より職さがしを相談し、ハーヴァードのポストについても打診していた[37]。長年同大学が所在するケンブリッジに住み、ハーヴァード大学の博物館で研究をしていたナボコフにとって、ハーヴァードのスラヴ文学科の椅子はのどから手が出るほどほしいものだった。コーネル大学に着任した後も、全米最大規模のワイドナー図書館に『オネーギン』の資料調査のためにかよっていただけでなく、愛息ドミトリイがハーヴァードに在学していたこともあり、ナボコフにとってハーヴァード・ヤードの芝生は青いものでありつづけた。一九五二年には、サバティカルを取得したカルポヴィチのために代替教員をつとめ、スラヴ科で授業を問題なくおこなえることをしめしたナボコフの内心には期待がふくらんでいたにちがいなかったから、ナボコフには二人の行為が手ひどい裏切りだと感じられただろうし、以前からいだいていたロシア人たちが自分を憎んでいるという疑念をさらに深める要因にもなっただろう。

ミハイル・カルポヴィチ

7 「『ロリータ』と題する書物について」は誰のために書かれたか

評論家エドマンド・ウィルソンや、『ニューヨーカー』をはじめとしたクオリティ・マガジンの編集者との交流を光とするなら、このようなロシア人亡命者との新大陸でのつきあいは英語作家ナボコフにとっては影の部分だっただろう。しかし、その部分を無視してしまっては、英語作家ナボコフの肖像は陰影を欠いた、のっぺりしたものになってしまう。

アメリカ版『ロリータ』のために書き下ろされた、「一九五六年十一月十二日」の日付がある『ロリータ』のあとがき、「『ロリータ』と題する書物について」で、ナボコフは以下のように述べている。

私のアメリカ人の友人たちは、だれひとりとして私がロシア語で書いた小説を読んでいなかったので、英語で書いた小説をもとにした評価というのは焦点がずれたものにならざるをえない。自分の個人的な悲劇とは、誰の関心事であるはずもなく、またそうであってはならないが、私が自然な日常表現や、なんの制約もない、豊かで、限りなく従順なロシア語を捨てて、二流の英語に乗りかえねばならなかったことであり、そこにはあの小道具たち——幻惑させる鏡、黒いビロードの背景幕、言外にほのめかされた連想や伝統——が一切ないことだ。それさえあれば、その土地で生まれ育った奇術師が、燕尾服の裾をひるがえし、魔法のように用いて、自分なりのやり方で遺産を超越することもできるはずなのだ。(38)

この有名なあとがきで、英語作品の評価についての留保が語られているのは——「私の個人的な悲劇」という大仰な語り口に見失いそうになるが——作家個人の言語能力の問題というよりは、じつは読者の問題ではないのだろうか。というのも、「私の個人的な悲劇」という表現の裏には、「私のロシア人の友人たち」がかくされていることは明白だからだ。

この本がアメリカ人のみならず、在外ロシア人にも広く読まれることが予想された以上、亡命者の中には、「私たちのV・シーリン」について特別な感情を持つものもいただろうし、そこからシャホフスカヤのような感情的な反応がおこることも十分予期されたことだった。また一九五六年の段階では、作家は『ロリータ』が自分の一番読まれる本になることはわかっていたが、肝心のアメリカでの出版の見通しもたたなければ、コーネル大学を離れる予定もなく、煽情的な内容の小説が周囲のスラヴ学者たちを刺激するのもさけたかったはずだ。だからこそ、このような表現でシーリンの愛読者に配慮したのではないか。つまり、この「あとがき」が暗示しているのは――作家個人の問題というよりは――ナボコフがアメリカで生きた二つの世界、二つの交友関係なのだ。

8 『ドクトル・ジバゴ』の波紋

この「『ロリータ』と題する書物について」が巻末についた『ロリータ』は、一九五八年にアメリカのパットナム社から出版されるやいなやベストセラーになって、ナボコフの生活環境を一変させた。一九五九年、『ロリータ』のもたらした多額の収入によってコーネル大学を辞したナボコフは、モントルーの瀟洒なホテルのスイートに居をかまえ、創作に専念することになった。

ナボコフの「セレブリティ」としてのステータスは、アメリカでの数少ないロシア人の友人との関係にも変化を生じさせた。ロマン・グリンベルグ（一八九三―一九六九）は、ナボコフにとってはかつてパリで英語を教えた生徒ということもあって、渡米してからは『試み』などのロシア語誌の編集者としても親しくつきあった。グリンベルグがマンハッタンのアッパーウエストサイド、アメリカ自然史博物館の至近に住んでいたこともあり（ナボコフは同博物館で鱗翅類の分類研究をしていた）、所用があるとナボコフはしばしばそのアパートに宿泊していた。公刊された百通以上の書簡を見るかぎり、ナボコフがもっとも心を許したアメリカでの友人と言えるだろう(39)。

四〇年代から密に手紙をやりとりしていた両者だが、五〇年代後半からその関係は冷えていった。二人の関係が冷えた理由のひとつとして、ボリス・パステルナーク（一八九〇―一九六〇）の『ドクトル・

ジバゴ』の評価をめぐる問題があげられるだろう。一九五七年にイタリアで国外出版されたこの作品は、一九五八年に英訳版がパンテオン社からも出版され、同年パステルナークがノーベル賞——ナボコフが煽情的な作品『ロリータ』を書くことで永遠に獲得する権利を失ってしまった文学的栄誉——を受賞したこともあって（最終的には辞退）、ベストセラーリストで一時期『ロリータ』と並んでいた。奇しくもロシア生まれの作家の作品が同時期にアメリカの出版界をにぎわせていたわけだ。しかし、ナボコフはパステルナークの詩作はある程度認めていたが、『ジバゴ』は典型的なソヴィエト小説と見なして嫌悪していた。

グリンベルグはロシア語誌『天の道《ヴァズドーシュヌィエ・プチー》』（このタイトル自体、パステルナークの短編からとられていた）の第一号をパステルナークの特集号にしようと計画していた。一九五八年九月、ナボコフはグリンベルグに「拙劣で愚かな本」と『ドクトル・ジバゴ』についての批判を書きおくり、その評価を再考するよううったえている(40)。

ナボコフがうったえかけたのは、グリンベルグだけではない。一九五九年六月三日の書簡で、ナボコフは旧友のストルーヴェにも『ジバゴ』についての評価を考えなおすよう述べている。

「なによりもまず第一に」（レーニンの口癖でした）、貴君の世界と私の世界のあいだの壁だか溝だかをすっかりなくしてしまいたいのです。貴君ほどの趣味と経験をもつ人が、なぜ死臭ぷんぷんたる、凡庸かつ滑稽な、骨の

『ドクトル・ジバゴ』アメリカ版初版表紙

髄まで反リベラルな『ドクトル・ジバゴ』をはこんでいく親ソヴィエト的濁流に魅かれるのか理解に苦しみます(41)。

「反リベラル」という形容詞が発するシグナルが意味するものとは、ここでナボコフがこころみているのは美的のみならず政治的な説得だということだ。ロシア・リベラリズムを体現しようとした立憲民主党《カデット》の幹部を親にもつ息子同士、目を覚まして自分の使命を思い出すよう、ナボコフはストルーヴェに求めている。奇妙なことに、亡命者にとって『ジバゴ』は政治的な踏み絵になったのである。

しかし懸命な説得にもかかわらず、最終的にグリンベルグは『天の道』の第一号（一九六〇）をパステルナーク生誕七十周年を祝うためにつかい、同号にストルーヴェは「パステルナークの至芸についての覚書より」を寄稿した（ただし、これはパステルナークの脚韻についてのもので、直接『ジバゴ』にかんするものではなかったが）。ナボコフが不満をおぼえたのは言うまでもないだろう。

ナボコフとグリンベルグの関係が冷えた理由を、往復書簡の編集をした研究者のラシート・ヤンギロフは以下のように推察している――『試み』や『天の道』といったロシア語誌を編集することで、第一の波の亡命ロシア文化を保存しようとしただけでなく、しばしば不当な扱いを受けているソヴィエト作家たちのための「国外出版《タミズダート》」の役目をはたそうとしたグリンベルグにたいして、「失われたロシア」ではなく、同時代のコスモポリタンな世界の現実」に目を向けていたナボコフの差からくるものだと(42)。私がヤンギロフの見解につけ加えたいのは、パステルナークの評価の件でもわかるように、ナボコフの側でも自分なりの「失われたロシア」を守ろうとする意志があったということだ。しかし、ストルーヴェへの手紙が示すように、それは亡き父から継いだロシア・リベラリズムの血統だった(43)。しかし、同じ「亡命の苦い空気」を吸いあったはずのロシア人同士でも――亡命者の集住地《コロニー》をはなれてアメリカで散在するうちに――求める理想にいつのまにか齟齬が生じてしまっていたのだ。

9　優雅な生活が最高の復讐である

一九六三年ごろから『ロリータ』のロシア語訳にとりかかっていたナボコフは、冒頭部を『天の道』に掲載できないか、グリンベルグに打診している(44)。グリンベルグも好意的な反応をしめしていたが、一九六六年に新興の出版社であるニューヨークのフィードラ社と契約を交わしたナボコフは、土壇場でヴェラを通して連絡し、寄稿をとりさげた(45)。

一九六七年に刊行されたロシア語版『ロリータ』には、前述の「『ロリータ』と題する書物について」も露訳したうえで収録されているが、ナボコフはさらに「一九六五年十一月七日、パレルモ」で書かれた「ロシア語版『ロリータ』へのあとがき」をつけくわえている。

ロシア語版『ロリータ』初版表紙

細かい点ながら興味深いのは、露訳された「『ロリータ』と題する書物について」の末尾の日付「十一月十二日」の下には、「コーネル大学、イサカ、USA」と新たに場所が明記されていることだ(46)。ニューヨーク州イサカは大自然に囲まれた風光明媚な大学街だが、秋冬はかなり冷え、日照時間も短くなる（もちろん、十一月はコースワーク真っ最中だ）。かたや「ロシア語版『ロリータ』へのあとがき」が執筆されたのは、地中海にいだかれた冬でも温暖なパレルモ（スイス移住以降、ナボコフ夫妻は秋冬は太陽と蝶をもとめて、イタリア南部を旅行するのが年中行事だった）。この二つの場所の違いは、あまりに明白なコントラストとして、ロシア語読者に強いメッセージを送っている。

そのパレルモで書き下ろされた「ロシア語版『ロリータ』へのあとがき」で、作家は以下のように述べるにいたった。

> 二〇年代および三〇年代に国外で出版されていたV・シーリンの本を憶えておらず、あるいは理解せず、あるいはそもそも読んだことすらないロシアの読者に、誤解を招くにもかかわらず、学究的な誠実さにうながされて私はロシア語のテクストに前掲したアメリカ版のあとがきの最終パラグラフを残しておいた。そこでアメリカの読者に自分のロシア語の文体が英語の文体よりもすぐれていることを情熱的に繰り返し過ぎたので、私の『ロリータ』翻訳は原作よりも百倍はよいものだと、どこぞのスラヴ研究者《スラヴィスト》は心の底から信じこんでしまいかねない。いまや、私は自分の錆びついたロシア語の弦がギーギーときしむのに苦められるばかりである。この翻訳の歴史は、失望の歴史である。(47)

このように述べて、ある意味でロシア語作品の方が英語作品よりもすぐれているとした英語版のあとがきをくつがえす発言をしている。字義どおりとれば、この文章はナボコフが自分のロシア語能力の低下を嘆いたものと読め、実際そのように読まれてきた。

しかし先述した「『ロリータ』と題する書物について」の解釈と、一九五六年十一月と一九六五年十一月という丸九年間の時間の流れ、イサカからパレルモへという場所の変化をふまえてこの「ロシア語版『ロリータ』へのあとがき」を読みなおせば、別のふくみも見えてくるだろう。大学を辞してアカデミズムの世界から足を洗ったナボコフは、すでに「スラヴ研究者」のあいだで生きていく必要はなくなっていた。一九六四年には懸案事項だった『エヴゲーニイ・オネーギン』翻訳と注釈の出版を、編集者ジェイスン・エプスタインの仲介をへて、コーネル大学出版会よりも権威のあるボーリンゲン基金からはたしていた。もはや、ロシア語の定期刊行物に寄稿する必要性もうすれた（カルポヴィチの『新評論』には、一九五七年を最後に寄稿がとだえた）。その状況では、アメリカのロシア人コミュニティに気兼ねする理由はほぼ消滅していた。だからこそ堂々と『ロリータ』を「私のもっともすぐれた英語の本」と呼ぶことができたのだ。[48] 大きく変化したのは言語能力ではなく環境だったのである。

さらに、上にあげた引用箇所で「どこぞのスラヴ研究者」を制しているのは、特定の人間が念頭にあった可能性もある。一九六三年、マルク・シェフチェリは『ロリータ』についての著作を執筆することを思いついた。そこでさっそく資料を集めることにし、キューブリックの映画版のためにナボコフが用意した脚本を提供するように書簡で無邪気にもナボコフに求めた。ナボコフは、妻をつうじて理由も告げずに断った。

ナボコフがシェフチェリの頼みを断った理由のひとつは、ヤコブソンへの遺恨だっただろう。一九五七年、ハーヴァードの人事にたいするヤコブソンの妨害に激怒したナボコフは、ヤコブソンに絶縁状を送りつける前に、同僚のシェフチェリに電話をしていた。ナボコフはシェフチェリに、三人で進めていた『イーゴリ軍記』翻訳プロジェクトを自分たちだけで継続することを提案したが、四〇年代からヤコブソンと共同で仕事をしていたシェフチェリにヤコブソンを切りすてるのはできない相談だった。[49]

ガーリャ・ディメントはシェフチェリとナボコフとの一連の出来事の顚末をこう述べて締めくくって

いる。

シェフチェリの「ナボコフ・エンヴィー」の最終的な開示は、歴史家として、ナボコフの広く成功した作品『ロリータ』の批評を書くことで、この男が勝ちとった栄光のわけまえにあずかろうとすることだった。［中略］これは明らかに、過大な要求だった。自作の登場人物、「哀れなプニン」が、創造主のベストセラー小説の研究を書こうとしたときの、ナボコフの心情を想像してみてほしい(50)。

シェフチェリだけではない。自分をうらやみ、憎んでさえいたくせに（そう、ナボコフは思っていた）、成功のおこぼれにあずかろうとする人間のことをナボコフは許さなかったのだ。

10 賞と名声と

「ロシア語版『ロリータ』へのあとがき」が光を当てるのは、個人的なわだかまりだけではない。以下の一節をご覧いただきたい。

じつを言えば、『ロリータ』が誰のために翻訳されたのかという問題は、形而上学とユーモアの領域にある。［中略］ところで、今ロシアでとりわけ敬われている作家が誰か私は知らない――どうせ、現代におけるメイン・リードの代理人ヘミングウェイか、フォークナーとかサルトルといった西側でブルジョワジーの寵児であるつまらん奴らだろう。一方、国外のロシア人たちはといえば、ボール紙製の静かなドン・コサックたちがやはりボール紙製の尾だか台だかにまたがっているのや、安っぽい不可思議な欲望を抱えた感傷的なドクトルや、ソヴィエト政府にきわめて良質な外貨をもたらした、チャールスカヤのプチブル的な言いまわしと女魔法使いに熱中して、ソ連の小説をむさぼり読んでいる。(51)

ナボコフはロシア語版『ロリータ』が「誰のために翻訳されたのかという問題は、形而上学とユーモアの領域にある」とした──なぜならば、「国外のロシア人たち」は「ボール紙製の静かなドン・コサックたちがやはりボール紙製の尾だか台だかにまたがっているのや、安っぽい不可思議な欲望を抱えた感傷的なドクトル」にうつつをぬかしているのだから。言うまでもなくこれは、ミハイル・ショーロホフ(一九〇五―一九八四)の『静かなドン』とパステルナークの『ドクトル・ジバゴ』を指している。ここには無論、先述したようなグリンベルグやストルーヴェの態度へのあてつけもふくまれているだろう。

しかし、なぜこの二人なのだろうか? そのことの答えは、「ロシア語版『ロリータ』へのあとがき」が書かれた日付「一九六五年十一月七日」にある。つまり、まさにショーロホフが一九六五年十月にノーベル文学賞を受賞した直後に書かれているのだ。日付に着目すれば、ソヴィエトのノーベル文学賞作家二名の列挙は意図的なものだとわかる(そして西側の作家の代表としてヘミングウェイ、フォークナー、サルトルがあがっている理由もわかるだろう)。

一九三三年の時点では、イヴァン・ブーニン(一八七〇―一九五〇)が亡命者への同情のようにしてノーベル文学賞を受賞していたことを思えば(他方マクシム・ゴーリキイは受賞を逃している)、三十年の時の経過は亡命者にとって残酷なものだったと言わざるをえない。それでもナボコフはソヴィエトの文学作品よりも、自分のロシア語版『ロリータ』にこそ、(最初に書かれた言語が英語であっても)「魂の自由」があると主張せずにはいられなかったのだろう[52]。

こうしたことが示すのは、シャホフスカヤがナボコフに『ロリータ』で裏切られたと思っていたように、ナボコフの側でも同胞──「国外のロシア人たち」──への失望があったということである。だから、「ロシア語版『ロリータ』のあとがき」で述べられる自分のロシア語作品の読者像は、無限に増える自分自身なのである。

読者としての私は、際限なく増殖することができるし、反応のよい観客が集う巨大なホールを、たやすく自分の分身たち、代理人たち、エキストラたちで、そしてまやかしがないことを観客に納得させるために魔法使いが命ずれば、並んだ座席のあちこちの列から、一瞬たりともためらうことなく舞台に出ていけるサクラたちで埋めることができる[53]。

たったひとりで手品を披露しつづける奇術師とは、あまりにも殺伐としたイメージだ──アメリカで刊行されたロシア語版という、かつて自分の周囲にいたロシア人がもっとも目にするだろう書物のあとがきの中で、ナボコフは彼我のあいだに明確な線を引いたのだ。

11　自己翻訳の果て

自分が過去に所属した世界との決別、それは「ロシア語版『ロリータ』へのあとがき」のようなパラテクストのみならず、テクストそのものも変えていった。

ナボコフの英語作家への転向をめぐる問題を複雑かつ根深いものにしているのは、ナボコフが単に英語作家になったばかりでなく、かつてのロシア語作品を自分で英語に翻訳してしまったことだ。ストルーヴェは先に引用した講演で、こうも述べている。

そのうえ、忘れてはならないのは、ナボコフは自身で自分のロシア語小説の翻訳をし、あるいは指導し、管理していたことだ。その英語読者は、ほぼオリジナルな著作としてそれに接するようになった。[54]

こう述べたのはストルーヴェ自身、一九三〇年代にナボコフのロシア語短編を英訳したことがあったからだ。「チョールブの帰還」と「乗客」である。[55] ナボコフは英訳が雑誌に掲載された当時、ストルーヴェの仕事を「きみのすばらしい翻訳を読んで大変満足した」と書きおくって謝意を表していた。[56] ところがナボコフはアメリカを去った一九五九年前後から、過去のロシア語作品のほぼすべてを自分の手で——多くは息子ドミトリイの手を借りて——逐一英訳し、刊行していくことになった。それは、旧友の手による翻訳が存在する作品も例外ではなかった。

一九七五年四月二十一日の手紙で、ナボコフはストルーヴェに以下のように書きおくり、かつて感謝し称賛した友人の英訳の不採用を告げている。

この巻［短編集『ある日没の細部、そのほかの短編』］には、「チョールブの帰還」と「乗客」——ドミトリイとの共訳——がはいっています。私はあなたの訳を長いこと目にしていなかったのですが、今回拝見して十分正確とは言えないところ、私の現在の英語の文体からあまりに隔たったところが

あることがわかりました。どうか怒らないでください！　時間はとまったままでも、芸術の解釈は変わります。(57)

しかし、ナボコフがストルーヴェの四十年前の英訳を排したのは、この手紙にあがっているような、「正確さ」の問題だけがその理由だったのか？　すでに、二人のあいだには距離ができていた。もともとナボコフが一九四〇年に渡米したあとは、直接顔をあわせる機会にほとんどめぐまれなかったうえ、いくつかの原因も重なっていた。ひとつは、ナボコフはストルーヴェの主著『追放のロシア文学』の中の自分についての記述を気にいっていなかったらしいこと。(58)それはスペースこそとられていたが、表面的な、批判的なコメントにとどまっていた。さらに、前述した『ジバゴ』の評価をめぐる不一致もあった。

上記の書簡でナボコフは「芸術の解釈は変わります」とも述べている――たしかにそうだろう。しかし、変わったのは「芸術の解釈」だけなのだろうか？　解釈する人間を変えたのはなんなのか？　ストルーヴェとの友好的な関係がつづいていたら、ナボコフははたしてその英訳をとりさげさせただろうか？――疑問は尽きないが、自分に対する評価や政治的な問題に個人的な感情がもつれあい、ときほぐすのは困難だ。前著『ナボコフ　訳すのは「私」』で私は、ナボコフの文体や文学技法が、（自分で自分の作品を翻訳する）自己翻訳という（特殊な）手法を必要としたという観点からもっぱら論じていた。しかし、ナボコフがアメリカで置かれた周囲のロシア人から孤立した状況が、自己翻訳のひとつの動機になったことはまちがいない。

ナボコフとストルーヴェの不仲の原因はひとまずおき、ここでは実際に、ナボコフによるロシア語版

「チョールブの帰還」（一九二五）の冒頭部と、そのストルーヴェによる英訳（一九三二）[59]、そしてのちにナボコフが息子と共訳したもの（一九七五）を見てみよう。それぞれに和訳をつけたが、もちろん便宜的なものである。

（ロシア語版「チョールブの帰還」一九二五）

Супруги Келлер вышли из театра поздно. В этом спокойном германском городе, где воздух был чуть матовый, и на реке вот уже восьмой век поперечная зыбь слегка тушевала отраженный собор, Вагнера давали с прохладцей, со вкусом, музыкой накармливали до отвалу. Из театра Келлер повез жену в нарядный кабачок, который славился своим белым вином, и только во втором часу ночи автомобиль, легкомысленно освещенный изнутри, примчал их по мертвым улицам к железной калитке степенного особнячка. Келлер, старый коренастый немец, очень похожий на президента Крюгера, первый сошел на панель, где при сером свете фонаря шевелились петлистые тени листьев. Свет на мгновение выхватил крахмальную грудь Келлера и капли стекляруса на платье его жены, которая, выпростав полную ногу, в свой черед лезла из автомобиля. В прихожей их встретила горничная и, с разбегу, испуганным шепотом сообщила им о посещении Чорба. Пухлое, еще свежее лицо Варвары Климовны Келлер задрожало и покраснело от волнения:[60]

ケラー夫妻が劇場からでたのは遅くなってからだった。その静かなドイツの都市では、空気もどこかくすんでいて、川面にはすでに八世紀ものあいだ反射した大聖堂を横切る波がそっとぼやかしていて、ワグナーは気晴らしに、趣味よく供され、音楽でお腹いっぱいになるまで満たされるのだ。

劇場からでてきたケラー氏は、妻を白ワインで有名なおしゃれな酒場に連れていき、夜の一時を過ぎてやっと、浅薄にも内部を照らした自動車は死んだ街を抜けてどっしりした小邸宅の鉄製のくぐり戸へと二人を大急ぎで運んだ。年をとり、ずんぐりしたドイツ人のケラー氏は、クリューガー大統領にそっくりで、最初に歩道におりたが、そこでは街灯の灰色の明かりが葉の輪になった影をゆらしていた。光は瞬間、ケラー氏の糊のきいた胸元と、その妻のドレスのガラス細工の滴を輝かせたが、妻は太い足をだすと、自分の番とばかりに車からはいだした。玄関先ででむかえたメイドは、走ってきたいきおいで、うわずったささやき声でチョールブの訪問について大妻に伝えた。まるまるとした、まだ若々しいヴァルヴァラ・クリモヴナ・ケラーの顔は震えだし、興奮で赤くなった。

（ストルーヴェ訳「チョールブの帰還」一九三二）

The Kellers were late in coming out of the theatre.

In the quiet German town, with its somewhat opaque air, where the ripples athwart the river have been faintly blurring the reflection of the cathedral for more than seven centuries, performances of Wagner are given with relish, in comfortable ease; one is glutted with music.

After the theatre Keller took his wife to a smart tavern famous its white wine, and it was not until past one o'clock that the motor-car, frivolously lit within, whisked them through the dead streets to the iron gateway of their sedate little house. Keller, a sturdy old very like President Kruger, stepped out first on the pavement, where the shadowy network of the leaves stirred in the grey light of the street-lamp. The light picked out for an instant Keller's starched chest, and then the drops of the glass beads on his wife's dress as she disengaged one

plump leg and in turn alighted from the car.
It was in the hall that they were met by the maid. In frightened whispers, all in a breath, she told them of the visit of Tchorb. The plump and still fresh face of Varvara Klimovna Keller began trembling; she flushed with emotion.[61]

ケラー夫妻は遅くになって劇場からでてきた。

そのドイツの静かな町では、どことなくにごった空気で、川を横切るさざ波はかすかに大聖堂の反射を七世紀以上にわたってぼやかしつづけ、ワグナーの演奏は心ゆくまで心地よいので、音楽にうんざりしてしまう。

観劇のあと、ケラー氏は妻を白ワインが有名なしゃれた居酒屋につれていった。そして、中をけばけばしいまでに明るくした車が、死んだ街を走って夫妻を小さい落ち着いた家の鉄の入口まで運んでいったときには一時をすぎていた。クリューガー大統領にそっくりのがっしりした老人、ケラー氏がまず最初に降りた歩道には、葉のしげみが網になって街灯の灰色の光のなかで揺れていた。瞬間、その光はケラー氏の糊のきいたシャツのむねできらりと輝き、ついで丸々した脚を一本、車からだすと、今度は自分が降りた妻のドレスについたビーズのしずくを輝かせた。

メイドがでむかえたのは玄関だった。うわずったささやき声で、一息に、メイドはチョールブの訪問を告げた。ヴァルヴァラ・クリモヴナ・ケラー夫人の、丸みを帯びてはいるが、まだ張りのある顔は震えはじめた。夫人は思いのあまり顔を赤らめた。

（自己翻訳版「チョールブの帰還」一九七五）

The Kellers left the opera house at a late hour. In that pacific German city, where the very air seemed a little lusterless and where a transverse row of ripples had kept shading gently the reflected cathedral for well over seven centuries, Wagner was a leisurely affair presented with relish so as to overgorge one with music. After the opera Keller took his wife to a smart nightclub renowned for its white wine. It was past one in the morning when their car, flippantly lit on the inside, sped through lifeless streets to deposit them at the iron wicket of their small but dignified private house. Keller, a thickset old German, closely resembling Oom Paul Kruger, was the first to step down on the sidewalk, across which the loopy shadows of leaves stirred in the streetlamp's gray glimmer. For an instant his starched shirtfront and the droplets of burgles trimming his wife's dress caught the light as she disengaged a stout leg and climbed out of the car in her turn. The maid met them in the vestibule and, still carried by the momentum of the news, told them in a frightened whisper about Chorb's having called. Frau Keller's chubby face, whose everlasting freshness somehow agreed with her Russian merchant-class parentage, quivered and reddened with agitation.[62]

ケラー夫妻がオペラハウスを出たのは遅くなってからだった。その平和なドイツの街では空気はどこかつやがなく、横切るさざ波の列は、優に七世紀のあいだ、映った大聖堂をやさしくゆらしていた。そこでのワグナーは心地よくもゆったりとした催しで、聴き手を音楽にうんざりさせてしまうのだった。オペラのあと、ケラー氏は妻を、白ワインで有名な感じのいいナイトクラブに連れだした。恥ずかしげもなく中を照らした車が、生気を失った街を疾走して、小さいがなお威厳ある個人宅の鉄門の前に夫妻を届けたときには、時刻は午前一時だった。ポール・クリューガーおじさんに酷似した太った老人ケラー氏が、まず足を踏みだした歩道では、街灯のにじんだ灰色の光の中で葉の丸い影が揺れた。瞬間、夫の糊のきいたシャツの前を、そして妻のドレスを飾るガラス細工の小さな滴を、光は輝かせたかと思うと、妻のがっしりした脚の一本がときはなたれ、今度は彼女自身が車から降りてきた。車寄せででむかえたメイドは、知らせのいきおいのまま運ばれてきて、うわずったささやき声でチョールブが訪問したことを告げた。ケラー夫人のぽっちゃりした顔は、商人階級の血をひくロシア人らしくいつまでも若々しかったが、震えつつも激情で赤らんだ。

並べてみてわかるのは、全体的にストルーヴェが選んだ語彙がさほど難しくないのにたいし（opaque、glut、gateway、hall、plump）、ナボコフの英訳は日常的には使用されない語彙が多いということだ（lusterless、overgorge、wicket、vestibule、chubby）。原文のロシア語はといえば、「くすんだ матовый」、「くぐり戸 калитка」、「玄関 прихожая」、「まるまるとした пухлый」などは、一語一語とりだしてみるとごく普通の語彙である。「チョールブの帰還」はロシア語作品としても初期の作品ということもあり、珍しい単語がつかわれているというよりは、シンプルな単語同士をロシア語の特性を活かしてむすびつけた、凝集度の高い文体である。

そのロシア語を英語に置きかえるにあたって、語彙の難度という点ではむしろストルーヴェ訳のほうが対応している。これは、元のロシア語がどういう文脈でつかわれているかによって、ナボコフ訳は単語をより具体的な言葉に置きかえているせいだ。たとえば、ロシア語の「劇場《チェアトル》 театр」にはストルーヴェのように theater をあてたくなるが、ナボコフは opera house をあてるのだ。そのため、ナボコフ訳は原文よりも物や描写の輪郭線がはっきりしているような印象を受ける[63]。

端的に言えば、ナボコフは原文に情報を追加しているのだが、このような「訳しすぎ」は、語彙のレベル以外にも散見される。たとえば、ケラー夫人の名前と父称「ヴァルヴァラ・クリモヴナ」をはぶいたかわりに「商人階級の血をひくロシア人」として、その出自を説明している。[64] ロシア人にしかわからない情報を、英語読者に伝えること――これはナボコフのほかの自己翻訳にも共通して見られる特徴だ。[65]

情報の追加が、文体的な味つけと組みあわされておこなわれている箇所もある。「走ってきたいきおいで с разбегу」という原文の表現は、ロシア語としてはたった二語の慣用表現にすぎない。「一息に all in a breath」というストルーヴェの訳語はたしかにずれているが、ロシア語の慣用表現に英語のセットフレーズをあてようとしたという意味では理解できる。他方で、ナボコフによる「知らせのいきおいのまま運ばれてきて still carried by the momentum of the news」という訳文は、原文にはない文体的なおかしみの要素がつけ加わってはいるが、かなり長くなってしまっているし、慣用的でないどころか、言葉のもつ異化効果が前面におしだされる結果になった。

このように、二つの英訳をならべてみると、意外なことに一概にどちらが「正確」か判定はできない。よくもわるくも素直なストルーヴェ訳と比較すると、ナボコフはさまざまに改変をほどこしており、その内容は普通の訳者にはできない性質のものが多い。先ほど引用した一九七五年にストルーヴェに書きおくった書簡で、ナボコフは訳文を不採用にしたもうひとつの理由を「私の現在の英語の文体からあまりに隔たったところがある」と述べている。しかし、半世紀前の作品を、「現在の英語の文体」にあわせた翻訳は本当に「正確」なものなのだろうか、その二つは両立可能なものなのだろうか、という疑問はここでは棄てられている。

もちろん、ストルーヴェの翻訳も十全な翻訳というわけではない。しかし、一九三二年という早い時期に発表されたことで、同時代の雰囲気をたたえ、初期にはナボコフの作品の貴重な英語サンプルとしての役割をはたしただろうこの翻訳は、独自の価値をもっていたはずだ。それも、著者の強権によって永遠にお蔵入りになったのだ。

12 「翻訳」という仮面

自己翻訳によって、一九六〇年代、七〇年代をつうじてナボコフのロシア語作品は書きかえられていった。それは過去の自己を現在の自分で――「世界的な英語作家」というセルフイメージで置きかえることだった。それは、英語作家ナボコフがロシア語作家V・シーリンの顔に、自家製の仮面をはめることだと言ってもいい。

同時にそれはストルーヴェの翻訳が葬られたことがしめすように、ある意味でかつての自分の協力者を切りすてる行為でもあったはずだ。パリイは、ナボコフのロシア語作品の、作家本人による英訳は原典より「はるかにつまらない」と感じたというが、亡命者たちにとって、この仮面をつけた顔は、颯爽とした若々しい青年作家が、「病的にむくん」で「頭もはげ」た狷介な老作家に変貌してしまったかのように映ったことだろう。

こういったことを指して、ロシア側の代表的なナボコフ研究者、アレクサンドル・ドリーニンは、「ロシアの遺産」が自己翻訳によって「後期の手法にもとづく［中略］言葉遊び」によって置きかえられてしまったと述べた。[66] さらにドリーニンは言う――「実際、ナボコフのロシア語作品は英語作品と同じくらい完成度が高く、それ自体で独自の価値をもっている」。[67] 亡命ロシア文学の傑作群が、アメリカ作家の手によって、その流儀で書きかえられてしまうことは、単純にナボコフ個人の作品の問題ではなく、「亡命ロシア文学」全体の評価につながるものでもあったはずだ。ベルベーロヴァの回想にあるように、シーリンの文化をささえた亡命者からすれば、シーリンのロシア語作品は英語作家のための踏み台でも、それを補完するものでもなかったのだ。

このように考えれば、シーリンの同時代を生きた亡命者たちが「英語作家」としてナボコフが成功することに複雑な思いを抱いたとしても無理はない。これは、ナボコフの評価について、現在でも英米よりの文学者とロシアよりの文学者のあいだで（しばしば感情的なレベルで）意見がわかれていることの原因にもなっているだろう。

13　ナボコフは世界文学か？

ここで、ナボコフの英語作家への転身を一種の「翻訳」ととらえてみてもいい。比較文学者デイヴィッド・ダムロッシュは著書『世界文学とは何か？』の中で、「世界文学とは、翻訳を通して豊かになる作品である」と述べている(68)。「翻訳で失われるもの」よりも、「翻訳でえられるもの」が上まわっているのなら、それは世界文学だというアメリカ人ダムロッシュのシンプルかつ楽天的な世界文学観のなかでは、翻訳で失われるものの重大さはシリアスにはとらえられていない。

翻訳による損失や喪失について考察しているのは、文学ではなくむしろ文化人類学や、それをうけた翻訳研究の領域だろう。やはりアメリカの比較文学者エミリー・アプターは著書『翻訳地帯――新しい人文学の批評パラダイムにむけて』のなかで、無条件に礼賛されがちな翻訳が、マイナー言語にとっては災いにもなりうるというアンドルー・ドルビーやデイヴィッド・クリスタルといった文化人類学者の主張を紹介している。

ドルビーとクリスタルの研究がしめすのは、どれほど翻訳が民族の記憶を保存し、文化的記憶喪失を緩和する役に立つとしても、生きた言語の生命力を断ち切ってしまう無数の天敵のひとつでもあるということだ(69)。

翻訳はマイナー言語にとって、自分の文学・文化をひろく伝える手段にもなるが、その言語自体をつかう必要をなくしてしまうという意味で、マイナスにはたらくこともある。つまり、経済的・社会的に有力な言語へのアクセスが改善されるということは、たとえるならば孤絶した土地に高速道路を通すようなもので、人材や資源の流出をまねき、マイナー言語の存在意義そのものが失われる可能性があるということだ。

もちろん、ロシア語はマイナー言語ではなかったが、「亡命ロシア人の言語文化」がおかれていた状況は、社会的に孤立したマイナーな状況だったと言える。その第一の波の亡命ロシアが生みだした最高傑作と言うべきシーリンが、英語作家に転身し、かつての自分のロシア語作品を英語に翻訳してしまうこと――たしかに「ナボコフ」の名は知れわたり、その作品は英語をかいして広く読まれたが、その長い影にかくれて、引きかえに彼の作品が体現し、代表していたひとつの文化は見えにくくなったのだ。

言語的多様性を削減してしまう翻訳の弊害を、英文学者のマシュー・レイノルズは、「ある点では翻訳は言語の敵であって、ならし、均一化する力である」と表現している(70)。さらにこれがただの翻訳ではなく、自己翻訳だったことは、問題を深刻にした。普通なら、翻訳は「芸術の解釈が変わ」れば、更新されるものだ。たとえば『源氏物語』の英訳は、日本文化への理解の進展とともに、同化的なアーサー・ウェイリー訳（一九三五）から、より異化的なエドワード・サイデンステッカー訳（一九七六）、ロイヤル・タイラー訳（二〇〇一）へと更新されていった。この過程で、ウェイリー訳で削除されていた和歌が復活し、背景文化を理解するための脚注は増加した(71)。しかし、自己翻訳のケースでは、著者である訳者が作成した翻訳が「決定版」となって再訳は難しくなってしまう。発祥文化への理解にかかわりなく、作家＝訳者の解釈が固定されるのだ。

　ナボコフのケースが特殊なのは、その文化の途絶や理解の硬直化を、結果的に自らの手でおこなった（この言い方が強すぎるなら、それに手を貸した）ように見えるということだ。だが、ナボコフを責めることはできない。畢竟、作家は文化人類学者ではないのだ。ポストコロニアリズムの観点から、マイナー言語での創作の重要性をうったえてみたところで、その批判はナボコフに届かないだろう。もちろん出版は経済活動だが、では経済学の観点から作家の行動を万事説明できるかと言えば、それも難しいだろう。パステルナークの件がしめすように、政治的な問題も少なからずかかわっていた。ひとつひとつは微小にも見える人間関係やさまざまな複合的な要因が積み重なって、ナボコフはこうなったのだと言うほかない。

14　亡命の神話

　ナボコフが亡命文化を伝えようとしなかったわけではない。六〇年代から七〇年代にかけて、つぎつぎと刊行されたロシア語作品の英訳につけたまえがきで、ナボコフがしばしば言及しているのはかつて自分の創作をささえ、守ってくれた人々である。ユーリイ・アイヘンヴァリド、イリヤ・フォンダミンスキイ、マルク・アルダーノフ、ホダセーヴィチ……そして彼らの陰に隠された一番大切な人物――自分の父親も。彼らこそ、ソヴィエトによる暗殺や誘拐といった弾圧の脅威に屈せず、ロシア文化を、リベラリズムを守りぬこうとした偉大な人々だった。「一九六二年三月二十八日、モントルー」で書かれた『賜物』英語版へのまえがきで、作家＝訳者はこう述べている。

知識人たちのおびただしい流出は、ボリシェビキ革命直後のソヴィエト・ロシアからの大脱出のかなりの部分を占めており、今日では神話に描かれた種族の放浪記のようだ――その鳥のしるしや月のしるしを、私はいま砂塵のなかからとりもどすのだ。私たちはアメリカの知識人には知られないままだった（共産主義のプロパガンダに惑わされて、私たちのことを悪党の将軍とか、石油王とか、柄つき眼鏡《ロルネット》を手にした痩せた貴婦人としてしか見ていなかったのだ）。その世界はいまや過ぎ去った。(72)

ナボコフの描くロシアが、現実のロシアではなく、ナボコフの個人的な回想のロシアでしかないとはよく言われることである。それは自分が幼年時代、少年時代をすごしたロジデノストヴェノ、ヴィラ、バトヴォといった領地と、帝都サンクトペテルブルグの家、そしてそれをとりまく人々を描いたものだった。同じように、ナボコフは自分のヨーロッパ亡命時代を、すでに亡くなってしまった協力者たちとだけ、分かちあうことにしたようだ。もちろん、天才作家V・シーリンもその「神話」のなかにある。一九五一年に『パーティザン・レヴュー』に発表し、(73)『決定的証拠』に収録された「亡命」という文章で、ナボコフは回想‐自伝のなかに、亡命ロシア語作家V・シーリンの光芒を描きとめた。

しかし、私の一番の関心が、シーリンだったことに疑問の余地はない。シーリンは私の世代に属していた。亡命のなかで声をあげた若い作家の中で、彼だけが唯一の大作家だった。一九二五年の長編第一作の出版にはじまり、つづく十五年間をつうじて、あらわれたとき同様奇妙にも消えていくまで、シーリンの作品は批評家たちをぴりぴり、いや神経症的にさせてきた。［中略］もっと古臭い言い方をしてみれば――シーリンは亡命の暗夜を流星のように横切って消えていき、残していったものはといえば漠とした居心地の悪さだけだった。(74)

一九五一年の時点で、すでに英語作家になっていたナボコフがしたことは、シーリンの輝きを自分の手でかき消すことだった。回想記を自分でロシア語訳するさい（一九五四）、ナボコフはこの節自体を省いてしまった。そして改訂した英訳版（一九六七）では、文中の「彼だけが唯一大作家だった」を、「彼がもっとも孤独で、もっとも傲慢だった」と書きかえたのだった。

注

（1）Harry Levin, "Literature and Exile," *Refractions*, New York: Oxford, 1966. pp. 62-81.

（2）George Steiner, *Extraterritorial: Papers on Literature and the Language Revolution*, New York: Atheneum, 1976.［ジョージ・スタイナー『脱領域の知性――文学言語革命論集』青柳晃一・岡田愛子・原田敬一・高橋康也・水之江有一・三宅鴻・由良君美訳、河出書房新社、一九七二年。］

（3）ストルーヴェについて、伝記的情報は以下の論文を参考にした。中野幸男「亡命ロシア文学史研究者――グレープ・ストルーヴェ研究」『境界研究』一号、二〇一〇年、一四五―一六四頁。

（4）Глеб Струве, *Русская литература в изгнании*, Москва: Русский путь, 1996. С. 188-196.

（5）Глеб Струве, "Владимир Набоков каким я его знал и каким вижу теперь," *Русская литература*, no. 1, 2007. С. 236, 257.

(6) 比較的近年、ナボコフとベルベーロヴァの関係について、アーカイヴ資料も参照した、詳細な研究が刊行され、交友関係の細部があきらかになった。Ирина Винокурова, "Набоков и Берберова," *Вопросы литературы*, no. 3, 2013. С. 115-171.

(7) ベルベーロヴァについては以下の文献も参照のこと。沼野充義「亡命ロシア文化最後の花——ニーナ・ベルベーロワ」『徹夜の塊——亡命文学論』作品社、二〇〇二年、一四〇—一五一頁。

(8) Brian Boyd, *Vladimir Nabokov: The Russian Years*, Princeton: Princeton University Press, 1990. p. 321.［ブライアン・ボイド『ナボコフ伝——ロシア語時代　下』諫早勇一訳、みすず書房、二〇〇三年、三九七頁。］

(9) Nina Berberova, *The Italics Are Mine*, New York: Knopf, 1992. pp. 314-316.［ニーナ・ベルベーロヴァ「三十年代のナボコフ」中川敏訳『ユリイカ　特集ウラジーミル・ナボコフ』一九七一年八月号、一一八—一一九頁より一部改変を施して引用。この邦訳の実質的な原典である『強調は私』は、一九六九年に先に英訳版が刊行され、一九七二年にミュンヘンでロシア語版が刊行された。］

(10) Vladimir Nabokov, *Conclusive Evidence: A Memoir*, New York: Harper Brothers, 1951. p. 216.［ウラジーミル・ナボコフ『ナボコフ自伝——記憶よ、語れ』大津栄一郎訳、晶文社、二三五頁。］

(11) 実際、一九七〇年代まではソ連・東側の国はおろか、アメリカをふくむ西側の国でさえ、大学のスラヴ文学科で「亡命ロシア文学」は無視されるか、なかったことにされていた。

(12) Струве, "Владимир Набоков каким я его знал и каким вижу теперь," С. 217.

(13) ベルベーロヴァは『新評論』誌に長文の書評を寄稿し、この小説が「ナボコフと偉大なロシア小説を固くむすびつけるもの」として、ドストエフスキイとの類似性を指摘している。Нина Берберова, "Набоков и его «Лолита»," *Новый журнал*, no. 57, 1959. С. 98. なお、ベルベーロヴァはナボコフの『青白い炎』も高く評価していた。Nina Berberova, "The Mechanics of *Pale Fire*," *Tri-Quarterly*, no. 17, 1970. pp. 147-159.

(14) ナボコフとシャホフスカヤのヨーロッパ時代の友好的な交友関係については、以下の文献が議会図書館のアーカイヴを調査し、書簡などの内容を報告している。Михаил Гольденберг, "Будем прежде всего сочинителями… (Набоков и Шаховская)," *Вестник*, vol. 7.2, no. 16, 1995. С. 44-48.

(15) この本については、諫早勇一が出版間もない時期にくわしい書評を書いている。諫早勇一「非在の作家ナボコフ——シャホフスカヤ『ナボコフを探して』をめぐって」『ロシア文学論集』四号、一九八〇年、一八—二〇頁。

(16) Зинаида Шаховская, *В поисках Набокова*, Paris: La Presse Libre, 1979. C. 23.

(17) Jacques Croisé, "Les cas de Nabokov: ou la blessure de l'exil," *La Revue des Deux Mondes*, August 1959. pp. 669-670. なお、この書評のロシア語版は『ナボコフをさがして』に収録されている。

(18) Ibid., p. 666.

(19) Струве, "Владимир Набоков каким я его знал и каким вижу теперь," C. 217.

(20) Шаховская, *В поисках Набокова*, C. 37-38. もっともナボコフの側からすれば、自作についての批判を発表した人物に近寄りたくなかったとしても不思議はない。現在、シャホフスカヤの書簡や原稿などの一部は、議会図書館とアマースト大学図書館に寄贈されているが、そこに含まれている著書につかわれなかった原稿には、ナボコフとその夫人に対する（著書以上の）誹謗中傷もふくまれている。シャホフスカヤにとって、ユダヤ人ヴェラはナボコフを純ロシア的なものから遠ざける異教徒に映っていた。"Research materials not included in *V poiskakh Nabokova*," Zinaida Schakhovskoy Papers, 1909-1982. Amherst College Center for Russian Culture.

(21) Berberova, *The Italics Are Mine*, p. 321.［ベルベーロヴァ「三十年代のナボコフ」一二一頁より一部改変を施して引用。］

(22) Шаховская, *В поисках Набокова*, C. 38.

(23) Алберт Парри, "Памяти Владимира Набокова," *Новое русское слово*, 9 июля 1978. 以降、パリイの回想からの引用はすべて本文献による。

(24) Vladimir Nabokov, *Pnin*, New York: Vintage International, 1989. p. 65.［ウラジーミル・ナボコフ『プニン』大橋吉之輔訳、文遊社、二〇一二年、一〇四頁。］一九五六年、『プニン』を単行本にまとめるさい、ナボコフは表紙のプニンの頭のかたちに細かく口を出し、できあがったイラストの出来栄えを「まったくすばらしい」と賞賛した（四一頁）。Vladimir Nabokov, *Vladimir Nabokov: Selected Letters*, 1940-1977, eds. Dmitri Nabokov and Matthew Joseph Bruccoli, New York: Harcourt Brace Jovanovich/Bruccoli Clark, 1989, p. 192.［ウラジーミル・ナボコフ／ドミトリ・ナボコフ、マシュー・J・ブルッコリ編『ナボコフ書簡集　1　1940-1959』江田孝臣訳、みすず書房、二〇〇〇年、一九〇頁。］

(25) Ibid., p. 140.［同書、二二六頁。］
(26) Ibid., p. 170.［同書、二八〇頁。］
(27) Galya Diment, *Pniniad: Vladimir Nabokov and Marc Szeftel*, Seattle: University of Washington Press, 1997. p. 5.
(28) 沼野充義「解説――動物学の教授には象を呼べ――大学教師としてのナボコフ」ウラジーミル・ナボコフ『ナボコフの文学講義　下』野島秀勝訳、河出文庫、二〇一三年、四〇九―四二九頁。
(29) Vladimir Nabokov, *Dear Bunny, Dear Volodya: The Nabokov-Wilson Letters 1940-1971 Revised and Expanded Edition*, ed., Simon Karlinsky, Berkeley: University of California Press, 2001. p. 72.［ウラジーミル・ナボコフ、エドマンド・ウィルソン／サイモン・カーリンスキー編『ナボコフ＝ウィルソン往復書簡集 1940-1971』中村紘一・若島正訳、作品社、二〇〇四年、九一頁。］
(30) Brian Boyd, *Vladimir Nabokov: The American Years*, Princeton: Princeton University Press, 1991. p. 113.
(31) Andrew Field, *VN: The Life and Art of Vladimir Nabokov*, London: Macdonald Queen Anne Press, p. 289.
(32) VN, TLS to George Ivask, 22 March 1958. George Ivask Papers, Box 1. Beinecke Rare Book & Manuscript Library. Yale University.
(33) ヤコブソンとナボコフの関係、およびその後のハーヴァードの人事をめぐる経緯については、以下の論も参照のこと。沼野充義「ヤコブソンとナボコフの確執をめぐって――象、イーゴリ、スパイ」『SLAVISTIKA』三二号、二〇一六年、四一―六〇頁。
(34) Boyd, *Vladimir Nabokov: The American Years*, p. 303.
(35) Nabokov, *Vladimir Nabokov: Selected Letters*, p. 216.［ナボコフ『ナボコフ書簡集　1　1940-1959』二一三頁。］
(36) Diment, *Pniniad*, p. 40. なお、『イーゴリ軍記』翻訳をめぐる顚末については、以下の書籍にくわしい。ウィリアム・マガイアー『ボーリンゲン――過去を集める冒険』高山宏訳、白水社、二〇一七年、二九四―二九六頁。
(37) Boyd, *Vladimir Nabokov: The American Years*, p. 113. Diment, *Pniniad*, p. 39.
(38) Vladimir Nabokov, *Lolita*, New York: Vintage International, 1997. pp. 316-317.［ウラジーミル・ナボコフ『ロリータ』若島正訳、新潮文庫、二〇〇六年、五六四頁。］この文章は、一九五七年六月『アンカー・レヴュー』誌が『ロリータ』の抜粋を掲載する際に、一緒に発表されたのが初出のようだ。Vladimir Nabokov, "On a Book Entitled *Lolita*," *Anchor Review*, no. 2, June 1957. pp. 105-112.

(39) 以下の二回にわけて刊行された。Владимир Набоков, "«Деребезжание моих ржавых русских струн...»: из переписки Владимира и Веры Набоковых и Романа Гринберга (1940-1967)," *In memoriam: исторический сборник памяти А. И. Добкина*, СПб.: Париж: Феникс-Atheneum, 2000. С. 345-397. Владимир Набоков, "Друзья, бабочки и монстры: из переписки Владимира и Веры Набоковых с Романом Гринбергом (1943-1967)," *Диаспора: новые материалы*, под ред. В. Аллой, вып. 1, СПб.: Париж, 2001. С. 477-556.

(40) Набоков, "Друзья, бабочки и монстры," С. 524.

(41) Владимир Набоков, "Письма к Глебу Струве," *Звезда*, no. 4, 1999. С. 33. ［ナボコフ『ナボコフ書簡集　1』二八〇頁。］

(42) Рашит Янгиров, "Друзья, бабочки и монстры," С. 479.

(43) ナボコフとリベラリズムの問題については、以下の文献にくわしい。デイナ・ドラグノイユによれば、『ロリータ』のなかでさえ、ナボコフは政治的な主張にもとづいた執筆をおこなっているという。Dana Dragunoiu, *Vladimir Nabokov and the Poetics of Liberalism*, Evanston, Illinois: Northwestern University Press, 2011.

(44) Набоков, "Друзья, бабочки и монстры," С. 539.

(45) Там же, С. 547.

(46) Владимир Набоков, *Лолита*, перевод автор, New York: Phaedra, 1967. С. 385.

(47) Набоков, Лолита, С. 386. ［ウラジーミル・ナボコフ「ロシア語版『ロリータ』へのあとがき」『ナボコフの塊――エッセイ集　1921-1975』秋草俊一郎編訳、作品社、二〇一六年、二七六頁。］

(48) Там же, С. 389. ［同書、二八〇頁。］

(49) Diment, *Pniniad*, p. 40.

(50) Ibid., p. 5.

(51) Набоков, *Лолита*, С. 389. ［ナボコフ「ロシア語版『ロリータ』へのあとがき」二七九―二八〇頁。］

(52) Там же, С. 389.［同書、二七九頁。］
(53) Там же, С. 389.［同書、二八〇頁。］
(54) Струве, "Владимир Набоков каким я его знал и каким вижу теперь," С. 257.
(55) Vladimir Sirin, "The Passenger," trans., Gleb Struve, *Lovat Dickson's Magazine*, vol. 2, no. 6, June 1934. pp. 719-725.
(56) Владимир Набоков, "Письма В.В. Набокова к Г.П. Глебу Струве: Часть вторая (1931-1935)," *Звезда*, no. 4, 2004. С. 144.
(57) Nabokov, *Vladimir Nabokov: Selected Letters*, p. 548.［ウラジーミル・ナボコフ／ドミトリ・ナボコフ、マシュー・J・ブルッコリ編『ナボコフ書簡集 2 1959-1977』三宅昭良訳、みすず書房、二〇〇〇年、五二八頁。］
(58) Field, *VN: The Life and Art of Vladimir Nabokov*, p. 296.
(59) ストルーヴェによると、この英訳は知りあいの英語作家とともに作成したものである。しかし、掲載紙『ディス・クォーター』の編集者エドワード・タイトゥスは、掲載にあたってストルーヴェの英訳草稿に大幅に手を加え、細部を変更し切りつめたという。Струве, "Владимир Набоков каким я его знал и каким вижу теперь," С. 248.
(60) Владимир Набоков, *Собрание сочинений русского периода в 5 томах*, том 2, СПб.: Симпозиум, 1999. С. 168-169.
(61) Vladimir Sirin, "The Return of Tchorb," trans., Gleb Struve, *This Quarter*, vol. 4, no. 4, June 1932. p. 592.
(62) Vladimir Nabokov, "The Return of Chorb," trans., Dmitri Nabokov with the collaboration with the author, *The Stories of Vladimir Nabokov*, New York: Vintage, 2002. p. 147.
(63) ほかにも、droplet のような指小辞がついた単語を多くつかうのは、ナボコフの自己翻訳の特徴でもある（この場合は対応する語は指小形ではないが、指小形はロシア語では一般的）。
(64) 英訳した短編を短編集に収録するにあたって付したまえがきで、ナボコフ自身も「彼女の母親の「ヴァルヴァラ・クリモヴナ」という重々しい名と父称ははぶいた。英米の読者にとってはなんの意味もないだろうから」と述べている。Nabokov, *The Stories of Vladimir Nabokov*, p. 654.［ウラジーミル・ナボコフ「注釈」若島正訳『ナボコフ全短篇』秋草俊一郎・諫早勇一・貝澤哉・加藤光也・杉本一直・沼野充義・毛利公美・若島正訳、作品社、二〇一一年、八五一頁。］
(65) 自己翻訳におけるコンテクストの問題をあつかったものとして、拙著の第二章を参照のこと。秋草俊一郎『ナボコフ 訳すのは「私」——自己翻訳がひらくテクスト』東京大学出版会、二〇一一年、五九—八〇頁。

(66) Alexander Dolinin, "Nabokov as a Russian Writer," Julian W. Connolly, ed., *The Cambridge Companion to Nabokov*, Cambridge: Cambridge University Press, p. 52.

(67) Ibid., p. 56.

(68) デイヴィッド・ダムロッシュ『世界文学とは何か?』秋草俊一郎・奥彩子・桐山大介・小松真帆・平塚隼介・山辺弦訳、国書刊行会、四三二頁。

(69) Emily Apter, *The Translation Zone: A New Comparative Literature*, Princeton: Princeton University Press, 2006. pp. 4-5.〔エミリー・アプター『翻訳地帯——新しい人文学の批評パラダイムにむけて』秋草俊一郎・今井亮一・坪野圭介・山辺弦訳、慶應義塾大学出版会、二〇一八年、一三頁。〕

(70) Matthew Reynolds, *Translation: A Very Short Introduction*, Oxford: Oxford University Press, 2016, p. 119.

(71) ダムロッシュ『世界文学とは何か?』四五二—四五四頁。

(72) Vladimir Nabokov, *The Gift*, trans., Michael Scammell with the collaboration of the author, New York: Vintage International, 1991. unpaged.［ウラジーミル・ナボコフ『賜物』沼野充義訳、河出書房新社、二〇一〇年、五八二頁。］

(73) Vladimir Nabokov, "Exile," *Partisan Review*, January 1951. pp. 45-58.

(74) Nabokov, *Conclusive Evidence*, pp. 216-217.［ナボコフ『ナボコフ自伝——記憶よ、語れ』二三五—二三六頁。］Vladimir Nabokov, *Speak Memory: An Autobiography Revisited*, New York: Vintage International, 1989. p. 287.［ウラジーミル・ナボコフ『記憶よ、語れ——自伝再訪』若島正訳、作品社、二〇一五年、三三八頁。］

第二章　ナボコフとロフリン
――アメリカ・デビューとモダニズム出版社

1　アメリカ作家になる方法

一九六九年、ジャーナリストのオルデン・ホイットマンは、スイスはモントルーの瀟洒なホテルをおとずれ、スイート住まいの老大家ウラジーミル・ナボコフにたずねた――「あなたは自分をロシア生まれ、イギリスで教育をうけたアメリカ作家だと呼んでいましたね。これでどうやってアメリカ作家になるんです？」作家の回答は次のようなものだった――

この場合、アメリカ作家というのは、四半世紀のあいだ、アメリカ市民である作家のことだよ。さらに、私のすべての作品は、最初にアメリカで出版されている。(1)

ナボコフの答えは一見人を喰ったトートロジーのようにも思えるが、ある意味で示唆にとんでもいる。ナボコフが主張しているのは、どこで生まれたのかよりも、どこで作品を出版したのかのほうが作家のアイデンティティをはかる物差しとして重要だということだ。こう言いかえてみてもいい――「人はアメリカ作家に生まれるのではなく、アメリカ作家になるのだ」と。どこの国、文化であれ、作家は作品を出版することで、そのために必要な現地の規範を（是認するにせよ、反発するにせよ）内面化していくことになる。この再帰的なプロセスを繰り返しながら、作家はある文化、地域に同化し、周囲からも承認されていく。つまり、ロシア人亡命作家V・シーリンが、アメリカの作家ウラジーミル・ナボコフになったのは、『青白い炎』をはじめとする作品の大半をヨーロッパで執筆し、『ロリータ』にいたってはパリで出版されたとしても、彼が英国ではなく、合衆国で作品をまず出版したからなのである。この意味で、「アメリカ作家になる方法」のモデルケースとして、ナボコフほどの適任者もいないだろう。

本章でとりあげるのは、ナボコフと、出版社ニューディレクションズの創業者ジェイムズ・ロフリン（一九一四―一九九七）の長年にわたるつきあいだ。ロフリンは実際に、アメリカでナボコフを担当した最初の編集者のひとりであって、旧世界からやって来た作家が新世界に帰化するうえで、評論家エドマンド・ウィルソンとならんで水先案内人の役目をはたした。ロフリンとのやりとりを通して、ナボコフはアメリカ出版業界のいろはを学んでいった。マーケティング、凝った装丁、ジャケット（本のカバー）に刷られる宣伝文、煩瑣な出版契約などといったほとんどは、ベルリンやパリの亡命ロシア社会で作品を発表していた作家にとって、はじめて経験するものだった。ナボコフにとっては、ロフリンとニューディレクションズこそが、アメリカでの編集者と出版社の基準になった。当時すでにアメリカを代表する批評家だったウィルソンとナボコフの関係は、早くから脚光を浴び、往復書簡集も刊行されている。他方、ロフリンとニューディレクションズがナボコフの作品制作にはたした役割は、ほとんど知られていない。

自身詩人でもあったロフリンは文字通りの「文士《マン・オブ・レターズ》」であり、担当の作家や詩人とのあいだに膨大な書簡を残している。ロフリンの書簡は、ノートン社から作家ごとに往復書簡集のシリーズとして刊行されており、エズラ・パウンド、ヘンリー・ミラー、ウィリアム・カーロス・ウィリアムズ、ケネス・レクスロス、ガイ・ダヴンポートといった、錚々たる作家・詩人とのやりとりが読めるようになっている。しかし、ナボコフとのあいだに交わした書簡で現在読むことができるのは、『ナボコフ書簡集』に収録されたごくわずかなサンプルしかない。ナボコフ側とロフリン側のあいだに交わされた五百通を超える書簡は現在、各地の文書館《アーカイヴ》に埋もれたままになっている。それだけでなく、ニューディレクションズが用意した宣伝文や、ジャケットのデザイン、カタログの新刊案内など（ジェラール・ジュネットが言うところのパラテクストやペリテクスト(2)）も同様に、『ロリータ』成功以降の大手出版社のイメージによって更新されたまま顧みられることがない。

もしナボコフ作品の、出版のような物質的な側面に光があてられてこなかったとするなら、それはナボコフの「文学的なオーラ」によるものだろう。『ロリータ』とその版元オリンピア・プレスについて調査した研究者コレット・コーリガンが指摘するように、ナボコフの文学的名声は、その作品が「文化的生産物《カルチュラル・プロダクト》」であることを忘れさせる(3)。実際、ナボコフの文学的ペルソナとそれが生みだす精緻な文体――ジョン・アップダイクはそれをある書評で「言葉の魔術師」と呼んだ(4)――は、気安く「生産物」としてのあつかいを許さない。しかしいかに独創的で、隔絶したものに見えようとも、ナボコフのテクストもまた時代の子だった。ナボコフと出版社との関係を詳らかにすることは、まったく異なる文化からの闖入者だったナボコフを合衆国がいかに受けとめ、作家がそれにいかに応えたのかを教えてくれることだろう(5)。

2　ただ愛のために

一九四〇年五月二十六日、ロシア語作家V・シーリンは妻子を連れてニューヨーク・シティに上陸した。そのトランクの中には、乏しい家財道具とともに、パリで書きあげた初の英語長編『セバスチャン・ナイトの真実の生涯』の原稿もしまいこまれていた。アメリカ合衆国の新参者として、原稿にふさわしい出版社を見つけること、そして英語作家として出版界に認知されることは喫緊の課題だった。数度の突き返しのあとで、ナボコフはウィルソンの紹介でニューディレクションズの社長ジェイムズ・ロフリンと知りあうことになった。

当時ロフリンは、親友の作家デルモア・シュウォーツ（一九一三―一九六六）に出版社の手伝いをさせていた。一九四一年五月、ロフリンは名字の発音すらよくわからない無名作家の英語第一作について、この才気走った友人に意見をもとめた。

> ぼくは同封されていたナバコ《〔ママ〕》フの小説を読んだところだ。まばゆいばかりに美しい小説だ。でも、気をつけて読まなくちゃいけないものでもある。これは多くの人々を惹きつけることはできない類の特別な文章だ。〔ポール・〕グッドマンか、それよりさらに成熟している。きみがこれを刷るっていうのなら、ただ愛のためにしなくちゃいけない。レヴィンは彼は英国で二冊の小説を出版していると言っている。どちらも売れなかった。彼はこれよりもいい小説をもっているんじゃないかと思う。プーシキンか、ほかのロシア詩人をナバコフに訳させたらどうだろう。「エヴゲーニイ・オネーギン」は英語にうまく訳したほうがいいんじゃないか。ナバコフは最近のニューリパブリック

　にプーシキンの短い戯曲を出していた。あるいは彼はトルストイ、ドストエフスキイ、チェーホフについて書けるんじゃないか？(6)

ナボコフのアメリカ・デビューを口添えしたのが、シュウォーツだったという事実はほとんど知られていない。しかし、当時シュウォーツが左派系の文芸誌『パーティザン・レヴュー』に短編「夢の中で責任が始まる」(一九三七)を発表して時代の寵児になっていたことを思えば、これは一種象徴的なできごとだろう。三〇年代にニューヨーク知識人のオピニオン誌の役割をはたした『パーティザン・レヴュー』の第二期第一号巻頭で発表された「夢の中で責任が始まる」は、政治とモダニズム運動の分離を予兆させるものだったからだ(7)。一九三九年の独ソ不可侵条約によって、知識人のあいだに共産党への幻滅が広がることで、この予兆は実質をもったものになった。

　それにしても一九四一年五月の時点でシュウォーツが、ナボコフがすでに『セバスチャン・ナイト』よりもよいロシア語小説を書いていること、さらには遠く『エヴゲーニイ・オネーギン』の翻訳と『ロシア文学講義』まで見通していたことには驚かされる。

デルモア・シュウォーツ

　他方でシュウォーツは、ナボコフが多くの読者を獲得するようなタイプの作家ではないと警告もしている。これが、シュウォーツの慧眼の一点の曇りとでも言うべき、予測しそこないだった(もちろんいまの私たちは、この忠告が杞憂だったことを知っているのだが)。シュウォーツはゆえに、『セバスチャン・ナイトの真実の生涯』の出版は「ただ愛のため《フォア・ピュア・ラブ》」になされるべきと説いたのだった。
しかし、出版を躊躇してもおかしくないこの手紙にたいするロフリンの回答は、確信に満ちたものだった——「もちろん。ぼくは自分の魂をナボコフにやるつもりだ[8]」。驚くべきことに、ロフリンはすでに、このうろんなロシア人に全面的に力をかそうと決めていた。このとき、ロフリンは弱冠二十五歳の、出版社をたちあげて五年目の青年社長だった。情熱的な青年編集者と、故国を追われた中年作家のコンビが誕生した瞬間だった。

3　パウンドの「啓示」とニューディレクションズ誕生

鉄鋼王ジェイムズ・H・ロフリンの孫として、ジェイムズ・ロフリン四世はまさに銀の匙をくわえて生まれた人物だった。しかし若きロフリンが熱中したのは、ビジネスではなく詩作だった。後年、自伝的な詩「祖先たち」のなかで、ロフリンは自分の先祖を金によってスポイルされた人々として描写している。

神を畏れる人々は
己の同胞と契り、己の同胞を
再生産していった。そこが
金で溢れかえるまで。それがほとんどの人間をだめにしてしまった。[9]

父の母校《アルマ・マータ》であった保守的な気風のプリンストンを蹴って、比較的リベラルなハーヴァードに進学したロフリンは、家業を継ぐ気などさらさらなく、詩人として生きていくつもりだった。しかし、転機が訪れる。ハーヴァード大学の二年生だったロフリンは、イタリアのラパロに、当時すでに伝説的な存在だった詩人エズラ・パウンドをたずねた。遠路はるばるたずねてきた若者に、パウンドは詩人をあきらめ、別の道にすすむように諭したのだ。ロフリンはこのときのことを、やはり自伝的な詩「ハーヴァード――ボストン――ラパロ」でふりかえることになる。

あなたは言った
きみは詩人としては見こみがない、
なにか役に立つことを
したほうがよい、才能が要らず
知性もさほど必要ない
出版の仕事に就いたほうがよいと。[10]

この「転向」の挿話は、モダニズム出版社の誕生秘話として、なかば神話化されている。[11]一九三六年、帰国したロフリンは、ハーヴァード大学在学中に出版社ニューディレクションズを創業した。その後、卒業祝いとして父親から譲りうけた十万ドルの資金を元手に、事業としての形をととのえた。ロッキー山脈の麓、ユタ州アルタにスキー客用の山荘《ロッジ》をかまえ、収入を確保したのだ（のちにこの山荘はナボコフとのつきあいのうえでも重要な役割をはたすことになる）。余談だが、ロフリンはスキーヤーとしても抜群の腕前で、編集者になった後も数々のアマチュアの大会で好成績を収めている。

詩人と出版人という二足の草鞋を履いたロフリンには、創立者として明確なヴィジョンがあった。一九三九年に配布されたカタログの巻頭に記載された、「ニューディレクションズの役割」と銘打たれたロフリンの言葉を見てみよう。

ジェイムズ・ロフリン

ニューディレクションズは、アメリカの出版業の商業化が犠牲にしてきた文学部門を促進するために〔中略〕設立された〔中略〕。アメリカの出版業の現況は、多年にわたってはびこっている複数の原因が生みだしたものと言える。すなわち、ビジネス上の安手の製版、普通教育、大量生産の手法である。〔中略〕これが、読者層の拡大、しいては大衆の嗜好を満たすことによる摩擦が生みだしたものだとしても、アメリカの出版物の標準を地に落としてしまったことに変わりはない。〔中略〕ニューディレクションズは、本を商品のパッケージ同然にあつかう風潮へのささやかな抵抗として創立された。おそらく、編集者は理想主義者なのだろう。しかし、種はまだ死んではいないのだ。(12)

ロフリンにとって、コマーシャリズムと良質な文学作品は両立しえないものだった。収益を追い求める出版社を文学に害なすものと言いきる、当時のブック・ビジネスに対するロフリンの敵愾心は、詩人としての芸術観や二十代の青年特有の熱さだけからくるものではなく、自分に文学作品の出版を許した、まさにその財産へのコンプレックスによるものでもあった。

自社のはたすべき使命について明確なイメージを持っていたロフリンは、一九四一年のカタログで、ニューディレクションズをたんなる出版社ではなく、「文学運動」と位置づけた。

ニューディレクションズは単なるいち出版社以上のものだ。ささやかながら、これは文学運動なのだ。よく組織された集団と言うよりは、強い一本の紐帯で結ばれた同盟なのだ——その確信とは、文学はビジネスであるまえに芸術なのだということだ。(13)

「文学はビジネスであるまえに芸術なのだ」——これを、若者の大言壮語と言い捨ててしまうことはできない。ニューディレクションズは、実際、アメリカのモダニズム運動にとって欠かせない役割をはたすことになる。ロフリンとパウンドの交友を調査した研究者グレッグ・バーンハイゼルは、ロフリンが出版人としてはたした役割について以下のように述べている。

パウンドがアメリカでの評価を築くうえで、ロフリンはきわめて重要な役割をはたした。自分の出版社、ニューディレクションズ・ブックスの活動によって、ロフリンがいどんだのは、常に文学にとって有害(だと彼が見なした)「大規模ステ

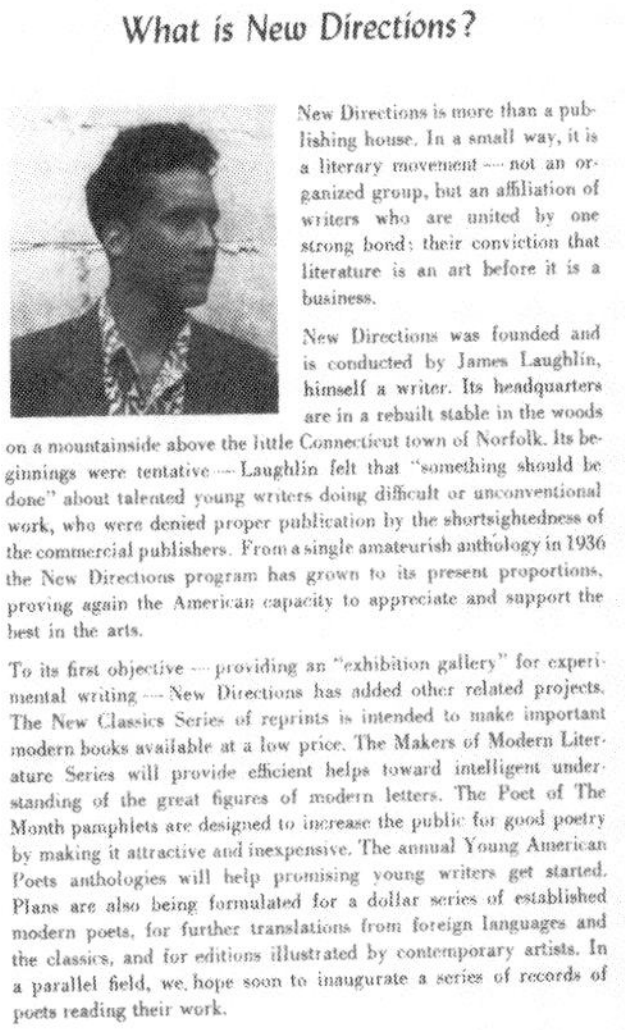

What is New Directions?

New Directions is more than a publishing house. In a small way, it is a literary movement — not an organized group, but an affiliation of writers who are united by one strong bond: their conviction that literature is an art before it is a business.

New Directions was founded and is conducted by James Laughlin, himself a writer. Its headquarters are in a rebuilt stable in the woods on a mountainside above the little Connecticut town of Norfolk. Its beginnings were tentative — Laughlin felt that "something should be done" about talented young writers doing difficult or unconventional work, who were denied proper publication by the shortsightedness of the commercial publishers. From a single amateurish anthology in 1936 the New Directions program has grown to its present proportions, proving again the American capacity to appreciate and support the best in the arts.

To its first objective — providing an "exhibition gallery" for experimental writing — New Directions has added other related projects. The New Classics Series of reprints is intended to make important modern books available at a low price. The Makers of Modern Literature Series will provide efficient helps toward intelligent understanding of the great figures of modern letters. The Poet of The Month pamphlets are designed to increase the public for good poetry by making it attractive and inexpensive. The annual Young American Poets anthologies will help promising young writers get started. Plans are also being formulated for a dollar series of established modern poets, for further translations from foreign languages and the classics, and for editions illustrated by contemporary artists. In a parallel field, we hope soon to inaugurate a series of records of poets reading their work.

『ニューディレクションズ・ブックス 1940-1941年秋冬号』より

ハリー・レヴィン

レオタイプ出版業」だった。ロフリンはつむじ曲がりの、反抗的になることもままある自分の作家たちの利益に全面的にかなうように、ジャーナリストや、「書評仲間」、大学教授の活動や思想を組織化して指揮棒をふった——それが言いすぎなら、少なくとも強い影響を与えたとは言える。[14]

後年、ハーヴァード大学教授にして、ロフリンやシュウォーツとも親しかったハリー・レヴィンは、エッセイ集『モダンたちの回想』をロフリンに捧げ、序文がわりの序章「ジェイムズ・ロフリンへの手紙」のなかで、ロフリンがモダニズム普及にはたした役割を総括し、その貢献を顕彰することになる。[15] ロフリンはパウンドのみならず、ほかのモダニストたち——ウィリアム・カーロス・ウィリアムズ、ヘンリー・ミラー、ケネス・レクスロス——とも親密な関係を構築し、作品を出版することで、モダニズムのプロモーターとして精力的に活動した。

とはいえ一九四一年、創業五年目をむかえたニューディレクションズはまだ運動の端緒についたばかりだった。その状況で、ナボコフの登場は天恵のようにロフリンの目に映った。故郷を追われたロシア貴族は、金の亡者からもっとも遠いところにいる人物に思えたのだ。少数の目の肥えた読者のためにナボコフを出版すること、それこそがまさにロフリンのしたいことだったのだ。

4　セバスチャン・ナイト——近代世界の殉教者として

ロフリンが興味を抱いたのは、ナボコフのプロフィールだけではなかった。作家が送ってよこした原稿の内容——腹違いの弟Vが語る、作家セバスチャン・ナイトの断片的な生涯の記録——も、ロフリンには好ましいものと映った。ロフリンがどう『セバスチャン・ナイト』を読んだのか。それはニューディレクションズの販促物が如実に物語っている。

刊行直前に書店に配布された小冊子『ニューディレクションズ・ブックス——刊行予定リスト』では、「芸術の精神に本質的に敵対する近代世界における芸術家の苦境の象徴」として、[16] 近刊の『セバスチャン・ナイト』の梗概を載せている。一九四一年のカタログに掲載された同書の広告も、このような出版者の解釈を全面に押しだしたものになっている。

もちろん、セバスチャン・ナイトは架空の人物だが、一種象徴的な人物でもある。この小説は、俗世間で創造的な芸術家が生きることの困難について深遠なる示唆を与えてくれる。ある意味で、『セバスチャン・ナイトの真実の生涯』は、魂の同一性をもとめる悲喜劇——近代生活の物質主義に追放されたひとびとの物語——なのである。[17]

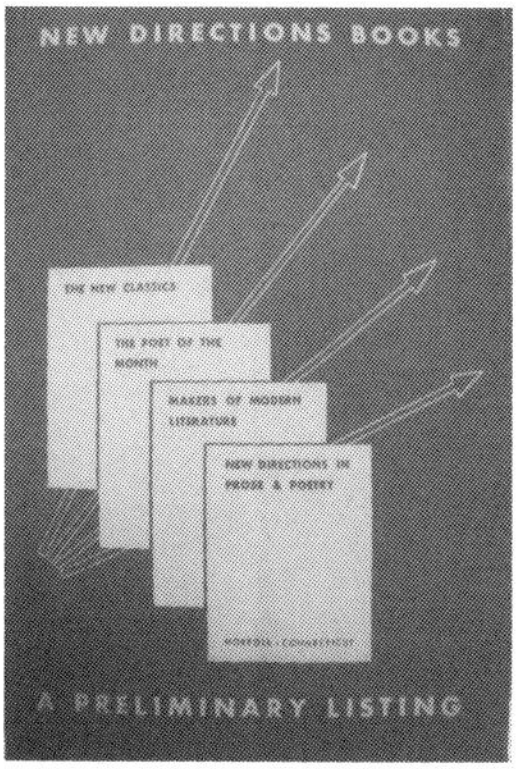

『ニューディレクションズ・ブックス——刊行予定リスト』、1941年

ロフリンは、『セバスチャン・ナイト』を一種の芸術家小説《キュンストラーロマーン》として読んでいた。そしてロフリンによれば、創造的な芸術家とは、おしなべて「俗世間」と「近代生活の物質主義」に衝突するものだった。セバスチャン・ナイトは、あたかも殉教者聖セバスチャンのように、生き馬の目を抜く近代世界の犠牲者だった。ロフリンは、実際に刊行された

『セバスチャン・ナイトの真実の生涯』初版表紙、1941年

本のジャケットの折り返しでも、同じ分析を繰り返している――「この小説は、本質的に芸術に仇なすものである近代世界での創造的芸術家の役割について深甚にして重要な示唆を語ってくれるものである」[18]。こうした見方は、セバスチャン・ナイトという登場人物をこえて、それを執筆した現実の作者にまで及んだにちがいない[19]。他方で今の目から見ると、ロフリンの読みに偏りがあることも明らかだ。セバスチャン・ナイトを小説から抽出するプロセスの裏側で、ロフリンは小説のもうひとりの重要人物――語り手のV――には一顧だにしていないからだ。

ブック・デザインも、こうした編集者の解釈を補完するものだった。後述するデザイナー、アルヴィン・ラスティグによってデザインされたジャケットには、芸術家らしき男が、本のイメージに背を向けて、カバーの外に歩み去ろうとしている画が軽いタッチで描かれている――まるで俗世のしがらみとブック・ビジネスから逃走するように。この原色の赤が目に鮮やかな、活気あるイラストワークは、当時としては先進的なものであると同時に、大戦中の時勢にもそぐわないものだった。実際、『セバスチャン・ナイト』が真珠湾攻撃と前後して出版されると、ある評者は「このご時世にきわめて不謹慎な表紙デザインだ」と評したほどだった[20]。

5　ロフリンの歓迎

『セバスチャン・ナイト』は一九四一年十一月に刊行された。初版千五百部という小部数であり、ナボコフは最終的に二百五十ドルの支払いをうけただけだった。しかしロフリンは、この新参者を自分の文学サークルと母国に心より歓迎していたのである。ウィルソンが寄稿した惹句と並んで、ロフリンは『セバスチャン・ナイト』初版のカバー折り返しにこう書いていた。

ナボコフのような卓越した才能をもつ、精緻な技巧をもった芸術家を、われわれのもとに送ってくれたことにたいして、実際ヒトラーに感謝しなくてはならないだろう。ヨーロッパの批評家に一等の価値を認められた小説の数々を、ナボコフ自身が英語にしてくれることが期待される。(21)

一九四一年七月、ナボコフに書き送った手紙で、ロフリンは自分たちの国と読者について興奮気味にこう語っている。

ここには少数ですが、よいものを真に知り、欲している人々がいます。しかし、われわれの栄えある国への偽りの希望で、あなたを歓ばせたくはありません。私はさらにいくつかのオプションをお願いしました。といいますのも、私どもはじっくりと、ここであなたを地に足のついた作家にし、最終的にしっかりした読者層をつけることができると思うからです。(22)

ロフリンは打ち上げ花火のような束の間の商業的成功ではなく、ナボコフが合衆国で書きつづけるかぎりつづく、永続的な関係を結ぶことを希望していた。それはビジネスパートナーとしてだけでなく、個人と個人、あるいは家族ぐるみの親密なつきあいを結ぶということでもあった。

編集者にもさまざまなタイプがいる。作家とのつきあいをビジネス上の関係と割り切り、仕事以外では接触しないタイプもいれば、プライベートでも密な関係を築こうとするタイプもいる。ロフリンは明白に後者のタイプだった。ほかの作家たちとのあいだに残した膨大な書簡が物語っているのは、ロフリンが常に担当作家の動静に気を配り、プライベートで変化があれば反応し（自分も変化があれば報告し）、単なるビジネスをこえた人間関係を築ける人物だったということだ。このような方法をもちいて、ロフリンは詩人や作家、学者のあいだにネットワークを構築していった。パウンドはロフリンに「才能がいらない」出版の仕事をするように示唆したというが、このような作家との関係性の結び方、そしてプロデュースの手法もまたひとつの才能と言うべきだろう。

たしかに真珠湾の騒動のあとでは、『セバスチャン・ナイト』は忘れられ、真剣な批評の対象になることが少なかった。しかしロフリンも手をこまねいていたわけではない。書評誌『サタデー・レヴュー・オブ・リテラチャー』にだした広告のなかで、『セバスチャン・ナイト』は「極上の心理小説」として、ハリー・レヴィンのジョイス評論とミラーのエッセイ集のあいだにはさまれていた[23]（次頁）。「心理小説」とは曖昧な惹句だが、ロフリンが自分が支援するヨーロピアン・モダニズムの流れでナボコフを読んだことへのひとつの証拠だろう。

ただし、ロフリンの出版戦略のなかで広告宣伝はマージナルなものだった。いち早く『セバスチャン・ナイト』を論じた評者に、すでにニューディレクションズから二冊、作品を刊行していた作家ケイ・ボイル（一九〇二―一九九二）がいた。『ニューリパブリック』の書評欄で、ボイルはほか三冊と抱きあわせの紹介で、「『セバスチャン・ナイトの真実の生涯』は〔中略〕、絢爛優美にして厳かな語り口で語られた、さらに読むのを愉しくするとびきりの毒がきいた〔中略〕物語である」と評した。[24] バーンハイゼルが指摘するように、ロフリンは広告よりも、有識者による書評を重視し、「書評仲間《ブックレビュー・フェロー》」と呼ばれる仲間うちで本を評しあうことで、本の価値を高めていくという手法をとっていた。このボイルの書評も、お仲間への典型的なポトラッチ批評のように見え、内容よりも、ロフリン（と仲間たち）がナボコフを自分のサークルにとりこもうとしたことの証拠として価値があるだろう。

さらに興味をひくのは、ハリー・ゴールドガーなる人物が、地方紙『ナッシュビル・テネシアン』によせた評である（実際には数紙の地方紙に掲載されたと思われる）。この無名の書評子は、ロフリンの宣伝文と要約を引きうつしている。

> 今世紀、近代世界において芸術家がかかえる困難が増すにつれて、小説家はこのような主題にあずかるようになった。ジェイムズ・ジョイスの作品のすべては、この構造に焦点をあわせたものだった〔中略〕。〔ナボコフ〕もこれを継ぎ、創造的芸術家に決定的に敵対する世界に生きる感受性の強い男であるナイトの苦境を強調している。近年、アヴァンギャルド小出版社のニューディレクショ

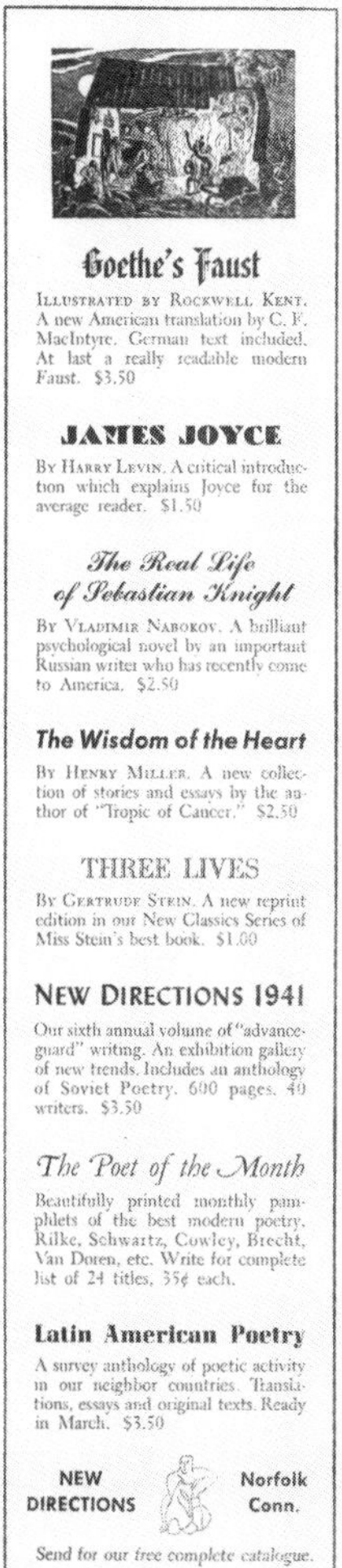

『サタデー・レヴュー・オブ・リテラチャー』（1941年12月20日号）に掲載された広告

ンズが刊行したものには出色のものがいくつもあったが、この本でいや増し、一等抜きんでるものとなった。(25)

ケイ・ボイル

ゴールドガーはロフリンの「芸術精神に本質的に敵対する近代世界における芸術家の苦境を象徴」するという断言を、「創造的芸術家に決定的に敵対する世界に生きる感受性の強い男であるナイトの苦境」と言いかえたにすぎない（おそらく、作品を読まずに書いたのだろう）。しかし、こういった駄書評もまた、プロモーションが読者の読みを左右することをしめす格好のサンプルとして読める。

6　ニューディレクションズの販売戦略のなかで

ニューディレクションズは、最終的にナボコフの手になる本を五冊世に送りだすことになった。しかし単純な刊行点数以上に重要なのは、ロフリンが出版物を通じて、ナボコフをニューディレクションズのキャンペーンに積極的にとりこもうとしたことだろう。

一九三六年の創業と同時に、ロフリンは年刊誌『ニューディレクションズ・イン・プローズ・アンド・ポエトリー』を創刊した。創刊号の誌面を飾ったのは、ガートルード・スタイン、パウンド、ウィリアムズ、エリオットといった錚々たるメンバーだった。ニューディレクションズの社史を執筆した詩人ウィリアム・コルベットは、この面子を指して「モダニズムの精髄《クリーム》」と評している。(26)一九四一年、ロフリンはこのニューディレクションズの本丸とでも言うべきフラグシップ・アンソロジーの六号を編集するにあたって、ナボコフに依頼して亡命詩人ヴラジスラフ・ホダセーヴィチ（当然ながら英語圏ではまったく無名だった）の詩の翻訳を掲載している。こうしてロフリンは新人のために、貴重な顔見世の機会を作ったのだ。(27)

ニューディレクションズが出版社としての体制をととのえ、作家の頭数がそろってくると、ロフリンは自社の読者層を拡大しようとした。一九四一年にはこころみの一環として、「今年の詩人たち」シリーズを創刊した。これはもともとは月刊の小冊子《チャップブック》のシリーズで、十二冊一組での販売を企図していた。ディラン・トマス、マルカム・カウリー、ジョン・ベリマン、チャールズ・ヘンリー・フォードといったアメリカの詩人だけでなく、ベルトルト・ブレヒトやランボーといった外国の詩人の英訳もコンテンツに名をつらねていた。一九四五年に、ナボコフも『ロシア詩人三人集――プーシキン、レールモントフ、チュッチェフの新訳選詩集』で、シリーズに貢献することになった（同訳詩集の出版経緯については後述する）。

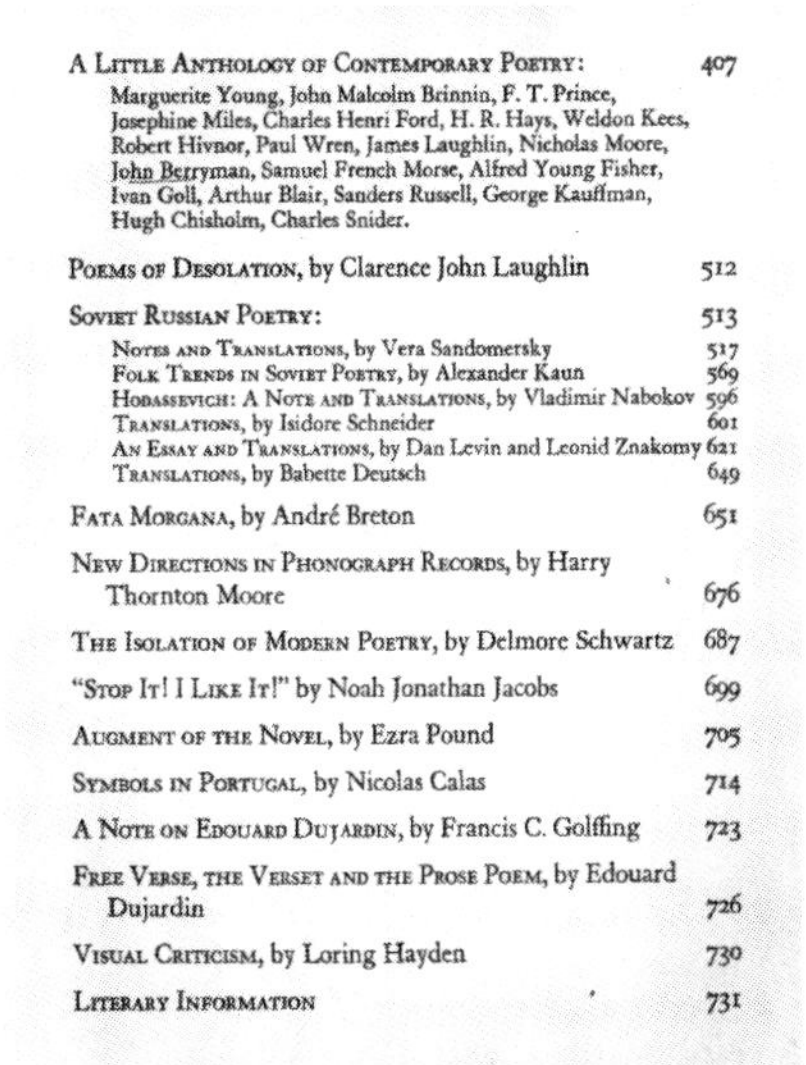

『ニューディレクションズ・イン・プローズ・アンド・ポエトリー』６号目次

一九四四年、ナボコフの二冊目のニューディレクションズ本である『ニコライ・ゴーゴリ』が刊行された。この本の存在は、ナボコフファンにもよく知られているだろう。しかし、現在となっては、『ニコライ・ゴーゴリ』が作家の独創性を存分に発揮したユニークな評論《モノグラフ》であるという以前に、シリーズ「近代文学の創り手たち」の一冊として出版されたという事実は忘れられてしまっている。創刊時のカタログでは、シリーズ「近代文学の創り手たち」は「われわれ同時代の伝統を築いた偉大な近代《モダン》作家たちの「批評的ベデカー」のシリーズ」とうたわれていた(28)。ハリー・レヴィンの世評高い『ジェイムズ・ジョイス――批評入門』（一九四一）を皮切りに、このシリーズはデイヴィッド・ダイチズの『ヴァージニア・ウルフ』（一九四二）、ヴィヴィエンヌ・コッホの『ウィリアム・カーロス・ウィリアムズ』（一九五〇）、ヒュー・ケナーの『ウィンダム・ルイス』（一九五四）とつづき、モダニスト作家のショーケースになった。ナボコフの『ニコライ・ゴーゴリ』がまさにそうであるように、モダニズムのスコープから外れる作家もいたものの、読みやすいガイドブックは現代作家たちをアメリカの大学教育に導入するという役割をになっていた(29)。

　一九四六年秋の新刊カタログで、ナボコフの短編集『セブン・ストーリーズ』が、「フェイロス」という新シリーズの第五巻として予告された。このシリーズはエズラ・パウンドによる孔子の翻訳、ハリー・レヴィンのスタンダール論など、ユニークなラインナップを誇っていた(30)。ロフリンは同シリーズを、「この雑誌は断続的に出版される予定で、各巻はほかの文芸誌に載せるには長すぎるが重要な作品、あるいは単独の作家の作品のため、誌面が供され」ると告げ(31)、別の巻では「雑誌は編集者の悦びにかなう創作を断続的に掲載する」としている(32)。『フェイロス』は実質四巻までしか刊行されず、短命に終わったが、ロフリンは即座にこの雑誌を『ディレクション』としてリニューアルした。一九四七年、ナボコフの短編小説から、七本ではなく九本を選びだしたロフリンは、できたばかりの『ディレクション』シリーズの二巻目として、作家初の英語短編集『ナイン・ストーリーズ』をリリースした。このそっけないタイトル自体もロフリンが命名したものだった（理由は「本当の本ではないから」というもの(33)）。レイモ

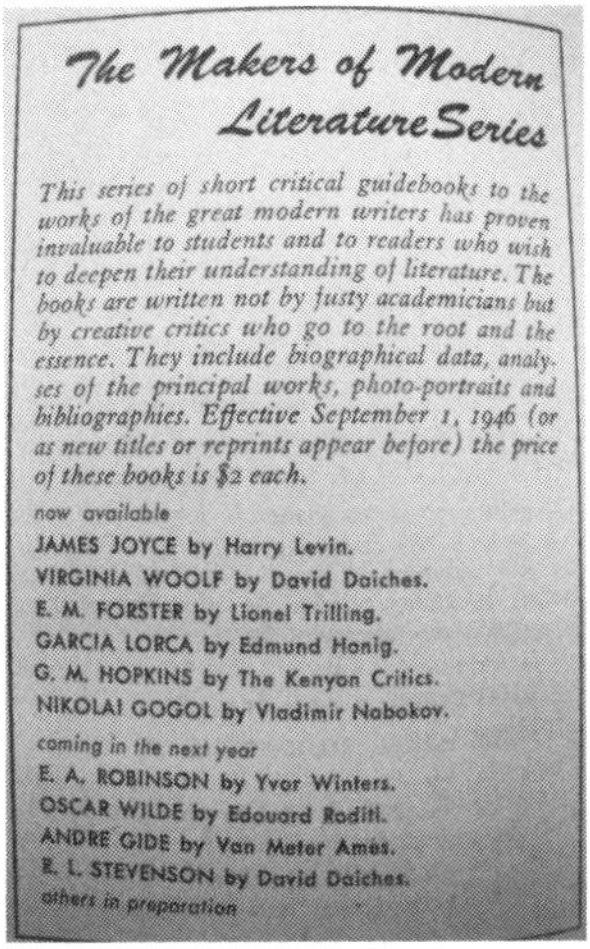
The Makers of Modern Literature Series

This series of short critical guidebooks to the works of the great modern writers has proven invaluable to students and to readers who wish to deepen their understanding of literature. The books are written not by fusty academicians but by creative critics who go to the root and the essence. They include biographical data, analyses of the principal works, photo-portraits and bibliographies. Effective September 1, 1946 (or as new titles or reprints appear before) the price of these books is $2 each.

now available
JAMES JOYCE by Harry Levin.
VIRGINIA WOOLF by David Daiches.
E. M. FORSTER by Lionel Trilling.
GARCIA LORCA by Edmund Honig.
G. M. HOPKINS by The Kenyon Critics.
NIKOLAI GOGOL by Vladimir Nabokov.
coming in the next year
E. A. ROBINSON by Yvor Winters.
OSCAR WILDE by Edouard Roditi.
ANDRE GIDE by Van Meter Ames.
R. L. STEVENSON by David Daiches.
others in preparation

『ニューディレクションズ・カタログ』(1944) より、シリーズ「近代文学の創り手たち」広告

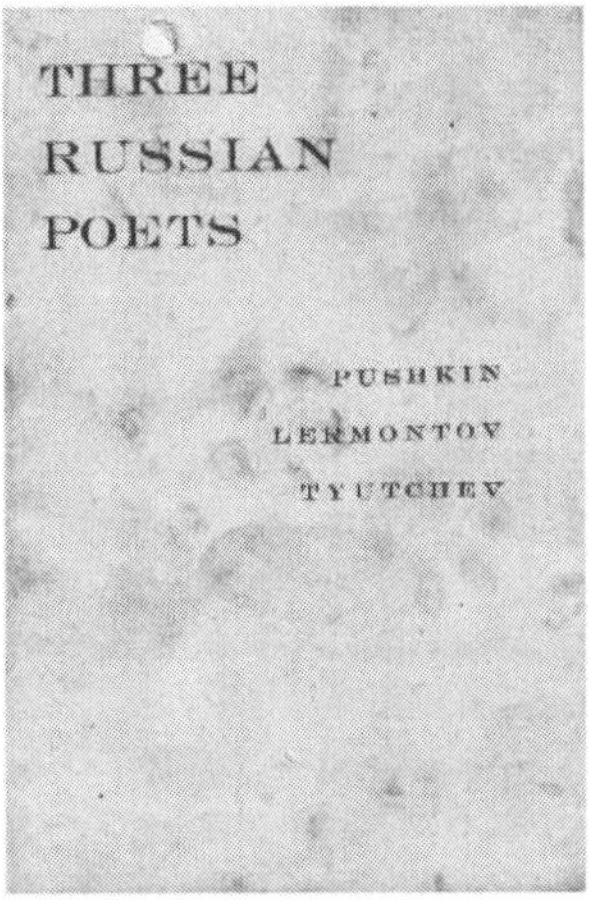

『ロシア詩人三人集――プーシキン、レールモントフ、チュッチェフの新訳選詩集』表紙

『ナイン・ストーリーズ』初版表紙

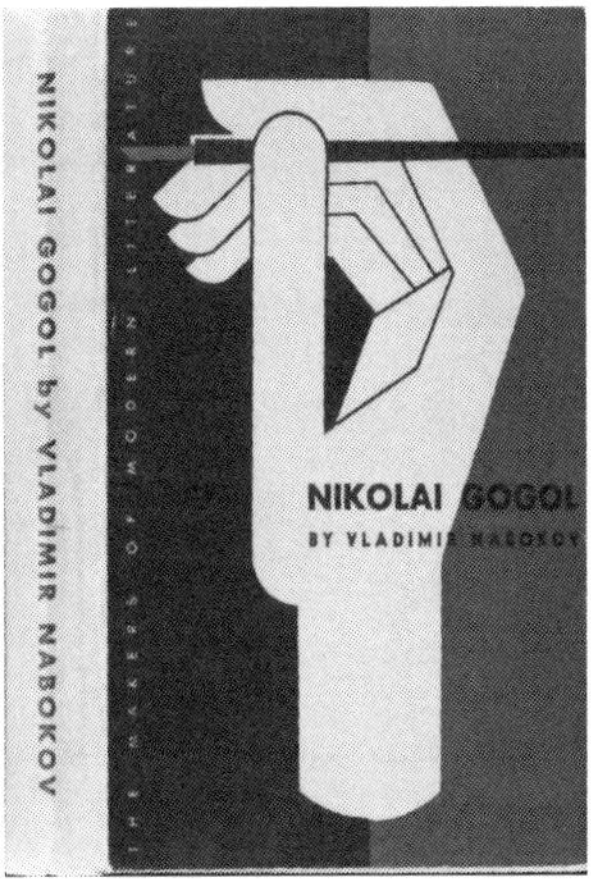

『ニコライ・ゴーゴリ』初版表紙

ン・クノー、パステルナーク、エリオ・ヴィットリーニといった作家をアメリカの読者に紹介しながら、同シリーズは二十冊をこえて発行され、コンテンツの範囲を国内から国際的なモダニズム・スクールに拡大していった。

新シリーズを次々に立ちあげながら、ロフリンが目指したのは、商業主義的なマスプロダクト出版とは異なる手法で、自分の思い描く「モダニズム」を合衆国に普及させることだった。ナボコフはそのプロジェクトの一翼を担うよう期待されていた。一九四二年、『セバスチャン・ナイト』が刊行されるとすぐ、ロフリンは「あなたのお書きになるものは、私どもの目的と理想に完全にかなうものです」と熱烈なラブコールをナボコフに書き送っている。(34) ロフリンは自社の創業十周年を記念したアンソロジー『先鋒《スピアヘッド》――十年間のアメリカの実験的作品』に、ナボコフの短編を掲載しようともした。一九四五年の刊行予告には、「年長だが、この十年間のうちに、新方向《ニューディレクションズ》にむかって進化し、前進しつづける作家」としてe・e・カミングス、ミラー、ウォレス・スティーヴンス、ウィリアムズ、ボイル、ジョン・ホイールライト、マリアンヌ・ムーアにくわえてナボコフの名前をあげている。(35) ロフリンはナボコフの作品を「実験的」な文脈で評価し、初期の短編「雲、城、湖」を、作家が当初推薦した近作「忘れられた詩人」をさしおいて使わせてくれるよう、ナボコフを熱心に口説いた。実は、「雲、城、湖」はロシア語で執筆され、ベルリンで一九三七年に刊行された作品であり、「十年間のアメリカの実験的作品」という作品集の副題にはそぐわなかった（ナボコフが提案した「忘れられた詩人」は一九四四年に英語で書かれた短編であり、コンセプトにぴったりだった）。『先鋒』への短編収録は、予告までされたにもかかわらず結局実現しなかったが、両者の作品選定の差は、ロフリンがナボコフの初期ロシア語作品を、別の文脈で読んでいたことを物語っている。(36)

7　ボーン・モダン——アルヴィン・ラスティグ

ロフリンは自社の刊行物を読者に届けるための最善手をさぐるため、文学運動だけでなく、マーケティングにおいても実験に手をだすことになった。手はじめにロフリンがこころみたのは、「パッケージ販売」をとりいれることだった。先述した「今年の詩人たち」シリーズは、「毎年十二号が刊行され、パンフレット版が一冊五十セント、製本されたものが一冊一ドル、箱入りセットが五ドル五十セント」だと明記されていた。[37]『ディレクション』は「購読は四号につき二ドル、一冊ごとの注文は一ドル五十セント」とされていた。[38]次いで、ロフリンはメインの読者層を限定する、ターゲット・マーケティングの戦略をも導入した。「近代文学の創り手たちシリーズ」は、出版社にとって、特定の読者層——大学生——に狙いを絞った初のこころみになった。

このようなマーケティングにさきがけて、ロフリンは自社の本が読者の目にどう映るのかという問題にも心を配っていた。自分の手がける芸術としての文学を追求した書物と、マスプロダクトの工業製品を明確に区別する「しるし」が、本自体に目に見えるかたちで刻まれることを欲したのである。一九四一年、ロフリンはデザイナーのアルヴィン・ラスティグ（一九一五—一九五五）にニューディレクションズが刊行するほとんどの書籍のジャケットのデザインを委託した。ラスティグはアメリカにおける先駆的なブックデザイナーとして死後五十年をへて再評価され、近年伝記や研究書もあいついで出版されている人物だ。「ヨーロッパのモダニズムの形式と哲学の双方を、アメリカのデ

アルヴィン・ラスティグ

ザインの領域に持ちこもうと奮闘した」ラスティグは、ニューディレクションズとのコラボレーションによって、「モダニストのデザインをもちいて、独自のブランド」を創造したのだ[39]。

ラスティグは三冊のナボコフ作品のジャケットをデザインすることになった（そのうち二つはシリーズものとしてほかの共通デザイン）――『セバスチャン・ナイトの真実の生涯』、『ニコライ・ゴーゴリ』、『ナイン・ストーリーズ』である（なお、『ロシア詩人三人集』の表紙をデザインしたのは一九三四年のランダムハウス版『ユリシーズ』をデザインしたエルンスト・ライヒルだった）。後者のふたつは、幾何学的でスタイリッシュなアートワークが特徴になっている（九五頁）。のちにロフリンはラスティグの進歩的なグラフィック・デザインは、読者の注目をあつめただけでなく、「巨大商業出版社からのわれわれの編集プログラムの望ましい孤立を、物理的な記号で象徴」してくれたと述べている[40]。これは、ラスティグとニューディレクションズのコラボレーションの最大の成果である「ニュー・クラシックス」シリーズ（九九頁）に結実し、一九五五年のラスティグの死まで続けられた。

奇妙なことに、マーケティング戦略の成功は、ロフリンにある種のジレンマを生むことになった。ロフリンはそもそも、利潤のみを追求する出版社に対抗するためにニューディレクションズを興したのだった。しかし、こういう洒脱なデザインはどうだろう。本を商売の道具に貶めてしまわないだろうか。ロフリンは、その独創的な装丁を、こう言って弁明しなくてはならなかった。

人が本を目で買わなくてはならないというのは、あまりよいことではないだろう。人は本を、文学的価値に応じて買う必要があるのだから。でも、私は自分がすぐれた文学作品と思わない本をいままで出版したことはないし、するつもりもないのだから、ラスティグを使って売りあげを伸ばしたこ

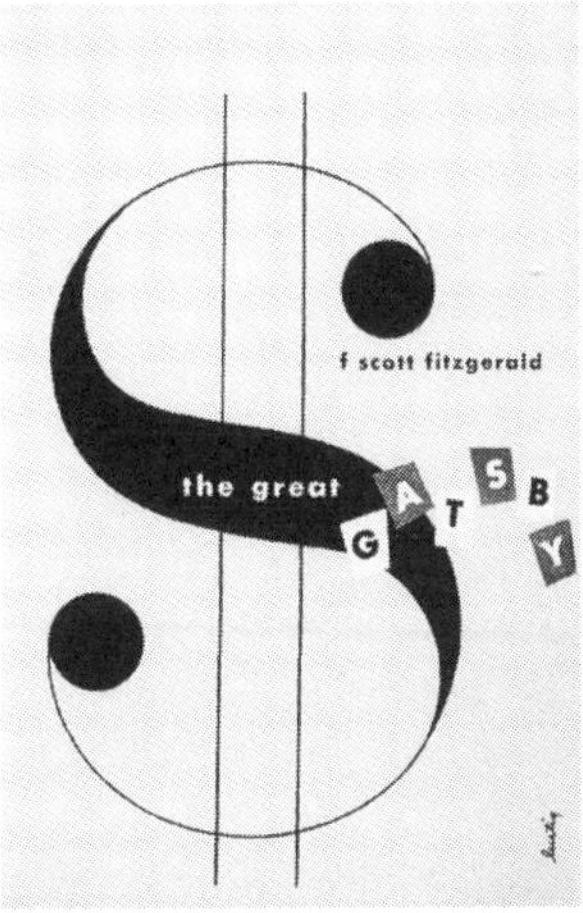

スコット・フィッツジェラルド『グレート・ギャツビー』表紙

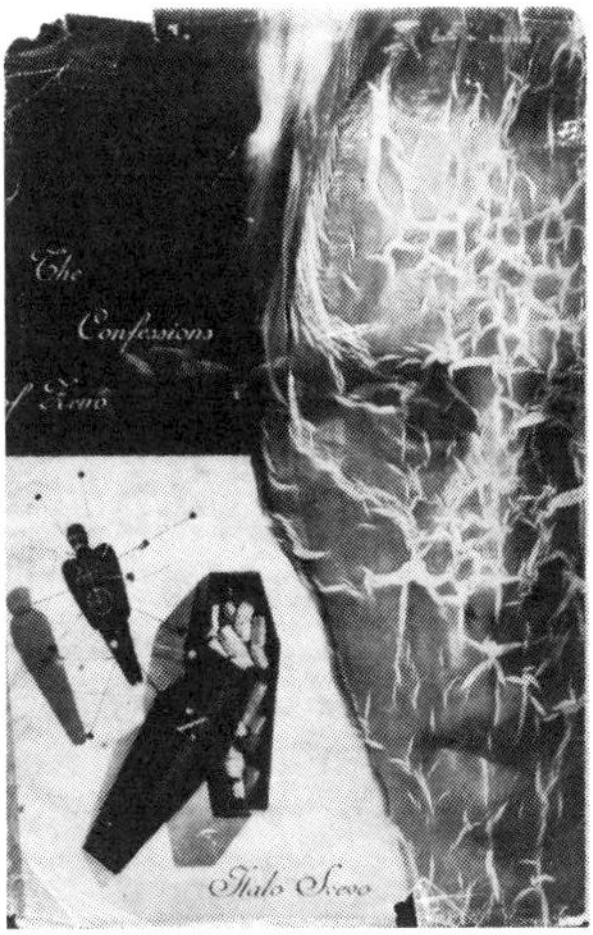

イタロ・ズヴェーヴォ『ジーノの意識』表紙

フランツ・カフカ『アメリカ』表紙

とについて罪の意識なんて持っていない。(41)

自社の本をパッケージ化することへの、ロフリンの葛藤がうかがえる文章である。潔癖な創業者がどう感じていたにせよ、ブック・デザインは出版社のブランドイメージを伝えるものだ。ロフリンの本を「商品のパッケージ」で売ることへの強い嫌悪は、逆説的に、ニューディレクションズの本を「アヴァンギャルドのパッケージ」、「モダニズムのパッケージ」でくるんで売ることにつながったのだった。

少なくとも幾分かは、ナボコフのイメージである「作家好みの作家」、「卓越した芸術家」のようなものは、ニューディレクションズの出版物に負っていると言うことができるだろう。もちろん、出版社と作家のイメージは、互いに補いあうものだ。ニューディレクションズの進歩的な出版社というパブリックイメージは、ナボコフのイメージに影響をあたえ、その逆もまたしかりだった。好むと好まざるとにかかわらず、一九四〇年代のナボコフは、ロフリンの結社「モダニスト・マフィア」のメンバーだったのだ。

ニューディレクションズの出版キャンペーンは、ナボコフに才能のショーケースを提供もした。『ニコライ・ゴーゴリ』のような評論、『ロシア詩人三人集』といった詩の翻訳、『ナイン・ストーリーズ』のような短編集は、長編にくらべて商業的に成功する見こみがほとんどなく、実際そのとおりの結果に終わった。こうした著作の出版において、そもそもニューディレクションズはなにかが起こるような部数を刷らなかった。(42)それでも長期的に見て、出版はナボコフにさまざまな点で恩恵をもたらした。金銭的な見返りは少なかったが、それは逆に言えば、金にならないことさえ承知なら、どんなものでも出してもらえたということでもある。雑誌に掲載した翻訳や短編をとりあえずまとめておくことで、さして労力をついやさず書籍を刊行し、業績《カリキュラム・ヴィータイ》リストを長くすることができた。シリーズものの一冊として刊行されることで、自分より（少なくとも英語での）キャリアが上の詩人や作家、学者の著作とリスト上で肩を並べることもできた。こうした仕事の中には、あとにつながるものも少なくなかった。ロフリンの依頼したホダセーヴィチ翻訳や、『ロシア詩人三人集』はナボコフがロシア文学の翻訳に首をつっこむきっかけをつくった。『ニコライ・ゴーゴリ』の執筆の背景には、アメリカの大学でポストを獲得するのに役立つかもしれないという打算があっただろうし（ナボコフは大学院に通ったことすらなかったのだ）、実際、コーネル大学でのロシア文学講義の原稿のもとになった。このような、長編小説作家《ノヴェリスト》としてだけではなく、短編小説作家、翻訳家、学者や評論家としてナボコフの才能を発掘し、陳列したのは、あきらかに編集者と出版社の功績だった。

8　バニー&ヴォロージャvs「あのJのやつ」

一九四一年、ロフリンは当時ナボコフが住み、ニューディレクションズのオフィスもあったケンブリッジで作家との対面をはたした。ロフリンの示した、アメリカ人らしい歓待の身ぶりと詩人らしい心酔の言葉は、出版社からの冷たい断り状に慣れていたナボコフの心をうった。一九四二年初頭には、ナボコフはロフリンを紹介してくれたエドマンド・ウィルソンに「ニューディレクションズが心から気にいったし、ほかの出版社を探すなんて考えられない」と書き送っている。[43] 他方で、ナボコフはアメリカ作家としての新しい環境に早くも適応しはじめていた。ロシア語時代、ナボコフの読者は、「亡命ロシア人」といういわば閉じられた世界の人々だった。ごくかぎられた国外のロシア語出版社や新聞、雑誌をつうじて作品を発表するしかなかったのが、いまや潜在的には膨大な読者をえたのだ。より広い読者層

エドマンド・ウィルソン

の獲得を目指して、自由に出版社を選ぶこともできるようになった。「ニューディレクションズしか考えられない」と述べたのとまさに同じ手紙で、ナボコフはウィルソンに、ほかの出版社から作品を出版する可能性について問いあわせてもいるのである。

ナボコフの変わり身の早さの理由のひとつとして、作家と出版社を仲介したウィルソンの変化があるだろう。すでにウィルソン自身、ニューディレクションズから距離をとりはじめていた。当時、ウィルソンはスコット・フィッツジェラルドの遺稿集でもある文集『崩壊』の編集方針をめぐって、ロフリンと対立していた。アメリカ出版界におけるナボコフの先導者ウィルソンのニューディレクションズからの離反は、ナボコフとロフリンの関係にも影を落とした。こうした事情を頭にいれると、『ナボコフ＝ウィルソン往復書簡集』は、作家と出版社のあいだのかけひきの舞台裏を赤裸々にあかした愉快な読みものとして再読することができる。実際、一九四〇年代のウィルソンとナボコフの主だった共通の話題のひとつは、われらが共通の友「あのJのやつ《グッド・オールド・ジェイ》」だったのだ。

『セバスチャン・ナイト』の出版後しばらくすると、ナボコフは、ロフリンとニューディレクションズにたいして、手のひらを返したように「反抗期」に突入したようだった。一九四〇年代中盤に、ナボコフとニューディレクションズのあいだのパートナーシップは、ふたつの大きな危機に直面することになる。まず、最初の危機が一九四三年に訪れた。ナボコフとウィルソンは共謀して、ロフリンに渡したはずのロシア文学の翻訳の原稿を引き払って、当時最大手の出版社のひとつだったダブルデイに売りこもうとしたのだ。このとき、ナボコフはニューディレクションズと交わした契約書を出版の大先輩たるウィルソンに送って、その指揮のもとで作戦を練っている。一九四三年末の時点で、ナボコフは二冊のニューディレクションズ本（『ロシア詩人三人集』、『ニコライ・ゴーゴリ』）をかかえており、『崩壊』もまだ出版されていなかったので、非常に繊細かつ周到なやりとりをしなくてはならなくなった。

ナボコフが『ロシア詩人三人集』の翻訳をニューディレクションズから引き払おうとしたとき、ロフリンは訳者の勝手なふるまいに「怒号《ハウル》」を送ってよこした。一九四三年十二月二十一日、ウィルソン宛てのナボコフの書簡に引用された、ロフリンの手紙を見てみよう。

例の翻訳集の件ではあなたの希望に沿いたいとは思っておりますが、それが可能とは思えません。あなたの巻はシリーズの一部であり、代わりのものはありません。この本は数か月前から購読者に約束していたものです。それを購読者に送る以外に手はありません。［中略］思いついたのは、もしその出版社がそこまで大金を出すというのなら（いくらとは言いますまい）、大きく売るつもりなんでしょう。そうであれば、私どもの小出版物が先方の邪魔になることはほとんどないでしょう。私どもの通常の売り上げが達成されたあとでしたら、先方の本に詩を使っていただくことは一向にかまいません。［中略］あなたが大金をえることをまったく邪魔したいとは思わないのですが、この土壇場で出版をやめるわけにはいかないのです。(44)

すでに述べたように、『ロシア詩人三人集』はナボコフ単独の編訳書というだけでなく、「今年の詩人たち」のシリーズの一冊として購読者を募っているものだった。シリーズを維持するために、ロフリンは全力でバニー&ヴォロージャの共謀にあらがい、「一定期間後別の出版社からの再出版を許可する」という条件で原稿を死守することに成功した。ロフリンの誠実な対応に、ナボコフもウィルソンに以下のような手紙を書き送って最終的に脱帽し、若い編集者への見方をあらためている（一九四四年一月十八日）。

> あのJのやつからの堂々たる手紙を同封しておく。思うに、あの純粋にして高貴なる魂に冷酷な没収勧告を出したのはこちらが間違っていたのではないだろうか。あいつは大した奴だよ！(45)

結局（ロフリンとは関係なく）、ダブルデイから共著書をだすというこの「ダーティペア」の目論見は実現しなかった。

しかし、ナボコフはこれに懲りず、ロフリンとニューディレクションズとの戦線を、テクストの外側から内側へと拡大していった。ナボコフは評論『ニコライ・ゴーゴリ』に、挑発的な「ことわりがき《コメンタリー》」をつけたのだ。そのなかで一人称の語り手の「私」は、「山荘のラウンジ」で、「私の出版者」と書誌と年譜の必要性について議論している(46)。

> 「いや、いや」――彼〔私の出版者〕は言った――「私は注意深く通読しましたし、妻もそうしました。それでも筋を見つけることができませんでした。書誌と年譜のようなものも巻末にあるべきです。学生がわかるようにしなくてはなりません。さもなくば学生はわけがわからなくなって、それ以上読むのが面倒になってしまいますよ」〔中略〕彼は学生がかならずしも知的な人間であるわけではなく、ともかく自分で調べる面倒を厭うでしょうと言った。私はいろんな学生がいるだろう

と言った。彼は出版社の側から見れば、一種類しかいないと言った。[47]

シリーズ「近代文学の創り手たち」がニューディレクションズのカタログからすでに消えてしまったいま、この記述だけから判断すると、「私の出版者」は、自作とその読者にたいする作家の意見をまったくいれようとしない頭の固い人物のように映る。しかし「出版社の側から見れば」、『ニコライ・ゴーゴリ』はたんなる評論ではなく、シリーズ「近代文学の創り手たち」の一冊なのであり、ほかの本のフォーマットと平仄《ひょうそく》をあわせるよう要請するのは当然のことだった。[48]対してナボコフはその社の出版物上で、公然と編集方針に異を唱えているのだ。このような大胆さ（ときに横柄にも映る）は、「ことわりがき」にとどまらなかった。ナボコフは三つの「罠」を、『ゴーゴリ』の本文中にしかけたとロフリンに通告したからだ。[49]この罠は発見されれば、ニューディレクションズの恥になるようなものだという。罠がなんだったのか、今となっては真相は闇の中だが、ナボコフの挑発は端から見てもいきすぎたところがあったのだろう。シュウォーツは書簡で、このようなナボコフの無礼なふるまいを甘受すべきではないという意見を送ったが、鷹揚なロフリンは気に留めなかった。[50]

ロフリンはナボコフには、基本的に手なおしを要求しなかった。作品への編集的な介入としては、この『ニコライ・ゴーゴリ』の「ことわりがき」で述べられた書誌と年譜がむしろ例外的なものであり、逆に言えばこれぐらいしか、ロフリンはナボコフの著作に口出ししなかった。アメリカの出版界で、編集者が過度に創作のプロセスに介入するようになった歴史は意外に浅く、「天才編集者」マックスウェル・パーキンズを嚆矢《こうし》とする。[51]パーキンズに代表されるようなヘヴィー・エディティング[52]は、文学テクストを芸術家による「作品」ではなく、商業的な「製品」としてあつかおうとする態度だと言える。それにたいして、ロフリンはナボコフの英語第一作『セバスチャン・ナイト』を読んだときから、英語圏ではほとんどなんの実績もないナボコフを「芸術家」として遇し、作品の内容は不可侵のものとした。これはおそらく、ナボコフにとっては悪くないことだったろう。ナボコフが自分の作品を勝手に推敲し、「よいもの」にしようとする編集と闘わなくてはならなくなったのは、キャサリン・ホワイトをはじめとする『ニューヨーカー』誌の編集者たちが最初だった。

9　文学というビジネス

伝記作家のブライアン・ボイドは、一九四三年にはナボコフと「ロフリンの関係はすでに緊張感をはらむ」ものだったとしている。[53] しかし、ある種の緊張感のようなものが芽生えていたにせよ、両者のあいだを行き来する書簡の数が急激に減ったわけではない。一九四三年夏、格安で泊めてくれるというロフリンの好意に甘えるかたちでユタ州のアルタ・ロッジを訪ねたとき、ナボコフは故国ロシアを思わせるワサッチの山々に愛着をいだいた。[54] そしてロフリンを蝶の採集に誘った。このときの話を、伝記作者アンドルー・フィールドはこう書いている。

二人は四マイル半を九時間かけてハイキングしたが、これは荒地の徒歩での移動時間としてはしごく妥当なものだった。ナボコフが探していた蝶は二種類あり、ひとつは蟻と共生関係にあるものだった。探していたもう一種類は、死ぬ直前になるとアルタ近郊の山であるローン・ピークの頂に向かっていく習性があるものだった。ナボコフは両方とも手に入れた。ナボコフは白いシャツにスニーカーというでたちだった。ローン・ピークの頂上には雪が残っていた。帰路、ナボコフは足を

ユタ州でのナボコフ一家、1943年

滑らせて六百フィートも転落した。あざだらけになったが、気にしなかった。蝶を採集できたのだから。平地でナボコフは一日十五マイルも採集のため歩くことができた[55]。

蝶の採集は、少なくともロフリンにとっては忘れがたいものだったようだ。フィールドの伝記では足を滑らせたのはナボコフになっているが、別の資料を参照したローパーの伝記によれば、滑落したのはナボコフとロフリン両方で、すんでのところでナボコフの捕虫網が岩に引っかかって助かったのだという[56]。このことをロフリンは晩年まで記憶していた。編集者が作家に感じていた敬意は、作家が文字どおりの「命の恩人」となったことで、より強いものになった。

一九四三年に撮られた上の写真は、ソルトレイクシティでのナボコフ一家を写したものだ。戦時下にもかかわらず、被写体の親子三人はプールサイドでくつろぎ、日差しに目を細めながらも撮影者にむかってほほえんでいるように見える。作家にいたっては無防備に

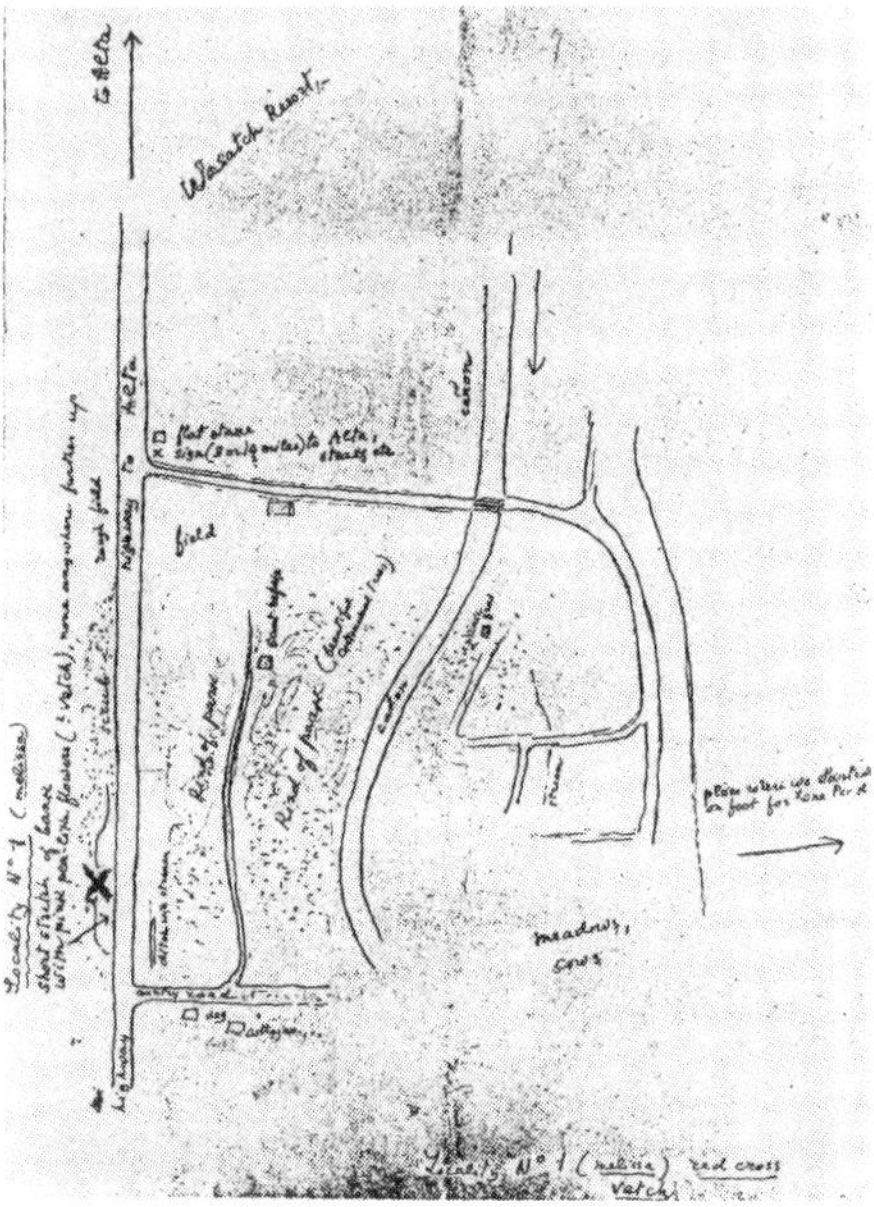

1944年7月10日のロフリンあての手紙にナボコフが添えた地図（採集してきてほしい場所が×で記されている）

も上半身裸の姿をカメラにさらしている。この写真は伝記にも収録され、研究者や愛読者にもよく知られている。だが、この一枚のスナップ写真をだれが撮ったのかを気にとめる者はいない。実は、この写真の撮影者は、ロフリンなのだ[57]。そのことを知ったうえで写真を見なおせば、ファインダーの向こうに隠れてしまったカメラマンに向けられた一家のまなざしから、被写体と撮影者の関係を読みとることができる。

あとになって、ナボコフは昆虫学への専門的な関心から、ロフリンにアルタの蟻と草を送ってくれるよう頼み、ロフリンは律儀に箱詰めしてそれを送った（その後もロフリンは珍しい蝶を見つけるとナボコフに報告するようになる）。

ロフリンが送ったのは蟻だけではなく、金もだった。一九五一年、ナボコフがドミトリイの入学したハーヴァード大学の学費が原因で「ひどい金銭的苦境にたたされた」とき[58]、ロフリンは即座に二百五十ドルを「金利なしのローン」で、一言も理由をたずねることなく送っている[59]。

ロフリンとのパートナーシップが育つにつれて、ナボコフはじょじょに自分づきの編集者のパーソナ

アルタ・ロッジのロフリン

アルタ・ロッジ、1945年

リティを理解するようになった。一九四三年七月、ナボコフはウィルソンにアルタ・ロッジから手紙を書いている。

　こっちに来れないかい？　ソルトレイクシティから車でたった一時間だ。ハコヤナギのグレイがかった緑の靄のなかで、斜面のモミがだんだんと細くなっていく線は、絵画のなかで、いわゆる「ロシア」風と呼ばれるものを思い出させる〔中略〕。家主と詩人がロフリンのなかで激しく争っている——前者が首の差で勝利をおさめるのだが。[60]

ナボコフが小説家らしい人間観察のするどさで、ロフリンの葛藤を嗅ぎとっていたことがわかる文章だ。ロフリンの「芸術は芸術のために」という綱領は、一詩人としては文句のつけようもなく立派なものであることはたしかだが、出版社のオーナーが信奉するものとしてはナイーヴにすぎるのではないか。実際、ニューディレクションズの収支はある時期まで基本的に赤字であり、まさにロッジに宿泊するスキー客からの収益——「家主」としての——が損失を埋めていたのだ。

　このような金銭的な事情が、ナボコフが英語長編第二作を別の出版社から出版する背景になったのは想像にかたくない。当時、ヘンリー・ホルト社の文芸書担当の編集者だった詩人アレン・テイト（一八九九―一九七九）は、『ベンドシニスター』を一読し心酔、二千ドルの前払い金《アドヴァンス》のオファーをした。ナボコフは金額に興奮し、「テイトに低頭！」とウィルソンに書き送っているほどだ。[61] この数字のまえには、ニューディレクションズが第二作のために払い込み済みだった二百五十ドルというアドヴァンスは霞んでしまった。[62] わずかな期間で英語作家ナボコフの商品価値は、ニューディレクションズの手の届かないものになっていた。[63]

アレン・テイト

自分がデビューさせた作家の新作を手に入れられなかったロフリンだったが、その才能への賞賛の念は変わることはなかった。ロフリンは「すばらしい作品」[64]と、『ベンドシニスター』の感想を作家に書き送っている。他方、もう一人の理解者であるウィルソンは、ナボコフの政治を描く能力のなさをとがめている。

きみは政治問題とか、社会の変動とかいった、この手の主題は得手ではない。というのも、こういったことにきみはまったく関心がなく、理解しようという労をとろうとも思っていないからだ。芸術家は、政治をまともには扱わないものだろう。[65]

ウィルソンの反応は、むしろナボコフを狭義の「モダニズム」（ヨーロッパ由来の）の枠組みでとらえようとするものだった。

ロイヤリティの問題は、そもそものはじめからダモクレスの剣のように作家と出版者のあいだに吊るされていた。伝記作者アンドルー・フィールドによれば、「当初ナボコフはニューディレクションズとの金銭面で憤慨したが、しだいに落ちついていった」[66]。その記述にしたがえば、『セバスチャン・ナイト』の報酬は、ロシア語作品『賜物』の雑誌『現代雑記』への掲載料より安かったというのだから[67]、わざわざ苦労して創作言語を切りかえたナボコフの落胆も想像できる。作家が感じた報酬への当初の違和感は、両者のあいだにしこりとなって残ることになった。

一九四二年七月、第一作刊行のわずか半年後、ナボコフはニューディレクションズの乏しいロイヤリティについて愚痴をこぼしている――「ゴーゴリがよこした、骨の折れる、殺人的ともいえる仕事は、言われた報酬ではわりにあいません」[68]。他方で、金銭の問題はロフリンにとっても悩みの種だった。実際に似たような声があがっていたからだ。一九五〇年には、ニューディレクションズにとって、創業以来の看板詩人とでもいうべきウィリアム・カーロス・ウィリアムズが、配本の悪さと宣伝の乏しさを理由にして、大手のランダムハウスに移籍するという事件もおきている（しかも、手引きをしたのはかつてのロフリンの腹心の部下だった）。このときの顚末を、ロフリン自身長詩「ウィリアム・カーロス・ウィリアムズ追悼」で回想しているが、広告費の節約については事実だと認めている。ウィリアムズとはのちに和解することになるものの、この離反はロフリンには相当こたえたようだ[69]。

一九五〇年、ロフリンが権利を販売したことで、『暗闇の中の笑い』（ロシア語版タイトル『カメラ・オブスクーラ』）のペーパーバック版が、シグネット・ブックスから発売された。これは、ナボコフ初の作品のマスペーパーバック化になったが、許可なしに自作が雑なかたちで世に出たことに対して著者は不満を覚えた（後述するが、当時ペーパーバックは著者にとってうまみが少なかった）。同年四月、ナボコフは送りつけた書簡でロフリンに向かって不朽の名言を吐くことになる。[70]

私の喫緊の課題のひとつは、『暗闇の中の笑い』の再出版です。〔中略〕これは私にとっては大変重要なことです。どうして前に送ってもらえなかったのか、理解に苦しみます。結局、文学は愉快なだけではありません。それはビジネスなのです。[71]

「結局、文学は愉快なだけではありません。それはビジネスなのです」——この文句が印象的なのは、作家が今やナボコフのイメージとなった「芸術家」を自ら否定しているからだけではない。それが重いものだったのは、ロフリンがニューディレクションズのドグマとして一九四一年のカタログで宣言した「文学はビジネスであるまえに芸術なのだ」という信念にたいする異議申し立てでもあったからだ。普通、私たち読者は、作家のほうにこそ、作品は商品ではないというような美しいセリフを期待しがちだ。しかし、現実には作家は作品を売ることで口を糊していかなくてはいかない。ナボコフのように、後ろ盾もなく、家族がいればなおさらのことだろう。それはきれいごとなどではありえない。そもそもナボコフがなにものにも代えがたい母語を捨てたのも、多くの読者を獲得するためだった。

この書簡は、ナボコフとロフリンのスタンスの違いをよくあらわしている。もちろん、この時点でナボコフはコーネル大学教授という歴とした「副業」を持っていたが、あくまで職業作家だった。反面、ロフリンは、大富豪の御曹司という立場を嫌って、前衛的な出版社の社長という職を選んだにしては——いやだからこそと言うべきか——いつまでも「おぼっちゃん」臭が抜けないところがあった。

10　送りつけられた「時限爆弾」

しばらくのあいだ、両者の関係は一種の凪のような状態がつづいた。一九五〇年、『シアター・アーツ』誌のアシスタント・エディターとして働いていたロバート・マクレガー（一九一一―一九七五）に目をとめたロフリンは、ニューディレクションズのマネージング・エディターとして引き抜いた。のちにニューディレクションズの副社長に就任するロバート・マクレガーは、「ナボコフとロフリン」の愛憎劇においても、ただの脇役として片づけることのできない役割をはたすことになる。マクレガーは、これまでほとんど独力でニューディレクションズを運営してきたロフリンにとって、はじめてできた頼りになるパートナーだった。マクレガーは独自の鑑賞眼をもち、川端康成とも面会したり[72]、書簡で禅について講釈し、ヘンリー・ミラーに三島由紀夫の割腹自殺についてのエッセイを書かせたりもした（『三島由紀夫の死について』一九七二）[73]。それのみならず、（ロフリン自身も認めているように）社主よりもはるかにビジネスへの嗅覚が鋭いところがあった。ロフリンのマクレガーへの信頼はあつく、ニューディレクションズの実務のすべてをマクレガーにまかせると、一九五一年に自分はインターカルチュラル・パブリケーション株式会社の社長に就任し、世界中を飛びまわるようになった。

しかし、ナボコフとロフリンのあいだにおとずれた凪は、一通の手紙によって破られることになった。一九五四年二月三日、ナボコフが「時限爆弾」をニューヨークのニューディレクションズ本社に送りつけたのだ――「たったいま組みあげたばかりの時限爆弾を出版するつもりはないかい？」あいにく、社主であるロフリンは、インド、日本への出張旅行中で不在だった。転送された手紙にたいしてロフリンは、原稿を自分の日本での滞在先（丸ビル）に送るよう提案したが、紛失を恐れたナボコフは社主の帰

ロバート・マクレガー

国まで待つことにした。なお、このときロフリンは、日本ですばらしい作家を何人か発見したむねを、ナボコフに報告している[74]。のちにロフリンは数名の日本人作家を英語圏の読者に紹介することになるのだが、三島由紀夫の英語圏における初の本格的紹介になった『仮面の告白』がニューディレクションズから刊行されたのは、この時ナボコフが送りつけた作品がアメリカで出版されたのと同じ、一九五八年だった。

一九五四年九月五日にウィルソンに送った手紙でナボコフは、すでに二社に断られたいま、それでもアメリカでこの原稿を出版してくれる可能性がわずかでもある出版社としてニューディレクションズに原稿をあずけたことを伝えている——「[原稿の運命は]まだロフリンの大きな手のなかだ[75]」(あとから原稿を読んだウィルソンも「これを出版してくれるものは、おそらくロフリン以外にはいないのではないか」と同意している[76])。実際、八か月ものあいだナボコフは待ったのだ。帰国したロフリンは、マクレガーとともに「時限爆弾」のタイプ原稿に注意深く目を通した。そして十月、二人はこの驚嘆すべき作品をリジェクトする決定をした。一九五四年十月十一日、ロフリンは長い、丁重な手紙をしたため、ナボコフに送付した。

われわれ二人とも、これは最高級の文学作品だと感じております。これはもちろん出版されるべきですが、われわれ二人とも、出版社と作家におよびうる反動を恐れております。あなたの文体はあまりに個性的であり、たとえ偽名を用いたとしても、本当の作者はだれかすぐにわかってしまうであろうことは私にはまったく疑う余地もないことです。

この難問を熟慮しますに、普通でない本を専門的にあつかうパリの出版社のうちのどこかから、英語で出版することを検討されたらどうかという考えがうかびました。認知される可能性はありますが、検閲はおそらく絡んできません。付随する公の関心は最小限におさえることができます。(77)

ロフリンは、まずは作品を絶賛し、そのうえで自分たちが原稿を引きうけるわけにはいかない理由を述べている。一見、型どおりの断り状にも見えるが、この書簡ににじんだロフリンの逡巡を理解するためには、当時ニューディレクションズが「猥褻文学」に対してとっていた距離感を知る必要がある。ロフリンは長年、編集者としてヘンリー・ミラーと親しくつきあい、エッセイ集などをアメリカ国内で刊行していた(だからこそ、ウィルソンも「この作品を出版してくれるのはロフリンしかいない」と考えたのだろう)。しかし、他方で『北回帰線』や『南回帰線』のような性的な主題が前面に出た「猥褻な」主要作品については慎重な態度をとって出版しなかった。(78)

ロフリンは、ミラー同様、ナボコフにこの問題児を国外送りにすることをすすめた。ロフリンとマクレガーがタイプ原稿を送り返したのは、それがつまらない作品だったからではない。偽名で発表するというナボコフの案も、「あなたの文体はあまりに個性的」であるという理由でロフリンはしりぞけている。ロフリンの言葉は、皮肉なことに、文学作品——とりわけモダニズム作品——にとって、最大の賛辞でもあったはずだ。賛辞がたんなる外交辞令ではなかったのは、原稿を手放したあとも、ロフリンとマクレガーが作品について触れていることからもわかる。ある手紙で、ロフリンはこう書いている——

数年前に見せてもらったきわめて興味深い原稿は、その後どうしたのでしょうか? 今の今まで忘れていたのですが、非凡な作品として心に残っているのです。もしあれを出版するためなら、よろこんで相談をお受けいたします[79]。

マクレガーはナボコフにこう書き送っている――「私が英語で読んだなかで、もっとも魅力的な小説のひとつだと記憶しています[80]」。長年膨大な原稿に目を通してきた編集者からしても、『ロリータ』はかくも忘れがたき作品だったのだ。

しかし、『ロリータ』が法廷にもちこまれるようなことがあれば、ニューディレクションズのような小出版社では裁判費用がまかなえない可能性もあるだろう。これはロフリンにとってはジレンマだったはずだ。目の前に――手を伸ばせば届くところに――今世紀最良の作品がある。編集者としてこれ以上のことはない。しかし、それをとることはできないのだ。ロフリンは後年、『ロリータ』を出版することで、ナボコフが失職する可能性を危惧したとも語っている。実際ロフリンは、第二次世界大戦中にイタリアで反ユダヤのプロパガンダに与したことで地におちたエズラ・パウンドの名声を、モダニズムの旗手として立てなおそうと奔走していた。一度評判を失った作家が名誉を挽回するのにかかる困難を、ロフリンは身に染みて知っていたのだ。

11 「時限爆弾」の爆発

この断り状にたいし、ナボコフは海外での出版という提案にしたがうむね返答した。『ロリータ』を引き受けたのはやはり、『北回帰線』の版元、パリのオリンピア・プレスとその社主モーリス・ジロディアスだった。ジロディアスは山師的なところのあるあくの強い人物で、このあと長年にわたってナボコフの手を大いに焼かせることになった。[81]

一九五五年、『ロリータ』はオリンピア・プレスの「トラベラーズ・コンパニオン」のシリーズの一冊として世に出た。この作品を目に留めたグレアム・グリーンが「今年の三冊」としてとりあげると、作品はにわかにセンセーションの的となり、アメリカでも多くの出版社が訴訟リスクにもかかわらず手をあげるようになった。出版の新時代の寵児とも言うべき、編集者ジェイスン・エプスタイン（一九二八―）もそのひとりだった。エプスタインはポスト・ロフリン時代のナボコフの有力なパートナーになった編集者であり、大手出版社ダブルデイからすでに『プニン』を出版していた。エプスタインは自分が中心になって編集していた雑誌『アンカー・レヴュー』に、はじめてアメリカで『ロリータ』の抜粋を掲載することに成功した。他方で、エプスタインの『ロリータ』にたいする見解は、単純な熱狂や賞賛とはほど遠いものだった。

ジェイスン・エプスタイン

私は『ロリータ』が不埒だとは思わなかったが、一般に思われているような、天才の作品とも思わなかった。私は、ニューディレクションズが出版したナボコフの初期の長編たちにほれこんでいて、その冷たい精密さが、円熟味よりも好きだった。『ロリータ』は私にはむしろ残酷な――もしかしたらとても残酷でもあり、とても滑稽でもあるかもしれない――ように思えた。そこでナボコフはジョークで自分自身を祝福しているようだった。[82]

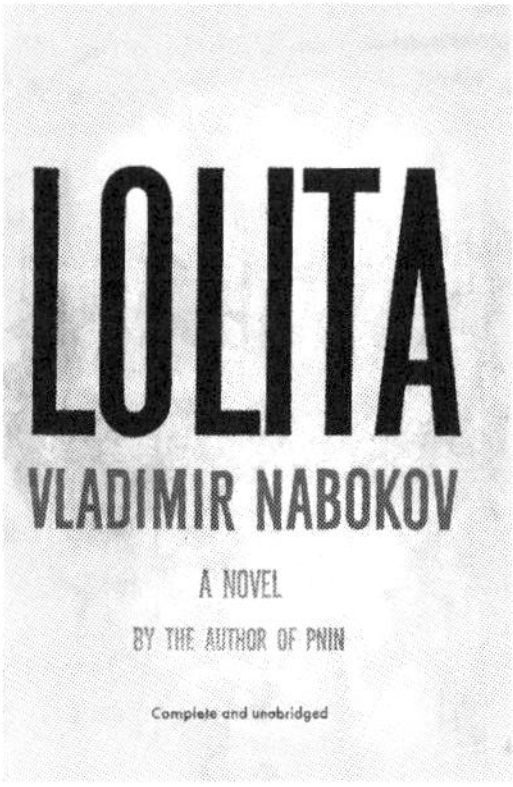

パットナム版『ロリータ』表紙、1958年

意外にも、『ロリータ』をアメリカで出版しようとした男は、その価値を十分認知してはいなかった。エプスタインの告白によれば、『ロリータ』出版のモチベーションは純粋に投機的なものであり、芸術性を認めてのものではなかった。むしろ「ニューディレクションズが出版したナボコフの初期の長編たち」の方がエプスタインに強い印象を残していた（『ロリータ』の時点でニューディレクションズはナボコフの長編を一冊しか刊行していなかったのだが）。『ロリータ』以前、ナボコフの名前は、目ききの読者のあいだではかくもニューディレクションズと不可分だった。

紆余曲折をへて一九五八年、パットナム社から出版された『ロリータ』は、書店に積まれるやいなや、ベストセラーリストを駆けあがった。ロフリンの懸念に反して[83]、このセンセーショナルな作品は作者の名に泥を塗ることはなかった。たしかにナボコフはコーネル大学の教授職を辞すことになった。しかし、それは醜聞で追われたのではなく、本がもたらした収入が作家業への専念を許したからだった[84]。『ロリータ』は膨大な書評、記事、研究論文、学術書、博士論文の対象となり、ナボコフを正典の座にすえもした。結果として、ナボコフは不朽の文学的名声と、商業的成功が相互に排除しあうものではないことを証明したのだ。

ロフリンのドグマ――「文学はビジネスであるまえに芸術なのだ」――を商業主義に毒されたアメリカのブック・ビジネスへのアンチテーゼだとすれば、ナボコフの『ロリータ』は両者を「文学は芸術であるだけでなく、ビジネスでもある」というかたちで止揚《ジンテーゼ》したのだと言うことができるだろう[85]。その意味において、ロフリンとニューディレクションズは、間接的にナボコフに『ロリータ』を書かせたのだとさえ言える。亡命作家がヨーロッパの、ロシア語時代のあとで放りこまれたアメリカの出版状況が、英語作家としてのナボコフと『ロリータ』をつくったのだった。

12　書きかえられた『セバスチャン・ナイト』

アメリカでの『ロリータ』の成功後、ロフリンとマクレガーは即座に過去のナボコフ作品の再刊を作家に打診した。『ロリータ』は採れなかったものの、目の前のビジネスチャンスは逃すわけにはいかない。しかし『ロリータ』の成功後、ナボコフはニューディレクションズとのビジネスにほとんど興味を失っていた。一九五九年に刊行された『ニコライ・ゴーゴリ』のペーパーバック版のゲラ刷りでは、シリーズ「近代文学の創り手たち」の一覧表のうえに、鉛筆で大きくバツが描かれている。[86] こうして『ニコライ・ゴーゴリ』は、独立した評論として知られるようになった。

ニューディレクションズのかかえたバックリストのなかで、最大の価値を両者にとってもっていたのが、ナボコフのアメリカ・デビュー作『セバスチャン・ナイトの真実の生涯』だった。くすぶっていた『セバスチャン・ナイト』は、『ロリータ』でその存在をはじめて知った大多数の読者にとって待望の商品となる可能性がある、切り札的な存在に化けたのだ。

この「目玉商品」の再刊を、最初マクレガーはペーパーバックのかたちで提案した。（同書簡でマクレガーもヴェラに述べているように）背景には、良質な作品を廉価なフォーマットで普及させようという流れがあった。「クオリティ・ペーパーバック」という概念を生んだ、エプスタインが創始したダブルデイのアンカーブックス、そして新興の（ニューディレクションズにとって真のライヴァルとなる出版社）グローヴ・プレスが刊行していたエヴァーグリーンブックスといったシリーズの登場によって、すでにペーパーバックは文芸書の市場にとってマージナルな存在ではなくなっていた[87]。

しかしナボコフは時期尚早として提案をいったんは断り、『セバスチャン・ナイト』はハードカバーのまま出版されることになった。マクレガーはただの重版と市場で見なされないよう、新たに序文を添えることを恐る恐る作家に提案した。出版社側が第一候補として名前をあげたのは、両者にとって関係が深い、ハーヴァード大学のハリー・レヴィンだった。しかし、作家はこの申し分なさそうな人選を却下し、ごく最近『ニューリパブリック』で目にした記事「ナボコフ――倒錯の芸術」の著者、無名の人物コンラッド・ブレンナーを推薦した（この「倒錯 perverse」という語は、序文にもつかわれ、のちのナボコフ批評でもキーワードになった）[88]。出版社の調査で判明したのは、ブレンナーはニューヨークの書店に勤務する二十五歳の熱烈なナボコフファンで、件の評論も何誌にも断られたすえにやっと掲載されたものということだった。ロフリンはさすがにブレンナーの序文では本は「売れない」と進言したが、作家は意に介さなかった[89]。

書きおろしの序文をつけるだけでなく、ニューディレクションズはこの十六年ぶりの新版のジャケットを、著名作家のコメントで飾ろうとした。もちろん、その第一候補となるべきは、旧版に熱のこもったコメントを寄せていた親友エドマンド・ウィルソンのはずだった。しかし、ナボコフはよかれと思ってロフリンが発注した、ウィルソンによる宣伝文の改訂版に強い調子で抗議した。

エドマンド・ウィルソンによるいかなる推薦文も、断固として拒否する――忌々しい、平凡な『ドクトル・ジバゴ』について書いている、暴力的かつナンセンスな意見はとくに。彼はよき友人だが、その象徴‐社会的批評のアプローチにはうんざりする。セバスチャン・ナイトへの二十年前のお世辞をジャケットに繰り返すこともしたくない。私の決定は最終的なものだ――この問題を二度と持ち出さないでくれたまえ。(90)

ナボコフがウィルソンの宣伝文を拒否したのは、直接的にはパステルナークの『ジバゴ』についての評価のせいだった(この作品がはたした「踏み絵」としての役割については第一章で触れた)。この書簡は、数年後におこる『エヴゲーニイ・オネーギン』の翻訳をめぐって両者のあいだにおこる決裂が、すでにはっきりと目に見えるかたちで起こっていたことを示すものでもある。

結果として一九五九年に刊行された『セバスチャン・ナイト』では、ラスティグによるカバーは一新され、マイケル・トレインによる抽象的なドローイングが表紙を飾った(一二二頁)。旧版のもっていたダイレクトなメッセージ性はほぼなくなったと言える。宣伝文句も一新され、ハーバート・ゴールド、アースキン・コールドウェル、ケイ・ボイル、ハワード・ネメロフ、フラナリー・オコナーといった作家陣が裏表紙をコメントで埋めた(この中にウィルソン以上のネームバリューがある作家はひとりもいない)。こうした仕様の変更にともない、芸術家と俗世間の対立を情熱的にうたったロフリンの宣伝文も改訂され、より穏当な、多層的な読み方を示唆する梗概が裏表紙に印刷された。二つの宣伝文を比べてみてほしい。

(一九四一年版)

もちろんセバスチャン・ナイトは、完全に架空の人物である。しかし、一種象徴的な人物でもあり、

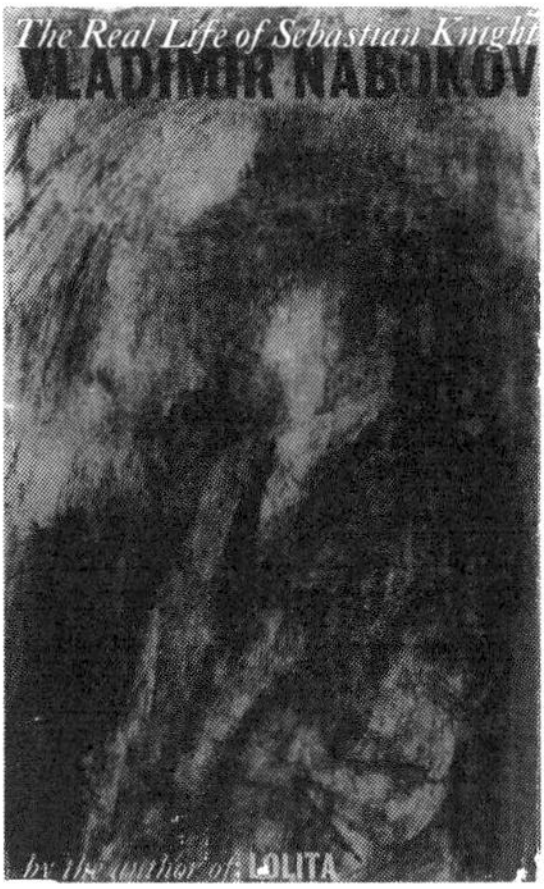

『セバスチャン・ナイトの真実の生涯』再版版表紙、1959年

この小説は、本質的に芸術に仇なすものである近代世界での創造的芸術家の役割について深甚にして重要な示唆を語ってくれるものである。ある意味で、『セバスチャン・ナイトの真実の生涯』を、同一性をもとめる深遠な喜劇と呼ぶこともできるだろう——近代世界で挫折し、放逐された魂たちの。[91]

（一九五九年版）

『セバスチャン・ナイトの真実の生涯』でナボコフは、ひとつの次元にとどまらない倒錯の魔法を行使している。表面的には、これは文学的探偵小説である——繊細で、錯綜し、じれったい結末へと組みあげられている。べつの次元では、これは創造的精神に基本的に敵対する社会における、芸術家の役割についての辛辣な批評である。さらに深い次元では、本書は人間の同一性の曖昧さをめぐる本質的な問題を掘りさげている——だれがセバスチャン・ナイトか？[92]

『ロリータ』成功後、ナボコフはもはや、ロフリンやウィルソンが用意してくれる批評的枠組みやパブリックイメージを必要としていなかった。『セバスチャン・ナイト』の新版が刊行された同年、ナボコフはアメリカの出版界だけでなく、アメリカ合衆国そのものを去ることになる。エージェント業務を『ロリータ』の出版に尽力したパリのドゥシア・エルガに一任し、以後彼女をつうじて版権などの管理にあたることになった。ナボコフの国際的な作家としての名声は、より大きな批評的、経済的な枠組みを求めていた。[93] それはニューディレクションズが提供できる規模をはるかに超えていた。

13 フェンシングの親善試合

ウィリアムズ同様、ナボコフもニューディレクションズのプロモーション活動に以前から不満をいだいていた。一九五一年六月十三日のウィルソンあての書簡で、ナボコフは以下のように書いている。

たったいまから、いかなるかたちのパブリシティも大歓迎することにした。真綿にくるまれた宝石みたいに、自分の本が沈黙につつまれてしまうのにはもううんざりだ。読者個人から送られてくる手紙の賛辞の嵐と、無知かつ無能な出版社が私の本にしめす関心のなさとは、釣り合わないことはなはだしい。［中略］しかし、これからは一念発起して、思いっきりせこくてずるい人間になってやる。本ができたら批評家に送りつけ、出版社との契約には本を売りこむために金をつかえという特別条項を盛りこんでやるぞ。[94]

五一年の時点でさえこう思っていたナボコフが、ベストセラー作家になったあとで、出版社に対してより厳しい注文をつきつけるようになったのは自然な流れだった。背景にあるのは、現在の成功や地位は、独力で手に入れたものだという思いであり、それまで本が売れなかったのはニューディレクションズの宣伝不足によるものだという言い分だった。マクレガーは年ごとにニューディレクションズが費やした広告費と実売部数のデータを提出して作家に反論しなくてはならなかった。一九六一年七月、ナボコフはニューディレクションズに妻《ヴェラ》をつうじて最後通牒をつきつけた。

夫はニューディレクションズが自分の本の成功にあまり興味をもっていないという、拭いがたい印象をもっています。〔中略〕夫はあなたがたが「自動的な」成功に頼りきっているように思っています〔中略〕。こういった状況なので、ニューディレクションズが自分の作品のすべての権利を売りもどしてくれないだろうかと夫は考えています。(95)

しかしナボコフの勧告も、ニューディレクションズを揺るがすにはいたらなかった。百の言葉よりも、一枚の契約書がものをいう社会である。両者のあいだの喫緊の課題は、やはり『セバスチャン・ナイト』だった。ナボコフはこの自分の英語第一作のペーパーバック版を他社から出版する計画を練っていたのだ。二十年前に両者のあいだで結ばれた契約書では、小説を別の形で出版する場合(ペーパーバック、海外での翻訳出版もふくむ)、作家と出版社は利益を折半するよう定められていた。(96)

このような契約書の背景として、ナボコフは、ニューディレクションズがかつての新人だった自分に不利な条項を呑ませ、搾取していたからだと主張した。

こんな風に言うことはできないだろうか。『セバスチャン・ナイト』の契約をめぐるわれわれの論争は十年以上続いている。きみは過去をふりかえって、自分が寛大な契約——一〇パーセントきっかりのロイヤリティに百ドルのアドヴァンス(あとから百五十ドルをアドヴァンスに追加したとしても)——をやることで、若い貧乏作家を救出したのだと思っている。そして自分には五〇パーセントの海外出版権を確保したというわけだ。私は自分のことを、合衆国で新たなスタートをきった無防備な移民だったと思っている。新人は、転がりこんでくるオファーならなんでもやるしかなかったんだ。[97]

一九五八年から一九七〇年代にかけて、妻ヴェラ・ナボコフとロバート・マクレガーは数多くの手紙を本件について交わしたが、両者の主張は平行線をたどり、落としどころを見いだせないままだった。作家ディオニス・マスコロにあてた一九六二年四月二十七日の手紙で、マクレガーは自社とナボコフ夫妻の関係を「フェンシングの親善試合」に喩えている。[98]「愛」によってはじまった両者の関係のいきつくところが、ビジネス・トークだというのは皮肉なことだった。

14　出版界の変革の波にさらされて

問題が表面化したのは、新人時代のナボコフが無知から不利な契約を結んでしまったせいだけではない。契約が前提にしていた出版界が、一九四一年とは様変わりしていたのである。一九七一年、ナボコフはロフリンに出版界の急速な変化について書き送っている。

三十年前の一九四一年には、私たちのうちどちらとも、現実にこんな変化が出版に起こる可能性なんて認識していなかったと思う。一九四一年にまず念頭にあったのは、私の本のクロス装版についてだった。しかし、文芸誌や、アンソロジーのようなものに本の一部を使用する場合、合同で許諾をあたえることにしたのだと思う。このような許諾のために支払われる額について、平等に分配することにした。しかし、私の意見では、われわれの同意はペーパーバックの完全版を出版する権利についてのものではない[99]。

実際、一九四〇年代初頭に、ナボコフの国際的な名声以上に、出版界をおそった地殻変動を想像できるものはいなかっただろう。すでに述べたように一九五〇年代以降、シリアスな文学作品を扱ったペーパーバックが台頭し、アンカーブックス、バンタムブックスなどさまざまなペーパーバック専門のレーベルがつくられるようになった。もちろん海外の出版社に版権を売ることは、出版ビジネスの重要な一部になった。

このようなビジネスの変化の波に対応するために、出版社のコングロマリット化と業界再編が急速に進展した。多くの出版社が生き残りをかけて合併を繰りかえし、ナボコフの著書を刊行した出版社も軒並み変革を迫られた。『ベンドシニスター』を出版したヘンリー・ホルト社は一九六〇年にラインハート社とジョン・C・ウィンストン社と合併し、ホルト・ラインハート・アンド・ウィンストンになった。『プニン』を出版したダブルデイは一九八六年に出版部門を外資のベルテルスマンに売却、一九八八年にはバンタム・ダブルデイ・デル・パブリッシング・グループの一部となり、一九八八年にはランダムハウスの一部門になった。『アーダ』以降、ナボコフのほとんどの作品の出版をひきうけることになったマグロウヒル・パブリッシング・カンパニーは、いまやマグロウヒル・ファイナンシャルとなり、出版からは足を洗ってしまった。『ロリータ』を出版したG・P・パットナムズ・サンズは、一九六五年、大量販売のペーパーバックの出版社であるバークレー・ブックスを買収した。十年後、パットナム・パブリッシング・グループとバークレー・パブリッシング・グループはMCA株式会社に売却され、さらに一九九六年にはグループがイギリスの出版コングロマリット、ピアソンPLCの一部門であるペンギン・グループに買収されることになった。新オーナーはパットナム／バークレーをペンギンUSAと合併した。ついに二〇一二年には、ランダムハウスとペンギンの合併が大筋で合意にいたった。

当然ながら、ニューディレクションズも変革の波にさらされた。一九六四年、社は法人化され、ニューディレクションズ・パブリッシング・コーポレーションとなった。これは、すでにニューディレクションズがロフリンの個人的なパブリッシング・ハウスではなくなってしまったことを意味していた。社はいまだインディペンデントの矜持を保持していたが、創業時のアンチ・コマーシャリズムの精神は生き馬の目を抜く出版界のなかで忘れられていった。

ナボコフの著作もまた、出版界の荒波の中で絶版になることなく生き残った。ナボコフはアメリカ版『ロリータ』を出版したパットナム社を去って、マグロウヒル出版に移籍した。その理由は、パットナムの社主のウォルター・ミントンが「ああ、ナボコフね。彼は金はいらないってさ」と言っているのを人づてに聞いたからだったという[100]。そういった事情により、ほぼすべての作品がマグロウヒル出版から刊行されるようになった。なお、現在は業界最大手ランダムハウスのペーパーバック部門、ヴィンテージブックスから著作が刊行されている。作家は、その都度その都度の自分の「時価」に応じた待遇をえることに成功したのだ。

15　消えた風景

ヴェラとマクレガーによる、「冷戦」下の代理戦争のあいまにも、ロフリンはときおりナボコフ夫妻に手紙を書きおくり、懐かしいアルタ・ロッジの近況を報告した。アルタのスキー場はいまや、資本に

『セバスチャン・ナイトの真実の生涯』ペーパーバック版表紙、1977年

よる大規模開発の手がおよび、長大なリフトや巨大なレストランがつぎつぎに設置されるようになっていた。

> アン〔ロフリンの妻〕と二人で、この冬スイスにアルペンスキーにいけたらどんなによかったでしょう。しかし片づけなくてはならない仕事が山積しています。それでも、三月の終わりにはアルタに行くつもりです。〔中略〕私はのんびりした、自然のままの渓谷がどんどん開発されていくのが好きではありません。でもスキーヤーはもっとリフトがほしいと言ってくるし、仕方ありません。[101]
>
> この場所が、私の好みにはあまりに大きくなりすぎてしまったことを報告しなくてはならないのは悲しいことです。ここの、昔の自然が好きだったのです。[102]

すでにヨーロッパにわたっていたナボコフは、スイスのモントルー・パラスから返信した。

> この春は、シチリアで蝶を捕っていたよ。でも、いつも懐かしいぞくぞくとともに思い出すのは、ロッキー山脈のルピナスとヤマナラシだ。『セバスチャン』はいまや二十歳、『ロリータ』は十六歳だ。[103]

ロフリンは手紙にこたえた――「人の手がはいって、アルタの蝶の個体群が荒らされてしまわないか心配です[104]」。ロフリンはアルタと――「私の好みには大きくなりすぎてしまった」場所――自分の出版社と拡張しつづけるブック・ビジネスの世界を重ねていたのだろう。未開発のアルタの風景とロッキー山脈での蝶の採集は、ナボコフとロフリンのありえたかもしれない友情の完璧なメタファーだった[105]。

一九七四年のマクレガーの死のあと、ロフリンはナボコフとの交渉を引き継いだ。結果的に、一九七六年六月、作家の死のちょうど一年前、ロフリンとニューディレクションズは『セバスチャン・ナイト』の海外での権利をすべて放棄することと引き換えに、ペーパーバック版の著者印税を七・五パーセントにするということで合意した[106]。ロフリンが合意の詳細を記述した書類が、ナボコフとロフリンのあいだに交わされた最後の手紙になった。

一九七七年三月、ついにニューディレクションズは『セバスチャン・ナイト』のペーパーバック版を刊行した。新ジャケットのデザインには、操り人形をあやつる操り人形の写真が採用された（一二八頁）。これは比喩的にであれ、セバスチャンの影に隠れていままで無視されてきた、語り手Vに脚光をあてるものと見ることができる。序文は残されたが、ほかの作家による推薦文はジャケットからは消え去った。もはやナボコフは他人に推薦されなくてはならない作家ではまったくなくなっていたのだ。作家の死のわずか数か月前の刊行だった。

16 「ニューディレクションズの作家」から「アメリカの作家」へ

両者の長い交友にもかかわらず、ロフリンはウィリアム・カーロス・ウィリアムズやエズラ・パウンドについて書いたような散文や詩をナボコフについては発表することはなかった[107]。しかし、ロフリンは

現在のニューディレクションズ版『セバスチャン・ナイトの真実の生涯』表紙

のちにこう書きのこしている。

ヴォロージャが正しい。ヴォーリャはその、私なりの呼び方だ。もちろん、彼の高貴な生まれを思うとそんな風には絶対に呼べなかった。でも、彼のことを考えるときはそんな風に呼んでいたんだ。〔中略〕私は彼の友人になりたかった。しかし、彼は青臭いマヌケ野郎なんて友人には願いさげだったんだ。〔中略〕私にほほえんでくれたこともあったけど、どこかよそよそしい笑顔だったよ。[108]

それでもロフリンは一九七三年には、ペンクラブのニューヨーク支部を通じて、ナボコフをノーベル文学賞候補に推薦すらした。[109]

二人の間にありえたかもしれない友情は、作家と、出版社をめぐる環境の激変によって不可能になった。ナボコフは驚くべき機敏さで、ロフリンとニューディレクションズを起点にしてアメリカの出版界に適応し、進出していった。ニューディレクションズの支払い額は、ナボコフが期待するものより常に少なく、作家として自活をゆるすものではなかったが、時に金銭以上の見返りもあたえた。それは、「ニューディレクションズから作品が刊行されるような作家」という一種のブランドイメージだった。すなわち芸術家肌で、一般受けしないが、少数の目の肥えた読者が支持するような通好みの作家というものであり、ナボコフがアメリカでおこなう活動をさまざまな点で助けることになった。

他方、ロフリンはナボコフを「英語作家」として発掘し、その作品を自らの枠組み——文学運動、文学サークル、プロモーション——にあてはめようとしたが、ナボコフはロシア語作家V・シーリンとしてまったく別の文脈で作品を発表してきており、そもそものスタートから二人のあいだには食い違いがあったのかもしれない。さらに、合衆国における出版ビジネスの激変のなかで、ロフリンとニューディレクションズ自体も、自分たちのアプローチを修正する必要に迫られた。

ランダムハウス社のヴィンテージブックスがナボコフの全小説と短編をペーパーバックで出版したいまでも、ニューディレクションズはナボコフの著作を三冊目録に残している——あたかも過去の連帯の名残りのように。ロフリンはナボコフを「ニューディレクションズの作家」にはできなかったが、ナボコフを「アメリカの作家」にするうえではたした役割は、少なくなかったのである。

注

（1）Vladimir Nabokov, *Strong Opinions*, New York: Vintage International, 1990. p. 131.

（2）ジェラール・ジュネット『スイユ——テクストから書物へ』和泉涼一訳、水声社、二〇〇一年。

（3）Colette Colligan, *A Publisher's Paradise: Expatriate Literary Culture in Paris, 1890-1960*, Amherst: University of Massachusetts Press, 2013. p. 246.

（4）John Updike, "Grandmaster Nabokov," *Vladimir Nabokov: The Critical Heritage*, London: Routledge, 1997. p. 156.［ジョン・アップダイク「ナボコフ名人」若島正訳『アップダイクと私——アップダイク・エッセイ傑作選』若島正編訳、森慎一郎訳、河出書房新社、二〇一三年、一九二頁。］

（5）ナボコフと出版社というテーマ全般については、すでに研究者ユーリイ・レヴィングがニューヨーク公共図書館のバーグ・コレクションと議会図書館を調査して共著書を出版している。レヴィングは、特定の出版社や編集者にフォーカスしているわけではないが、自分自身の文学的ペルソナのエージェントとしてのナボコフの才能に着目し、こう結論していた。「ナボコフは、マーケティングとセルフ・プロモーションに全面的に関与した。自分の象徴的な価値が増せば増すほど、出版社から実際の収益をさらに要求できることを知っていたのだ。これは、ナボコフの潜在的な文学的才能を貶めるものではない。しかし、ウラジーミル・ナボコフのような文豪にとってさえ、マーケットの現実が重要であったことを強調するものだ」。「ナボコフと出版」というテーマも研究者の注目を集めつつあると言ってもいいだろう。Yuri Leving, "Nabokov and the Publishing Business: The Writer as his Own Literary Agent," Yuri Leving, Frederick H. White, *Marketing Literature and Posthumous Legacies: The Symbolic Capital of Leonid Andreev and Vladimir Nabokov*, Lanham: Lexington Books, 2013. p. 113. またロフリンとニューディレクションズについては、近年イアン・マクニーヴンによる伝記が書かれた。その中の一章で、ナボコフとの関係について、出版社の側からまとめられている。Ian S. McNiven, *"Literchoor is My Beat": A Life of James Laughin, Publisher of New Directions*, New York: Farror, Straus and Giroux, 2014. pp. 181-201.

（6） Delmore Schwartz, TLS to JL, 14 May 1941. New Directions Publishing Corp. records, bMS Am 2077（1514), folder 6. HLHU. 余談だが、後年（シュウォーツの死後）ナボコフはデルモア・シュウォーツの短編「夢の中で責任が始まる」に「Aプラス」の評価をあたえ、「数々の聖なるヴァイブレーションを、古い映画フィルムと個人的過去の奇跡的な調合であるこの短編からは感じることができる」と絶賛した。ナボコフなりの恩返しだったのかもしれない。Nabokov, *Strong Opinions*. p. 313.［ウラジーミル・ナボコフ「霊感」『ナボコフの塊――エッセイ集　1921-1975』秋草俊一郎編訳、作品社、二〇一六年、二四五頁。］

（7） 一九三〇年代の『パーティザン・レヴュー』を中心にしたニューヨーク知識人たちの動向については以下の文献がくわしい。秋元秀紀『ニューヨーク知識人の源流――１９３０年代の政治と文学』彩流社、二〇〇一年。

（8） Delmore Schwartz, James Laughlin, *Delmore Schwartz and James Laughlin: Selected Letters*, ed., Robert Phillips, New York: W. W. Norton, 1993. p. 102.

（9） James Laughlin, *Byways: A Memoir*, New York: New Directions, 2005. p. 11.

（10） Ibid., p. 86.

(11) パウンドに「才能がない」と一蹴されたロフリンの詩才がどのようなものだったのか。D・W・ライト編『アメリカ現代詩101人集』（江田孝臣・沢崎順之助・森邦夫訳、思潮社、一九九九年）には「ジェイムズ・ロクリン」の詩が二編収録されているので、興味がある方はごらんいただきたい。すぐれているかはともかく、彼の人柄がうかがえる詩ではある（「頭をふんづけよう」「古いグレーのセーター」江田孝臣訳、一一四―一一七頁）。

(12) James Laughlin, *New Directions Books: Complete Catalogue*, Norfolk, Conn.: New Directions, 1939. p. 2.

(13) James Laughlin, "What is New Directions?" *New Directions Books, Fall & Winter*, 1940-1941, Norfolk, Conn.: New Directions, p. 24.

(14) Greg Barnhisel, *James Laughlin, New Directions, and the Remaking of Ezra Pound*, Amherst: University of Massachusetts Press, 2005. p. 3.

(15) Harry Levin, *Memories of the Moderns*, New York: New Directions, 1980. pp. 1-12. 他方で、ハリー・レヴィン自身、ニューディレクションズの執筆者の常連として、出版社の隆盛とモダニズムの普及に大きく貢献した人物でもある。また、レヴィンはユダヤ系で、妻はロシア人だったこともあり、ナボコフ家とは家族ぐるみのつきあいをし、その親交はナボコフの死後もヴェラが亡くなるまでつづいた。これは多くの友人と喧嘩別れしたナボコフにとっては異例のことだった。ハーヴァードというアカデミズムの中心地にいたことで、人望厚いレヴィンは、「ケンブリッジ・サークル」とでも呼ぶべき学者・作家・編集者のグループを形成していたと見るべきだろう。またレヴィンが比較文学科教授として、シェイクスピアからスタンダール、メルヴィルからジョイスまで、幅広く西洋文学を論じることができたのも、人脈作りに役立ったことだろう。一九五八年にレヴィンが中心となって、ナボコフをハーヴァードに招聘しようとした件も、ナボコフをサークル内にとどめようとした最後の試みだったと見ることもできる（しかし、これがヤコブソンによって挫折したのは第一章で触れたとおり）。レヴィンvsヤコブソンという観点からナボコフの人事を再考すると、比較文学対スラヴ文学という隠れた構図も浮き彫りになるだろう。かようにレヴィンのナボコフのアメリカ受容にはたした役割は大きかったと見るべきなのだが（また、ナボコフが一九五九年にレヴィンの序文を『セバスチャン・ナイト』に断ったのも、その件が影響しているかもしれない）、ナボコフとレヴィン、あるいは「ケンブリッジ・サークル」の関係については、別個に考えるべきテーマである。

(16) James Laughlin, *New Directions Books: A Preliminary Listing*, Norfolk, Conn.: New Directions, 1941. p. 3.

(17) James Laughlin, *New Directions Books, 1941-1942*, Norfolk, Conn.: New Directions, 1941. p. 9. この広告の多少縮めたヴァージョンを、ロフリンは『ニューディレクションズ・イン・プローズ・アンド・ポエトリー』第六号に掲載した。James Laughlin, *New Directions in Prose and Poetry*, vol. 6, 1941. p. 744.

(18) Vladimir Nabokov, *The Real Life of Sebastian Knight*, Norfolk, Conn.: New Directions, 1941. Dust cover.

(19) John Arthur Harrison, *Published for James Laughlin: A New Directions List of Publications, 1936-1997*. Fayetteville, Ark: Will Hall Books, 2008. p. 6.

(20) Robert Barlow, "For Future Reference," *Pittsburgh Post-Gazette*, 20 December 1941.

(21) Vladimir Nabokov, *The Real Life of Sebastian Knight*, Norfolk, Conn.: New Directions, 1941. Dust cover.

(22) JL, TLS to VN, 2 July 1941, NYPL Berg Collection Manuscript box, New Directions, folder 1.

(23) *Saturday Review of Literature*, vol. 24, no. 35, 20 December 1941. p. 15.

(24) Kay Boyle, "The New Novels," *The New Republic*, vol. 107, no. 1, January 1942. p. 124.

(25) Harry Goldgar, "A Sensitive Man in a World Hostile to the Creative Artist," *The Random Reader The Nashville Tennessean*, 11 January 1942.

(26) William Corbett archive for "A History of New Directions", 1967-1998 (inclusive), *A History of New Directions*: TS (printout), 1997. bMS Am 2092 (5), folder 1, p. 8. HLHU. なお、この社史は結局出版されなかった。コルベットがポール・オースターへの書簡で説明しているところによれば、執筆を依頼したクノップフ社が、原稿完成後（おそらくは採算の都合で）突然出版しないと言ってきたらしい。

(27) *New Directions in Prose and Poetry*, vol. 6, 1941. pp. 596-600.

(28) *New Directions Books, 1941-1942*, p. 18.

(29) 余談だが、このシリーズの第一巻であり、シリーズ自体を創刊するきっかけになったと思われるハリー・レヴィンの『ジェイムズ・ジョイス』は、飛田茂雄と永原和夫による翻訳が『ジェイムズ・ジョイス——その批評的解説』として一九七八年に北星堂から出版されている。それに先立つこと五年の一九七三年に、ナボコフの『ニコライ・ゴーゴリ』

は「現代文芸評論叢書」の一冊として、青山太郎の翻訳によって紀伊國屋書店から刊行されている。この二冊の本が、もともとは同じ出版社の同じ叢書にはいっていたという事実に気づく読者はどれだけいただろうか？

(30) *New Directions Books*, New York: New Directions, 1946. p. 5.

(31) Tennessee Williams, "Battle of Angels," *Pharos*, vol. 1-2, Spring 1945. p. 4.

(32) Harry Levin, "Toward Stendhal," *Pharos*, vol. 3, Winter 1945. p. 3.

(33) JL, TLS to VN, Aug. 1946. NYPL Berg Collection Manuscript box, New Directions, folder 15.

(34) この書簡はナボコフのウィルソンへの一九四二年一月五日の手紙に引用されている。Vladimir Nabokov, *Dear Bunny, Dear Volodya: The Nabokov-Wilson Letters, 1940-1971*, Berkeley: University of California Press, 2001. p. 62.［ウラジーミル・ナボコフ、エドマンド・ウィルソン／サイモン・カーリンスキー編『ナボコフ＝ウィルソン往復書簡集　1940-1971』中村紘一・若島正訳、作品社、二〇〇四年、七九頁。］

(35) *New Directions Books*, Norfolk, Conn.: New Directions, 1945. p. 1.

(36) JL, TLS to VN, 6 September 1946. NYPL Berg Collection Manuscript box, New Directions, folder 11. JL, TLS to VN, 10 September 1946. NYPL Berg Collection Manuscript box, New Directions, folder 12.

(37) Vladimir Nabokov ed. and trans., *Three Russian Poets: Selections from Pushkin, Lermontov and Tyutchev in New Translations*, Norfolk, Conn.: New Directions, 1944. Dust jacket.

(38) Vladimir Nabokov, *Nine Stories*, New York: New Directions, 1947. p. 2.

(39) Ned Drew, Paul Sternberger, *By its Cover: Modern American Book Cover Design*, New York: Princeton Architectural Press, 2005. p. 45, 49.

(40) James Laughlin, "The Design of Alvin Lustig," *Publishers Weekly*, 5 November 1949. pp. 2005-2006.

(41) James Laughlin, *Bookjackets by Alvin Lustig for New Directions Books*, New York: Gotham Book Mart Press, 1947. p. 5.

(42) コルベットによれば、「ゴーゴリについてのこの研究書は、ニューディレクションズの伝説になった。理由としてまず、これはニューディレクションズの本でも、初版を手に入れるのがもっとも難しいものだ。たったの三百五十部しか刷られなかったようで、『ロリータ』が出版されたとき、まだ市場にでまわっていたのだ。ナボコフの降ってわいた名声の余波で、奪いあいになったが」。William Corbett archive for “A History of New Directions,” 1967-1998 (inclusive), *A History of New Directions*: TS (printout), 1997. bMS Am 2092 (5), folder 3, p. 45. HLHU.

(43) Nabokov, *Dear Bunny, Dear Volodya*, p. 62.［ナボコフ『ナボコフ＝ウィルソン往復書簡集』八〇頁。］

(44) Ibid., pp. 129-130.［同書、一六三―一六四頁。］

(45) Ibid., p. 136.［同書、一七二頁。］

(46) Vladimir Nabokov, *Nikolai Gogol*, Norfolk, Conn.: New Directions, 1944. p. 151.［ウラジーミル・ナボコフ『ニコライ・ゴーゴリ』青山太郎訳、平凡社ライブラリー、一九九六年、二二七頁。］

(47) Ibid., p. 152.［同書、二二八頁。］

(48) ナボコフの書き方ではわからないが、会話がおこなわれた一九四三年夏の時点で、ナボコフは四十四歳、ロフリンは二十九歳である。人間の力関係が年齢だけで決まるわけではもちろんないが、「編集者と作家」という肩書きから想像しがちな関係でもなかっただろう。実際、『ニコライ・ゴーゴリ』の邦訳（青山太郎訳）は、明らかにロフリンをナボコフより年かさの、訛りのある愚鈍そうな編集者ととらえてしまっている。二人のうち、訛りがあったのはむしろナボコフのほうだったろう（同書、二二七―二三二頁）。

(49) ニューディレクションズの未刊行の社史のなかで、ウィリアム・コルベットはこう書いている。「ナボコフは三つの過ちか、彼の言葉を借りるなら「罠」をテクストにしかけた。発覚した際には、ニューディレクションズの恥となるようなものだという。それがなんだったのか、ナボコフは洩らさなかったが、見つけた読者がいたとしても、その在処を己のなかにしまっておいたのだ。なぜナボコフが罠をしかけたのかははっきりしない。おそらくは、ゴーゴリの小説や戯曲の筋を書けという、編集上の要請にいらだってやったのだろう。ニューディレクションズへのなんらかのあてつけがあったとして、彼の書簡や数名の伝記作者があきらかにしたかぎりの、ナボコフの出版社への態度を踏まえると、これはジョークだったのだ」。William Corbett archive for “A History of New Directions”, 1967-1998 (inclusive), *A History of New Directions*: TS (printout), 1997. bMS Am 2092 (5), folder 3, p. 45. HLHU. ロフリンも過去を振り返って以下のように述べている――「『ゴーゴリ』のなかで三か所、私をからかっていると彼はのたまった。けれど私には見つけることはできなかった――そして、彼も言わなかった」。James Laughlin, *The Way It Wasn't: From the Files of James Laughlin*, eds., Barbara

Epler, Daniel Javitch, New York: New Directions, 2006. p. 198.

(50) デルモア・シュウォーツからの一九四四年八月二十九日の手紙。「ナボコフの『ゴーゴリ』はけっして出版されるべきではなかった。少なくとも、きみに触れた部分は消すべきだった。俗世間から隔絶したユタでは、それがいかに文学界で波紋を呼んでいるかまったくわかっていないんだ」。Schwartz, *Delmore Schwartz and James Laughlin: Selected Letters*, p. 230.

(51) ベッツィ・レーナー『ベストセラーはこうして生まれる――名編集者からのアドバイス』土井良子訳、松柏社、二〇〇五年、二三四頁。

(52) トマス・ウルフの長大な原稿を大幅に削り、出版に耐えうるものにしたこの編集者の伝記は、近年映画化もされた（映画邦題『ベストセラー』）。原作はA・スコット・バーグ『名編集者パーキンズ　上・下』鈴木主税訳、草思社文庫、二〇一五年。

(53) Brian Boyd, *Vladimir Nabokov: The American Years*, Princeton: Princeton University Press, 1991. p. 64.

(54) Nabokov, *Dear Bunny, Dear Volodya*, p. 116.〔ナボコフ『ナボコフ＝ウィルソン往復書簡集』一四六頁。〕

(55) Andrew Field, *VN: The Life and Art of Vladimir Nabokov*, New York: Crown, 1986. pp. 284-285.

(56) Robert Roper, *Nabokov in America: On the Road to Lolita*, New York: Bloomsbury, 2015. pp. 98-99.

(57) Alfred Appel Jr., Charles Newman eds., *Nabokov: Criticism, Reminiscences, Translations and Tributes*, Evanston: Northwestern University Press, 1970.

(58) VN, ALS to JL, 20 March 1951, NYPL Berg Collection Manuscript box, New Directions, folder 6.

(59) JL, TLS to VN, 23 March 1951, NYPL Berg Collection Manuscript box, New Directions, folder 6.

(60) Nabokov, *Dear Bunny, Dear Volodya*, p. 116.〔ナボコフ『ナボコフ＝ウィルソン往復書簡集』一四六頁。〕

(61) Ibid., p. 200.〔同書、二五一頁。〕

(62) Duncan White, *Nabokov and his Books: Between Late Modernism and the Literary Marketplace*, Oxford: Oxford University Press, 2017. p. 145.

(63) ちなみに、『ベンドシニスター』初版ジャケットの宣伝文を執筆したのも、テイトであることはあまり知られていない。ナボコフがホルト社に送った感謝の手紙のうち数通が、プリンストン大学ファイアストーン図書館に保管されている。

(64) JL, TLS to VN, 18 June 1947, NYPL Berg Collection Manuscript box, New Directions, folder 20.

(65) Nabokov, *Dear Bunny, Dear Volodya*, p. 210.［ナボコフ『ナボコフ＝ウィルソン往復書簡集』二六二頁。］

(66) Field, *VN: the Life and Art of Vladimir Nabokov*, p. 213.

(67) パリの『現代雑記』は、有望な若手作家シーリンを確保するために、ページあたり五百フランという当時としては破格の待遇を用意していた。Олега Коростелева, Манфреда Шрубы, "*Современные записки*": (*Париж, 1920-1940*) : *из архива редакции*, том 4, Москва: Новое литературное обозрение, 2014. С. 259.

(68) Vladimir Nabokov, *Vladimir Nabokov: Selected Letters 1940-1977*, San Diego: Harcourt Brace Jovanovich, 1989. pp. 41-42.［ウラジーミル・ナボコフ／ドミトリ・ナボコフ、マシュー・J・ブルッコリ編『ナボコフ書簡集　1　1940-1959』江田孝臣訳、みすず書房、二〇〇〇年、四一頁。］

(69) 「彼はビルに言った／われわれの配本はひどい／そして私はけちで／広告に金を使わない。／後者は本当だ。出版者は／高踏的な文芸書は／広告では売れず、ただよい書評と小口コミだけが売ってくれるという／痛みをよくしっているものだ」。Laughlin, *Byways: A Memoir*, pp. 174-175.

(70) 本件についてはホワイトの研究にくわしい。White, *Nabokov and his Books*, pp. 146-147.

(71) Nabokov, *Vladimir Nabokov: Selected Letters*, pp. 99-100.［ナボコフ『ナボコフ書簡集　1』九五頁。］

(72) 小谷野敦『川端康成伝――双面の人』中央公論新社、二〇一三年、四七五頁。

(73) 邦訳は飛田茂雄の訳で週刊ポストに連載された。未完成の遺作『ローラのオリジナル』のなかには三島由紀夫とその自殺への言及があるが、同じ出版社から本を出していたということで、献本なりがあったのかもしれない。

(74) 一九五四年七月十二日の手紙。JL, TL (carbon copy) to Véra Nabokov, 12 July 1954. New Directions Publishing Corp. records, bMS Am 2077 (1205), folder 9, HLHU.

(75) Nabokov, *Dear Bunny, Dear Volodya*, p. 319.［ナボコフ『ナボコフ＝ウィルソン往復書簡集』三九七頁。］

(76) Ibid., p. 319.［同書、三九八頁。］

(77) JL, TL (carbon copy) to VN, 11 October 1954. New Directions Publishing Corp. records, bMS Am 2077 (1205), folder 9, HLHU.

(78) Mary V. Dearborn, *The Happiest Man Alive: A Biography of Henry Miller*, New York: Touchstone, 1991.［メアリー・V・ディアボーン『この世で一番幸せな男――ヘンリー・ミラーの生涯と作品』室岡博訳、水声社、二〇〇四年。］

(79) JL, TL (carbon copy) to VN, 22 December 1955. New Directions Publishing Corp. records, bMS Am 2077 (1205) folder 9, HLHU.

(80) Robert MacGregor, TL (carbon copy) to VN, 28 February 1956. New Directions Publishing Corp. records, bMS Am 2077 (1205) folder 9, HLHU.

(81) ナボコフとジロディアスに関しては以下のエッセイを参照のこと。Nabokov, "*Lolita* and Mr. Girodias," *Strong Opinions*, pp. 268-279.［ウラジーミル・ナボコフ「『ロリータ』とジロディアス氏」『ナボコフの塊』二八二―二九六頁。］

(82) Jason Epstein, *Book Business: Publishing Past, Present, and Future*, New York: W. W. Norton, 2001. pp. 74-75.［ジェイスン・エプスタイン『出版、わが天職――モダニズムからオンデマンド時代へ』堀江洪訳、新曜社、二〇〇一年、七〇頁。］

(83) のちに、ロフリンはこう当時を振り返っている――「私はこう書いた――「ヴォーリャ、きみは世間ってものがわかっちゃないんだ。この本がもし出版されたら、コーネルの大学コミュニティにどんな影響をおよぼすかわかってないんだ。きみの奥さんはのけものにされるし、息子は石を投げられるぞ」」（ただしこの書簡自体は見つかっていない）。
Laughlin, *The Way It Wasn't*, p. 198.

(84) ブライアン・ボイドは以下のように書いている。「[ナボコフにとって]大学のポストの必要性は薄れてしまったままだった。『ロリータ』のペーパーバックの権利はファウセット・クレストに十万ドルで売れることになっていた」。
Boyd, *Vladimir Nabokov: The American Years*, p. 374.

(85) 興味深いことに、ナボコフはこの両者の両立を作品のなかでも実現させたようにも思える。表面的なレベルでは、信頼できない語り手、ペダンティックなハンバート・ハンバートは、合衆国、十二歳の少女ロリータが愛するキッチュな物質主義の世界を芸術的な文体で結晶化する。モラルのレベルでは、ナボコフは実際にハンバートが「芸術の精神に本質的に反する近代世界」で苦闘するさまを描いている。だが、少女を己の「芸術」のために略取しようというハンバートの自己中心的な目論見は、運命に耐えて生きぬこうとするロリータ自身によって崩壊させられることになる。

(86) Vladimir Nabokov, *Nikolai Gogol*, Manuscripts and Proofs of New Directions Books, bMS Am 2077.1 (1699), HLHU.

(87) Robert MacGregor to Véra Nabokov, 15 October 1958. NYPL Berg Collection Manuscript box, New Directions, folder 30.

(88) Véra Nabokov to Robert MacGregor, 20 January 1959. NYPL Berg Collection Manuscript box, New Directions, folder 31.

(89) JL, TL (carbon copy) to Véra Nabokov, 4 March 1959. New Directions Publishing Corp. records, bMS Am 2077 (1205), folder 10, HLHU. なお、ナボコフとブレンナーは出版社の仲介でこのあと直接の対面をはたしたようだ。

(90) VN, TLS to Griselda Jackson Ohannessian, 30 June 1959. New Directions Publishing Corp. records, bMS Am 2077 (1205) folder 11, HLHU.

(91) Vladimir Nabokov, *The Real Life of Sebastian Knight*, Norfolk, Conn.: New Directions, 1941. Cover flap.

(92) Vladimir Nabokov, *The Real Life of Sebastian Knight*, New York: New Directions, 1959. Back cover.

(93) ブライアン・ボイドは以下のように書いている。「『ロリータ』が一九八〇年代までに千四百万部売れたとしても、ナボコフが一九五九年九月の時点で、一年以上のあいだベストセラーリストに残ったあとでは(二万三千六百部が書店のカウンターで売れ、五万部がブッククラブで売れた)、本のセールスはすぐに落ちこむだろうと推測するのも無理はなかった」。Boyd, *Vladimir Nabokov: The American Years*, p. 387.

(94) Nabokov, *Dear Bunny, Dear Volodya*, pp. 292-293. [ナボコフ『ナボコフ＝ウィルソン往復書簡集』三六五頁。]

(95) Véra Nabokov, TLS to Robert MacGregor, 12 July 1961. New Directions Publishing Corp. records, bMS Am 2077 (1205) folder 12, HLHU.

(96) ただし、少なくともペーパーバックからの収入を出版社と作家で折半するというのは、過去ペーパーバックの販売が重視されていなかった時代にはごく普通のことであったようだ。ランダムハウスの創業者にしてバンタムブックスの創始者であるベネット・サーフは以下のように書いている。「もうけがしだいに大きくなるにつれて、きわめて正当なことだが、作家連盟は、ペーパーバックの印税を作家と出版社とのあいだで折半する伝統的なやり方は公正ではないと抗議して、出版業者にたいする闘争を開始した」。Bennett Cerf, *At Random: The Reminiscences of Bennett Cerf*, New York: Random House, 2002. p. 199. [ベネット・サーフ『ランダム・ハウス物語　下』木下秀夫訳、ハヤカワ文庫、一九八九年、一一二頁。」

（97） VN, TLS to JL, 13 May 1974. New Directions Publishing Corp. records, bMS Am 2077（1205）folder 16, HLHU.

（98） Robert MacGregor, TL（carbon copy）to Dionys Mascolo, 27 April 1962. New Directions Publishing Corp. records, bMS Am 2077（1205）folder 13, HLHU.

（99） VN, TLS to JL, 4 October 1971. New Directions Publishing Corp. records, bMS Am 2077（1205）folder 15, HLHU. ここに登場する「完全版」という言葉は、ナボコフがニューディレクションズと契約を結んだ一九四〇年代には、「削除版」のペーパーバックが多かったことが背景にある。詳しくは以下の書籍の第一章「アメリカ人は短いのがお好き?——アメリカン・ペーパーバックにおける「削除版」考」を参考のこと。尾崎俊介『ホールデンの肖像——ペーパーバックからみるアメリカの読書文化』新宿書房、二〇一四年、一四—二七頁。

（100） Vladimir Nabokov, "Prospero's Progress," *Time*, 23 May 1969. p. 83.

（101） JL, TL（carbon copy）to Véra Nabokov, 20 February 1962, New Directions Publishing Corp. records, bMS Am 2077（1205）folder 12, HLHU.

（102） JL, TL（carbon copy）to VN, 15 March 1966, New Directions Publishing Corp. records, bMS Am 2077（1205）folder 14, HLHU.

（103） VN, TLS to JL, 28 August 1970, New Directions Publishing Corp. records, bMS Am 2077（1205）folder 15, HLHU.

（104） JL, TL（carbon copy）to Véra Nabokov and VN, 11 September 1970, New Directions Publishing Corp. records, bMS Am 2077（1205）folder 15, HLHU.

（105） ナボコフがジェイスン・エプスタインと政治観の違い——ベトナム戦争の是非——をめぐって決裂してしまったことを考えると（両者はその後表面的な和解をすることになるが）、このようなやりとりがロフリンとのあいだでビジネスから離れて晩年までおこなわれていたことには驚かされる。

（106） JL, TL（carbon copy）to VN, 1 June 1976, New Directions Publishing Corp. records, bMS Am 2077（1205）folder 17, HLHU.

（107） 一九七四年八月、ロフリンはナボコフについての未刊行の手書きの詩を書いている。「かつてはテニスと／青白いシジミチョウのアネットの／網をもっていた男／そのドルへの愛に／出版社は参ってしまう／「まだまだ、払いはすんでいないぞ」」MacNiven, "*Literchoor Is My Beat,*" p. 377.

（108） Laughlin, *The Way It Wasn't*, p. 198.

（109） MacNiven, "*Literchoor Is My Beat,*" p. 377.

第三章　注釈のなかのナボコフ

――『エヴゲーニイ・オネーギン』訳注から自伝へ

1　『エヴゲーニイ・オネーギン』翻訳と注釈

ナボコフがアメリカ時代後半、多くの時間を割いて作成したのが、アレクサンドル・プーシキン『エヴゲーニイ・オネーギン』翻訳と注釈だった。[1] この『オネーギン』翻訳・執筆の動機は、ひとつには大学の授業で使用するうえで適当なロシア語訳がないことだった。一九四〇年代なかばには脚韻を再現することも考え、部分的な英訳も発表していたが、『オネーギン』の複雑な脚韻形式を再現するのは「数学的に不可能」という理由であきらめ、[2] 詩の散文訳と膨大な注釈の執筆を構想するようになる。

大学の教材から出発したにもかかわらず、ハーヴァード大学図書館やニューヨーク公共図書館での文献調査をくりかえし、断続的とはいえ八年間（一九四九―一九五七）をかけて執筆した翻訳と注釈は千頁をこえてふくれあがった。当初コーネル大学出版会から出版しようとして分量のためにはたせず、最終的には四巻本が一九六四年にボーリンゲン財団から刊行された。[3]

ナボコフが自ら「書斎の偉業」とほこったこの仕事に、[4] 学問的な野心をこめたことはうたがいようが

ナボコフ訳注プーシキン『エヴゲーニイ・オネーギン』初版、1964年

ない。第一章で触れたヤコブソンの「象」発言にうかがえるように、スラヴ学者たちはナボコフのことを作家としては認めても、研究者としては認めていなかったから、この大著を完成させることで、ナボコフは周囲を見返し、自分の名を文学研究者としても残そうとしたことになる。

実際、この注釈のなかでナボコフは、先行訳だけでなく、先行する注釈を徹底的に批判し、屈服させようとした。そのような攻撃的な内容もあって刊行直後から、毀誉褒貶で新聞や書評誌、学会誌がにぎわった。『ニューヨーク・レヴュー・オブ・ブックス』誌上でおこなわれたエドマンド・ウィルソンとの激しい舌戦が注目されるが、ウィルソン以外にもネイサン・ローゼン、ジョン・ベイリー、トーマス・ショウ、アーネスト・シモンズ、シドニー・モナス、ガイ・ダニエルズ、ロバート・コンクエスト、アレクサンドル・ゲルシェンクロンといった、詩人、批評家、作家、学者が評を寄せ、ナボコフの翻訳と注釈について議論した（このうちのいくつかにナボコフは自ら『エンカウンター』誌上で応答した）。

こういった（好意的でないものもふくむ）反応を、ナボコフは発表前からある程度予測していたと見るのは妥当だろう。[5] ナボコフは批判に対して、手ぐすねを引いてまちかまえて迎撃した。ナボコフは『ニュー・リパブリック』に「批判者たちに応える」と題された公開書簡を発表したが、その中で「読みにくい」という評にたいして、「私の『エヴゲーニイ・オネーギン』は理想的な「ベビーベッド」には不足だったようだ。これはもっと原文に近づけてもっと醜くする必要がある」と、さらに煽るような文言で挑発している。[6] メディアを巻きこんで「炎上」をなかば意図的に作り出すことで、自分の著作に耳目を集めるという目論見を成功させたのだ。

この訳注が注目されたのは、二年前（一九六二）にやはり「詩と注釈」という特異な形式をもった小説『青白い炎』をナボコフが刊行していたことも影響していた。『ロリータ』の余韻冷めやらぬなかで刊行されたこの作品は、形式上の実験性を高く評価され、ナボコフの英語作家、アメリカ作家としての地位を固めていた。『オネーギン』訳注が詩の韻律や細部についての全四巻におよぶ緻密な注解という学術的な性格の書物にもかかわらず、専門家以外にも読まれたのはそのためである。たとえば作家アンソニー・バージェスは『青白い炎』と『オネーギン』の類似に、「[ナボコフ]は批評の道具を新たな美の手段にした――最初『青白い炎』で、そして『エヴゲーニイ・オネーギン』の二巻と三巻で」と絶賛した。[7] 日本でも篠田一士が、ナボコフの訳注に触発されてプーシキン論の連載を試みているが、[8] スラヴィストの枠を超えた反響を呼んだ。

「炎上」や創作とのつながりといった布石のかいあって、『オネーギン』が生んだ「卓越した批評眼をもった衒学者」というイメージは、『ロリータ』刊行に由来する「ポルノグラフィまがいの小説の作者」というイメージとは真逆のものにもかかわらず、読書人に普及した。文学の卓越した読み手としてのナボコフのイメージは、評論『ニコライ・ゴーゴリ』（一九四四）にはじまり、五〇年代後半から出版されたミハイル・レールモントフ『現代の英雄』（一九五八）、『イーゴリ軍記』（一九六〇）などの英訳、さらには死後、研究者フレッドソン・ボウワーズの編集をへて刊行された三冊の文学講義シリーズによって、一層強められることになった。ナボコフは、「私は『ロリータ』と『エヴゲーニイ・オネーギン』についての作品によって人々に記憶され、思い出されることになるだろう」と、あるインタヴューで答えているが[9]、実際に『オネーギン』はナボコフの文学者としてのセルフイメージづくりに貢献したと言える。

2　埋めこまれた記憶

巻きおこした論争が著者のイメージをつくった『オネーギン』だが、ナボコフは注釈書に直接に自分の姿を書きこんでもいた。それは注釈書が学術的な性格を失い、著者の私的な本になる瞬間でもある。ナボコフによれば、『オネーギン』注釈はプーシキン学の蓄積の賜物ではなく（その時点でプーシキン研究者にたいしてかなり挑発的なのだが）「半世紀前のロシアの高校でうけた授業の木霊からなっているところもあれば、コーネル大学、ハーヴァード大学、ニューヨーク市のすばらしい図書館ですごした心地よい午後の収穫からなっているところもある」という[10]。分厚い注釈書はペダントリーの塊である一方で、「ロシアの高校でうけた授業の木霊」のような注釈者の記憶の断片が随所に埋めこまれている。

たとえば、自分が少年時代はじめて『オネーギン』を読んだときのことを、注釈内で以下のように回想している。

> はじめて『オネーギン』を読んだのは九歳か十歳のころだったが、この第三章五連にあまりにびっくりしたせいで、翌朝オネーギン（率直さ、さわやかさがこの男の魅力なのだ）が、恋する男の崇める女性と詩人の月につらくあたったことを謝罪しに、馬でレンスキイのもとに駆けつける場面を想像したものだ[11]。

第一章三連十四行の「夏公園」につけられた注釈で、ナボコフは自分も同じ場所を家庭教師につれられて百年後に散歩したことに触れている。

ネヴァ河ぞいにある夏公園、カラスが巣食っていた日よけの樹（輸入されたニレやナラだ）と、鼻のないギリシアの神々の像（イタリア製）の並木道があった。百年後、私もそこを家庭教師につれられて歩いたことがある。[12]

また、第一章二十七連九行目につけられた注釈では、プーシキンの書いたペテルブルグの雪と街灯の描写を、自分の記憶する光景に照らしあわせて添削している。

私の六十年ごしの記憶が正しければ、四輪馬車の脇のランタンが雪だまりに投げかける光は、プリズムのような色彩というほどではなかった。霜で覆われた窓に射しこんで、ガラスの縁できらきらと砕ける、街灯の滲んだ光のまわりにできるあの虹彩を帯びた針状の光とくらべれば。[13]

ナボコフはこども時代の読書体験や散歩、街の光景を、注釈を執筆している現在から追体験している。ナボコフにとって注釈は、愛着あるテクストを媒体にしたタイムマシンの役割をはたすものでもあった。反面、最後の引用のように注釈者が原作の描写を、自分の記憶をもとに修正するなど、常識に照らしては考えられないことだろう。

3　自己言及癖のある語り手

このような注釈者の「でしゃばり」について考えるうえで、忘れてはならないのは、プーシキンの韻文小説『エヴゲーニイ・オネーギン』自体、脱線と自己言及がくりかえされる作品だったことだ。『オネーギン』の語り手は、登場人物たちの友人という設定になっているが、たびたび物語の本筋から外れて、自分自身について語りだす（そしてその内容は作者プーシキンの伝記的事実とほぼ合致している）。ナボコフもその轍をなぞるかのように、忠実な注釈者という役割から脱線して自分について語りだすのだ。自作品への言及もプーシキンとナボコフに共通する癖のひとつだ。「自作への言及は、プーシキンが『オネーギン』で意識的にもちいた方法論だ」とナボコフは指摘するが[14]、その自己言及癖は注釈者自身にもそのまま適用できる。過去の著作『ニコライ・ゴーゴリ』[15]や、自分の『イーゴリ軍記』やレールモントフ『現代の英雄』の英訳にも言及している[16]。

なかでも「自己」言及の例としてきわだっているのは、第二章二十九連の採用されなかった草稿への注釈だ。

ロシア人が「白きのこ」と呼ぶものは *Boletus edulis* の種に属するアミタケ、ずんぐりしたじくと黄褐色のかさのみずみずしいきのこで、揚げたり、酢漬けにしたりして食され、ヨーロッパのグルメのあいだでも評判になっていた。ロシア人のきのこへの愛と知識について、くわしくは私の『記憶よ、語れ』（ニューヨーク、一九六六）の四三―四四頁を参照[17]。

実際に『記憶よ、語れ』の該当箇所をあたってみれば、ナボコフの母親がきのこ狩りをする印象的な場面にいざなわれる。

> 夏、母のいちばんの楽しみは、まさにロシア的なスポーツと言っていい「きのこ狩り《ホジーチ・パ・グリーブィ》」だった。母がとってきた珍味は、バターでいため、サワークリームであえて、夕食の献立の定番だった。母の楽しみは、主に探すことのほうで、自分で決めた規則があった(18)。

ここで判明するのは、きのこ狩りはロシア貴族の風習というだけでなく、ナボコフの実母の趣味だったという事実だ。ナボコフは読者に『オネーギン』の注釈を読ませながら、いつの間にか自分自身の記憶や作品の注釈にすりかえてしまうのだ。

4　注釈――第四章十九連四―六行

『オネーギン』注釈には何頁にもわたるものも少なくないが、ここでは第四章十九連四―六行につけられた注釈をとりあげたい。この注釈は、ナボコフによって注釈の「すりかえ」がおこなわれた顕著な例でもある。

注釈がつけられている場面自体は、オネーギンがタチヤーナからの手紙による愛の告白を断った直後にあたる。語り手は社交界で吹聴された噂が、いかにたやすく広まっていくかを嘆いている。以下がその第四章十九連の四―六行目だ。

屋根裏でほら吹きの口から生まれ、
社交界の下司どもが炊きつけた
唾棄すべき中傷にして、[19]

ここでも、プーシキンはもちまえの自己言及癖をのぞかせて、自分自身がうけた誹謗中傷について愚痴らずにはいられない。

この第四章十九連四—六行に、ナボコフは以下のような長大な注釈をつけている。

ペテルブルグ、スレードナヤ・ポドヤチェスカヤ通り十二番の家の上階は、劇作家であり、劇場支配人のシャホフスコイ公（第一章十八連四—十行目につけられた注を見よ）が、踊り子たちを動員したパーティを放蕩人相手に定期的に開催していて、俗に「屋根裏」と呼ばれていた。一八二〇年春、まさしくここでプーシキンの体面を傷つける噂が渦巻いていたため、この非凡な連に注釈者たちは「屋根裏」という言葉の偶然の一致以上のことを読みとっている（イヴァン・ツルゲーネフはヴィアルドの仏訳につけた注で、ここでプーシキンは「自分の死の原因を予言しているようだ」と言っている）。しかし、（一）「ほら吹き」は中傷を「屋根裏」で生んだのではなく、モスクワから「屋根裏」のパトロンたちに伝えたのだということ、（二）ただの「屋根裏」フランス語 grenier もゴシップに関係の深い場所であったことも重要だ。

ロシア語「ほら吹き vral'」（より広い意味のことばがほしくて、「おしゃべり babbler」と訳しておいた）とは、たわいもない嘘をつく人、嘘を広める人、むだぐち屋、ろくでもないごろつき、たわごと屋、自慢をたれながす人間、がせねたをでっちあげ、広める人間のことだ。動詞「嘘をつく vrat'」は、当時の語調では、今日のように「小さな嘘をつく fib」ことだけでなく、べらべら得意げに話すこと、むだ口をたたくこと、やたらと大言壮語をはくことも意味していた。グリボエードフのリペチロフや、ゴーゴリのノズドリョフやフレスターコフなどが有名な例である。次の行の obodryonniy は encouragé のガリシズムだ。

注記しておかねばならないのは、草稿段階では、五行目には屋根裏もほら吹きもなく、誹謗中傷をしたと詩人が見なす人間にたいして、より強い攻撃がくわえられていたことだ。

Kartyózhnoy svóloch'yu rozhdyónnoy. . .
トランプ賭博のならずものが生みだした……

(Svloch' はフランス語の canaille で、「くず」「悪党の集団」を指す。)

プーシキンがシャホフスコイの「屋根裏」にはじめて足を踏みいれたのは一八一八年十二月初頭のことだ。プーシキンがカチェーニン(一八二〇年以来あっていなかった)にあてた一八二五年九月はじめの手紙で、プーシキンはカチェーニンの悲劇『アンドロマケー』の断片(当時、ブルガーリンの『ロシアのタリア』誌に発表されたばかりだった)とのかかわりで「私の人生最高の夕べは、シャホフスコイ公の屋根裏だったよ」と回想している。その同じ手紙で、詩人は「『オネーギン』のカントが四つできたところだ。ほかに多くの断片も。でも、いまはそのための時間がない[『ボリス・ゴドゥノフ』にかかりきりなので]」と告げている。

一八二〇年四月十五日ごろ、ペテルブルグの軍事総督ミハイル・ミロラードヴィチ伯爵（人生の享受者、一風変わった監視人）は、プーシキンを招いた。プーシキンの手によるものとして流布していた、専制政治を批判した詩の原稿について話をするよう求めてのことだった。会見は紳士的なものだった。総督の目前で、プーシキンはすぐれた頌詩「自由」や、ややふざけた「ノエル」（「ほら見たことか、専制君主が大急ぎでロシアに駆けつける」）、さらに今は残っていない小品もいくつか書きつけたのだろう。ミロラードヴィチはこのスキャンダル全体を穏便にすませた。そうでなかったら、疑り深いアレクサンドル一世が、プーシキンを鎖でつないで極圏の荒涼とした原野に追放するのをやめ、ロシア南部外国人入植者総監督官、父性愛あふれるイヴァン・インゾフ将軍の官房にプーシキンを派遣するようにプーシキンの有力者の友人ら（カラムジン、ジュコーフスキイ、アレクサンドル・ツルゲーネフ、チャアダーエフ）にとりなされ、夏を養生のためカフカスとクリミアで過ごすことをゆるしたとは思えない。

そうこうするうちにモスクワに届いた噂が、ペテルブルグに飛び火して戻ってきた。噂とは皇帝の命令で、ミロラードヴィチ伯がプーシキンをペテルブルグの内務院の秘密官房で鞭打たせたという内容だった。プーシキンは四月の終わりごろ噂に気づいたが、出所を特定することはできず、ペテルブルグで噂を繰り返していただれかと、政府には知られないまま決闘した。

五月四日に外務長官のカルル・ロベルト・ネッセリローデ伯（一七八〇―一八六二）が、旅費として「十等官」プーシキンに千ルーブリを支給し、インゾフの官房があったエカチェリノスラフに特使として向かうよう命令した。数日中にペテルブルグを去ったプーシキンはのちに（おそらくカフカスで）受けとった手紙から、モスクワ出身の有名な遊び人フョードル・トルストイ伯（一七八二―一八四六、いとこのニコライは、レフ・トルストイの父親）が、ペテルブルグの郎党たちとどぎつく脚色した「鞭打ち刑」を肴に盛りあがっていることを知った（シャホフスコイとカチェーニンがこの噂をうち消そうと尽力したことをしめす内々の証拠がある）。

フョードル・トルストイのあだ名「アメリカ人」は、ロシア的ユーモアをしめす格好のサンプルだ。一八〇三年、クルーゼンシュテルンの名高い世界一周の旅に同行していたトルストイは、アリューシャン列島のラット諸島で服務違反のため放りだされ、シベリアまわりで帰還したが、二、三年もかかってしまった。トルストイは対スウェーデン（一八〇八―一八〇九）、対仏戦争（一八一二）で英雄的活躍をした退役近衛将校で、決闘狂でもあり、十一人を決闘で殺害している。また、トランプでいかさまをすることでも有名だった。プーシキンは六年間の亡命生活のあいだトルストイとの決闘をのぞみつづけ、一八二六年九月にモスクワに帰るなりただちに決闘を申しこんだが、友人たちのとりなしで和解した。奇妙なことにトルストイはプーシキンがナタリヤ・ゴンチャロヴァに求婚したさいには、そのスポークスマンになった。

『ルスランとリュドミラ』のエピローグ（一八二〇年七月にピャチゴルスクで書かれた）と『カフカスの虜』の献辞（一八二一年にニコライ・ラエーフスキイに捧げられた）で、プーシキンはそれぞれ、「愚か者どものうるさいゴシップ」（エピローグ、八行）、自分が「中傷と執念深い愚か者どもの犠牲者」になったとしてこの件に言及している（献辞、三十九行）。また、一八二五年四月二十三日にミハイロフスコエ村からペテルブルグの弟にあてた手紙では、「『オネーギン』の第四章にトルストイをうまくだしてやるつもりだ。奴の品のないエピグラムとやらにその価値があるとしたらの話だけどね」と書きしるしている。これは、プーシキンの非難への応答として、一八二一年末にトルストイが書いた、整った（だが辛辣な）アレクサンドル格による一連の草稿のことだ。

六行のアレクサンドル格からなるこのエピグラムで、トルストイは「チューシキン」なる人物（「たわごと《チューシ》」と「こぶた《チューシュカ》」からきている）のことを「生意気だ」としている。執念深く、名誉と自尊心を傷つけられることに敏感だったプーシキンが、どうしてこの復讐を思いとどまったのかは理解不能だ。トルストイは一八二六年九月になにかとてつもない改心でもしたにちがいない。

言っておきたいのは、第四章を構想中に、プーシキンはふたつの未完成に終わった連を準備していたことだ（一八二五年八月一日にカヴェーリンが書きうつし、一八五五年に暗記していたソボレフスキイがロンギノフのために書きとめてやり、一八五七年にアンネンコフがエピグラムとして発表した）。「唾棄すべき中傷」のテーマが発展されているという観点から読めば、ラーリン家の旅の目的地であるモスクワ（二十四連aを参照のこと）を描いた連で、トルストイが描写されているととってもいいだろう。

AA
燃えるような風刺の詩神《ミューズ》よ！
私の呼びかけに応じたまえ！
私が要るのは悲しい響きの竪琴ではなく
ユウェナリスの折檻なのだ。
冷たい模倣者ではなく、
飢えた翻訳者ではなく、

無防備な三文詩人ではなく、
あいつらにエピグラムの一刺しを見舞ってやるつもりだ！
哀れな詩人たちよ、安心したまえ！
無価値な愚か者ども、安心したまえ！
しかし、きみら、卑しむべき悪党に……

BB
ごろつきどもよ、こっちにこい！
恥のさばきで残らず締めあげてやるぞ！
しかし、私がある男を見逃すことがあれば、
なにとぞ覚えておいてくれたまえ、紳士諸君！
どれほどの面が蒼白で、鉄面皮だろうと、
どれほどの額が広く、鈍感だろうと、
私から消えない刻印を
受ける覚悟はあるというのか！

一八二五年七月はじめから九月の間に、ミハイロフスコエ村で、プーシキンはアレクサンドル一世にあててフランス語の手紙を書いた（結局、投函しなかった）。その中に次のような一節がある。

人々の口にのぼった軽々しい言葉や風刺詩によって、私は世間の耳目を集めました。噂が広まりました。私が召しあげられて、秘密官房で鞭打ちの刑に処されたというのです。

みなに知れわたったこの噂を、自分が一番最後に知りました。己の名が世評でけがされていたのです。私は落胆し、決闘しました。一八二〇年当時、私は二十歳でしたから。自殺したほうがよいのか、それとも——を殺したほうがいいかどうか熟考しました。

——の字のくねりはVと読めるが、その前のダッシュと後の波線から判断する限り、イニシャルでも最後の文字でもない。これが「ミロラードヴィチ Miloradovich」の肥大したvをあらわしていることはほぼ疑いようがない。

どうして注釈者たちがこれを「陛下 Votre Majesté」のvを指すものだとしたのかまったく理解できない。(このあとにつづく文章の文脈を見ると、とりわけそう考えざるをえない。プーシキンは、自分が殺害しようとした人物のことを「すべてをした男」としている。これが皇帝だとすると、ありえないほどひかえめな表現になる。そして、自分がその人物の「才能」を「いやいやながらも評価している」と書いている。) さらに言えば、一九三七年のアッカド版十三巻二二七頁の編者ブラゴーイによって fus découragé が suis découragé と読まれているのかも納得できない。というのは、清書原稿のファクシミリにはこの fus とパラグラフ先頭の fus の間には明白な類似性が認められるからだ。

一八二〇年春に、プーシキンがピストルで決闘した相手はだれだったのか?

青年将校フョードル・ルギーニンは、キシニョフに逗留していたとき(一八二一年五月十五日から六月十九日)の日記(六月十五日)で、最近知りあい、親交を深めたプーシキンが、秘密官房で鞭打たれたという噂が原因で、ペテルブルグで決闘をおこなったと書いている。一八二五年三月二十四日、ペテルブルグのアレクサンドル・ベストゥージェフ（筆名マルリンスキイ）にミハイロフスコエ村からだした手紙で、プーシキンはルイレーエフの詩才を自分のライバルとして高く評価すると上機嫌で述べたあと、さらに「機会があったのに、奴をピストルで撃ち殺さなかったのが残念なくらいだ。――そんなこと、くそ、どうしてわからなかったのだろう？」とも書いている。

この手紙は、決闘をほのめかすものというだけでなく、なにも説明する必要がないほど、ベストゥージェフがこの件をよく知っていたことをほのめかすものでもある。

ルイレーエフ（一七九五―一八二六）とプーシキンのつきあいは一八二〇年の春に限定される。当時ルイレーエフは、ペテルブルグとその近郊のバトヴォ（マトヴェイ・エッセンの娘で、ルイレーエフの母アナスタシアの所領で一八〇五年に購入、ロジデストヴェノから数マイル西、ツァールスコエ・セロー地区の村で、ペテルブルグから四十五マイル南、ルガへの街道ぞい）に住んでいた。プーシキンはルイレーエフの顔を五年以上たったあとも鮮明に記憶しており、とがった鼻、突きでた下唇、細い髪の横顔を描いている。書簡でプーシキンが、よく知っている土地であるかのようにバトヴォに言及していることも指摘しておこう。一八二五年六月二十九日、ミハイロフスコエ村から、プーシキンは二通の手紙をリガのプラスコーヴィア・オシポヴァに転送しているが、ひとつは母から、「もう一通はバトヴォから」からの手紙だった。一八二〇年のはじめ、ルイレーエフが身重の妻をヴォロネジ県の実家の地所に見送ったか送り届けたかしたあとで、五月二十三日に娘が生まれたことはわかっている。他方、ルイレーエフ自身の一八一九年末から一八二〇年末までの足どりはほとんどわかっていない（オクスマンによるルイレーエフ著作集［モスクワ、一九五六］につけられた注を見よ）。

では、プーシキンは実際にはいつペテルブルグを発ったのか？

デリヴィグの伝記を書いたV・ガエーフスキイがミハイル・ヤーコヴレフ（一八五四年九月の『同時代人』誌を見よ）に聞いた話によれば、プーシキンは五月六日にペテルブルグを発った。一方、アレクサンドル・ツルゲーネフ（五月六日の弟セルゲイあての書簡）によれば、詩人は翌日七日に町をでたという。この日付のうちどちらかに従者、ニキータ・コズロフをともなって出たのだろう。二人の友人が「ツァールスコエ・セロー（ペテルブルグから十四マイル半ルガ寄り）までつきそった」。この二人の友人とはデリヴィグとパーヴェル・ヤーコヴレフ（一七九六—一八三五、プーシキンの外務院での同僚にしてプーシキンの級友ミハイル・ヤーコヴレフの兄弟）のことだ。

キシニョフ時代、一八二一年五月九日の日記で、プーシキンはペテルブルグをでてからちょうど一年たったことを書いている。実際は一八二〇年五月六日にプーシキンは街を発ったのだろうが、もしつづく何日か、九日まで街のごく近郊で過ごしていたなら、九日に街をでたという発言にも根拠があることになる。プーシキンは自分の運命の日付にはとてもやかましかったのだから。

私の仮説では、一八二〇年五月一日ごろ反政府的情熱に燃えたルイレーエフが噂を事実として繰りかえしたので（たとえば、いま政府が我々最良の詩人を鞭打っているぞ！）、プーシキンは決闘を挑んだ。プーシキンの介添人はデリヴィグとパーヴェル・ヤーコヴレフだった。決闘は五月六日から九日のあいだに、ペテルブルグ近郊（おそらく、ルイレーエフの母方の地所のバトヴォ）でおこなわれた。その後すぐプーシキンはルガ、ヴェリーキエ・ルーキ、ヴィチェブスク、モギリョフと通って南にむかい、エカチェリノスラフについたのは五月二十日か二十一日のことだった。

バトヴォの地所はのちに私の祖父母――アレクサンドル二世のもとで司法大臣を務めたドミトリイ・ニコラエヴィチ・ナボコフとマリア・フェルジナンドヴナ（旧姓コルフ男爵令嬢）――のものになった。バトヴォから森をぬけるすばらしい道をすすんでいくと、両親の地所のヴィラにつく。オレデジ川がうねうねと蛇行し、ヴィラからバトヴォ（ヴィラから一マイル西）、そのすぐ東にある私のおじルカシヴィニコフの地所ロジデストヴェノ（ピョートル大帝の息子のアレクセイ皇子が一七一〇年代に住んでいて、一九一六年におじヴァシリイが死ぬと、私が相続した）をへだてていた。ゆらゆらとした緑の深淵から自分自身を呼びおこすことができるかぎりでは――そう一九〇二年から、そしてもちろん、一九一七年の革命でソヴィエトが私有地をすべて国有化するまでのあいだ――二輪馬車や四輪馬車、自動車でのバトヴォへの訪問は夏ごとのお決まりの行事だった。私はいとこのひとりとバトヴォの大通り（巨大な菩提樹と樺がはえた、気持ちのいいほど広々とした通りが、列になったポプラの樹にさえぎられるまでつづいていた）で、決闘ごっこをして遊んだのを憶えている。そこは、漠とした家族の伝説によれば、ルイレーエフが本物の決闘をした場所だった。さらに憶えているのは、バトヴォに広がる森をぬける小道のことで、ここを歩いていく、長い、「大人むき」の散歩を楽しみにしていたものだが、この道こそ、子や孫の世代の、家庭教師育ちの小さなナボコフたちに、「吊るされた男の道《ル・シュマン・デュ・パンデュ》」という名前で知られていたものだ。それは百年前に「吊るされた男《ル・パンデュ》」ルイレーエフお気にいりの散歩道だったのだ。バトヴォについての論文（V・ネチャーエフ「ルイレーエフの田舎屋敷」）が、ソヴィエト出版の『環』七号に一九五〇年ごろでた、あるいはでるはずだったことはわかっているが、知るかぎりでは、該当号はアメリカには届いていない（八号はあるが）[20]。

原文ではたった三行の詩にたいして、九頁にわたる長い注釈がつけられている。そこで、プーシキンが南方に蟄居を命じられた経緯、誹謗中傷の張本人フョードル・トルストイ、プーシキンが皇帝にあてた投函されなかった手紙でほのめかされていた決闘、その決闘の相手の推理、コンドラチイ・ルイレーエフとプーシキンがバトヴォで決闘をおこなったという仮説、その地所と隣のロジデストヴェノがいかにナボコフ家のものになったか、最終的にはナボコフ自身がバトヴォでいとこと決闘ごっこをして遊んだこと、ルイレーエフの散歩道「吊るされた男の道」を自分たちも歩いたことのような個人的な記憶へと自在に解説が展開されている。

5　決闘の謎

学術的な著作として注釈を見たとき、一番の問題となるのは、後半の「ルイレーエフとプーシキンがバトヴォで決闘をした」という説である。[21] ナボコフはこの説をあたかも証明ずみの事実のようにあつかっているが、[22] いくら注釈書全体が詳細なものだといっても、その内容を真に受けることはできない。注釈の論理の流れを追っていけばわかることだが、たしかめる術がない状況証拠のつみかさねによる推論という趣が強い。

たとえば、『プーシキン百科事典』のような定本的な資料にも、「ルイレーエフとプーシキンが決闘したという説があるが、詳細不明」と書かれているだけである。[23] また、プーシキンが、デカブリストの乱の報を聞いて、蟄居先のミハイロフスコエ村からルイレーエフのもとにひそかに駆けつけようとしたのではないかという説は検討されていても、[24] ペテルブルグ追放時にルイレーエフと決闘したかどうかは、そもそもプーシキン研究の文脈では真剣に受けとめられていない[25]。

なぜ注釈に、このような突拍子もない仮説をもぐりこませたのか。研究者のドリーニンは『オネーギン』注釈についてて論じたさいに、根拠のない注釈の動機についてこう述べている。

ナボコフはプーシキンとルイレーエフの、後者の領地だったバトヴォでの根も葉もない決闘についての話を生みだした——自分の伝記とプーシキンの伝記とのつながりをでっちあげ、当時祖父母の所有であった「バトヴォの大通り」でいとこと決闘ごっこをしたことを「再想起」するために[26]。

たしかにナボコフは注釈で、「私はいとこのひとりとバトヴォの大通り（巨大な菩提樹と樺がはえた、気持ちのいいほど広々とした通りが、列になったポプラの樹にさえぎられるまでつづいていた）で、決闘ごっこをして遊んだことを憶えている」と述べている。

さかのぼって注釈での「決闘ごっこ」は、実際に回想記で述べられている。いとことおもちゃの銃を撃ちあった思い出は、英語版の回想『決定的証拠』とそのロシア語版『向こう岸』のそれぞれ第十章における中心的なテーマだった。注釈執筆以前の一九五一年に刊行された『決定的証拠』より、その場面を引用する。

（『決定的証拠』一九五一）

夏ごとに私の住んでいたペテルブルグ方面を訪ねてきていた、ワルシャワ住まいのいとこのユーリク［中略］が、メイン・リードの本を劇仕立てにしてやってみようと、さかんにけしかけてきたことがあった。〔中略〕演る場所に選んだのは、祖母の地所であるバトヴォの森のなかで、その方が隣の両親の地所のヴィラよりも、道が曲がりくねっていて、スリルがあるからだった。互いに撃ちあうために使ったのは、鉛筆ぐらいの長さの棒（真鍮でできた先端から、私たちはあらかじめ勇ましくもゴムの吸盤をねじりとってしまっていた）を相当の力で発射するバネ式ピストルだった。〔中略〕晴れた日にはほかにいろいろしなくてはならないことがあったので、曇天がこの回想にはたちこめてはいるが、ところどころに鋼色の光線がななめに射しこんではいた。(27)

ここで、少年たちが決闘ごっこをしているのは、なにもその場所にまつわる人物と決闘の伝説を知っていたからではなかった。それは、当時愛読していたメイン・リードの小説をまねしたかったという、こどもらしい理由からにすぎなかった。

この回想記を、一九六七年に『記憶よ、語れ』に改訂するさい、ナボコフはこの決闘ごっこのエピソードに全体的に手をくわえている（傍線引用者）。

（『記憶よ、語れ』一九六七）

一九〇九年か一九一〇年だったか、いとこのユーリク〔中略〕が、メイン・リードの本を劇仕立てにしてやってみようと、さかんにけしかけたことがあった。〔中略〕演る場所に選んだのは、祖母の地所であるバトヴォの森のなかで、その方が隣の両親の地所のヴィラよりも、道が曲がりくねっていて、スリルがあるからだった。互いに撃ちあうために使ったのは、鉛筆ぐらいの長さの棒（その真鍮でできた先端から、私たちはあらかじめ勇ましくも男らしくゴムの吸盤をねじりとってしまっていた）を相当の力で発射するバネ式ピストルだった。［中略］一九一二年に、ユーリイが持ってきていた真珠母色のメッキを施してある立派なリヴォルバーは、家庭教師のレンスキイにさっさととりあげられて、しまわれてしまったが、その前に私たちは、靴箱の蓋を粉々に撃ち砕いておいた（名人相手の本番への前奏曲《プレリュード》）――おたがいに代わりばんこに蓋をもち、紳士的な距離をたもって狙いをつけあった。そこは、遥かな昔に決闘があったという噂のある緑ゆたかな広い道だった。(28)

くらべると、多くの点でディテールが書きくわえられていることがわかる。なかでも目をひくのは、「遥かな昔に決闘があったという噂のある緑ゆたかな広い道」という一節を挿入している点だ。先ほどの引用でドリーニンはくわしくは論じていないが、三つの自伝と注釈書を併読していくと見えてくるのは、長い注釈を書いたのは実は「再想起」するためというよりは、注釈で「でっちあけ」た「決闘」を、のちの自伝で回想と重ねあわせ、「引用」するためだということがわかってくる。『記憶よ、語れ』だけを読んでいる読者は、少年時代のナボコフが、この「噂」を知っていたように錯覚してしまうが、じつはその「噂」自体、あとから重ねあわされたものなのだ。(29)

6　三冊の「回想記／伝記」

この「第四章十九連四―六行」の注釈と回想―伝記とのつながりとでっちあげは、ドリーニンが指摘する「決闘ごっこ」だけではない。以下の節でそのことを検討する前に、ここでナボコフの回想記・自伝のなりたちを確認しておこう。

『ロリータ』、『オネーギン』以上に、ナボコフのセルフイメージに直接のかたちで寄与したのが、一九四〇年代から六〇年代という長期にわたって、執筆・翻訳・改訂された一連の回想記・自伝である。

ナボコフは三つのヴァージョンの回想記・自伝を残したが、その出版の歴史はナボコフの生涯同様、遍歴に満ちている。まず、『ニューヨーカー』を中心に掲載されたエッセイをまとめた英語版の自伝『決定的証拠——回想記』*Conclusive Evidence: A Memoir* が一九五一年に出版された。[30] その後、一九五四年に『向こう岸』*Другие берега* と題をあらためて自ら翻訳の任をとり、大幅に改稿したロシア語ヴァージョンを出版した。[31] さらに、ロシア語版の変更点もふまえたうえで、改訂・増補をほどこした英語版『記憶よ、語れ——自伝再訪』*Speak, Memory: An Autobiography Revisited* が一九六七年に出版された。

なぜ、このような煩瑣とも言える翻訳・改変を繰りかえしたのだろうか。言語を移すごとに、あるいは時間の経過とともに、記憶の細部がよみがえってくる過程について、ナボコフは『記憶よ、語れ——自伝再訪』のまえがきで以下のように書いている。

この、ロシアの記憶を最初に英語によって語りなおしたものを、ロシア語に再 - 翻訳したものをさらに英語にするなど、まったくもって悪魔的な仕業であるが、こんな蝶によくあるような多重変態をこころみたのは人間ではいまだかつてなかったと思えば、幾分の慰めにはなった。[32]

言語をまたいで、イモムシが蛹になって蝶になるような「多重変態」をなしとげたのは人間では自分以外にいないとナボコフはほこらしげに述べている。ナボコフにとって「記憶」とは歳月とともに薄れゆくものではなく、時間とともにディテールが浮かびあがってくる現像液に浸されたネガのような側面もあったようだ。[33]

しかし、それが客観的な「事実」かというと、かならずしもそうではない。あとで見ていくように、その思い出された「細部」は、自分の想像力による意図的な「でっちあげ」のケースもふくまれている。

7　二度はゆけぬ場所の地図

ナボコフが一九六七年のエディションにあらたにつけくわえたもので、書籍の仕様の面で目を惹くのはふたつ。冒頭に添えられた地図と、巻末に足された索引である。

自伝のまえがきのすぐあとに、ナボコフが描きたした地図は、ペテルブルグ近郊にあった自分の領地の地図である。[34]注釈でも書かれているように、ナボコフ家は、貴族の家庭の常として、ペテルブルグの近郊の領地に邸宅をもっていた。普段はペテルブルグで過ごし、夏ごとにその邸宅にもどって過ごすのが習慣だった。その地所がヴィラ、ロジデストヴェノ、バトヴォという地名の土地だった。『マーシェンカ』[35]や『賜物』[36]といった作品でも大きな役割を果たしているこの土地の様子を、ナボコフは自伝のみかえしの地図に「ナボコフの土地 Nabokov Lands」というキャプションをつけて書きこんでいる。

ナボコフがわざわざ地図を描いたのは、そこが回想の主な舞台となる場所だったからだが、これは作家が五〇年代以降の文学教師生活で身につけた「くせ」のようなものでもあったろう。コーネル大学で、文学を講じるさい、ナボコフはあつかう作品のどんな場所でおこなわれているのか、詳細な地図を描いて授業に役だてたが（たとえば、『変身』でザムザがどんな間取りの家に住んでいるのか、『ユリシーズ』のプロットがダブリンの街のどこを移動しながらすすんでいくのか）、この「自伝」の地図も同種のこころみと言える。

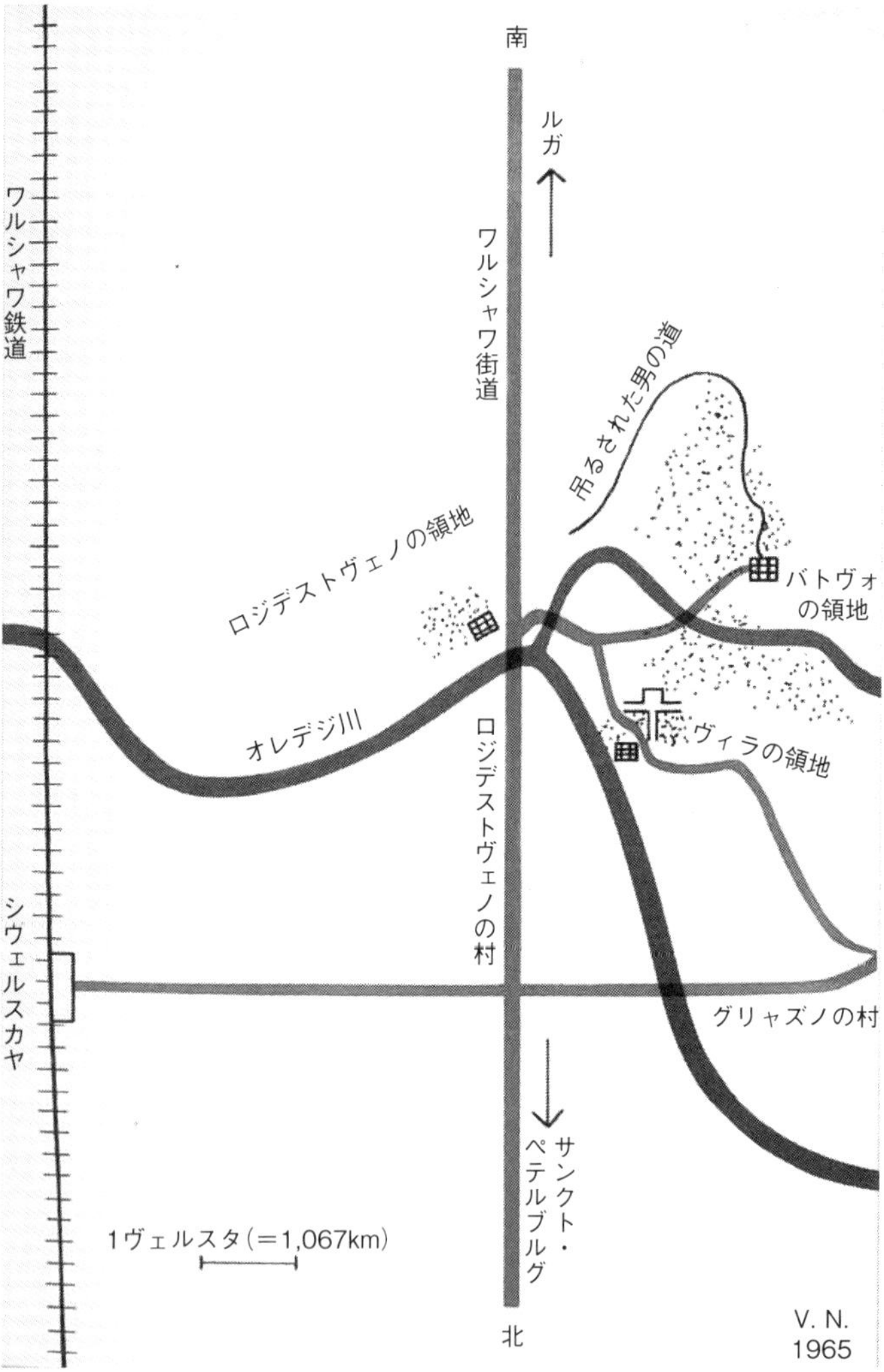
南
ルガ
ワルシャワ鉄道
ワルシャワ街道
吊るされた男の道
ロジデストヴェノの領地
バトヴォの領地
オレデジ川
ロジデストヴェノの村
ヴィラの領地
シヴェルスカヤ
グリャズノの村
サンクト・ペテルブルグ
1ヴェルスタ(=1,067km)
北
V. N.
1965

ナボコフの領地の地図

この地図、実際に出版されたものではデザインされなおされてしまっているが、元になった図の写真も見ることができる。(37)

ナボコフ家とルカヴィシニコフ家の財産だったロジデストヴェノとヴィラ、そしてバトヴォの地所が三角形をなし、オレデジ川のY字型がくぎっている。東西南北に真っすぐにはしっている定規で引かれた二本の街道と鉄道をあらわす線とは対照的に、バトヴォの領地からは鉛筆書きでぐにゃりとした曲線が――「曲がりくねっていて、油断ならない」道が――のび、「吊るされた男の道」と書きそえられている。盲腸のように飛びだした、どこにもたどり着かないその道は、ナボコフの記憶の袋小路である。

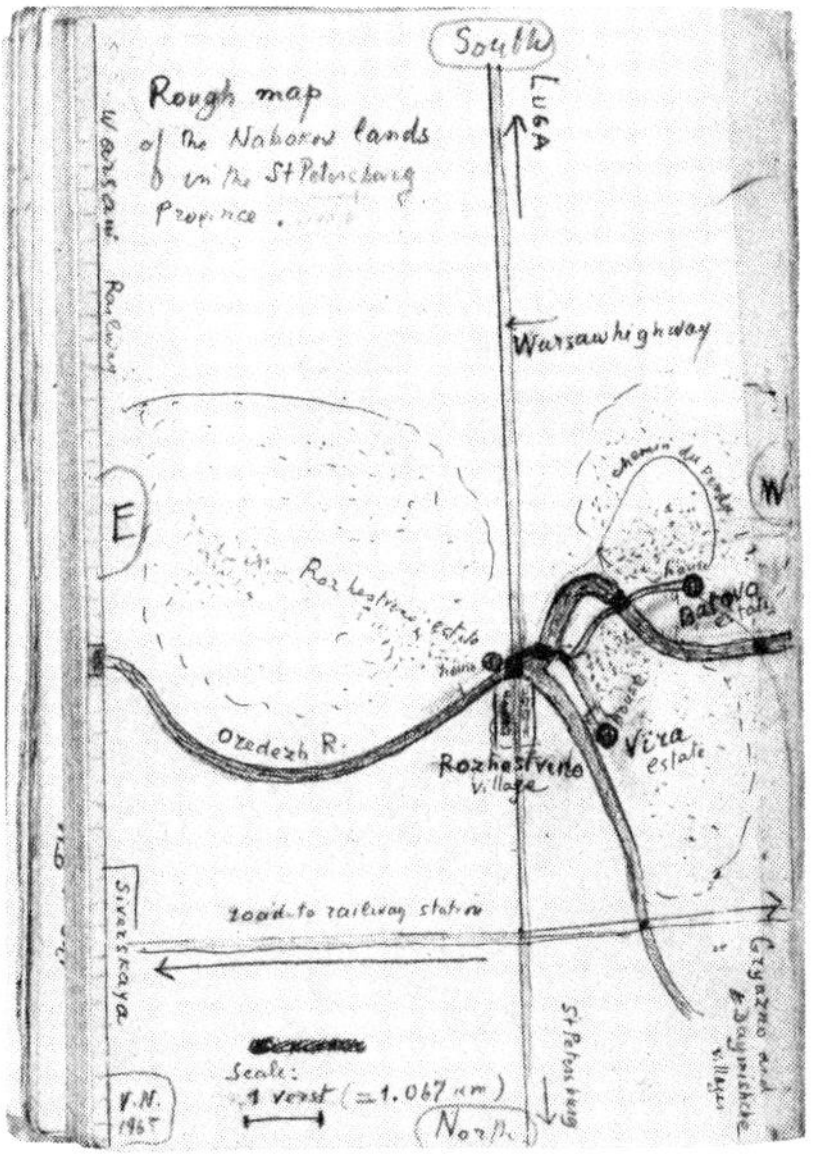

ナボコフの領地の地図の原本

しかし、この図は正確なものではないようだ。実際の地形ではヴィラの場所はもっと北側で、グリャズノが三つの地所の中央にきている。オレデジ川とナボコフが書いているのはどう見てもグリャズノ川であり、Y字はグリャズノ川とオレデジ川が合流してできたもので、流れていく方向も異なっている。(38)

ブライアン・ボイドもこの地図のまちがいを指摘している。

改訂版『記憶よ、語れ』の見返しにあるヴィラのナボコフによる地図は、完全にまちがっている。細い支流のように見え

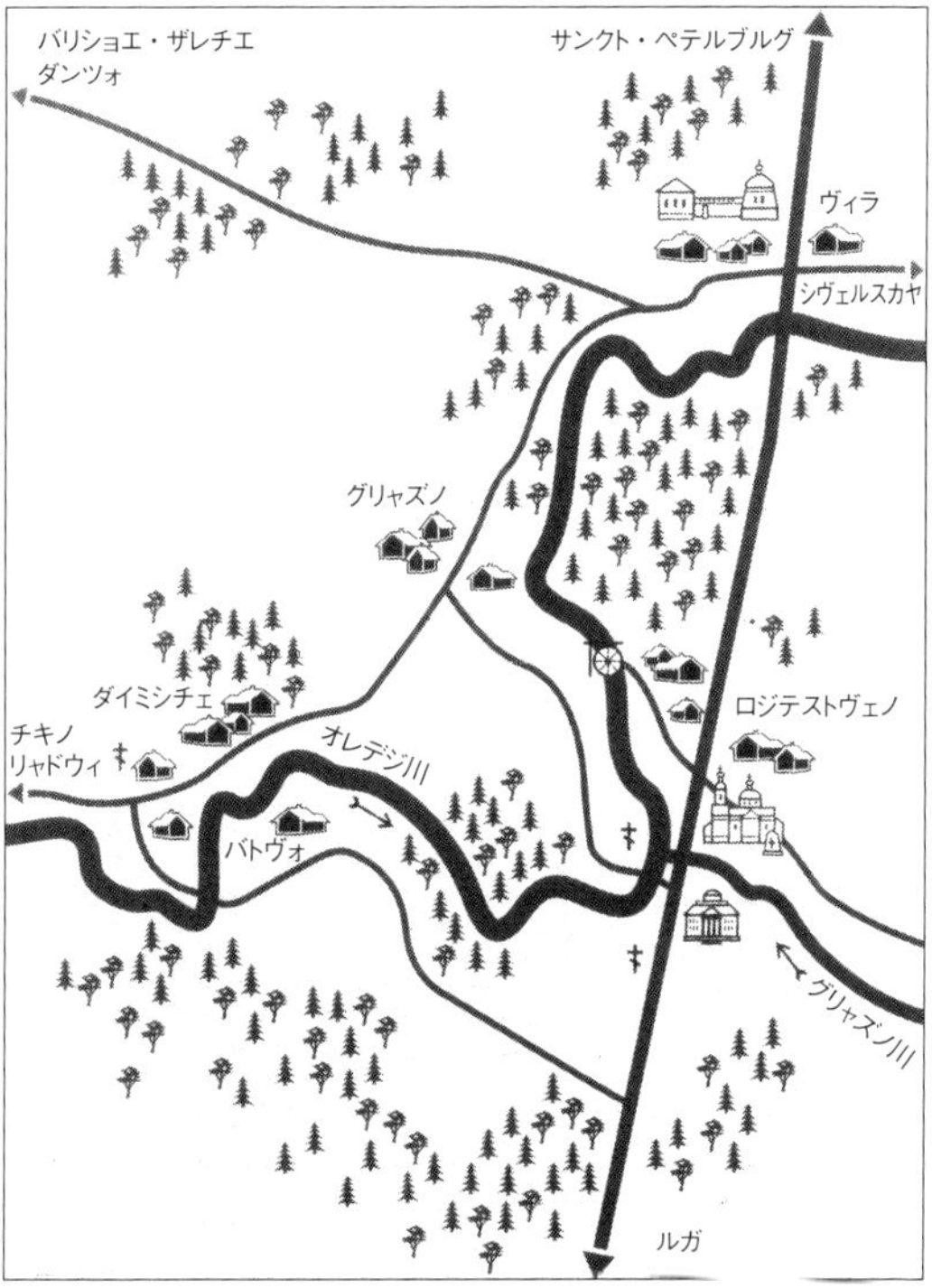

現実のヴィラ・バトヴォ・ロジデストヴェノの地図
（ナボコフの地図とは天地が逆）

る、バトヴォの領地をぬけていていく川は、実際はオレデジ川そのものである。ロジデストヴェノをとおる「オレデジ川」と表記された川は、じつはグリャズノ川である［中略］。ヴィラをとおるオレデジ川は、西のほう、シヴェルスカヤから流れていくのではなく、本当は東の町のほうにむかうのである。(39)

この地図をボイドはナボコフがいかに「まちがい」を犯しやすかったかをしめす根拠としているが、注釈の強引な「論証」を考慮すれば、ナボコフが確信犯的にまちがった地図を描いたのではないかという疑いも生じる。

ナボコフと言えば、細部に対するこだわりから、人並みはずれてすぐれた記憶力の持ち主であるかのように思われているが、その記憶力の大きな部分は想像力が埋めていたことがわかる。結果として、じつはナボコフは故郷の地理すらも、回想の舞台として都合よく変化させてしまっていたことになる。

8　記憶の索引《インデックス》

自伝巻末の索引も、明らかに注釈書の副産物である。評論『ニコライ・ゴーゴリ』（一九四四）で、索引を他人まかせにしてしまったことを後悔したナボコフは、[40]『オネーギン』注釈書に、自分の手による百頁以上におよぶ索引をつけた。[41] 著者本人の手による索引は、ときおり人名のぬけ落ちや、頁のあやまりなどが認められるものの、かえって作為が透けて見え、索引の「作品」としての重要性を高いものにしている。[42]

『記憶よ、語れ』の索引も、『オネーギン』注釈書と同じように、なかば意図的な見落としや省略をふくんでいる。索引をつけた目的をナボコフはまえがきで次のように述べている。

その主な目的は、過去と結びついた人々とテーマを、私の都合でリストにすることである。これがあることで、俗っぽい人間はいらいらするだろうが、炯眼の士は顔をほころばせるだろう［後略］。[43]

項目には網羅的とは言えない人名や地名に混じって、「ダックスフント」や「宝石」など反復してふれられることになるテーマがひろわれている。これをたどっていけば、自伝を執筆するさいにもちいられた縦糸の配置がわかるというわけだ。項目の羅列のなかには、もちろん、「吊るされた男の道《ル・シュマン・デュ・パンデュ》」もエントリーされている。

9 「眼鏡」から「貝のかたちをしたシガレットケース」へ

自伝の索引にあげられた三箇所の「吊るされた男の道《ル・シュマン・デュ・パンデュ》」への言及のうち、[44] 最初のものは「まえがき」にある。ナボコフは繰りかえし推敲するなかで、気にかかっていた出来事の細部が、思い出されていった様子を次のように述べている。

ほかにも多くの改訂や修正が、とりわけ最初のほうの章でなされた。ぴったり閉じた括弧をこじあけて、まだみずみずしい中身をあふれさせた箇所もある。あるいは、大事な出来事を説明するうえで、なんら重要性をもたない、ダミーとして適当に使ったはずの物が、版を重ね、ゲラを読みなおすたびにどうしても気にかかってしまい、苦心の末とうとうひねりだしたのは、（本当のところ、記憶の女神がだれよりも必要としていたにちがいない）気まぐれな眼鏡が変身の末、カキの殻のかたちをしたシガレットケースとしてありありと記憶に浮かびあがってきたことで。それは「吊るされた男の道」にはえていたポプラの根元の、湿った草むらで光っていたのであり。そこで私は、一九〇七年の七月のある日に、これほど西ではめったにお目にかからないスズメガを見つけ、四半世紀前に、父親がわれらの北方の森林地帯ではめったにいないクジャクチョウをつかまえたのだった。[45]

書きなおしのさいに、眼鏡が「カキの殻のかたちをしたシガレットケース」になってしまうというのは、かなり唐突に違いない。しかも、後でくわしく見るように、実際にこの場面を見てみると、落としものはたしかにシガレットケースになってはいるが、「カキの殻のかたち」をしたとは、どこにも書いていないのだ（つまり、このディテールは、「まえがき」だけの情報）。はた目にはあまり意味がなさそうなディテールの変更、追加にも見えるが、この「貝のかたちのシガレットケース」の「置き忘れ」を、ナボコフは別の自作で使うことになる。

初期のロシア語長編『キング、クイーン、ジャック』（一九二八）を、一九六八年に英訳したさい、ナボコフはいくつか大きな変更をしている。そのうちのひとつが、登場人物のひとりに、置き忘れた「ホタテ貝のかたちをしたシガレットケース」を取りにいかせるというものだった。

このことをナボコフは、つけくわえられた英訳版のまえがきで、次のように述べている。

> 似た物体が、私の『記憶よ、語れ』（一九六六）にもでてくるが、その形状が『失われた時を求めて』の有名なマドレーヌと同じものなのは、こちらも理にかなったものだった。(46)

つまり、自伝にしても、小説にしても、現実になにを落としたか（忘れたか）は実はあまり問題ではなく、それが『失われた時を求めて』で、記憶を呼びもどす有名なマドレーヌと同型であることのほうが、重要なことだったのだ。

10　バトヴォの森で

家庭教師がシガレットケースを落としてしまうという出来事は、（索引の三つ目の頁数がしめしているように）第八章で描かれたエピソードである。実はこのシーンは、改訂前の版『決定的証拠』『向こう岸』はもちろん、改訂版の伝記『記憶よ、語れ』でも「吊るされた男の道」という名称自体はでてこないまのところだ。これこそが、ナボコフが残したちょっとした「ヒント」でもある。索引を使いなれた読者だけが、部分と部分の目に見えないつながりをたどることができるというわけだ。

この章では、ナボコフは記憶を映しだす魔法の水晶ならぬ「魔法のランタン」に、弟と家庭教師との散歩を投影している。ここでは、改訂前の『決定的証拠』と改訂後の『記憶よ、語れ』の該当箇所をならべて引用しておく(『向こう岸』はほぼ『決定的証拠』と同じ、傍線部引用者)。

(『決定的証拠』一九五一)

魔法のランタンがつづいて映しだす私の最初のスライドは、ギリシア正教の助祭の息子、オルドーと呼んでいた学のある青年だ。一九〇七年の涼しい夏、オルドーは銀の留め具のついたバイロン風の黒いコートをはおって、弟と私を連れて散歩していた。鬱蒼とした、静かな森のなか、大昔に謎めいた流れ者が自ら首をくくったという噂のあった小川のそばの場所で、いつもそこを通るたびに弟と私がやかましくやってくれとせがんだ、ばちあたりでばかばかしいパフォーマンスをオルドーはしてみせたものだった。頭をかがめ、コートを羽ばたかせながら、かつて悲劇の舞台になった陰鬱なポプラのまわりを気味悪く、吸血鬼風にゆっくりと動きまわる。ある湿った朝、儀式の最中にオルドーは眼鏡を落としてしまい、それを探しているときに羽化したばかりのノコギリスズメガの個体を二頭発見した――かわいらしい、ビロードのような毛並みの、紫がかった灰色の生き物だ――それが、木の根元に生えた草にチンチラのコートをまとった脚でしがみつきながら、静かに交尾していたのだ。(47)

(『記憶よ、語れ』一九六七)

魔法のランタンがつづいて映しだす私の最初のスライドは、ギリシア正教の助祭の息子、オルドーと呼んでいた学のある青年だ。一九〇七年の涼しい夏、オルドーはS字型の留め具のついたバイロン風の黒いコートをはおって、弟と私を連れて散歩していた。バトヴォの鬱蒼とした森のなか、絞首刑にされた男の幽霊が出没するという噂のあった小川のそばの場所で、いつもそこを通るたびに弟と私がやかましくやってくれとせがんだ、ばちあたりでばかばかしいパフォーマンスをオルドーはしてみせたものだった。頭をかがめ、コートを羽ばたかせながら、陰鬱なポプラのまわりを気味悪く、吸血鬼風にゆっくりと動きまわる。ある湿った朝、儀式の最中にオルドーはシガレットケースを落としてしまい、それを探しているときに羽化したばかりのノコギリスズメガの個体を二頭発見した——かわいらしい、ビロードのような毛並みの、紫がかった灰色の生き物だ——それが、木の根元に生えた草にチンチラのコートをまとった脚でしがみつきながら、静かに交尾していたのだ。(48)

くらべて読むとわかるように、この部分は前の二版とくらべて、いくつかの興味深い異同が発見できる箇所である。まず、エピソードの舞台となっている場所だ。新しい版では「バトヴォの鬱蒼とした森のなか」と書かれ、ここがどこかはっきりわかるが、以前の版では「鬱蒼とした、静かな森のなか」(『向こう岸』では「密林のなか」)とだけ書かれ、(49)バトヴォとは書かれてはいなかったところだ。この名称の追加も、つけ加えられた索引と連動したものである。

家庭教師の「バイロン風の黒いコート」は変更点ではないが、『オネーギン』注釈ごしに透かして見れば、オネーギンが着ていたとタチヤーナが考えた「ハロルド風のコート」の影がさしているように見える。くわえて、前二冊の伝記ではそれぞれ「銀の留め具」とだけなっていた[50]コートの留め具が「S字型」になっている[51]。

そしてまえがきで書いていたとおり、家庭教師が落とした「眼鏡」が「シガレットケース」に変化しているのがわかる。これらはイモムシがサナギになって蝶になるように、記憶のなかで細部が歳月をへて「変態」したものだ。だが、改版のさいにおこったもっと重要な変態をナボコフは書いていない。それは、前のふたつの版では「大昔に謎めいた流れ者が自ら首をくくった」だったところが、新版では「絞首刑にされた男の幽霊が出没するという噂のあった」となっていることである[52]。「謎めいた流れ者」というよそよそしい表現からもわかるように、前ふたつの版を書いた時は、明らかにルイレーエフと散歩道の「秘められた」関係にナボコフは気づいていなかった。『オネーギン』注釈において展開した論証をへて、「謎めいた流れ者」は反逆の詩人に変わり、ありふれた散歩道も文学史上の出来事がおこった場所として歴史的な価値があたえられたのだ。

11　『記憶よ、語れ』第三章二節

そして、『記憶よ、語れ』の「吊るされた男の道《ル・シュマン・デュ・パンデュ》」の項目のふたつ目に記された頁数、第三章二節にさかのぼれば、『決定的証拠』『向こう岸』にはない、決闘についての長い一節がある。以下の文章は、すべて一九六七年の改版のさいに新たに書きたされたものである。

バトウォの地所が歴史に登場するのは一八〇五年のこと、アナスタシヤ・マトヴェーエヴナ・ルイレーエヴァ（旧姓エッセン）の所有になったときだ。アナスタシアの息子コンドラチイ・フョードロヴィチ・ルイレーエフ（一七九五―一八二六、小詩人、ジャーナリスト、著名なデカブリスト）は、夏のほとんどを領地で過ごし、オレデジ川へ哀歌で語りかけ、川辺の土手にそびえる宝石であるアレクセイ皇子の居城を歌った。伝説と論理の共闘という、めったにないが、力強いタッグがしめしているのは、私が『オネーギン』への注釈ですっかり解きあかしておいたように、ルイレーエフがプーシキンとピストル決闘をしたことだ。ほぼ知られていないに等しいことだが、バトヴォの庭園で一八二〇年五月六日から九日（グレゴリオ暦）のあいだに決闘がおこなわれたのだ。プーシキンは、サンクト・ペテルブルグからエカチェリノスラフにむかう長い旅路の途中で、最初のあいだだけ随行していた友人二名（アントン・デリヴィグ男爵とパーヴェル・ヤーコヴレフ）を連れたまま、ルガの街道からロジデストヴェノでこっそりそれると、橋をわたり（ひづめのパカパカいう音が、ガタガタにわずかのあいだ変わった）、わだちだらけの古道をバトヴォにむかって西にすすんだ。そこでは、邸宅の前でルイレーエフがプーシキンたちをいまかいまかと待ちかまえていた。ルイレーエフは臨月になった妻を、ヴォロネジ近くの実家の地所におくっていったところで、なんとか決闘を無事のりきり（神が許せばの話だが）、妻とそこで合流できないかとやきもきしていた。馬車からおりて、まだ処女地のように黒々としたバトヴォの芝縁をぬける菩提樹の並木道を突きすすんできたプーシキンと二人の介添人をでむかえた、あの、北方の春の田舎特有の、うっとりするようなざらっとした空気を、私は皮膚と鼻腔で感じることができる。三人の若者（三人の年齢の合計は、今の私の歳と同じだ）が、ルイレーエフと見知らぬ二人の男のあとにつづいて庭園にはいっていくのを、私ははっきりと見ることができる。その日、しわくちゃのちいさなスミレが前年の枯れ葉のカーペットをぬけて顔をだし、オレンジの紋をつけた羽化したばかりのシロチョウたちが震えるタンポポにとまってじっとしていた。一瞬、運命は英雄的な反逆者の絞首刑をやめさせるか、ロシアから『エヴゲーニイ・オネーギン』を奪いさるかで揺れうごいたが、どちらもしなかった。

一八二六年、ペトロパヴロフスク要塞監獄でルイレーエフが処刑されてから二十年後、バトヴォは国の所有から私の父方の祖母の母（ニーナ・アレクサンドロヴナ・シシコヴァ、のちのコルフ男爵夫人）のものになり、私の祖父がそれを一八五五年あたりに買いうけた。男女の住みこみ家庭教師によって教育された二代にわたるナボコフたちは、バトヴォのむこう、森をぬける踏みわけ道を「吊るされた男の道」として知ることになる。吊るされた男、ルイレーエフは、社交界ではこう呼ばれていた——「あのデカブリスト」か「あの反逆者」とかではなく、ぶしつけだが、婉曲かつ驚きの念をこめて「吊るされた男」と呼ぶのが好まれたのだ（当時貴族はめったなことで吊るされなかった）。われらが森の緑のかせのなかを、若きルイレーエフが、当時、ロマンティックなそぞろ歩きとされた作法にのっとって、歩きながら読書するところを、私はありありと思いうかべることができる——怖いもの知らずのルイレーエフ中尉が吹きさらしの元老院広場で、仲間と混乱した手勢とともに専制政治に反旗を翻す様子を思い浮かべることができるように。だが、よい子たちが待ちのぞんでいた、遠くまでいく「大人の」散歩道《プロムナード》の名前と、バトヴォの不幸な主の運命とは、少年時代のあいだまったく結びつかなかった。私のいとこでバトヴォの「亡霊の寝室」で生まれたセルゲイ・ナボコフは、ありきたりな幽霊を想像し、私といえば、スズメガの珍種の食草であるポプラの木から、謎めいた何者かがぶらさがっているのが見つかったのだと、家庭教師たちの話から、ぼんやりと想像していた。地元の小作人たちにとってルイレーエフがたんなる「吊るされた男」だったとしても、不思議ではない。だが領地の家庭には奇妙なタブーがあって、両親が幽霊の正体を言明できないようになっていたらしい。あたかも、はっきり言明してしまえば、愛着のある田舎の地所の、美しい散歩道をさすフレーズの魅力的な曖昧さを汚してしまうような気がしていたのだろう。それでも、デカブリストたちをよく知っていて、親戚よりも共感をおぼえていた父でさえ、思い出せるかぎりでは付近での散歩やサイクリングの最中、コンドラチイ・ルイレーエフにただの一度も触れなかったのは、いま考えてみても奇妙なことだ。いとこが言うところでは、詩人の息子のルイレーエフ将軍は、アレクサンドル二世と私の祖父D・V・ナボコフの親しい友人だったということで、「首つりのあった家で縄の話すべからず」という成句があったという。[53]

この記述は全面的に『オネーギン』注釈書の内容を踏まえている。ここで、はっきりわかるのは、注釈で触れられていた「漠とした家族の伝説」に、作者自身も当初は思いいたらなかったということだ。同時に重要なのは、亡き父親が自分との散歩中にルイレーエフに言及しなかったという奇妙な事実をここでナボコフが発見し、プーシキンとの決闘という伝説が自分から隠されていた理由を、もうたしかめようのない周囲の人間のやさしさによるものとして「解釈」してしまうということだろう。ナボコフは自分の『オネーギン』注釈書をもとにして、過去の出来事を意味づけていく。

そして生き生きと描かれている決闘の描写の背景に、前に引用した家庭教師との散歩の場面と同じような「羽化したばかりの」蝶が書きこまれているのは恐らく偶然ではない。それは、少年時代の情景と同調して記憶の呼びおこしに一役かっていると同時に、この自分では目撃できるはずもない歴史的な場面のあざやかな描写が、年月の殻を破ってあらわれたことの効果的な隠喩になっている。

そう、今こそ存分に、自分の少年時代——そしてナボコフ家の先祖がいかにルイレーエフからこの地所を引き継いだか——さらに遡って、プーシキンがまだ緑が萌えきらぬロシアの遅い春を、介添人ふたりをひき連れて決闘におもむく様子まで——をありありと、小説の一場面のように「思いおこして」みせるときだ。ナボコフが『オネーギン』注釈作業において創りだしたこの「現実」は、実人生への注釈書と呼ぶべき書物に回収されたのだった。

12　「回想」から「伝記」へ

一連の注釈と自伝をもちいたナボコフによる、伝説の創造を目の当たりにすると、ナボコフが著書のタイトルを『決定的証拠』から『記憶よ、語れ』にしたさい、サブタイトルも「回想記」から「自伝再訪」にあらためた理由も推測できる。

まだ英語作家としては実質的に駆けだしだった一九四〇年代のナボコフは、ロシアでの思い出をエキゾティシズムにあふれた読みもの《エッセイ》として『ニューヨーカー』などの雑誌に売り、それを「回想記」としてまとめた。戦後まもない時期のアメリカでは、かつてロシアで貴族がどんな生活を送っていたのか、社会的な関心も高かっただろう。また当時、亡命ロシア人文学者の多くが、激動のロシア革命とその後の亡命生活を回想記のかたちで残していたことを考えれば、ロシア語版の『向こう岸』はこちらの系譜に属するものとも考えられる。

その後、時間をへて『ロリータ』を書き、作家として「功成り名を遂げた」六十代のナボコフが、自分の生涯の記録として、決定版の伝記を書きのこしておきたいという気持ちがあったことはまちがいない（実際、ナボコフは六〇年代後半に、研究者アンドルー・フィールドに自分の伝記を書くことを一度はゆるしている）。亡命ロシア人の「回想記」から、いかにもアメリカ的「セルフ・メイド・マン」の伝統にある「自伝」へと、ナボコフが脱皮をはたすうえで、『オネーギン』注釈書は重要な役割をはたした。

小説『青白い炎』は、刊行年こそ『オネーギン』訳注の二年前だが、実際には『オネーギン』の作業が終わってから書かれたもので、ナボコフもその影響関係をインタヴューで認めている。[54]『青白い炎』の注釈は、自分がゼンブラから亡命してきた王であると思いこんでいる狂人キンボートが、シェイドの詩を在りし日のゼンブラの栄光と破滅をうたったものとして曲解して書きしるしたものだ。シェイドの詩「青白い炎」九百三十九―九百四十行目、

難解な未完の詩への注釈としての人間の生涯、など

につけた注釈でキンボートは、

この簡明な所見の意味を、私が正しく理解しているならば、詩人が示唆しているのは、人間の生涯は膨大であまり知られていない未完の傑作にふされた一連の脚注でしかないということだ。[55]

と書きしるす。後世に伝えられる文学作品（シェイドの「青白い炎」）への脚注に、自らの実人生の記述を溶かしこむことで、キンボートは己の生を正当化しようとする。キンボートにとって「遠い北国」ゼンブラが失われていたように、ナボコフにとっても自伝で地図に描いた自分の地所は失われていた。程度の差こそあれ、シェイドの詩とキンボートの注釈の関係は、プーシキン『オネーギン』と『オネーギン』注釈書の関係をひきずっていたようだ。キンボートが故国を保存しておくためにシェイドの詩が要

ったように、ナボコフも注釈の執筆を通じて、過去を個人的なレベルの「回想」にとどめず、自分だけでなく、家族や友人が存在した証拠を、史実や文学的故事と結びつけたかたちの「伝記」として残した。そこにあるのはいち亡命者の回想ではなく、文学者としての自画像だった。

注

（1）ちなみに、この注釈書の抄訳とそれに対する注釈が刊行されている。京都大学大学院文学研究科21世紀COEプログラム「グローバル化時代の多元的人文学の拠点形成」「『翻訳』の諸相」研究会編『「ナボコフ訳注『エヴゲーニイ・オネーギン』」注解』京都大学大学院文学研究科、二〇〇七年。

（2）Aleksandr Pushkin, *Eugene Onegin: A Novel in Verse*, vol. 1, trans., and a commentary, Vladimir Nabokov, Princeton: Princeton University Press, 1975. p. ix.

（3）『オネーギン』出版の経緯については以下の文献にくわしい。ウィリアム・マガイアー『ボーリンゲン——過去を集める冒険』高山宏訳、白水社、二〇一七年、二九六—三〇三頁。

（4）Владимир Набоков, *Переписка с сестрой*, Ann Arbor: Ardis, 1985. C. 90.

（5）研究者ブラックウェルも同様の見方をしめしている。Stephen H. Blackwell, "Nabokov and his Industry," John Bertram, Yuri Leving eds., *Lolita: The Story of a Cover Girl*, Blue Ash: Print Books, 2013. p. 235.

（6）『エンカウンター』一九六六年一月二十日号に掲載された。Vladimir Nabokov, *Strong Opinions*, New York: Vintage International, 1990. pp. 242-243.

（7）Anthony Burgess, "Pushkin & Kinbote," *Encounter*, no. 24, 1965. p. 74.

（8）篠田一士「プーシキンの場合——翻訳と伝記の彼方へ」『海』一九七四年一一月号、一八〇—二〇九頁。篠田一士「プーシキンの場合——翻訳と伝記の彼方へ（二）」『海』一九七四年一二月号、二〇〇—二〇九頁。篠田一士「プーシキンの場合——翻訳と伝記の彼方へ（完）」『海』一九七五年一月号、一八〇—一九八頁。

（9） Nabokov, *Strong Opinions*, p. 106.

（10） Pushkin, *Eugene Onegin*, vol. 1, p. x.

（11） Pushkin, *Eugene Onegin*, vol. 2, p. 328.

（12） Ibid., p. 41.

（13） Ibid., p. 110.

（14） Ibid., p. 36.

（15） Ibid., p. 314.

（16） Ibid., p. 186. Pushkin, *Eugene Onegin*, vol. 3, p. 281.

（17） Pushkin, *Eugene Onegin*, vol. 2, p. 294.

（18） Vladimir Nabokov, *Speak, Memory: An Autobiography Revisited*, New York: Vintage International, 1989. p. 43.［ウラジーミル・ナボコフ『記憶よ、語れ――自伝再訪』若島正訳、作品社、四四頁。］

（19） アレクサンドル・プーシキン『完訳エヴゲーニイ・オネーギン』小澤政雄訳、群像社、一九九六年、一二四頁。

（20） Pushkin, *Eugene Onegin*, vol. 2, pp. 426-434.

（21） 近年公刊された資料によるとナボコフがルイレーエフがプーシキンとバトヴォ近郊で決闘した可能性に気がついたのは、すくなくとも一九三一年にまでさかのぼるようだ。このとき準備していた講演の原稿の中で、ナボコフはそのことについて言及している。Владимир Набоков, "О Пушкине（Публ. – С. Швабрин）," *Новый Журнал*, no. 277, 2014. C. 206.

（22） Pushkin, *Eugene Onegin*, vol. 3, p. 45.

（23） *Пушкинская энциклопедия*. 1799-1999, М.: Изд-во АСТ, 1999. С. 508.

（24） Сергей Гессен, "Пушкин накануне декабрьских событий 1825 года," *Пушкин. Временник Пушкинской комиссии*, no. 2, 1936. С. 361-384.

（25） おそらくは、ナボコフ自身、自説に決定的な根拠がないことに気づいていただろう。ナボコフは長い注釈の最後に、自説を裏づけてくれるかもしれない「バトヴォについての論文」――V・ネチャーエフ「ルイレーエフの田舎屋敷」――が、ソヴィエトの雑誌に出たことを知りながら、それがアメリカでは入手不可能だったと、弁解ぎみに述べている。

ここで興味深いのは、ナボコフが自説を（学術性を無視して）自由に展開するため、自分が亡命者であることを、最終的な口実にしているように見える点だ。いち外国人研究者であれば、ソ連にはいって資料や草稿にアクセスする可能性もあったかもしれない。しかし、政治亡命者にその可能性はないからだ。

しかし、第四章十九連四—六行について事実関係を精査してみると、ナボコフが「アメリカに届いていない」と嘆いた文芸誌『環』七号は、そもそも実際には刊行されず、欠号になったことがわかってくる。そして、肝心の論文、V・ネチャーエフ「ルイレーエフの田舎屋敷」は、「バトヴォ、ルイレーエフの田舎屋敷」というタイトルで、『環』七号ではなく、一九五一年に刊行された九号に掲載されていた。この九号は、ナボコフの存命中にも、アメリカの大学図書館で閲覧可能だったはずの号である（B. Нечаев, "Батово, усадьба Рылеева," *Звеня*, no. 9, 1951. C. 194-212）。

さらに、実際にこのネチャーエフの論文をとりよせて読んでみると、バトヴォであったかもしれないプーシキンとルイレーエフの決闘については一切触れられていないのだ。おそらく、ナボコフは知らなかったのだろうが、知っていてもこの事実を書くことはなかっただろう。

（26） Alexander Dolinin, "*Eugene Onegin*," Vladimir E. Alexandrov, ed., *The Garland Companion to Vladimir Nabokov*, New York: Garland, 1995. p. 126.

（27） 以下特に比較の必要がない場合、『決定的証拠』のほうだけ引用する。ちなみに、『向こう岸』の当該箇所は、「バトヴォ」という地名もでてこず、決闘ごっこの記述も簡略化されている。Vladimir Nabokov, *Conclusive Evidence: A Memoir*, New York: Harper Brothers, 1951. p. 138.［ナボコフ『ナボコフ自伝』一五五頁。］

（28） Nabokov, *Speak, Memory*, p. 197.［ナボコフ『記憶よ、語れ』二三〇—二三一頁。］

（29） ナボコフが自分とユーリクとの決闘ごっこに、プーシキンとルイレーエフの決闘を重ねあわせたのは、その後の決闘相手の運命を考えてのことでもあるだろう。ルイレーエフがデカブリストの乱に参加して絞首刑になったように、いとこのユーリク（ユーリイ）は革命後の内戦に白軍として参加して戦死した。ナボコフは自分たちの遊戯を、歴史の文脈においたのだ。

（30） この中には、フランス語で執筆した「マドモワゼル・O」（一九三九）の大幅な改訳も含まれる。

（31） 他方、英語版『決定的証拠』はタイトルがまるで推理小説のようでまぎらわしいという理由で、一九六〇年に『記憶よ、語れ――回想記』*Speak, Memory: A Memoir* と改題して再出版されている。この『記憶よ、語れ――回想記』は、『決定的証拠――回想記』と同一の内容になっている。
(32) Nabokov, *Speak, Memory*, pp. 12-13.［ナボコフ『記憶よ、語れ』七頁。］
(33) 一九六七年に執筆された詩「灰色の北から」では、偶然手に入れた故郷の写真から、(プルーストのマドレーヌのように) 記憶が、ヴィラとバトヴォがまざまざとよみがえる様子を描写している。

灰色の北から
いま届いたのは数枚の写真。

人生はまだ
その滞納金をすべてはらい終えていない。
なじみの樹が
靄のなかから出現する。

これがルガへつづく街道だ。
柱廊がついたわが家。オレデジ川。
ほとんどすべての場所から
家路へとむかう道を
今日ですらまだ見つけだすことができる。

そう、そんなことがよくあった。浜辺に寝ころぶ
海水浴客に
まだ幼い少年がなにかを

握りこぶしに入れて持ってきてくれるようなことが。

すべてを——紫に縁どりされた
小石から
緑色がかった
くもりガラスまで
こどもはお祭りのように運んできてくれる。

これがバトヴォだ。
これがロジデストヴェノだ。

Vladimir Nabokov, *Poems and Problems*, New York: McGraw-Hill, 1970. p. 148.

(34) Nabokov, *Speak, Memory*, p. 17.［ナボコフ『記憶よ、語れ』一四頁。］

(35)『マーシェンカ』の主人公、ベルリンに住む亡命者ガーニンは、ふとしたことから同じアパートの下宿人アルフョーロフの妻が、少年時代の恋人マーシェンカだと知り、彼女と過ごした幸福な思い出にかえっていく。小説は「影」として暮らすベルリンの日常と、かつての日々の回想が交互に展開される。

ガーニンはいつも同じ道をえらんで家に帰った——松林がへだてるふたつの小さな村をぬけ、それから広い道路へでて畑のあいだをとおり、ルイレーエフが歌ったオレデジ川のほとりにあるヴォスクレセンスクの大きな村をとおる道だ。彼は道をそらで覚えていた。ここはせまく平坦で、危険な溝ぞいに固い路端が走っている。ここは丸石で舗装されており、前輪がはねる。また別の場所ではわだちの跡がついていて邪魔だが、次にはなめらかで赤みがかった固い道路になる——このように、まるで生きた体を知るように道を体で感じ、目で見て知っていた。

Владимир Набоков, *Собрание сочинений русского периода в 5 томах*, том 2, СПб.: Симпозиум, 1999. С. 179.［ウラジーミル・ナボコフ「マーシェンカ」奈倉有里訳『マーシェンカ／キング、クイーン、ジャック』奈倉有里・諫早勇一訳、

新潮社、二〇一七年、六七頁。］

「ヴォスクレセンスク Воскресенск」とは、ナボコフのほかの作品にもしばしば登場する地名で、ロシア語の「誕生 рождение」を由来にする母方の祖父の地所「ロジデストヴェノ Рождествено」が、「復活 воскресение」を意味するロシア語からナボコフの文学的創造力のトポスにおいて文字どおり再生したものである。

ガーニンは付近の道の一本一本の起伏や傾斜を「生きた体を知るように道を体で感じ、目で見て知ってい」ると述べるが、それは、このあと出会うマーシェンカとの肉体関係を予告している。それどころか、亡命者としてかりそめの生活に甘んじているガーニンにとっては、なれ親しんだ故郷の思い出にふけることは、マーシェンカとの初体験同様、官能的でさえある。

他方、ガーニンは故郷の土地とルイレーエフを結びつけていた。「ルイレーエフが歌った」として言及されているのは、「ロジデストヴェノのアレクセイ・ペトローヴィチ皇子」（一八二三）という詩で、ピョートル大帝の長男として生まれたが、放蕩がたたってとうとうとまれ獄死させられた皇子アレクセイを歌ったものである（ルイレーエフ自身、奇しくもアレクセイ皇子と同じペトロパヴロフスク要塞で死ぬことになる）。詩の冒頭は以下のようにはじめられている。

うっそうと茂った森が、恐ろしげなうなり声をあげ、
谷間で風がひゅうひゅうと鳴り、
黒雲からはひそかに
月がオレデジ川を見つめている。

Кондратий Рылеев, *Полное собрание стихотворений*, Ленинград: Сов. писатель, Ленинградское отд-ние, 1971. С. 181.

ここで歌われている出来事は一世紀前の史実だが、背景は当時の詩人が目にした風景だったろう。そして、ナボコフもまた一世紀前のルイレーエフの作品を自作の背景にもちいることで、ガーニンとマーシェンカの恋愛を歴史のコンテクストにおいている。ナボコフにとってヴィラやロジデストヴェノ、バトヴォが特別な土地だったのは、個人的なゆかり

がある土地だからというだけでなく、文学的な「名跡」でもあったからだ。

（36）『賜物』の主人公、フョードルもガーニンと同じようにベルリンに住む亡命者だ。作家志望のフョードルは、想像力豊かな青年で、他人のなかにはいりこみ、そこから世界を見る能力をさずけられている。亡命先でフョードルが好んだのが、母親とおこなう空想の散歩ゲームだ。

ならんですわって黙ったまま、同時にレシノの散歩を思いうかべるのだ——庭園をでて、畑をぬける小道を歩いていく（ハンノキのむこうには小川が流れている）——陰気な墓地をぬけ（そこではまだらに陽をあびた十字架たちが、なにかとてつもなく大きなものを両手を広げて測っていて、キイチゴを摘むのも気がひける）、小川をわたって、坂をのぼっていき、林をぬけて、川の対岸を「雌牛橋」までおりていき、こんどは「吊るされた男の道 Chemin du Pendu」——ロシア人の耳には不快どころか親しみやすい名前であり、祖父たちがまだこどものころに考えだされた——を歩いてゆく。親子の頭の中でおこなう、人間のスピードで歩くことがルールの（領内を一瞬で飛びまわることもできるのだが）この物言わぬ散歩の途中で、不意に立ちどまって自分の居場所を言いあうと、（これはよくあることだったのだが）どちらも相手を追いぬかずに同じ灌木林にいることがわかって、母と息子はともに涙を流して、同じ笑みで顔を赤らめるのだった。

Владимир Набоков, *Собрание сочинений русского периода в 5 томах*, том 4, СПб.: Симпозиум, 2000. С. 272.［ウラジーミル・ナボコフ『賜物』沼野充義訳、河出書房新社、二〇一〇年、一四〇—一四一頁。］

「レシノ」は、『賜物』で、フョードルのゴドゥノフ゠チェルディンツェフ家の領地があったとされるペテルブルグ近郊の地名で、ヴィラやバトヴォ、ロジデストヴェノに相当している。ここで作者は、架空の地所のなかに、「吊るされた男の道」という「現実」の地名をひそかにまぎれこませている（ただし、『賜物』では、ルイレーエフの名前はでてこず、「吊るされた男の道」とプーシキンとルイレーエフの決闘が結びつけられてもいない点は重要である）。

（37）Jane Grayson, *Illustrated Lives: Vladimir Nabokov*, London: Penguin Books, 2001. p. 17.

（38）Александр Семочкин, *Тень русской ветки: Набоковская Выра*, СПб.: Лига Плюс, 1999. С. 9.

（39） Brian Boyd, "'Even Homais Nods': Nabokov's Fallibility, or, How to Revise *Lolita*," Ellen Pifer ed., *Vladimir Nabokov's* Lolita: *A Casebook*, Oxford: Oxford University Press, 2003. p. 59.

（40） Pushkin, *Eugene Onegin*, vol. 2, p. 314.

（41） 正確には息子の助力をあおいだようだ。妹への一九五八年一月一日づけの手紙（Набоков, *Переписка с сестрой*, C. 91）。およびまえがきを参照（Pushkin, *Eugene Onegin*, vol. 1, p. i）。

（42） 『青白い炎』でも「索引」が重要な役割をはたしていた。注釈者キンボートが作成した索引は、その注釈におとらず独断と偏見を詩の本文にたいして押しつけている。ひとつの例をあげるなら、列挙された項目の最後（Z）は、キンボートの祖国「ゼンブラ——遥かなる北の国」なのだ。Vladimir Nabokov, *Pale Fire*, New York: Vintage International, 1989. p. 315.［ウラジーミル・ナボコフ『青白い炎』富士川義之訳、岩波文庫、二〇一四年、五四二頁。］

（43） Nabokov, *Speak, Memory*, pp. 15-16.［ナボコフ『記憶よ、語れ』一一頁。］

（44） Ibid., p. 311.［同書、i頁。］

（45） Ibid., pp. 11-12.［同書、六—七頁。］

（46） Vladimir Nabokov, *King, Queen, Knave*, New York: Vintage International, 1989. p. ix.［ウラジーミル・ナボコフ『キング、クィーンそしてジャック』出淵博訳『集英社版世界の文学8　ナボコフ』出淵博・富士川義之訳、集英社、一九七七年、七頁。］

（47） Nabokov, *Conclusive Evidence*, pp. 107-108.［ナボコフ『ナボコフ自伝』一二四頁。］

（48） Nabokov, *Speak, Memory*, pp. 155-156.［ナボコフ『記憶よ、語れ』一八三頁。］

（49） Набоков, *Собрание сочинений русского периода в 5 томах*, том 5, C. 246.

（50） Там же, C. 246.

（51） これはロシア語短編「完璧」（一九三二）で、家庭教師をしている主人公の死んでしまった友人が着ていたコートの留め金が、「蛇の形」をしていたことと関係しているように思える。「完璧」の主人公を造形するさいに、ナボコフは自分の家庭教師からコートを借りたのだろう。Владимир Набоков, *Собрание сочинений русского периода в 5 томах*, том 3, СПб.: Симпозиум, 2000. C. 600. Vladimir Nabokov, *The Stories of Vladimir Nabokov*, New York: Vintage International, 1995. p.

346.［ナボコフ「完璧」沼野充義訳『ナボコフ全短篇』秋草俊一郎・諫早勇一・貝澤哉・加藤光也・杉本一直・沼野充義・毛利公美・若島正、作品社、四三六頁。］

（52）Набоков, *Собрание сочинений русского периода в 5 томах*, том 5, С. 246. Nabokov, *Conclusive Evidence*, p. 107.［ナボコフ『ナボコフ自伝』一二四頁。］

（53）Nabokov, *Speak, Memory*, pp. 61-64.［ナボコフ『記憶よ、語れ』七〇－七二頁。］

（54）Nabokov, *Strong Opinions*, p. 77.

（55）Nabokov, *Pale Fire*, p. 272.［ナボコフ『青白い炎』四九四－四九五頁。］

第四章　フィルムのなかのナボコフ

――ファインダー越しに見た自画像

モダンな見方では、現実とは何よりもまず見かけだ――そしてそれはつねに変化している。写真は見かけを記憶する。写真の記憶とは変化の記録、過去の破壊の記録だ。モダンである私たち（写真を見る習慣があれば、定義上、モダンだということになる）は、あらゆるアイデンティティは構築されたものだということを理解している。唯一の反駁不可能な現実――そしてわれわれにとってアイデンティティへの最高の鍵――は、人々がどのような姿で見えるかということなのだ。(1)

スーザン・ソンタグ「写真――小さな大全《スンマ》」

1　被写体としてのナボコフ

作家ナボコフはあまたの写真家の被写体になってきた。ざっと名前をあげるだけでも、ジゼル・フロイント、ルイーズ・ボイル、カール・マイダンス、フィリップ・ハルスマン、ヘンリー・グロスマン、フェデリコ・パテラーニ、ホルスト・タッペ、ジル・クレメンツ、アーヴィング・ペン、オリビエーロ・トスカーニ、ゲルトルーデ・フェール、バロン・ウォルマン、ウォルター・モリ、カーティス・ビ

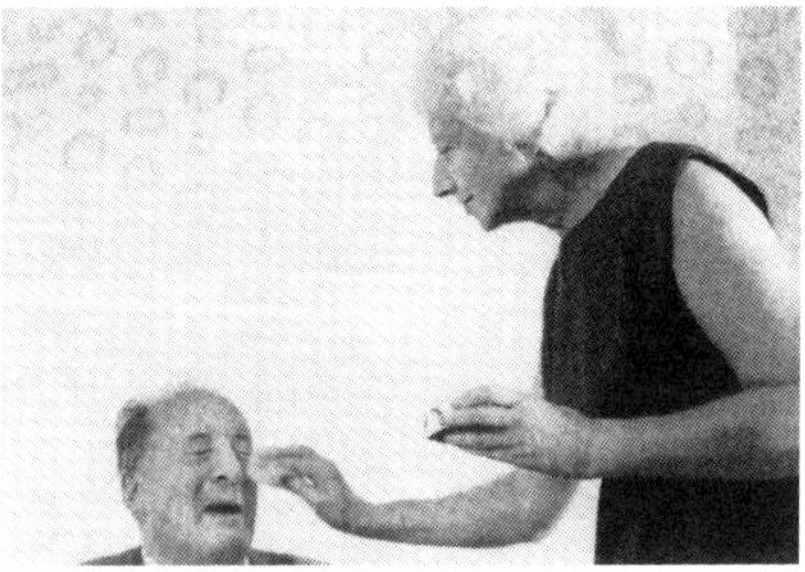

ヴェラに化粧されるナボコフ

ル・ペッパーといった錚々たる面々がナボコフの写真を撮ってきたのである（逆に、同時代に作家を多く撮影したリチャード・アヴェドンがナボコフを撮っていないことに驚くほどだ）。

写真家は自分の写真集に「文豪」ナボコフの写真を、撮影時のエピソードつきで収録した。[2] それに飽き足らず、ホルスト・タッペのようにナボコフだけで写真集を一冊作ってしまった写真家もいるほどだ。[3] 作家の側も多くの場合、写真家とのセッションを楽しんだ。その記録の一部は作家の死後出版された『ウラジーミル・ナボコフ——画像による伝記』にも残っているが[4]、実際、あとで見るように、ハルスマンやペンが撮影した肖像写真は、写真家とモデルのコラボレーションによる「作品」と呼んでもさしつかえない出来栄えであり、ナボコフの作品同様に、そのイメージ作りに貢献した。

2 「捕虫網をもった芸術家」

被写体としてのナボコフが大きくフィーチャーされたのは、一九五八年八月に『ロリータ』がアメリカのパットナム社から刊行され、ベストセラーになった直後のことだった。ニューヨーク州イサカの自宅でグラフ誌『ライフ』の取材をうけたのだ。[5] もちろん、背景には『ロリータ』の著者に対してにわかに高まった大衆の関心があっただろう。

一九五八年九月、『ライフ』誌は記者ポール・オニールを、当時ナボコフが住んでいたイサカに派遣した。一週間後、写真家カール・マイダンス（一九〇七―二〇〇四）もイサカを訪問し、二日間にわたってナボコフの写真を撮影した。マイダンスは、第二次世界大戦の欧州とアジア、朝鮮戦争と戦地を渡り歩いて取材をつづけてきた報道写真家として知られている。マイダンスはハイランド・ロード四〇四の自宅だけでなく、イサカを流れる小川、シックスマイルクリーク沿いの林でナボコフを撮影したが、そのときの作家の姿はハンチングにセーター、半ズボンに長靴下という、のちのちまで固定されるいでたちだった。そして、その手に握られていたのは、一振りの捕虫網だった。

本書でもすでに何度か触れてきたように、ナボコフはもとより鱗翅類の研究者としての顔ももっていた。少年時代に蝶に興味をもつというのはだれにでもあることだろう。また、昆虫にアマチュア的な関心をもった作家も、ヘルマン・ヘッセや北杜夫など数多い。しかし、ナボコフの場合、その関心は専門的な領域にむかった。一九二〇年、ケンブリッジ大学に在籍していたナボコフは、ボリシェビキから避難していたクリミア滞在中の蝶の採集記を英語で執筆し、『エントモロジスト』に発表した。これはナボコフによる最初期の雑誌刊行物になった。渡米以前の亡命生活で、自作の翻訳の権利が売れてまとまった額の収入を得ると、ナボコフがまずしたことはピレネーに蝶の採集にいくことだった。渡米後は、ハーヴァード大学比較動物学博物館で非常勤研究員のようなかたちで働きもした。

イサカ、シックスマイルクリークで捕虫網をかまえるナボコフ

一九五八年、『ロリータ』の狂

イサカの自宅で妻とチェスに興じるナボコフ

騒のさなかで、ポール・オニールと『ライフ』が目をつけたのは、まさに作家のそのような一面だった。それは、記事のタイトルが「『ロリータ』と鱗翅類研究者——作者ナボコフは自分が生んだセンセーションにおののく」であることや、記事のなかの「彼は世界的に有名な鱗翅類学者で、ロッキーマウンテンのシジミチョウ種の権威」であるといった（やや誇張された）文言からも推しはかることができる。[6] そしてマイダンスによる写真も、そのシナリオを忠実になぞるものだった。捕虫網は、しがない中年作家をフォトジェニックな存在に変える魔法のアイテムになった。

それは、当のナボコフ自身にとっても有利なことだった。大の大人が網を手に虫とりに興じる——こうしたイメージが、『ロリータ』の作品のスキャンダラスな面から一般読者の目をそらすことに一役買ったことはまちがいない。自分の作品が巻きおこしているセンセーションとそれが生みだす莫大な利益に見向きもせずに、林の中でちょうちょを追いかけている大学の先生——その無邪気なヴィジュアルこそ、作者が煽情的な小説で一山あてようとしている山師ではないことをしめす格好の証拠になったのだ。

マイダンスが撮影したナボコフの写真は、当号に四枚掲載されているが、捕虫網をかまえた冒頭の一番大きい写真のほかには、妻とチェスをする姿、標本箱に収めた蝶を見る姿、車内でインデックスカードをつかって執筆する姿になっている。三枚とも側面または背後からの写真という点が興味をひく。[7] のちに触れるようにナボコフを撮ったものとしては、ハルスマンの写真の評価が高く、読者も目にする機会が多いが、実は五〇年代終わりの時点で、マイダンスが蝶、妻、チェス、執筆風景といった主要な撮影モチーフを一通り案出していたことになる。のちの撮影者はみな、マイダンスの写真をさまざまな意匠で反復していたにすぎない。

3 「愛妻家ナボコフ」

捕虫網とならんで、撮影時に多用された「小道具」は、妻ヴェラ・ナボコフ（一九〇二―一九九一）だった。一九五八年、『ロリータ』がベストセラーリストを駆けあがったとき、ひとびとが一番関心をもったのが、実作者の性的嗜好だった。言いかえれば、この「破廉恥」な本を書いた男は、実際に小児性愛者なのだろうか？　という、写真週刊誌的な関心である。

一九五八年秋から五九年にかけて、『ニューヨーク・ポスト』や[8]、『ナイアガラ・フォールズ・ガゼット』のような新聞に[9]、作家のインタヴュー記事が掲載された。その際「『ロリータ』の著者近影」として掲載されたのが、ナボコフと妻ヴェラとのツーショットだった。つまり、作者がその創造物であるハンバート・ハンバートと性的な趣味をわけあっているという偏見への反証として、ヴェラの存在は明るみにだされたのだった。

もともとヴェラは、一九二五年にベルリンでナボコフと結婚して以来、まだかけだしのロシア語詩人・作家だったナボコフをかたわらでささえつづけた人物である。ナボコフ同様各国語に通じ、手紙の代筆、車の運転、タイピングなどといったマネージメント業務全般をこなした妻は、詩人に霊感をあたえる「ミューズ」とだけ言ってしまうにはあまりに実務面で優秀すぎた。二〇年代から四〇年代まで、決して楽ではなかった時代をともにした「糟糠の妻」の存在は、にわかに成功者となったナボコフのイ

『ニューヨーク・ポスト』に掲載されたウラジーミルとヴェラ

メージアップに貢献した。

伝記作家ステイシー・シフも、いかにヴェラが夫と一緒にメディアにでることが重要だったのかを力説している。

〔『ロリータ』の成功後〕著者の写真を撮るのが非常に重要になったのだが、とりわけ不可欠だったのはヴェラをフレームにおさめることだった。少女が好きな男の背後にいる男の背後に、血が通った存在の（おあつらえ向きに中年の）女性がいることが大切だったのだ。[10]

本人は表にでるのを嫌ったにもかかわらず、ヴェラは、『ロリータ』の著者が、健全な社会生活を営んでいることの「生きた証拠」としてメディアに露出する必要があったのだ。実際、『ニューヨーク・ポスト』での二人は、まるで証明写真かなにかのように並ばされたうえで、バストアップを撮られ、ぎこちなく微笑んでいる（右上）。

おそらく、アメリカの作家で——いや、アメリカというくくりをはずしても——ナボコフほど妻と一緒に写真に写った作家はいない。もちろん、ナボコフが愛妻家だったことは事実である[11]。結婚後もナボコフはおりに触れて長文の手紙をしたためて妻に愛を語ったし、渡米後は自分のほとんどの著作を「ヴェラに To Véra」捧げもした。もとより夫妻は二〇年代からツーショット写真を撮っているが、メディアを通して流通することはなく、私的なものだった。その意味で、『ロリータ』以降にメディアを介して流れた夫妻の写真は、特別な意味を付与されていた。

ヴェラとの写真がメディアに露出し、その存在が広く知られること――そのことは思わぬ副産物も生んだ。ナボコフ夫妻死後の一九九九年、ステイシー・シフが伝記『ヴェラ（ウラジーミル・ナボコフ夫人）』を刊行、その年のピューリッツァー賞をうけたのだ。『ロリータ』の成功後、メディアを通じてナボコフの妻ヴェラの存在が知られるようなことがなければ、シフも、ヴェラの伝記を執筆しようとは思わず、その本があまつさえピューリッツアー賞を受賞するようなこともなかっただろう。

4　ぼく自身のための広告

ナボコフがアメリカで、『ロリータ』の成功を純粋に文学的なものとして承認されるには、このように、その執筆動機が金銭的な野心ではなく、作品内容が自分の性的嗜好を反映したものではないことを示す証拠が必要だった。欲望の不在証明――そのために報道写真は最良のメディアだったのだ。

他方で、先述したポール・オニールによる『ライフ』の記事が掲載されたのは、一九五九年四月十三日号だった。ナボコフ夫妻が全面的に協力をしたにもかかわらず、記事が掲載されるまでは半年以上の時間がかかった計算になる。そして最終的に掲載されたのも、アメリカ国内版ではなく国際版のみだった。その理由を、のちにナボコフ夫人ヴェラは、次のように伝記作家ブライアン・ボイドに語った。

興味深いことに、慎み深い家庭の雑誌『ライフ』は、このストーリーを刊行するのを躊躇した。一九五九年四月になってやっと、国内ではなく、国際版にのみ掲載されたが、ヴェラ・ナボコフが顔をしかめて言うところによれば、おそらくはアメリカの農民とその娘たちを邪《よこしま》な影響から守るためだという。[12]

しかしながら、こうした状況は時間がたつにつれ、着実に変化していった。実際、一九六四年十一月号で『ライフ』はふたたびナボコフを大きくとりあげたが、その際には国内版・国際版の双方に記事が掲載されたからだ。[13]

一九六四年十一月二十日号に、ジェーン・ホワードによるインタヴュー記事「多芸多才の巨匠――ウラジーミル・ナボコフ――『ロリータ』、多言語、鱗翅類」が『ライフ』に大々的に掲載された。『ライフ』の記者ホワードは、写真家ヘンリー・グロスマン（一九三六―）を連れてスイスのモントルー・パラスを訪問した。ケネディやビートルズを撮った肖像写真家として著名になるグロスマンは、モントルーでのナボコフの生活を、はじめて詳細に写しだした人物と言ってもよいだろう。つかまえた蝶の胸郭を人差し指と親指でつまむナボコフ。ヴェラと、今度は息子ドミトリイと三人での写真。チェス盤を見つめるナボコフ……。[14]

こうした写真はあたかも一連のシークエンスで撮られたかのように配置されているが、写真の一部には、五年前にマイダンスがイサカで撮影したものがつかわれていることからもわかるように（蝶を捕獲する三枚つづきの連続写真）、グロスマンは五年前にマイダンスが撮ったテーマを変奏したにすぎないとも言える――すなわち、蝶、チェス、家族である。記事のタイトル「多芸多才の巨匠――ウラジーミル・ナボコフ――『ロリータ』、多言語、鱗翅類」からして、前回の「『ロリータ』と鱗翅類研究者」を踏襲する、ミスマッチを狙ったものだった。

しかし、それでも一九六四年の特集にあたらしくつけ加わったものもある。一九五九年の記事では、

鼻眼鏡をかけたナボコフ

ドミトリイ、ウラジーミル、ヴェラ

モントルー・パラス前の
ベンチでの執筆風景

写真家は背後あるいは側面のやや上方からナボコフをとらえていたことはすでに述べた。唯一正面からのショットである冒頭の写真にしても、ナボコフの視線は画面に写っていない蝶を追うかのように自身のやや左側の足元に落ちていて、撮影者を見ていない（一九一頁。しかし、実際に蝶を探しているところを撮影すればこのような構図になるはずだ）。こうした写真の撮り方によって、撮影者は、あくまで読者は生活をのぞき見ているという印象をあたえている。被写体の表情も、どことなく緊張しているようだ。

そのような報道写真家マイダンスのストイックな取材対象との距離の取り方に対して、一九六四年の『ライフ』では、記事が「クローズアップ」のコーナーに置かれていることもあって、多くがバストショットで、ナボコフの顔を正面からとらえたものであり、必然的にナボコフ自身が撮影されていることを意識している構図になっている。妻と息子とのスリーショットは、一冊の本を三人がながめているというもので、ナボコフ一家が「三位一体」であることを証だてるようなものになっているが、その構図は作家を中心にとらえながら、息子ドミトリイは父の背後から肩越しに本をのぞきこみ、妻ヴェラはなにかをささやきでもするかのように夫の左肩に不自然に手を添えているというわざとらしさだ。

こういった「わざとらしさ」は、もうひとつの特徴であるセレブリティとしてのイメージと補完しあうものだ。レマン湖に面したモントルー・パラスの壮大なファサードを背景に、ベンチに座って執筆するナボコフ。記事の冒頭には、鼻眼鏡をかけたスーツ姿のナボコフ。以後、写真のなかのナボコフは、明らかに見られることを意識したものになっていく。この優雅な執筆風景の写真は、一九五八年の車の助手席での執筆風景を背後から撮ったマイダンスの写真とは対照的だ。

ナボコフの特徴は、モントルーで人目を避けて暮らしながらも、サリンジャーやピンチョンのように完全に隠れてしまうのではなく、その環境をも自分のパブリックイメージに利用した点にある。(15) 一九三七年にパリ郊外でおこなわれた『ムジュール』編集部の編集会議に参加していたナボコフを、偶然撮影していた写真家のジゼル・フロイントは、著書で「新聞や雑誌に発表される写真はすべて、たとえそれがすぐにそうだとわからないにせよ、広告の役割を果たしているのだ」と喝破した。[16]一九六四年当時、『ライフ』誌は最盛期をむかえ、発行部数は実に八百万部をこえていた。名だたるムーヴィー・スターたちや、ケネディ・ファミリーとならんで自分の写真が掲載されること、それは作家の権威を承認し、その最高のプロモーションの役割をはたしたのだ。

5　そしてアイコンへ

「被写体からモデルへの変化」というグロスマンによる方向性をつきつめて完成させたのが、写真家フィリップ・ハルスマン（一九〇六―一九七九）だった。『サタデー・イヴニング・ポスト』誌の一九六七年二月一日号に掲載された、作家ハーバート・ゴールド（一九二四―）によるインタヴュー記事「蝶を追う芸術家」のナボコフの写真は、ハルスマンによるものだ。

ハルスマンもまた著名人の肖像写真で有名な写真家だった。マリリン・モンロー、サルバドール・ダリといった著名人にジャンプをさせて撮影した一連の写真を見たことがある人も多いだろう。写真史家のヘルムート・ゲルンシャイムは「ハルスマンにとって［中略］、彼のうつした有名人のポートレイトがその人の決定的なイメージになることが最大の報酬であっ」て、「歴史にはハルスマンのとらえたアインシュタインこそアインシュタインとして記録されるであろう」と述べたが、[17]まさにナボコフのケースにもそれがあてはまるようになった。

ラトヴィアのリガ出身のユダヤ人ハルスマンは、ナボコフとロシア語で会話でき、作家ともっとも心を通じさせた写真家にもなった。ハルスマンは当時アメリカ合衆国大統領だったリンドン・ジョンソンを撮影した直後にナボコフを撮るためモントルーに駆けつけたが、ジョンソンとナボコフでは撮影の負担がまったくちがったという。その違いを、ハーバート・ゴールドは次のように語っている。

なぜなら彼［ジョンソン］は見栄っぱりだからだ……ジョンソンはしじゅうカメラからフィルムを剝ぎとっていた。耳が気に入らない、髪型が気に入らない、いぼが気に入らない、顔の角度が気に入らない……。ジョンソンが満足するように合わせるのはとても大変だ。でも、ナボコフは……。私はたずねた。「なぜただの一枚もまずい写真がないんだい？」……［ハルスマンこたえて］「ナボコフは悪い写真はとらせないんだよ。というのも、ダメだしくしないからね」。これはまったくそのとおりだ。ナボコフは座っているところ、歩いているところ、散歩しているところ、蝶を追っているところ……の写真を撮らせた。そして、どの写真でもナボコフは自分自身でいることを楽しんでいたんだ。(18)

ジャンプしての写真こそないが、のちに刊行された写真集でも、ハルスマンの撮影した写真のなかでナボコフは大いに笑い、くつろいでいるように見える。(19) ハルスマンによれば、ナボコフは写真を気に入り、自分の本のジャケットの著者近影は以降すべてハルスマンのものを使うように求めたという。(20) 実際、ハルスマンの写真は、ナボコフの著作の多くに使用されることになった（このことについては後述する）。

肝心の『サタデー・イヴニング・ポスト』に掲載された写真を見てみよう。記事のタイトルページには、題名と合わせるように、サングラスに蝶を映したナボコフの顔のアップが。さらにはヴェラとの仲

「鱗翅類学者に追われた蝶の視点」

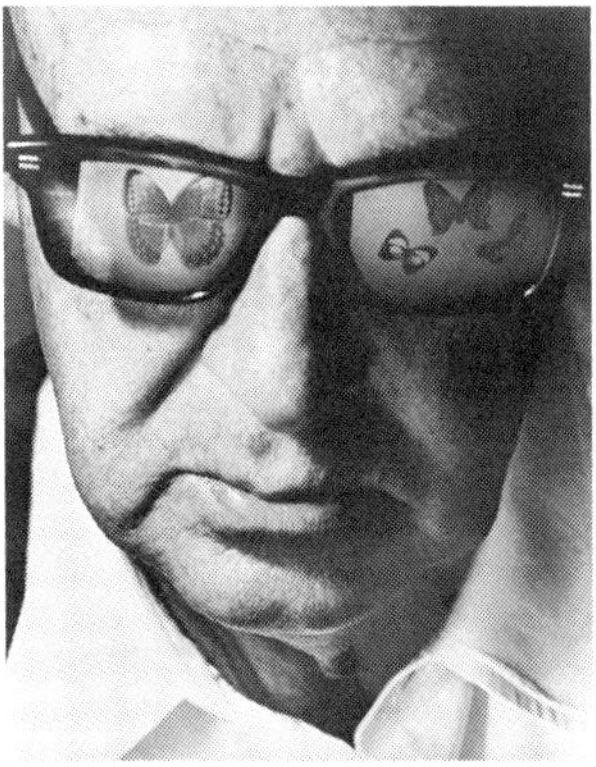

蝶に魅入られた男

睦まじい様子、ホテルでの執筆風景、愛用のウェブスター英語辞典をソファに座って見つめている様子……[21]。

そして、捕虫網を持ったお決まりの写真がある。この写真でナボコフはいままでとは異なり、カメラを真正面から見つめ、いまにもこちらに振りおろそうとするかのように網をふりあげている。写真のキャプションには、「鱗翅類学者に追われた蝶の視点」という説明書きがされている[22]。ハルスマンのひとつの特徴とされる「運動を止めるというイリュージョン」が遺憾なく発揮されている写真である[23]。

この写真は有名になった。生物学者のカート・ジョンソンは、ナボコフの鱗翅類学者としての業績を評価した著書『ナボコフのシジミチョウ《ブルー》——天才文学者の科学的オデッセイ』のまえがきで、この写真について以下のように述べている。

> 採集をするナボコフのイメージは、今日の読者にとっては見慣れたものだろう。ナボコフが六十六歳にして、網をかまえている姿にぴたりと焦点をあてた一枚の写真は、『サタデー・イヴニング・ポスト』の記事のために、見えない獲物の視点からフィリップ・ハルスマンが撮った

ものだが、いまでは文学的なアイコンになっている。これは、おそらく作家の一番有名な写真だろうが、その突飛な情熱に大衆が魅了された証拠の断片にすぎない。(24)

実際、マイダンスが案出した「蝶を追う芸術家」のイメージは、ハルスマンによって完成され「アイコン」になったと言える。

「ヴェラ・ナボコフは車を運転し、手紙の返事をだし、草稿を校訂する——ときおり、会話を検閲する」

しかし、こうした写真は、実際に蝶をとっているところをおさめたものというよりは、かなりの部分が撮影者と被写体の協同関係によってつくられたものであることはまちがいない。ヴェラとのツーショットも、五〇年代の新聞記事にあるような、ただ二人ならんで立つところをとった写真ではなく、より距離が縮まり、親密さを感じさせるものになっていた。

ハルスマンによる二人の写真は、ほとんどほほを寄せ合うようにした二人のツーショットである（右上）。ブライアン・ボイドはこの写真をさして、「長く続いた結婚という愛のかたちを閉じこめたという意味では、一九六八年のフィリップ・ハルスマンによる写真——夫の右腕によりそい、変わらぬ献身を湛えた瞳で夫の目を見あげるヴェラ——以上のものはほとんど思いあたらないほどだ」と述べている。(25)この写真は、シフの伝記『ヴェラ』のペーパーバック版にももちいられ、人目に触れることになった。

ヴェラは被写体《モデル》としてだけでなく、スタイリスト＝マネージャーとしても夫のイメージアップにつとめた。五八年十一月、夫のはじめてのTV出演がCBCによって企画されたとき、妻は夫の頭の禿げた部分を隠すようメーキャップ係に指示した。一九六四年には、妻自身が夫のメイクをする写真も残っている（一九〇頁）。

さらにもう一枚。モントルー・パラスの部屋でレマン湖を臨みながら、チェスを指す二人の写真もある。この写真は『サタデー・イヴニング・ポスト』に掲載されたものではないが、ナボコフのプロブレム・詩集である『詩とプロブレム』のジャケットに使われただけでなく、シフの伝記のハードカバー版にももちいられた。五八年にマイダンスがイサカで撮ったものとくらべると（一九二頁）、逆光をあびた二人のシルエットの対称性が強調されて、単純にチェスを指している場面を写したものではなく、よき対話者、互いに支えあう関係としての夫婦をあらわす完璧な「紋章」になっている。この写真は、一九六九年に刊行された『アーダ』の世界観にも通じるものだろう。理想郷アーディスで暮らす九十四歳のヴァンは、アーダとの愛の物語を「ある家族の年代記」として書きしるす。九十二歳のアーダはそのヴァンの手記を読んで、コメントを赤字で書き入れるのだ。

モントルー・パラスでチェスを指す二人

マイダンス、グロスマン、ハルスマン——この三人の写真は、雑誌、ナボコフ自身の著作、研究書、別の媒体にも購入されて「ナボコフ像」として使用された、今日、私たちが見るナボコフの写真は、ほぼこの三者の撮影したもののいずれかだ。

ここで、実際にこの三者によってつくられたイメージがほかの文学作品で使われた例をあげておこう。捕虫網をもったナボコフの姿は、第五章で触れる円城塔の「道化師の蝶」でも小説のしかけとして用いられていたが、写真その

グシュタート山上のナボコフ

ものが「アイコン」として使われたケースとして、スイス出身のドイツ語作家W・G・ゼーバルト（一九四四―二〇〇一）による『移民たち』がある。そのひとつの挿話で、一九七〇年の九月に、イーストアングリアへの赴任をひかえた語り手の「私」は、近郊のヒンガムで医者、ヘンリー・セルウィンの屋敷にしばらく滞在することになる。そこで、セルウィンに過去のスライドを見せられた語り手は、その姿が雑誌でたまたま見つけたナボコフの写真にそっくりなことに驚く。

> 双眼鏡をかまえ、植物採集用の胴乱をかけたエドワードや、膝までのズボン姿で肩から鞄をかけ、補蝶網をもったドクター・セルウィンも一、二度登場した。その画面のひとつは、ちょうど数日前、私がスイスの雑誌で見かけて切り抜いておいたグシュタート山上でのナボコフの写真と細かいはしばしまでそっくりであった。[26]

『移民たち』で引用されるグシュタート山上で捕虫網をもち、半ズボン姿になったナボコフの写真は実在する。ハルスマンではなく、息子ドミトリイ・ナボコフの手によって撮られた晩年の写真である。[27]『移民たち』の中ではこのエピソードのあと、ヘンリー・セルウィンはリトアニアのグロドノ出身のユダヤ人ヘルシュ・ゼヴェリンだったことを語り手に告白する――ここでゼーバルトは、故郷を離れ、漂泊の身の上になった「移民たち」のアイコンとしてナボコフの写真をもちいている。これはもちろん一

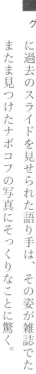

例だが、ナボコフのイメージは本人の手を離れて、自由に「加工」されてのちの文学作品の中で使われている。

6　ナボコフ朝時代

『ロリータ』がもたらした莫大な収入をえて、教職を辞したナボコフは、一九五九年にヨーロッパに出国して以降、数えるほどしか帰米しなかった。五〇年代末を襲った「ハリケーン・ロリータ」の狂騒はおさまったが、閑静なはずの避暑地モントルーの湖畔のホテルにさえ、取材やインタヴューの申し入れはひきもきらなかった。

研究者のバートン・ジョンソンが言うように、「六〇年代はアメリカ文学におけるナボコフの時代」だった。[28] これには、相対的な要素もある。ナボコフの一八九九年という生年は、ヘミングウェイ（一八九九—一九六一）と同年であり、フィッツジェラルド（一八九六—一九四〇）、フォークナー（一八九七—一九六二）と数年しかちがわない。それにもかかわらず、ナボコフがアメリカ文学史に登場するのはこうした同時代人たちよりもずっと遅い。ヘミングウェイやフォークナーがノーベル賞を受賞し栄光の絶頂にあったときに、ナボコフはまだ無名だった。逆に、ナボコフのアメリカ文学内での評価を決定的にした『青白い炎』が出版された年（一九六二）に、ヘミングウェイとフォークナーの命の炎は燃えつきていた。ナボコフはアメリカ文学における文豪なき時代に君臨したのだ。

それだけではない。普通なら創作力が衰えるはずの六十代＝六〇年代に、ナボコフはつぎつぎに「作品」を発表していった。六〇年代に刊行した小説は創作に限れば『青白い炎』、『アーダ』の二作しかないが、その合間にナボコフはかつてのロシア語作品をつぎつぎと自己翻訳し、発表したのだ。しかも、

『タイム』1969年5月23日号

『ニューズウィーク』1962年6月25日号

そうした作品の多くは、『エスクァイア』や『プレイボーイ』のような雑誌に高額の掲載料で掲載されたのち、単行本として刊行された。ひきも切らない作品執筆の依頼に、ナボコフは翻訳で応じた。触れたものがみな金になったというミダース王のように、訳したものがみな金になったのである。

六〇年代がまさに「ナボコフ朝時代《ナボコフズ・エラ》」だった証拠として、ナボコフは六〇年代以降、何度か雑誌の表紙をかざっている。一九六二年六月、スタンリー・キューブリックの『ロリータ』が公開されると、ナボコフの肖像写真が『ニューズウィーク』の表紙を飾った（撮影はカーティス・ビル・ペッパー）。この場合、あくまでも興味の対象は『ロリータ』であって、ナボコフが写っているのは、映画版でロリータ役を演じた女優スー・リオンが背景に大写しになった前景に小さな顔としてだった。表紙画像に対する説明文も、「第一級の芸術家か、はたまたとんでもないいかさま師か？」として、この時点ではナボコフが本物かどうかの判断を誌面はまだ留保している。(29)

それにたいして、『タイム』一九六九年五月号の表紙では、ナボコフの肖像写真をもとにしたイラストが単独でつかわれた。顔のアップの背景に踊るのは、蝶、クレムリン、母親の肖像画、キリル文字のスクラブルといったナボコフを暗示するガジェットたち……。表紙の惹句は、「その小説は生きている、そしてアンチテラで暮らす」という文言だった。[30]

ナボコフの写真を使ったのは、『ライフ』のようなグラフ誌や、『サタデー・イヴニング・ポスト』、『ニューズウィーク』のような一般むけ週刊誌だけではなかった。六〇年代から七〇年代は、メディアの趨勢が大きく動いた時代でもあった。テレビの普及によって、グラフ誌や週刊誌はかつてのように広告を集めることができなくなり、部数も落ちこんだ。実際、『サタデー・イヴニング・ポスト』は一九六九年に休刊。あれだけの隆盛を誇った『ライフ』も一九七二年に休刊している。かわって台頭した新興のメディアであるテレビも、ナボコフのイメージの流布に貢献した。BBC、NET、ZDF、NDRⅢ、BBC2、Antenne2といったテレビ局が一九六〇年代から七〇年代にかけてナボコフのインタヴュー映像を撮影して放送した。テレビ局のクルーが見つめるなかで、ナボコフはアルプスを背景に短パンで捕虫網を持たされ、妻とチェスを指すことになった。ナボコフのイメージは静止画のみならず、動画でも普及したのだ。[31]

1971年10月、ミュンヘンのテレビクルーによる撮影風景

7 「変人」から「セレブ」へ

一般誌と入れ替わるかたちでナボコフの写真を掲載したのが、男性誌やファッション誌といった媒体だった。六〇年代から七〇年代にかけて、ナボコフの作品の主要な掲載先になったのが、

呵呵大笑するナボコフ

『エスクァイア』や『プレイボーイ』という二つの男性誌であることはすでに述べた。テレビ、のちに述べるファッション誌もそうだが、こうしたメディアの共通点は高額のギャランティを保証してくれることだった。

創刊間もない一九三〇年代には、わかりやすいマッチョらしさを押し出していた『エスクァイア』は、ヘミングウェイとの関係で論じられることも多い(32)。実際、一九四三年の時点で、ヴェラが出した作品の売りこみの手紙にたいして、編集部のヘレン・ミッチェルはアクションとアドヴェンチャーが詰まった、男の物語が欲しいんだと露骨な要求をしている(33)。その十五年後の一九五八年、同編集部のラスト・ヒルはナボコフにどんなものでもかまわないからあなたの作品が欲しいと、文字通り懇願することになった(34)。同様に、後発のメンズマガジンの『プレイボーイ』にも「文豪」ナボコフの作品はよろこんでむかえられた(35)。そして、著者の写真も作品とともに雑誌の誌面で流通した。

たとえば『エスクァイア』編集部は短編「重ねた唇」の英訳の掲載にあたって、作品にそえるかたちで一頁を割いて写真を掲載した。このために特別に撮影された写真は、モントルー・パラスのロビーで、酒瓶とグラスをまえにスーツ姿のナボコフが呵呵大笑しているものだ（右上）。この肖像写真は、短編の煽り文句として編集部がつけた見出し――「すべてが虚栄、それこそが善きこと」――と絶妙にあっている(36)。

笑い転げるナボコフを撮影したバロン・ウォルマン（一九三七―）は、前年の一九七〇年まで『ローリング・ストーン』のチーフ・フォトグラファーをつとめていた。執筆者の笑顔を撮影するというのがその号の『エスクァイア』のコンセプトだったようだが、ウォルマンはこの写真についての裏話として、「ナボコフは笑っているところを写真に撮るというアイデアに賛成してくれた[37]」と証言している。ホテルのラウンジで酒瓶を前に、いい仕立てのスーツを着た「成功者」ナボコフの写真は、『エスクァイア』の購読者にもうったえかけるところが大きいものだったろう。

ナボコフを起用したのは、マッチョが売りものの男性誌だけではない。「セレブリティ」のイメージは、ファッション誌『ヴォーグ』にナボコフを登場させもした。この伝統あるファッション誌は、ナボコフのインタヴューを数度にわたって掲載している。リゾート地の高級ホテルのスイートで暮らすナボコフ夫妻は、『ヴォーグ』の読者の興味を惹くに十分な存在だった。

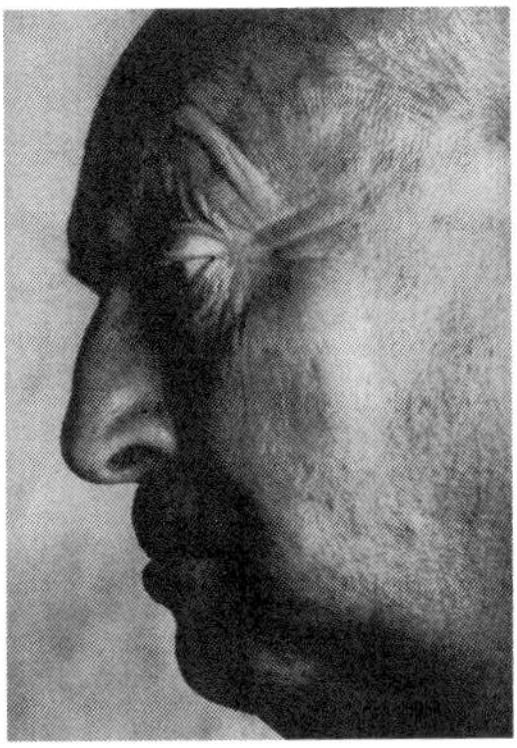
67歳のプロフィール

一九六六年十二月号の『ヴォーグ』に、作家のペネロペ・ギリアット（一九三二―一九九三、エドマンド・ウィルソンの恋人だったこともある）によるインタヴュー記事が掲載された。「サッカーのワールドカップを観戦している」英国女王をテレビで見たというナボコフが（一九六六年はイギリスでワールドカップが開催された）、「女王陛下はご懐妊中なのかな？」とギリアットに聞くところからインタヴューははじめられている。[38] ちなみに、こういった会話は掲載するには不適切なものだったと、あとから編集部にナボコフは書きおくっているが、[39] 実際生前まとめられたインタヴュー・エッセイ集『強硬な意見』（一九七三）でもこのインタヴューはまるごとカットされてしまった。『強硬な意見』は未訳ながら、現在一般に流布しているナボコフのイメージは、このインタヴュー集にかなりの部分負っていることはまちがいない。逆に言えば、

『強硬な意見』に収録されていないインタヴューを読むことで、ナボコフが自分のなにを切り捨てたかわかろうというものだ。

同インタヴューに添えられた写真は、長年『ヴォーグ』誌で活躍してきた写真家アーヴィング・ペン（一九一七―二〇〇九）によるものだった。[40] 手のひらのうえにとまった蝶のクローズアップ。それぞれ一ページを用いた、顔の側面（二〇九頁）と、正面からの極端な接写。見開きに掲載されているのは、草むらの奥からこちらを見つめる捕虫網を手にしたナボコフ（二一一頁）――これらの写真にナボコフは「見事」という称賛のことばを送った。[41]

さらにその六年後、『ヴォーグ』はふたたび記者をモントルーに派遣した。一九七二年四月号の『ヴォーグ』のインタヴュー記事は、のちにベネトンの広告写真で名をはせることになる写真家オリビエーロ・トスカーニ（一九四二―）が撮影した。同号の特集は「旅行」であって、ソフィア・ローレンをはじめ数々の著名人が起用されている。それにあわせて「ウラジーミル・ナボコフが旅行を語る」と題された記事で、ナボコフは自分の過去の旅行や移動手段の好みについて語っている。[42]

驚くべきは、ペンが撮ったナボコフは完全にアート写真になり、トスカーニが撮った写真は完全に広告写真になっていることである。ペンの写真は、主にイタリア北部で撮影されたものだが、野外で蝶の採集をしているところを写しているにもかかわらず、全体が幻想的にぼかされてペン特有の人工的な雰囲気をだしている。

トスカーニの撮った写真については、ナボコフ自身が記事の掲載後に編集部に送った手紙で解説してくれている。

幻影的ナボコフ

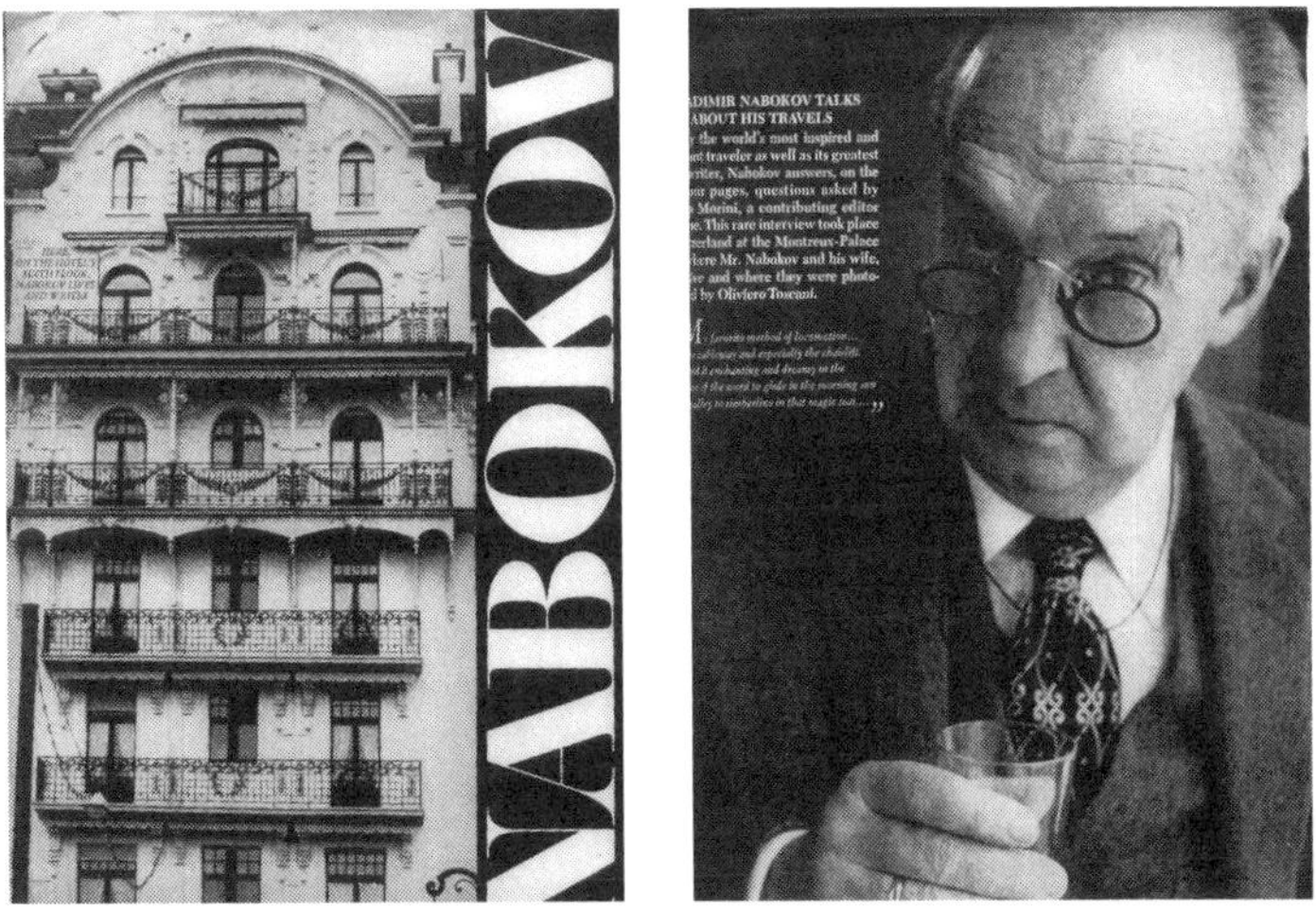

モントルー・パラスのファサードとジバンジィのネクタイ

残念ながら、写真は本文ほどよくありません。七八頁の上段スミの小さな写真はひどいと思います。「緑のサロン」でくつろぐナボコフ夫妻の写真は、妻と私の姿をひどくゆがめているばかりか、信じがたいほどグロテスクに二人の下半身を誇張しております。一方、七四頁のホテル正面の写真は魅力的で、反対ページの私のジバンシィのネクタイとエレガントに調和しております[43]。

ここでナボコフが言及している「ジバンシィのネクタイ」の模様は、たしかに左ページのモントルー・パラスの壮麗なファサードと同調して、ひとつの幾何学的なパターンを描いている（二一一頁）。ちなみにジバンシィは、オードリー・ヘップバーン、ジャクリーン・ケネディといった信奉者によって「この時代のエレガンスを代表する存在」であり、一九六〇年代に『ヴォーグ』の誌面を飾ることがもっとも多いブランドのひとつだった[44]。そしてナボコフの直前のページ、特集の頭におかれた見開きでは、ソフィア・ローレンがフェンデイの旅行鞄を車に積み込んで移動する様子が写っている——もはやナボコフは、雑誌のブランド・イメージに合わせて自分をコーディネイトすることもできたのだ。

8　自己移植の時代錯誤《アナクロニズム》

一九六六年に撮影されたハルスマンによる写真を気に入ったナボコフは、ジャケットにその写真を使うことを求めた。たしかに、作家は自分の著作が流布するイメージに気を配っていた。一九七三年四月十三日に『ベンドシニスター』の再版にさいして、マグロウヒル出版の編集者フレドリック・W・ヒルズあてに書きおくった手紙で、ナボコフは、「貴族的な二重顎などあらゆる点で、最近の写真のほうが、ジャケットのアドニスよりずっと良いというご意見にまったく同感です」と述べ、著者近影を最近のも

『ベンドシニスター』初版のジャケット

のに差し替えることに同意している。[45] 一九四七年に刊行された『ベンドシニスター』のヘンリー・ホルト社の初版のバックカバーには、眼鏡をかけ、まだ太っていないナボコフの写真が使われていたのだ(といっても、当時すでに四十すぎで、美青年《アドニス》という年ではなかったのだが)。

結局、一九七三年刊のマグロウヒル版『ベンドシニスター』のジャケットには、ナボコフのポートレイトは使われなかった。しかし、一九六九年に刊行された『アーダ』以降、ナボコフの出す本のバックカバーには、ハルスマンが一九六六年に撮影した写真が全面的に使われることが増えた。それはもちろん、過去に出版した作品の英訳にしても同様だった。たとえば、ロシア語の第一長編『マーシェンカ』の英訳として、一九七〇年に刊行された『メアリー』も、バックカバーは一面ハルスマンが撮影したナボコフの写真で覆われていた。そこにはもちろん、齢六十七歳の「老文豪」としてのイメージはあっても、一九二六年にこの作品を発表した当時若干二十七歳の「青年小説家」V・シーリンのイメージはなかった。本の裏側から読者に挑戦するようにまっすぐにこちらを見つめるこのナボコフの顔がついたマグロウヒル出版の初版は、長年ナボコフ批評でも底本としてもちいられることになった。この(ブライアン・ボイドい

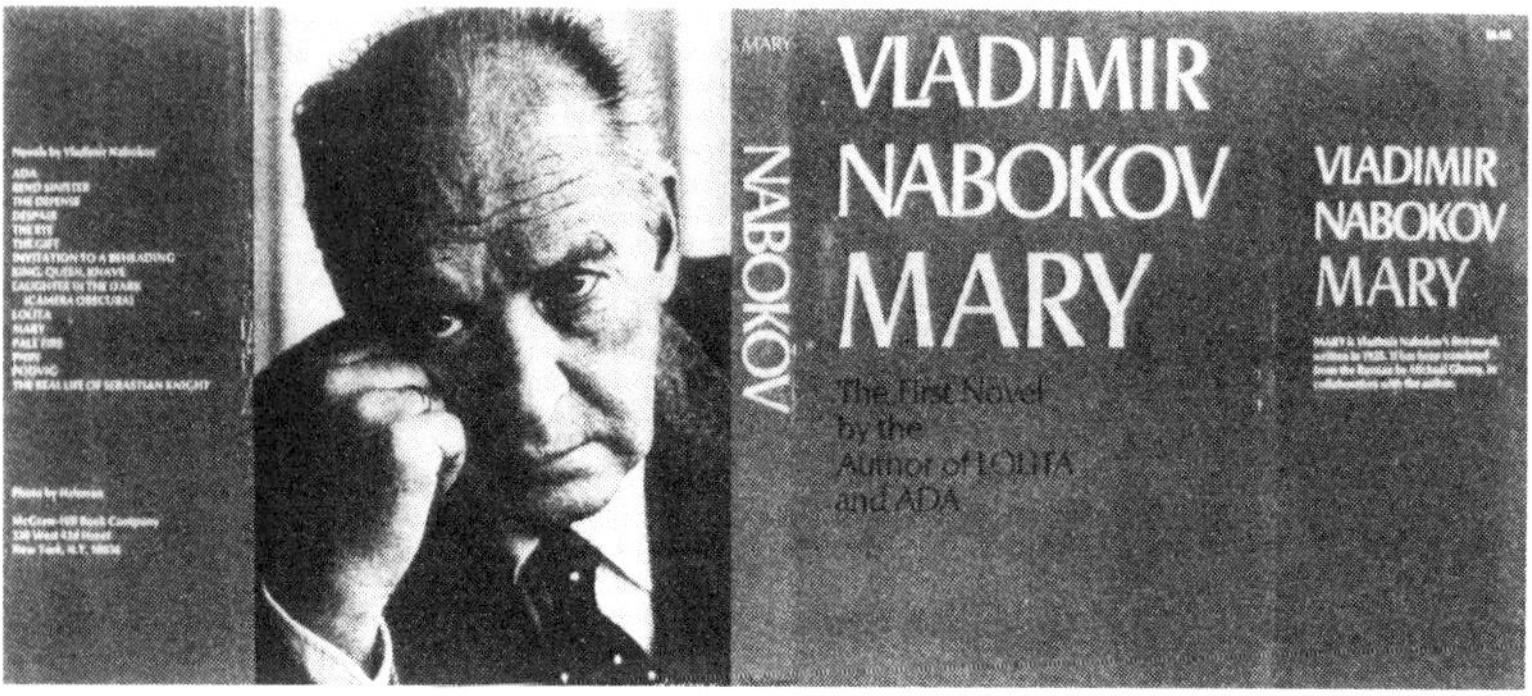

『メアリー』初版のジャケット

わく）「まじめくさった」イメージこそ、[46]一般読者だけでなく、ナボコフ研究者をも支配したものだった。

こうした「六〇年代ナボコフ」のイメージは、ジャケットのようなパラテクストの次元への侵犯に留まるものではなく、テクストそのものにまで流出することもあった。「捕虫網をもった男」としてのナボコフのイメージが、「道化師の蝶」や『移民たち』にも用いられていることはすでに述べた。しかし、ナボコフはそれを自らもちいてもいる。

『キング、クイーン、ジャック』は、ナボコフの長編第二作として、一九二八年に刊行されたロシア語作品だ。一九六六年、ナボコフはこの初期作品を息子と英訳した。その際に、さまざまな改変がほどこされた。

『キング、クイーン、ジャック』は、おじのドライヤーの経営するデパートで働くことになったフランツが、ドライヤーの妻のマルタと不倫関係に陥り、ドライヤーの殺害を計画するという内容だ。しかし結局、計画は頓挫したどころか、逆にマルタの方が肺炎にかかって重篤な状態に陥ってしまう。マルタが宿泊しているホテルに駆けつけたフランツは、そこであるカップルに目を惹かれる（傍線引用者）。

（ロシア語版『キング、クイーン、ジャック』一九二八）

フランツが目を背けると、踊っている人々の脚に視線でからめとられてしまった——青く輝くドレスに釘づけになった。青いドレスを着ている外国人女性と流行おくれのスモーキングジャケットを着ている日焼けした男性。しばらくこのカップルを見つめていた——夢の中にたびたびあらわれるイメージのように、軽妙なライトモチーフのように、二人はまたたいていた——浜辺で、カフェで、海岸通りで。だが、たったいまフランツはこのイメージを認識し、なにを意味しているのかわかったのだった。青い服に身を包んだ女性は口元に軽く紅をさし、まるで近視のようなやさしい眼をしている。その婚約者か夫は、額が広く、後退したこめかみをしており、女にほほえみかけていて、日焼けした肌のなかで歯の白さがひときわ目立っていた。(47)

（英語版『キング、クイーン、ジャック』一九六六）

フランツは視線をそらせた——すると、その視線は踊る人々の脚の間にからまり、やがて自然とつやのある青いドレスに釘づけになった。青いドレスを着た外国の少女は、流行おくれのディナー・ジャケットに身を包んだ人目をひく美男子と踊っている。フランツはだいぶ前からこの二人が気になっていた——二人は、くり返しみる夢のなかのイメージや、絶妙なライトモチーフのように、束の間フランツの前にあらわれるのだ——ある時は海辺で、ある時はカフェで、ある時はプロムナードで。男の方が捕虫網をもっていることもあった。少女は口元に軽く紅をさし、灰青色のやさしい瞳をしている。そのフィアンセか夫は、ほっそりして、優美にも額が後退していて、彼女よりほかの地上のすべてを蔑むかのように、ほこらしげに妻を見つめている。[48]

ドイツ人のフランツが羨望のまなざしで見つめる外国人のカップルの描写が変更され、「男の方が捕虫網をもっていることもあった」という文章が書き足された。作家兼翻訳者は英訳時につけた「まえがき」で、変更を施した点について触れ、「最後の二章には、妻と私が登場するが、これはたんなる視察旅行だ」と述べている。[49] あたかも、ヒッチコックのような作者／監督のカメオ出演だが、もちろん、この「捕虫網をもった愛妻家」というイメージは、六〇年代以降に流布したイメージであって、一九二八年に刊行された小説に登場するのはアナクロニズムでしかない（ナボコフが、蝶の採集の遠征旅行にはじめてでかけたのは、まさに『キング、クイーン、ジャック』の翻訳権収入によるもので、一九二九年のことだった）。ドリーニンは、初期のロシア語作品にあるロシア文学への言及が、ナボコフ自身の自己翻訳によって、後期のスタイルである言葉遊びで置き換えられてしまっていることを指摘したが[50]、ナボコフはむしろ世界的な文豪となった自分のイメージで、作品のパッケージからテクストのなかに至るまでくまなく刷新しようとしたのだ。

9　鏡の国の囚われ人

一九七三年には、『サタデー・レヴュー』の増刊、『サタデー・レヴュー・オブ・ジ・アーツ』がナボコフを特集した。同号を編集したのは、当時『サタデー・レヴュー』誌で働いていた作家のエドマンド・ホワイト（一九四〇—）だった（のちにナボコフは、この若手作家の長編第一作『エレナを忘れて』を読んで高く評価するようになる）。同号には、ホワイト自身をはじめジョイス・キャロル・オーツ、ウィリアム・ギャス、ジョゼフ・マッケルロイといった比較的若い作家たちのナボコフ賛とともに、ナボコフの写真も掲載された。

『サタデー・レヴュー』の編集部はイギリス国王ジョージ六世の娘婿、アンソニー・アームストロング＝ジョーンズこと、王室写真家スノードン卿（一九三〇―二〇一七）をモントルーに派遣し、作家の日々の暮らしを撮影させた。「スノードン卿がモントルーを訪問し、ウラジーミル・ナボコフの孤絶を見通す」と題されたその一連の写真では、モントルーのホテルでのナボコフの生活が活写されている。[51]この特集には、今までのような捕虫網をもった写真は掲載されていない。掲載されているのは、モントルー・パラスの印象的な丸窓から作家が顔を出しているところや、新聞を読んでいるところ、妻と二人、テーブルを囲んでほほえみあっているところなどだ。

この特集が興味を惹くのは、そのようなある意味予定調和の写真に混ざって、撮影意図の不明な写真が数点掲載されているからだ。一枚は、特集の巻頭におかれた写真で、ボタンダウンの襟付きシャツを着たナボコフがグラスをもって、虚ろな視線を投げかけているバストショット（二一八頁）。もう一枚は、アルプス山中の岩場をバックに、毛布を羽織ったナボコフが上空を見上げている写真だ（上図）。雑誌の刊行後、ナボコフはエドマンド・ホワイトに以下のような手紙を書き送っている。

「ポンチョと無限の夢」

ほかの写真もみなよいできです。しかし、おわかりとは思いますが、三七頁の写真（ナボコフの生活と仕事、zhiyot i rabotaet）は、「八月十四日」の作者の有名な正装を茶化し

アレクサンドル・ソルジェニーツィン

ナボコフによるソルジェニーツィンのコスプレ

た傑作であり、同じく四三頁の写真（ポンチョと無限の夢）もあのアルゼンチンの夢想家の、それに劣らず楽しいパロディです[52]。

ここで言及されている「『八月十四日』の作者」は、もちろんアレクサンドル・ソルジェニーツィン（一九一八―二〇〇八）であって、「アルゼンチンの夢想家」はホルヘ・ルイス・ボルヘス（一八九九―一九八六）だ。ソルジェニーツィンは、よくボタンダウンの襟付きシャツをきて、取材に応じていた。ボルヘスがポンチョを着た写真というのは見当たらないが、アルゼンチンの作家ということでポンチョ風に毛布を羽織ったのだろう。

反体制作家ソルジェニーツィンについて、以前からナボコフは同じロシア人としてコメントを求められることが多かった。一九七〇年にソルジェニーツィンがノーベル文学賞を受賞すると、その機会はさらに増えた[53]。また、ボルヘスも批評の文脈で、よくナボコフと比較される作家であり、インタヴューでも必ずと言っていいほど関連性を訊かれた作家である。たとえば、作家のジョン・バース（一九三〇―）が一九六七年に発表したポストモダニズムの綱領的な評論「尽きの文学」で、ベケット、ボルヘスとならべてナボコフを称賛したのがその典型だ[54]。

ただしナボコフはソルジェニーツィンの作品をソ連の過酷な状況を描いたルポルタージュとしては評価しても、芸術作品としては認めておらず、あるインタヴューではソルジェニーツィンのことをはっきりと「だめな作家」と呼んでいる[55]（ただし、あとからソルジェニーツィンについてのコメントを公表しないでくれという手紙も出している[56]）。そして、ボルヘスについても「大作家」とは見なしていなかった[57]。

こうした写真を撮らせた意図はなんだろうか――「俗世を離れたホテル・アパートメントでナボコフは執筆生活をおくっている。そこを訪れた客は（町を散策しながら）、種々さまざまに変化する顔《キャラクター》をかいま見る――融通無碍な作家は、自作の全登場人物になることのできる力もあるのだが」とは、別の写真に添えられたキャプションだが、ナボコフは自分のキャラクターだけでなく、自分が模される人物にさえなりきることができると誇示したかったのだろうか。他方でこうした「パロディ」のあり方は、いかにも『アーダ』以降の作品に見られるようなスタイルだと言える。実際、『アーダ』でナボコフは、「『ロリータ』の著者がばかばかしくも比べられてきた作家の名前[58]」として「ヘルボス Osberg」なる作家を創出している[59]。もちろん「ボルヘス Borges」のアナグラムであり、批評家にたいする皮肉だが、実生活で取材をうけるときにも、己に向けられたカメラの向こうから見つめる視線を想定して、演じることができたのだ。

しかし、ここでさらに付け加えなければならないのは、そのポートレイトを用いた「パロディ」がおそらく誰にも意図がつかめないものになっていたということだ。ボタンダウンシャツを着た写真も、ポンチョをまとった写真も、もしホワイトに書きおくった書簡が出版されなければ、まったくなんのこと

鏡の国のナボコフ

か今でもわかっていなかったはずだ。だれにも伝わらないパロディ——それは自己言及の隘路だった可能性もある。

スノードンが撮った写真の一枚——デスクで作品を執筆しながら鏡に映った自分の姿を見つめている——には、「その作品がおしなべて鏡かつ分身である男は、書斎の鏡で二倍になる」というキャプションがつけられている(60)。邪魔の入らないホテルの一室で、的外れな書評を書く批評家たちを皮肉りながら、ナボコフは誰に向かって作品を書いていたのだろうか。一九六二年にBBCから受けたインタヴューで、「だれのために書いているのですか、読者聴衆は?」という質問に対して、「最良の読者とは毎朝髭を剃るときに鏡のなかにいる人間だよ。思うに、芸術家が聴衆を考えるとき、自分自身の仮面をかぶった人間で埋め尽くされた部屋をイメージするものだ」と答えている(61)。

かつて自分のロシア語読者がすでにいないことを「ロシア語版『ロリータ』へのあとがき」で述べたナボコフだが、英語作品についても事情は似ていたのではないか。その一番の読者は、長年連れ添った最愛の妻か、鏡に映った自分自身だったのだろう。その証拠に、先に引用した一九六六年の英語版『キング、クイーン、ジャック』の捕虫網をもたされた人物は(やはり書きなおされた文章で)、「彼女よりほかの地上のすべてを蔑むかのように、ほこらしげに妻を見つめている」のだ。

一九六九年に刊行された『アーダ』は、文豪の七年ぶりの書き下ろし長編ということでベストセラーになったが、世評は称賛と困惑とに二分された。フランス語、ロシア語を織り交ぜながら、おびただしい文学的アリュージョンを盛りこんで書かれたナボコフ最長の長編は、その過剰さから「ナボコフの『フィネガンズ・ウェイク』」とも称された。各社がその映画化権を求めてモントルーを訪れ、コロムビアが「前代未聞の百万ドル」で契約したが、結局映画は作られなかった。[62] その理由をパラマウントの腕利きのプロデューサーであり、ナボコフファンを自称するロバート・エヴァンズ(一九三〇―)は、自分でも一章たりとも理解できなかったことを認めたうえで、「あれを理解できる脚本家が一人もいなかった」からだとしている。[63] このエピソードは、『アーダ』以降のナボコフの作品をつつんだ世界的な反応をうまくあらわしている。

ナボコフにとって黄金の六〇年代は過ぎ去り、七〇年代が訪れていた(六九年に刊行された『アーダ』はその意味でもキャリアのひとつの境目に位置する作品だった)。ナボコフはナボコフでありつづけたが、作品に対する批評はかんばしいものとは限らなかった。とりわけ完成した作品としては遺作となった『見てごらん道化師を!』(一九七四)にたいする評には辛辣なものが多かった。作家のマーティン・エイミスは『見てごらん道化師を!』の「散文の質が荒い」ことを指摘し、「二百五十数頁のこの本の中で、私が真に心を虜にしてしまうほど美しいと感じたのはたったの四節だけだ」とした。[64] 一九七五年七月、七十六歳のナボコフは、避暑に訪れていたスイス・ダヴォスで蝶の採集中に足を滑らせ、担架で救出される騒ぎになった。骨折こそしなかったものの、以降、体調は完全には回復せず、一九七七年七月二日、家族に看とられながらローザンヌの病院で息をひきとった。享年七十八歳だった。

注

（1）スーザン・ソンタグ「写真——小さな大全《スンマ》」管啓次郎訳、近藤耕人・管啓次郎編『写真との対話——HOW TO TALK TO PHOTOGRAPHY』国書刊行会、二〇〇五年、三二頁。

（2）たとえば、ジル・クレメンツによる写真集。Jill Krementz, *The Writer's Image*, Boston: David R. Godine, Publisher, Inc., 1980.

（3）Horst Tappe, *Nabokov*, Basel: Christoph Merian Verlag, 2006.

（4）Ellendea Proffer ed., *Vladimir Nabokov: A Pictorial Biography*, Ann Arbor: Ardis, 1991.

（5）もとより、ナボコフはグラフ誌に興味を持っていた。ナボコフが当初亡命生活を送った一九二〇年代ドイツでは、フォト・ルポルタージュが全盛であり、ナボコフも『ベルリナー・イルストリールテ・ツァイトゥング』といった写真ジャーナルを読んでいたことがわかっている（Vladimir Nabokov, *Letters to Véra*, London: Penguin Classics, 2016. p. 123.〔ウラジーミル・ナボコフ「ヴェラへの手紙」秋草俊一郎訳『すばる』二〇一七年十二月号、二四〇頁。〕）。アメリカ到着以降も、ナボコフはグラフ誌を読みつづけていた。『ライフ』の一九四三年三月二九日の「ロシア特集号」で写真のあつかわれかたについて、抗議の手紙を書いたこともある。スターリンの肖像画をあがめるように居並んだ、女子スポーツ選手の一団の写真を非難している。書簡集にはこの手紙は投函されなかったと書かれているが、実際は出されたようでバーグ・コレクションにはナボコフの手紙に対する『ライフ』誌編集部からの返事も収蔵されている。Vladimir Nabokov, *Vladimir Nabokov: Selected Letters 1940-1977*, San Diego: Harcourt Brace Jovanovich, 1989. pp. 44-45.〔ウラジーミル・ナボコフ／ドミトリ・ナボコフ、マシュー・J・ブルッコリ編『ナボコフ書簡集　1　1940-1959』江田孝臣訳、みすず書房、二〇〇〇年、四四頁。〕

（6）Paul O'Neil, "'Lolita' and the Lepidopterist: Author Nabokov is Awed by Sensation He Created," *Life International*, 13 April 1959. p. 65.

（7）O'Neil, "'Lolita' and the Lepidopterist," pp. 63-69.

（8）Anon., "The Author of 'Lolita' — Unhurried View," *New York Post*, 17 August 1958.

（9）Anon., "The Author of 'Lolita' Scoffs at Furore over his Novel," *Niagara Falls Gazette*, 11 January 1959.

(10) Stacy Schiff, *Véra* (*Mrs Nabokov*), London: Picador, 1999. p. 230.

(11) ナボコフは一九三七年にイリーナ・グアダニーニとのアバンチュールに嵌まりこんだこともあったが、結局は妻のもとに戻った。

(12) Brian Boyd, *Vladimir Nabokov: The American Years*, Princeton: Princeton University Press, 1991. p. 366.

(13) 一九六四年の取材にあたって、ヴェラは『ライフ』に対して、国際版だけでなく、国内版に掲載されることを条件にしている。Véra Nabokov, TLS (carbon copy) to Jane Howard, 25 June 1964, NYPL Berg Collection Manuscript box, Time, folder 4.

(14) Jane Howard, "The Master of Versatility — Vladimir Nabokov: *Lolita*, Languages, Lepidoptera," *Life*, vol. 57, no. 21, 20 November 1964. pp. 61-62, 64, 66, 68.

(15) ただし、ホテルの前で写真を撮りすぎたことについては、後年後悔した模様である――「面白半分で電話をかけてくるものがあとをたたなくなるにいたって、ナボコフは、『ライフ』、『ヴォーグ』、『サタデー・イヴニング・ポスト』のように、あちこちにでた記事が、モントルー・パラスの堂々とした外観を前にして自分の写真を撮ったことを後悔しはじめた」。Boyd, *Vladimir Nabokov: The American Years*, p. 526.

(16) ジゼル・フロイント『写真と社会――メディアのポリティーク』佐復秀樹訳、御茶の水書房、一九八六年、五頁。

(17) ヘルムート・ゲルンシャイム、アリソン・ゲルンシャイム『世界の写真史』伊藤逸平訳、美術出版社、一九六七年、二二五頁より一部改変を施して引用。

(18) Boyd, *Vladimir Nabokov: The American Years*, p. 514.

(19) Proffer ed., *Vladimir Nabokov: A Pictorial Biography*, pp. 116-119.

(20) Anon., "The Story behind the Portraits," *Popular Photography*, April 1983. p. 144.

(21) Herbert Gold, "The Artist in Pursuit of Butterflies," *Saturday Evening Post*, 1 February 1967. pp. 81-85.

(22) Ibid., p. 82.

(23) スチュワート・フランクリン「フィリップ・ハルスマン」ブリジット・ラルディノワ編『ＭＡＧＮＵＭ ＭＡＧＮＵＭ コンパクトバージョン』小林美香訳、青幻舎、二〇〇九年、二四二頁。

（24）　Kurt Johnson, Steven L. Coates, *Nabokov's Blues: The Scientific Odyssey of a Literary Genius*, Cambridge: Zoland Books. 2001. p. 7.
（25）　Brian Boyd, "Envelopes for the *Letters to Véra*," Nabokov, *Letters to Véra*, p. xxi.
（26）　W・G・ゼーバルト『移民たち――四つの長い物語』鈴木仁子訳、白水社、二〇〇五年、二〇―二一頁。
（27）　『移民たち』におけるナボコフのイメージについては、すでに二本の論文が書かれている。Adrian Curtin, Maxim D. Shrayer, "Netting the Butterfly Man: The Significance of Vladimir Nabokov in W. G. Sebald's *The Emigrants*," *Religion and the Arts*, vol. 9, no. 3-4, 2005. pp. 258-283. Leland de la Durantaye, "The Facts of Fiction, or the Figure of Vladimir Nabokov in W. G. Sebald," *Comparative Literature Studies*, vol. 45, no. 4, 2008. pp. 425-445. しかし、こういった論文でも触れられていないのは、じつはこのナボコフの写真が撮影されたのは、一九七一年八月、息子ドミトリイの手によるものだったということだ。つまり、語り手が一九七〇年九月に「ちょうど数日前、私がスイスの雑誌で見かけて切り抜いてお」くことは不可能なのだ。こうした年代の齟齬にも、実生活に取材したエッセイのように見えながらも、巧みにフィクションを織りこんでいく、虚実皮膜の境を行き来するゼーバルトの小説技巧を垣間見ることができる。
（28）　D. Barton Johnson, "Nabokov and the Sixties," David H. J. Larmour ed., *Discourse and Ideology in Nabokov's Prose*, London: Routledge, 2002. p. 139.
（29）　Anon., "Top of the Week," *Newsweek*, 25 June 1962. p. 9.
（30）　Anon., *Time*, 23 May 1969. Cover.
（31）　こうした映像の一部は、現在 youtube で視聴することができる。
（32）　一例として、以下の論文など。長谷川裕一「ヘミングウェイと「男性大衆紙」という思想―― *Esquire*、読者、そして１９３０年代」『アメリカ文学研究』三三号、一九九六年、三五―五〇頁。
（33）　Helen Mitchell, TLS to Véra Nabokov, 5 April 1943, NYPL Berg Collection Manuscript box, Esquire, folder 1.
（34）　Rust Hills, TLS to VN, 15 April 1958, NYPL Berg Collection Manuscript box, Esquire, folder 2.
（35）　『プレイボーイ』とナボコフの関係については、レヴィングが以下の論考で掘りさげている。Yuri Leving, "Nabokov and *Playboy*," a manuscript copy of an article to be published in Yuri Leving's forthcoming monograph.
（36）　Vladimir Nabokov, "Lips to Lips," trans., Dmitri Nabokov with the collaboration of the author, *Esquire*, September 1971. p.

150.

（37） Anon., "Backstage with *Esquire*," *Esquire*, September 1971. p. 45.

（38） Penelope Gilliatt, "A Witty and Profound Study of Vladimir Nabokov, Author of, among Others, 'Lolita' and 'Speak, Memory'," *Vogue*, vol. 148, no. 10, December 1966. pp. 224-229, 279-281. ［ウラジーミル・ナボコフ「ウラジーミル・ナボコフ」若島正訳『インタヴューズ　2　スターリンからジョン・レノンまで』文藝春秋、一九九八年、二五六—二六八頁。］

（39） Nabokov, *Vladimir Nabokov: Selected Letters*, p. 395. ［ウラジーミル・ナボコフ／ドミトリ・ナボコフ、マシュー・J・ブルッコリ編『ナボコフ書簡集　2　1959-1977』三宅昭良訳、みすず書房、二〇〇〇年、三八三頁。］

（40） Gilliatt, "A Witty and Profound Study of Vladimir Nabokov," pp. 224-229, 279-281.

（41） Nabokov, *Vladimir Nabokov: Selected Letters*, p. 397. ［ナボコフ『ナボコフ書簡集　2』三八四頁。］

（42） Simona Morini, "Vladimir Nabokov Talks about his Travels," *Vogue*, vol. 159, no. 8, 15 April 1972. pp. 74-79.

（43） Nabokov, *Vladimir Nabokov: Selected Letters*, pp. 498-499. ［ナボコフ『ナボコフ書簡集　2』四八二頁。］

（44） 古賀令子「『Vogue』に見る１９６０年代」『ファッションビジネス学会論文誌』一一号、二〇〇六年、一六九頁。

（45） Nabokov, *Vladimir Nabokov: Selected Letters*, pp. 498-499. ［ナボコフ『ナボコフ書簡集　2』四九八頁。］

（46） Boyd, *Vladimir Nabokov: The American Years*, unpaged.

（47） Владимир Набоков, *Собрание сочинений русского периода в 5 томах*, том 2, СПб.: Симпозиум, 1999. С. 291. ［ウラジーミル・ナボコフ『キング、クイーン、ジャック』諫早勇一訳『マーシェンカ／キング、クイーン、ジャック』奈倉有里・諫早勇一訳、新潮社、二〇一七年、四〇二頁。］

（48） Vladimir Nabokov, *King, Queen, Knave*, trans., Dmitri Nabokov with the collaboration of the author, New York: Vintage International, 1989. p. 254. ［ウラジーミル・ナボコフ『キング、クィーンそしてジャック』出淵博訳『集英社版世界の文学8　ナボコフ』出淵博・富士川義之訳、集英社、一九七七年、二〇二頁。］

（49） Ibid., p. viii. ［同書、五頁。］

（50） Alexander Dolinin, "Nabokov as a Russian Writer," Julian W. Connolly ed., *The Cambridge Companion to Nabokov*, Cambridge: Cambridge University Press, p. 52.

(51) Anon., "Nabokov," *Saturday Review of the Arts*, January 1973. unpaged.
(52) Nabokov, *Vladimir Nabokov: Selected Letters*, pp. 504-505.［ナボコフ『ナボコフ書簡集　2』四八八–四八九頁。］
(53) ソルジェニーツィンとナボコフの関係については、ピッツァーによる伝記が比較的詳細にとりあげている。Andrea Pitzer, *The Secret History of Vladimir Nabokov*, New York: Pegasus Books, 2014. pp. 1-21, 312-348.
(54) ジョン・バース「尽きの文学」『金曜日の本』志村正雄訳、筑摩書房、一九八九年、九〇–一一二頁。
(55) Israel Shenker, "Old Magician at Home," *New York Times Book Review*, 9 January 1972. p. 2.
(56) Nabokov, *Vladimir Nabokov: Selected Letters*, p. 510.［ナボコフ『ナボコフ書簡集　2』四九四頁。］
(57) たとえば一九六七年におこなわれたインタヴューで、ナボコフは以下のように答えている――「私はボルヘスの作品にダジャレがあったかどうかなんて覚えてないけど、彼の作品を翻訳でしか読んでないからな。とにかく、あの手の脆いお話とミニチュアのミノタウルスはジョイスのグレートマシンとはなんのかかわりもない」。George Plimpton ed., *Writers at Work: The Paris Review Interviews, Fourth Series*, New York: Viking Press, 1976. p. 105.
(58) Vladimir Nabokov, *Ada or Ardor: A Family Chronicle*, New York: Vintage International, 1990. p. 594.［ウラジーミル・ナボコフ『アーダ　上』若島正訳、早川書房、二〇一七年、一一五頁。］
(59) Ibid., p. 77.［同書、一〇二頁。］
(60) Anon., "Nabokov," *Saturday Review of the Arts*, unpaged.
(61) Vladimir Nabokov, *Strong Opinions*, New York: Vintage International, 1990. p. 18.
(62) ロバート・エヴァンズ『くたばれ！　ハリウッド』柴田京子訳、文春文庫、二〇〇三年、二〇一頁。
(63) 同書、二〇二頁。
(64) Martin Amis, "Out of Style," *New Statesman*, vol. 89, no. 2301, 25 April 1975. p. 555.

第五章　日本文学のなかのナボコフ
——戦後日本のシャドーキャノン

1　円城塔——蝶に導かれて

二〇一二年、第一四六回芥川賞に円城塔「道化師の蝶」が輝いた。このときの芥川賞は、同時受賞した田中慎弥の言動もあってひときわ注目を浴びたが、円城塔（一九七二―）の場合、その経歴もさることながら、作品の内容が難解だとして話題になった。（円城のほかの作品と同じく）どこか人を食ったようなこの短編は、「中にはいって行くのが誠に難しい作品」という選評が示すように[1]、内容を要約するのすら困難な、入り組んだ構成をしている。

小説は五つのパートにわかれる。そしてそれぞれがほかのパートとねじれた、エッシャーのだまし絵のような方法で結びついている。たとえば、あるパートでは男だと思った登場人物が女だったり[2]、前パートの内容が次のパートでは作中作扱いになっていたりする。

物語の「I」部は、実業家A・A・エイブラムスなる人物の話を、となりに乗り合わせた語り手「わたし」——旅行中は本が読めず、「旅の間にしか読めない本があるとよい」と考えている——が飛行機の機内で聞く、というかたちをとっている。エイブラムスの事業内容はどれも奇抜なものだったが、その着想はすべて機中でえられたものだという。というのも、彼は着想をつかまえることのできる網を所有しているのだ。その発端は、一九七四年にエイブラムスが移動中の機内でめずらしい蝶をつかまえたことにさかのぼる。エイブラムスはその蝶をスイスのモントルーのホテルに運び、たまたまそこに滞在していた鱗翅目研究者に見せたという。

「新種の、架空の新種の蝶です。雌ですな」

興奮を隠そうとするらしく口の中でぶつぶつと言う鱗翅目研究者がつと手を伸ばし、蝶を指で摑むのを見てもエイブラムス氏は驚かなかった。その蝶が鱗翅目研究者に見えた事実と同じく、ひどく当然のことに思えたという。蝶の胴は四色の帯に取り巻かれており、上から青、赤、紫、黒。羽には四角い格子が黒い線で切られており、枠内は白、赤、青、緑、黄、橙、紫色できままに埋められている。

［中略］

「正に道化師《アルルカン》そのものだな」

満足気な鱗翅目研究者は暫し考え込む素振りを見せて、

「アルレキヌス・アルレキヌス」

不思議そうな表情《かお》を浮かべるエイブラムス氏へ、鱗翅目研究者は笑みを向けた。

「学名ですよ(3)」

「I」のパートはほぼこれで終わってしまうのだが、この謎の「鱗翅目研究者」の正体はだれだろうか？　最後のパートである「V」を読むとようやく少しはっきりしてくる。ここで語り手「わたし」（ただしIの語り手とは別人のようだ）は、かつて鱗翅目の研究者だったという老人に「どんな蝶もつかまえる網」を編んでくれと頼まれる。編みあがった網を手にした老人は、めずらしい蝶をつかまえたという人物――エイブラムスのもとに戻る。

得意の絶頂にあるエイブラムス氏の前の机へ、老人は一冊の本を広げる。ヴェラに、と宛名の記された蝶のスケッチには既に、アルレキヌス・アルレキヌスの名前が記されており、雄の表記が添えられている。[4]

ことここに至って、「ヴェラに」という宛名からこの老人の正体がウラジーミル・ナボコフであることが少数の愛読者には明白になる。しかし、小説中で老人は名指しされるどころか、作家だともされないので、なにげなく読んでいる読者は気づけないのだ。「I」でエイブラムスが老人をただの「鱗翅目研究者」と呼んでいるのは、エイブラムスがまったく本を読まない人間だったせいもあるだろう。

そして、小説のなかで老人＝ナボコフが、エイブラムスに見せる、蝶のスケッチと、それが描かれた本は実在する。本はナボコフの最後の長編『見てごらん道化師を！』であり、スケッチはナボコフがその本を妻ヴェラにおくった際に、献辞のページに描き添えた架空の蝶である。ナボコフは、新しい著作が出版されるたびに、妻に蝶の絵を描いた本を贈っていた。[5]そして、この本の刊行年は「道化師の蝶」でまさにエイブラムスがめずらしい蝶をつかまえた一九七四年なのである。

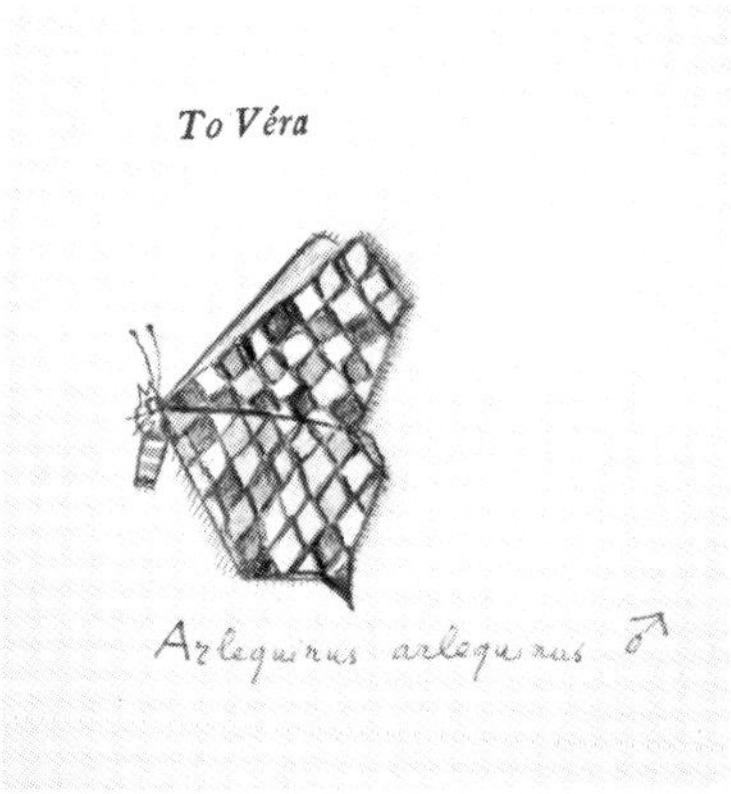

長編『見てごらん道化師を！』の献辞の頁にナボコフが書きそえた蝶

つまり、老人（＝ナボコフ）は新種をつかまえてきたエイブラムスを出しぬくために、書きあがったばかりの最後の長編の献辞のページに、同じ蝶の絵を描きいれ、「わたし」に着想＝蝶をつかまえることのできる網を編ませてあらわれたのである。エイブラムスは新種の蝶＝道化師の蝶をナボコフにゆずるかわりに、着想をつかまえる網を手に入れ、実業家として成功する。

小説の最後、老人＝ナボコフによって宙にはなたれた語り手「わたし」は、もはや人の姿をとどめていない。蝶となった「わたし」は飛行機で移動中の男の頭に入りこんで、着想の卵を産みつける。卵が孵化し「旅の間にしか読めない本があるとよい」との思いを抱いた男は、いつのまにかIの語り手「わたし」になる……。こうしてメビウスの環にも似た小説は循環する、というしくみになっている。

作中で蝶はひとつのモチーフというよりも、むしろモチーフという概念そのもの――人々に着想《インスピレーション》を運んでくる――のように扱われ、ときに語り手の役割さえもひきうけている。そして、ナボコフはたんなる一登場人物として場当たり的に起用されているわけではない。メタ的な視点で俯瞰してみると、ナボコフの残した道化師の蝶のスケッチこそ、この作品を書いている作者＝円城塔に着想を運んできたのだという構造になっているのがわかるだろう。円城はどこかでナボコフが献辞のページに描きいれた蝶の絵を見て、作品の大枠を考案したにちがいない[6]。つまり、円城塔に芥川賞受賞作の着想を与えたのはナボコフだったというわけだ。

この作品が書かれた当時、円城はナボコフへの傾倒を明らかにしていた。[7] 円城は物理学の博士号を取得し、作家デビュー以前はポスドクとして勤務していたが、ナボコフもまた鱗翅目について専門的な知識を持ち、論文を発表したり、研究員として口を糊していたこともある。円城とナボコフは「理系」、「難解さ」などいくつかのキーワードを共有しており、だからこそ、円城は自作のエンブレムとしてナボコフを起用したのだろう。石原千秋は円城塔が「わからなさ」という点で、一種のはったりをかけ、芥川賞審査員を煙に巻いたのだとしているが、[8] ナボコフも「難解さ」を示す意匠のひとつとして活用されたと言える。

円城は比較的近年の例だが、これまでもナボコフとその作品は日本の現代作家たちにさまざまな形で受容されてきた。本章ではそういった現代文学における〈ナボコフ・モード〉を、おもに丸谷才一と大江健三郎という二人の作家を中心に実例をもとめつつ、受容の流れを見ていくことにしたい。[9]

2　ナボコフ日本上陸とその周辺

日本において、最初に「ナボコフ」の名が佐伯彰一、江藤淳らによって読書人に知られるようになったのは、一九五五年にパリで刊行された『ロリータ』が一九五八年にアメリカで出版され、たちまちベストセラー入りをはたした直後のことである。[10] こうした評判もあって、一九五九年そうそうに河出書房新社から『ロリータ』が出版されることになる。訳者は大久保康雄（一九〇五―一九八七）だが、これはほかの多くの「大久保訳」同様、本人の翻訳ではなく、別人の下訳をもちいたとされている。

一九五九年、日本語版『ロリータ』初版は、上・下巻で刊行された。装画に起用された東郷青児（一

東郷青児による河出書房新社『ロリータ　上』口絵

八九七―一九七八）は、耽美な少女画で本を彩ったが、このロリータのイメージは実際の作中人物――はすっぱなローティーンのアメリカ少女――とは相当な落差がある。のちの日本語版がすべて一巻本なのにたいし、この初版だけ二巻本なのは、翻訳を急いだためだろう。こういった場合普通であれば、下巻に訳者あとがきや解説がくるだろうが、『ロリータ』では上巻の巻末に「解説」がつけられており、本のおよぼす社会的なインパクトにたいする配慮のあとがうかがえる。他方で、一九五八年のアメリカ版の初版であるパットナム版にナボコフ自身がふしたあとがき「『ロリータ』と題する本について」は収録されていない。

のちに述べるように、この最初の『ロリータ』邦訳の評判はかんばしくない。しかし、下訳をつかった出版だったにもかかわらず、大久保康雄にこの作品にたいする熱意がなかったわけではないようだ。大久保による「解説――『ロリータ』をめぐる非難と称讃について」は一八頁にもおよぶ力のはいったものでもあり、日本語によるはじめての本格的なナボコフ論といった趣もあって、さまざまな点で興味深いものだ。普通に考えれば、河出からの企画だろうが、大久保は以下のように述べて、この出版が自分の個人的な意思であるようにおわせている。

私事ながら私は上下二巻にわかれている仮とじのオリンピア・プレス版を、発行された年の暮に手に入れた。当時私はよく友人たちにこの本と作者について熱心にしゃべったものである。河出書房の秋山君もその一人であり、それがまた今度この訳書を河出書房新社から出す機縁にもなったわけである。[11]

「解説」の内容自体は、「『ロリータ』と題する本について」から情報を切りばりしながら、自説を開陳したものになっている。興味深いのは、のちに丸谷が強く主張することになるジョイスとの関係性が、すでに言及されていた点だ。

小説作品の〝表現の自由〟の歴史の上でも、この作品は新しい一つの前例を残した。〔中略〕『ロリータ』はジェームズ・ジョイスの『ユリシイズ』の例につづいてアメリカ政府から unobjectionable と認められたのである。『ユリシイズ』の場合は、この作品の部分的な〝わいせつ性〟は全体としての芸術性の観点から許容されるべきであるという有名な判例が残されたのであるが、『ロリータ』の出版史上の勝利も、おそらくこの前例と無関係ではないであろう。[12]

このように、ここでジョイスが前例としてだされたのは、『ユリシーズ』が猥褻とされ、一時発禁だったが、芸術性を認められて禁をとかれたという事実がゆえだった。訳者と出版社がなによりも気にしていたのは、本書が「猥褻」の烙印を押され、司直の手が身辺におよぶことだったと思われる。「『ロリータ』日本上陸」の周辺における日本の文壇・論壇の状況については、比較文学者の井上健による論考があるので、くわしくはそちらにゆずることにしたいが[13]、かいつまんで言うならば、五七年にチャタレイ裁判が被告側の上告棄却で結審し、五九年に警察庁が不良週刊誌のとり締まりにのりだし、六〇年には澁澤龍彦訳のサド『悪徳の栄え』が猥褻文書の疑いで摘発されるなど、当時の出版業界は「猥褻か否か」で揺れていた。その空気のなかでは、『ロリータ』の煽情的な側面に注目が集まるのは予想できた。つまり、訳者と版元はあらかじめ長広舌を振るって自己弁護をする必要があった。これは『ロリータ』自体がハンバート・ハンバートの自己弁護の書だったことを考えると興味深い符合である。

もちろんこの物語には［中略］いまわしい性関係が濃密なエモーションをともなって描かれているが、しかもそれを淫猥とは感じさせないのはなぜだろうか。私はそれを文体表現の魔術と呼ぶ以外に言葉を知らない。［中略］。作者は［中略］わいせつな言葉をしりぞける美意識の命じるままに、いわば大胆に淫猥な美を創造することによって淫猥を超えたのである。(14)

「大胆に淫猥な美を創造することによって淫猥を超えた」とはよくわからない理屈だが、『ロリータ』の芸術性を前面に押しだす必要があったのだろう。大久保の「解説」でひきあいにだされたのはジョイスだけではなく、谷崎、川端、ヘンリー・ミラー、パステルナーク、フョードル・ソログープ、ポー、ジョゼフ・コンラッド、プルーストなど枚挙にいとまがないが、ナボコフと比較されやすい作家がすでにだいたいおさえられている点は注目に値する。

『ロリータ』で、ハンバートとロリータの最初の性交は、ロリータの方から誘ったというのがハンバートの言い分だったが、それについても以下のように述べてあらかじめ批判をかわそうとしている。

一方、この〝純潔〟の理念そのものが大人たちの頭のなかででっちあげられている空中楼閣であることは、フロイトのリビド学説いらい精神医学の公認する真実である。ナボコフはフロイト学説を〝でたらめ〟として排斥しているが、それはリビドの仮説をまたずとも小児性欲の事実はわかりきっているからであろう[15]。

また「『ロリータ』がブルジョワの頽廃芸術だ」という、左翼からの攻撃に対しても予防線をはっているのには、現在の目から見ればやや驚かされる。

パステルナークの思想の自由の問題が、けっしてソ連だけの問題ではないように、『ロリータ』に描かれた性的倒錯や小児性欲の問題も、けっしてアメリカないし自由主義諸国だけの問題ではないはずである。ソ連や中国では、この種の主題をあつかった小説が書かれる可能性はないとしても、それらの国の指導者が、もし『ロリータ』を資本主義国の頽廃とか性的不道徳とかいったきまり文句で攻撃するとしたら、これほど滑稽なことはないだろう[16]。

このように何重にも予防線をはったうえで、本は出版された。中年男ハンバート・ハンバートが、十二歳の小悪魔的な少女ロリータと肉体関係を結ぶというショッキングな内容もあり、さっそく各誌の書評欄が毀誉褒貶でにぎわった。評者のなかには小島信夫、奥野健男、澁澤龍彥の顔もあった。

井上の論考と、ナボコフ研究者の中田晶子の論文ですでに指摘されていることであるが、小島信夫の「男にとって、女の理想像は、十二歳の女にあることは、誰れでも知っている。これはむしろ精神的には非常に健康的な感じ方であるはずだ」という言葉や[17]、奥野健男の「昔から初潮期の少女を水揚げさせたり、また今日のように性道徳の極度に混乱している日本では、西洋と違って何の抵抗もなく読まれるのではなかろうか」という評には[18]、やはり隔世の感をいだかざるをえない。

こうした『ロリータ』評を読むさいに注意しなくてはならないのは、中田晶子が指摘するとおり、「性産業に従事していれば、初潮期の少女が性行為を強制されても問題ではないが、「堅気」の若い女性が自由奔放に性的な体験をすることは大問題という当時の価値観」と[19]、現在の私たちの価値観との間には相当のずれがあるということである。

河出ペーパーバックス版『ロリータ』表紙、1962年

他方で、平林たい子は『ロリータ』の「低劣な」男性の欲情を仮借なく客観的に描ききった点を評価しつつも、「こんな小説は、市場で無制限に売られるべきものではないかも知れない」と述べている[20]。

このような毀誉褒貶がありつつも、『ロリータ』は日本でも順調にヒットして版を重ねた。一九五八年十一月に河出とナボコフのエージェントがかわした契約は、部数に応じて著者印税を一〇パーセントまで増やしていく内容だったが、三年間の実売部数は上・下巻あわせて十万部を超え、著者側への支払いは六一年末までで三百万円を超えた[21]。一九六二年には早くも「河出ペーパーバックス」の一冊として、出しなおしている[22]。これは「Esprit のある編集 Elegant な装本 Economical な価格」をうたったベストセラーの廉価版のシリーズで、第一弾が小田実『何でも見てやろう』であり、『ロリータ』は第二弾となっている。翻訳文学としてはのちにソルジェニーツィンの『イワン・デニソビッチの一日』や、『消された男』もはいっているが、統一感はあまりない。

一九六二年というタイミングは、スタンリー・キューブリックによる映画版が一九六二年九月にはやくも日本でも封切られることをうけたもので、表紙はハートのサングラスをかけ、キャンディを口にしたロリータの有名なスチールであって、口絵には四ページにわたって主役の女優スー・リオンの写真が掲載されている。このような文芸作品とそれを原作にした映画のメディアミックス的販売戦略は、河出の十八番だった。そして、このショッキングピンクに水色のタイポグラフィーがきわだつ装丁は、六四の東京五輪のシンボルマークの文字も担当した原弘の手によるものだ。

十八頁あった「解説」が、河出ペーパーバックス版で四頁の「あとがき」になったのは、もはや猥褻で法的に問題になる恐れがなくなったと見なされたからだろう。しかし、冒頭に「話題の書——『ロリータ』について」という、この本が美的なものであることを強調するはしがき（初版の「解説」からの抜粋）がつけられているなど、少なくとも一九六二年の時点でも、一九五〇年代後半の『ロリータ』出版時のムードは完全に消えたわけではない。実際、河出書房新社は、『ロリータ』をどんなシリーズにふくめようとも、自社の最大のヒット商品である『世界文学全集』にはおさめなかったのである。文学全集という商品の性質上、最低限の健全さがもとめられたせいだろう。

3　丸谷才一——モダニズムと私小説批判

このような流れのなか、日本におけるナボコフ受容初期において、大きな役割をはたしたのが丸谷才一（一九二五—二〇一二）である。日本を代表するジョイシアンである丸谷は、ナボコフをジョイスの影響下に見ようとしていた。しかしそれは猥褻文学のくくりではなく、二十世紀の大きな文学的な潮流（モダニズム）のもとにおいてのことだった。これは第二章で見たように、アメリカでのナボコフ受容が、モダニズムとの強いつながりのもとにおこなわれていたことを考えれば、必然性と連続性があった。

一九六六年、『展望』誌上に発表された「日本文学のなかの世界文学」と題した評論は、丸谷のナボコフ理解だけでなく、その文学観全般を理解する上でも貴重な一編である。この中で、丸谷は和歌や連歌にさかのぼることができる「隠者文学」を賞揚する。他方で「隠者文学の重要な要素は、私小説にいささかも伝わっていない」として、それと私小説を切断する。丸谷にとって、私小説的な日本文学は「西欧十九世紀の個人主義文学の、極端な変種にすぎない」ものだった。

しかし、ここでエッセイは意表をついた展開を見せる。丸谷は私小説批判の矛先を転じ、『ロリータ』邦訳批判にはいるのである。丸谷によれば「『ロリータ』の翻訳者が理解していたのは、方法ではなく題材、つまりセックスだけ」であるという。そしてその原因を訳者が「日本「純文学」の雰囲気のなか」で「誤解によって教育されつづけた最も堕落した形での文学観の持主」[23]だったせいとして、訳者個人の能力よりも、それを育てた日本の文学的な風土にもとめるのだ。『ロリータ』という小説は、弁護士ジョン・レイ・ジュニアが、獄中死したハンバート・ハンバートの遺言に従って原稿を死後刊行したものという説明が序文にあるのだが、その原稿は「ロリータ、あるいはある白人男やもめの告白」という題がつけられていたという。これは草稿としてのテクストを合理的に世に出すためのしかけだが、注意しなくてはならないのは、ナボコフの本としての、タイトルはあくまで『ロリータ』だということだ。大久保は一九五九年版の最初の邦訳によせた解説でこの点をとりちがえており、「アメリカの四つの出版社にこの原稿を持ちこんで、みなことわられ、翌五五年八月に、ようやくパリのオリンピア・プレスの手で陽の目を見た。『ロリータ、あるいは、ある白人の男のやもめの告白』と題して刊行されたのがその小説である」と紹介するなど、この『ロリータ』の枠構造をあきらかに理解できていない[24]。版元も意図的にか、この点を混同しており、一九六〇年の広告で『ロリータ』を「エロか芸術か。全世界を震撼させた亡命ロシア人の告白」と紹介して[25]、作者のナボコフと語り手のハンバートを同一視している。こうしたこともあり、私小説的な伝統のもとで訳者（そして多くの読者）は小説が一種の性的な告白、ポルノグラフィだと受けとったのだった。

しかし、丸谷は『ロリータ』をセックスや告白文学の観点から読もうとする解釈を断罪する。同時に丸谷は『ロリータ』のなかのエリオットやキーツへの言及を掘りおこしてみせながら、ナボコフの小説が、古典文学のパロディやパスティーシュといった方法を、モダニズム文学と共有していることを強調する。丸谷は言う――「〔ナボコフ〕の作品はすべて、文学に漬《つか》っているといってもいいくらいなのだ[26]」。丸谷にとって、私小説批判とモダニズム文学受容はかくも表裏一体のものだった。ジョイスが『ユリシーズ』の骨組みとタイトルをホメロスから借りて、十九世紀的なリアリズムと決別したように、丸谷は時間的には隔てられた隠者文学と地理的には隔たった西洋のモダニズム文学と交わることで、直接の先達である日本の私小説的世界を乗り越えていこうとした――これが丸谷の「遠交近攻」とでも言うべき戦略だった。そして、ロシアという周縁的な地域を出自に持ちながら、モダニストとして評価されていたナボコフは、やはり日本という西洋から見れば一種の文化的な「僻地」に生まれた丸谷にとってモデルとしての役割をはたしていた[27]。

このような主張からは（現在からはなかなか想像しがたいことだが）、一九六〇年代当時、丸谷がいかに文壇の私小説的潮流を脅威に感じ、克服しなければならないものと考えていたかをうかがうことができる。丸谷はその後も盟友の英文学者篠田一士とともに、ナボコフ再評価の旗をふった[28]。丸谷の衒学的《ペダンティック》な、モダニスト・ナボコフ理解が、その後の批評や研究におよぼした影響は甚大だった。日本のナボコヴィアンに（アメリカ文学者よりむしろ）イギリス文学者が多かったのも丸谷・篠田の影響が大だろう[29]。

「エトランジェの文学」版『ロリータ』表紙、1974年

「人間の文学」版『ロリータ』表紙、1967年

こういった論調は確実に『ロリータ』の受容に影響をもたらしていった。一九六七年の時点では、『ロリータ』は「人間の文学」の一冊としてジョン・クレランド『ファニー・ヒル』、ミラー『南回帰線』、ポーリーヌ・レアージュ『O嬢の物語』、アルベルト・モラヴィア『倦怠』、『カーマ・スートラ』などと同じシリーズにはいっていた。そう、『文学全集』とならんで河出書房が得意にしたエロティック文学の枠におさまっていた（このラインナップの多くがのちに河出文庫にはいっている）。挿画は洋画家の野見山暁治だが、表紙の女性はローティーンの「少女」というにはあまりに肉感的だ。帯の煽り文句は「背徳の美学で全世界を席巻した不滅のベストセラー!!」というものだ。

その七年後、一九七四年に、おそらく丸谷の批判をうけて『ロリータ』は「改訳決定版」と銘打って刊行された。本文へ全体的な手直しがされていることもさることながら、このときはじめて、ナボコフがアメリカ版につけた本来のあとがき「『ロリータ』と題された本について」は、「『ロリータ』について」として、きちんと訳出されて収録された。これはもちろん、ナボコフの作家としての評価がなされつつあった事実と対応しているだろう。

一九七四年版の『ロリータ』がはいったのは、「エトランジェの文学」というシリーズだった。このシリーズには、コンラッド『密偵』、ヴィトルド・ゴンブロヴィッチ『ポルノグラフィア』、アイザック・バシェヴィス・シンガー『奴隷』、ブーニン『アルセーニエフの青春』などがはいっていた。案内文には「作家にとって母国（あるいは母国語）を捨てることはどういう意味をもつのか。［中略］世界文学史上〈亡命〉は常に影のようにつきまとう大きな要素であったが、特にロシヤ文学およびスラヴ圏文学にとってはそうであった」として、[30]亡命・二言語使用といった今日までよく議論される問題や、ロシア性が意識されだしたことがわかる。その後、一九八〇年に『ロリータ』は新潮文庫におさめられたが、このことはその「古典」性が認められたことのひとつのあかしだろう。

4　「樹影譚」――「捏造」された「起源」

丸谷に話をもどす。丸谷の場合、さらに特殊だったのが、先述したように評論を書いて論壇・学界に影響力をもちながら、文壇でも活躍したという点だ。こうした批評家丸谷のナボコフ受容が、作家丸谷の創作に応用されたのが、一九八八年に発表された短編「樹影譚」である。丸谷がその技巧を遺憾なく発揮したこの短編は、川端康成賞も受けている。

「樹影譚」も「道化師の蝶」と同じく、いくつかのパートに分かれ、それぞれが入れ子になっている複雑な構成の作品である。小説は三つのパートからなる。そしてそのそれぞれが「樹の影」というテーマでゆるやかに結びつき、互いに参照しあうようになっている。「1」は、丸谷を思わせる一人称の語り手＝作家が、昔から垂直の壁に映しだされた樹影になぜか異常に惹きつけられる、とエッセイ調で語りおこすところからはじめられる。その後、話は一種のナボコフ論と「2」「3」の内容の小説をここに発表することについての弁解のような内容にすすんでいく。「1」の語り手による作中作という設定の「2」「3」は、やはりこどものころから樹影に深い関心を持ち、自作にたびたび登場させている老作家、古屋逸平が主人公として導入される三人称小説だ。「2」は作家・古屋(「1」の「わたし」からすれば登場人物なのだが)の人生や作品が描かれ、最初は作家論のような趣きになっている。古屋は自分が「ごくありふれた樹の影にこれほど魅惑されるのはなぜなのか[31]」、自分の過去の作品をふりかえりながら理由を考えていく。最後のパートである「3」で、郷里の町で催された講演に登壇した古屋は、妙な老婆の招待をうける。実家からかなり離れた旧家で、老婆は古屋に一葉の写真を見せる。古写真にはたしかに自分とおぼしき幼児と女性が写っていた。老婆の世話をしている女は、写真の幼児が「マサシゲ童子」に似ていると言う。老婆は、古屋の実母はここの家の出身で、幼い古屋はまさにこの家で育ったのだと主張する。あるとき、ランプが銀屏風に樹の影を映すのを見た幼い古屋はよろこび、「樹の影」と三度繰り返したのだという。それまで半信半疑だった古屋だが、老婆の「キノカゲ、キノカゲ、キノカゲ」という発声を聞くと、時間が逆行し、「未生以前」にまでさかのぼっていくのを感じるのだった。

このように物語のクライマックスは後半のパートにあるため、短編の枠組みをなしている最初のパート「1」は読みとばされがちである。実際、「2」「3」だけでも小説は問題なく成立するのである。しかし丸谷という作家のありかたを考える上で最初のパートは興味深いものだ。「樹の影」に異様に惹きつけられる性《たち》の作家の「わたし」は、このイメージをいつか自作に使おうと思っていたのだが、ナボコフの短編で似たような筋のものがあると知り、プライオリティの問題からやめてしまった過去がある。記憶によれば、短編は次のような内容だったという。

主人公は中年の小説家で亡命ロシア人。壁に映つた樹の影を見ると異常に感動するたちである。自分のこの癖ないし趣味は何に由来するかといふのは、長いあひだ彼の関心事だつたが、いくら考へてもわからなかつた。それから話がいろいろあつて(このへんはきれいに忘れてしまつた)、多年、欧米を流浪したあげく、どうしたわけか故郷の家に帰り、なつかしい子供部屋にはいる。眠る前にふと、何かに促されたやうに窓をあける。と、一本の樹が月光を浴びて(それとも数本の樹が部屋の明りを受けて、だつたかしら)眼前の壁にくつきりと影を投げてゐるではないか。彼の嗜好は幼少のころ見なれたこの情景によつて育てられたものだつたのだ、といふのが結末になつてゐた。[32]

しかしあとになって読みなおそうとしても、そんな短編はどこにも見つからない。そもそも亡命者である主人公が、なんの理由もなくソ連に帰国できるものだろうか。ここで、ナボコフの伝記なども紹介され、作品は一種のナボコフ論のような様相を呈してくる。ひょっとするとやはりこれは「わたし」の妄想だったのかもしれない。そこで、同工異曲とのそしりを覚悟で、樹影を用いた短編をこしらえることにする……。これが「1」の内容である。

結局、「ナボコフの短編」の出典は作中では不明なままだ。ちなみに『若い読者のための短編小説案内』で、同作を論じた村上春樹は「そんな話は最初からなかったのではあるまいか」と推測しているが、[33]この「作家の勘」は、半分正解で、半分不正解である。この内容そのものの作品は「ナボコフの短編」にはないものの、長編『ベンドシニスター』(一九四七)で樹影のイメージが使われているからだ。小説の主人公クルークは、うろんな学者エンバーによるシェイクスピア『ハムレット』訳を聞かされて、奇妙な図像を思い浮かべる。[34]

それはまるで、ある土地に生えているナラの樹（以降、個体樹Tと呼ぶことにする）が、その唯一無二の影を、緑と茶の地面に投げかけているところを見た人が、自分の庭に、並外れて複雑な機械を作り始めるようなものだ。その機械は、あたかも翻訳者の霊感や言語が原作者のものとは違うように、それ自体としてはその樹にもあるいはほかのどんな樹とも似てないが、さまざまな部品の精巧な組合せや、照明の効果、そよ風を生み出す道具などによって、完成したあかつきには、個体樹Tの影とまさにそっくりな影を投げかけるようになる——同じように変化する同じ輪郭に、同じ二つ、あるいはひとつの日射しの斑点が、同じ場所、一日の同じ時間にさざ波のように揺れる。[35]

ここでは翻訳が、元の樹とそっくり同じ影を生みだすために、部品を組み合わせて人工の樹を作りだしてしまうことに喩えられている。この比喩は『ベンドシニスター』では、（ナボコフのほかの多くの比喩同様）「本筋のストーリー」に絡むものではないものの、たしかに印象的で、丸谷が記憶にとどめたのもうなずける。他方で英語作品としては比較的初期の作品にあたる『ベンドシニスター』は「短編」ではないし、ソ連＝ロシアへの帰還をめぐる話でもなく、[36]架空の国を舞台にした一種のファンタジー、ディストピア小説とでも言うべき内容だ。それだけでなく、主人公クルークは作家ではなく哲学者だ。また樹影のイメージは右記に引用した一度きりしかでてこず、『ベンドシニスター』が「樹影譚」の遠い光源であるとは言えても、「元ネタ」とまでは呼びにくい。

つまり、「樹影譚」で語り手が「思い出す」内容のほとんどはオリジナルといってよいものだ。しかし、ここまで内容がふくらませてあり、書きこまれていると、逆に語り手の「記憶違い」だったで済ますことができなくなってくる。たんなる話の「枕」にしても具体的すぎる。その意味では村上の推測の「ナボコフの短編」は実際に存在しないという推測はあたっているとも言えるし、「ナボコフに関しては、いささか説明が念入りすぎる」というその疑念も正しいと言える。[37]

ここで「樹影譚」という作中における「ナボコフの短編」の位置づけが気になってくる。はたして、丸谷はどこまで架空の「ナボコフの短編」の導入に意識的だったのだろうか。結論から先に言ってしまうと、おそらく丸谷は、語り手「わたし」が表明するように「ネタがかぶってしまう」ことを気にしているわけでも、「影響の不安」を感じているわけでもない。確信犯的に架空の「ナボコフの短編」を創作しているのだ。

評論「日本文学のなかの世界文学」で述べられていたように、丸谷の理論では、一見かけ離れているように見える隠者文学とモダニズムが結びつけられていた。われわれ白昼に生きる現代人は、一足飛びに前近代の闇に戻ることはできない。私小説や十九世紀リアリズムによって断絶してしまった（ように丸谷には見えた）伝統＝前近代を「再発見」するためには、西洋から輸入したモダニズムの「神話に大きくよりかかる」想像力が必要だった。[38]「十九世紀の反伝統的傾向に逆ら」うようなナボコフに代表される「西欧二十世紀の新文学」は、「伝統尊重的な傾向」がありさえして、「神話や伝説を枠組としたり、先行する文学作品をもじったり」する。[39]「樹影譚」の末尾の一種呪文のような「キノカゲ」という言葉の呪術的とも言える三度の繰り返しや、最後まで意味が詳らかにされない「マサシゲ童子」のような土俗的な要素同様、前近代に遡行するための通路として、一見土俗的な要素とは遠い「モダン」な作家ナボコフは用意されたのだ。

三浦雅士は大部の評論『出生の秘密』で、「樹影譚」を架空の作家・古屋逸平が自分の「起源」を探索する話であると同時に、小説の「起源」をめぐる話でもあるとした(40)。しかし、それは丸谷自身の「起源」をめぐる物語とも見ることもできる——しかも、その意味ははるかに不穏なものだ。「作中人物の人生は作者の見る夢」であり、「彼らの生き方によつて作者の心の奥をあばく」というのは(41)、作中で語られる古屋の文学観だが、これは古屋と古屋を創った「1」の語り手の「わたし」、そして「わたし」と「わたし」を創った丸谷の関係にもあてはまる。古屋は、怪しい老婆の語りによって、常識をなげうって自分の母を否定し、「未生以前」に遡行するにいたる——もちろん、遡行した先には創造主としての「わたし」・丸谷がおり、ごく平穏な日常を送っているかに見える作家の心理に潜む一種の「不穏さ」は暴露される。そして、架空の「ナボコフの短編」がその経路の役割を果たしている。

さらにこの構造は、一種メタ的な次元でも威力がある。それは「樹影譚」を、丸谷が自分の文学観のルーツを告白した作品として読むことだ。村上は、丸谷の小説が常に自分ではないだれかに「変身」しようとする点で、「反私小説」になっていると指摘しているが(42)、ここでは私小説を否定することで、実はその身振りこそがメタな次元では「私語り」になっているという奇妙な構造が生まれている。つまり、「1」をおき「わたし」という語り手から全体を俯瞰することで、作家・古屋逸平をいきなり導入するのを避けることができ、全体が私小説的と見なされる危険を回避できる。そして、枠組みをはっきり示すことで「小説を書くことについての小説」といういかにもモダニスト的な素振りを演出することもできる。そして、仕上げに「ナボコフの短編」の創作。これは、評論「日本文学のなかの世界文学」における文学観と結びついている。一九六六年の評論「日本文学のなかの世界文学」はナボコフをだしにして、私小説という親を殺害する内容だった。一九八八年の短編「樹影譚」は、同じことを虚構《フィクション》の枠組でやろうとしたものだ。一登場人物の古屋は、物語の結末に至ることで、自分の創造主である「わたし」＝丸谷が、直接の「親」（私小説）を否定し、抹殺したうえで、近代以前の隠者文学にさかのぼらなければならなかったこと、かわりに「親」と思いこもうとしたのが、西洋から輸入してきたモダニズム文学だったことを開示してしまっている。

この解釈は、丸谷の創作活動全体を見渡したときにより説得力をもつようになる。丸谷の代表的な長編とされる『笹まくら』（一九六六）では、主人公の浜田庄吉は、一九四〇年に徴兵忌避のため杉浦健次と名を変え、ラジオ修理工、砂絵師として終戦まで逃亡生活を送るが、そこにあるのは自分の「起源」をなかったものにしたい、いや「起源」をまったく別のものに書きかえることで新しいアイデンティティを捏造したいという欲望である。その意味では「樹影譚」は、三浦が言うような「起源」を探索する話や、村上の言うような「変身」を果たすだけの話ではない。それは、自分がいまの自分としてあるために、無意識下でなにをしてきたのかを小説の登場人物に暴かせる物語なのだ。その意味で、「出生の秘密」も「変身」もみな、その結果としてあるにすぎない。この小説で、丸谷がなしとげた力業《トゥール・ド・フォルス》は、みずからの「捏造」した「起源」を暴く、告白するというものだったのだ。

5　大江健三郎――晩年の傾倒

丸谷以降もナボコフをなんらかのかたちで作中に引用する作家はいたが（たとえば金井美恵子）、なかでもナボコフが日本文学にどう受容されたかを考えるうえで重要なのは大江健三郎（一九三五―）である。

大江が解説を寄せた新潮文庫版『ロリータ』表紙、2006年

師であるフランス文学者渡辺一夫の忠告に従い、大江は時期をさだめてある外国作家について集中的に勉強し、それを作品に生かす、といった創作方法を長年とってきた作家である。そのような「勉強」の対象としてはT・S・エリオットやウィリアム・ブレイクがよく知られているが、いくつかの対談や発言を読むとナボコフもそうだったことがわかる。あるインタヴューで以下のような発言をしているほどだ。

> 二十世紀で最も小説家らしい作家を一人選べと言われれば、それはナボコフじゃないか、とすら思うようになりました。［中略］小説家として最も豊かに、読む人の心に本当に食い入る小説を書くという言葉の技術で、ナボコフに勝る人はいないのではないかとすら思った……[43]。

きわめて異例なことに、大江はアメリカ文学者の若島正による新訳『ロリータ』が新潮文庫にはいるさいに、解説の筆まで執っている（二〇〇六）。

といっても、大江とナボコフの結びつきは丸谷のそれと比べてもはるかにわかりづらい。たびたび指摘されるように、大江の作品は同じトポス——四国の森とその土着的な伝説、および自分の家庭の事情——を繰りかえし、手法を変えながら書くというもので、たとえば（ナボコフが嫌悪した）ウィリアム・フォークナーとの親縁性はすぐに認められても、ナボコフから連想されるような要素はなかなか思いつかない。じつは、先述の新訳『ロリータ』の解説を読んでも、大江が『ロリータ』のどこにそれほど感

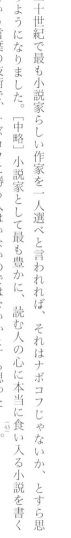

銘を受けたのかはっきりしないのだ。

さて、大江がナボコフについてインタヴューや対談で繰りかえし語るようになったのは二〇〇〇年代になってからのことだった。この時期の大江がナボコフに興味をもったのは、親交を結んでいたエドワード・サイードが二〇〇三年に亡くなったこともあったのかもしれない。米国を代表するリベラル知識人として政治的発言を積極的におこなったサイードは、大江と基本的な政治的スタンスを共有していた（当然、ナボコフの政治へのかかわり方とはかなり異なる）。サイード自身がナボコフを「亡命貴族」と見なして評価しなかったのにもかかわらず（実態は亡命後のナボコフの生活は決して楽なものではなかったのだが）、対談などから判断するに大江はサイードとナボコフを「亡命者」として、共通項の方が多い存在として見ていたようだ（大江が見いだしたこの二人の結びつきについては後述する）[44]。

そして、実作でも二〇〇〇年代になってナボコフへの言及が急激に増えた。とくに「おかしな二人組《スウード・カップル》」三部作の後二作、『憂い顔の童子』（二〇〇二）、『さようなら、私の本よ！』（二〇〇五）になってその傾向は顕著である。『憂い顔の童子』では登場人物「ローズさん」の元夫は『ロリータ』の研究をしているし、ナボコフの『ドン・キホーテ講義』も再三参照されている。『さようなら、私の本よ！』は、タイトルそのものがナボコフ最後のロシア語長編『賜物』の掉尾の言葉から借用したものになっているだけでなく、「ウラジーミル」というロシア人も登場している。

6　『美しいアナベル・リイ』――『ロリータ』を書きかえる

こういった大江による一連の「ナボコフ贔屓」の総決算とでも言うべきものが、二〇〇七年に発表された『美しいアナベル・リイ』である[45]。この作品には、多くの大江の作品同様、大江を思わせる一人称の語り手「私」が登場する。時間軸が錯綜しているため、一読して要約しにくい内容なのだが、整理して大まかな筋を述べると次のようになる。

一九七〇年代中盤、語り手である作家「私」は、クライスト生誕二百年に合わせて、小説「ミヒャエル・コールハースの運命」を世界各地で同時に映像化する「ミヒャエル・コールハース計画」に、知り合いの映画プロデューサーの木守有《こもりたもつ》から脚本での参加を呼びかけられる。「私」は四国の故郷に伝わる『「メイスケ母」出陣』という伝承をもとにした劇を、「ミヒャエル・コールハース計画」のために再編することにする。この「ミヒャエル・コールハース計画」の中心にいたのが、少女時代に日本からアメリカに渡り、活躍していた国際派女優の「サクラさん」ことサクラ・オギ・マガーシャックという人物だった。「私」は十七歳のころ、松山のアメリカ文化センターで、子役時代のサクラさんが出演した、進駐軍による映画『アナベル・リイ』を見せられたことがあった。そんななか、サクラさんの夫、日本文学者デイヴィッド・マガーシャックが癌で急死する。

しかし映画作りは、カメラマンが隠れてチャイルド・ポルノを撮影していたというスキャンダルによって頓挫を余儀なくされる。プロジェクトの継続に固執するサクラさんに、木守は映画『アナベル・リイ』の無削除版を見せる。そこには進駐軍の男――デイヴィッド・マガーシャック――の手によって陵辱される幼いサクラさんの姿が映っていた。情報将校だったマガーシャックは、この無削除版をひそかに制作して隠匿していたのだった。その後、サクラさんは精神に異常をきたして入院してしまう。

三十年がたち、「私」のもとに「ミヒャエル・コールハース計画」を新たなかたちで再開したいという報せが木守を通じてサクラさんから届く。以前からサクラさんは「私」の妹アサなどと連絡をとり、

「メイスケ母」についての情報を集めていたが、それは「私」がかつて記憶にとどめていたものよりもはるかに陰惨な内容で、「メイスケ母」は輪姦され、その子である「メイスケさんの生まれ変わり」も殺されてしまうというものだった。しかし、サクラさんは今ならその「メイスケ母」の怒りを演じられると言う。映画は、四国の村の女たちや、「私」の息子光の音楽を加えた新しいかたちで再生していく兆しをみせる。

以上がおおまかな内容だが、タイトルからもわかるように、この小説では、エドガー・アラン・ポーの詩「アナベル・リイ」と、その日夏耿之介による邦訳が重要なサブテクストの役割を果たしている。単行本時のタイトル、「﨟《らふ》たしアナベル・リイ総毛立ちつ身まかりつ」は、まさに日夏訳の一節からとったものだ。それだけではない。語り手の「私」は、「海辺の王国」でこども同士愛しあいながらも、「総毛立」って死んでしまったアナベル・リイへの愛をうたったこの詩を映像化した、進駐軍による映画『アナベル・リイ』のなかのサクラさんを、十七歳の時に松山のアメリカ文化センターで見せられて目に焼きつけていた。ここには、作家自身の体験が屈折したかたちで反映されている。というのも、実際に大江は高校生のころ「アナベル・リイ」の訳詩を高校時代に愛読し、アメリカ文化センターで原詩を見つけると、記憶して書きうつしたと述べているからだ。

そして、ナボコフの『ロリータ』でも下敷きとして「アナベル・リイ」が使われている。主人公である語り手のハンバート・ハンバートは少年時代リヴィエラでアナベル・リー(Annabel Leigh)という少女に出会い、熱烈な恋に落ちる。しかし、大人たちによってひきはなされ、その後少女はチフスのため夭折してしまう。このトラウマ的な悲恋こそ後の中年男ハンバートの少女趣味《ペドフィリア》の原因になったわけだ。

つまり図式として、大江の『美しいアナベル・リイ』とナボコフの『ロリータ』は、詩「アナベル・リイ」を同一の光源として作られている。実際、サクラさんの旧友、柳夫人は、「私」に少女時代のサクラさんが『ロリータ』のアナベルに似ていたことを告げている。

お父さんがホテルを経営するリヴィエラで少年（＝ハンバート）が出会ったアナベルは、本当にね、私の想像のなかでサクラさんを幾つか年長にすれば、そっくりそのままの感じに書かれてた。薄物のワンピースの下はなにもつけてない、とナボコフは書いていて、私などが木綿のズロースで嵩《かさ》ばってるのに、スイスイ自由に跳ねまわってたサクラさんを思い出しました。(46)

作中でサクラさんは、ポーの詩「アナベル・リイ」のアナベル・リイ、『ロリータ』のアナベル・リーと、その後継者（とハンバートに見なされる）ロリータという三人の少女の影を背負わされることになる。これが『美しいアナベル・リイ』が「大江版『ロリータ』」と呼ばれる所以にもなっている。しかしこの一目明白な照応関係については語られつくした感があるので、(47)次節ではある人物に光をあててみよう。

7　隠匿された「告白」、「悪霊」憑きのテクスト

直接には登場しないのだが、作中に暗い影を落とす人物として、サクラさんの夫「デイヴィッド・マガーシャック」なる男がいる。情報将校として戦後来日していたマガーシャックは、戦災孤児となった幼いサクラさんを庇護して、米国に連れていき、サクラさんが成長するのを待って婚姻関係を結ぶ。の

ちに彼は、身につけた日本語を生かして日本文学研究者になる。しかし物語が進むにつれ、マガーシャックは「紳士」どころか、日本で幼いサクラさんに薬を飲ませて陵辱した様子を撮影した「アナベル・リイ映画」無削除版を長年隠し持っていた人物でもあることが判明する。

このマガーシャックと、『ロリータ』のハンバート・ハンバートの相似は明らかだ。パリからやってきたハンバートは、母親が死んで孤児となったロリータをなかば略取し、性的関係を強要しながら全米を連れまわした。一時、『ロリータ』は、古いヨーロッパ（ハンバート）が若いアメリカ（ロリータ）をレイプする話として、ヘンリー・ジェイムズのような「国際テーマ」を扱った作品として読まれたが、それにならえば『美しいアナベル・リイ』は、強いアメリカに弱い日本が「手ごめ」にされる話とも言える。ただし、この点についてものちにくわしく検討する。

ところで、「デイヴィッド・マガーシャック David Magarshack」という名の人物は実在する。ロシア文学の英訳で活躍した（アメリカではなく）イギリスの翻訳家であって、邦語文献では「マガルシャック」の表記でも知られている。ここでは話の便宜上、『美しいアナベル・リイ』の登場人物マガーシャックと区別するため、実在の人物のほうを「マガルシャック」としておこう。作中のマガーシャックの母はリトアニアからの移民で、母語はロシア語だったとされるが（もちろんここにナボコフとの伝記的なつながりを読むこともできる）、現実のマガルシャックは当時帝政ロシアの一部だったやはりバルト三国のひとつ、ラトヴィアのリガで生まれ、イギリスに帰化した経歴の持ち主である。どうやら、大江はこの人物の名前と伝記的事実をモデルにして、マガーシャック教授を造形したようだ。

実在のマガルシャックは『スタニスラフスキイの生涯』（一九五〇）などの著作もある伝記作家でもあったが、特にドストエフスキイの英訳で知られている。ドストエフスキイの熱烈な愛好家でもある大江は、日本語のみならず、マガルシャックの英訳を通じてもドストエフスキイに親しんだことをスラヴ文学者沼野充義との対談でも話している（ただし、そこでは訳者名はそのものずばり「マガーシャック」とされている）[48]。このような事実を考えあわせると、ドストエフスキイの作品全体が関連するテクストとして視界に入ってくる。

ドストエフスキイの全作品の中で、『美しいアナベル・リイ』と内容的にもっとも関連が深い作品が『悪霊』（一八七三、マガルシャックによる英訳は一九五三）である。『悪霊』には「チーホンのもとで」、俗に「スタヴローギンの告白」と呼ばれる章があったことが知られているからだ。これは、主人公スタヴローギンが、十二歳の少女マトリョーシャを犯して自殺に追いこんだことを告白するというショッキングな内容になっている。

しかし、ここが興味深い点なのだが、『美しいアナベル・リイ』が『悪霊』をモデルにしているのは、単純に「少女陵辱」という点で（『ロリータ』もそうだが）、漠然とテーマが類似しているだけではない。『悪霊』の「スタヴローギンの告白」は、ドストエフスキイの存命当時は刊行できなかったものだ。この章を私たちがいま読むことができるのは、ひそかに残されていた校正刷りが作家の死後発見され、その内容ゆえに物議を巻きおこしつつも、広く知られるようになったからだ。この「スタヴローギンの告白」と、マガーシャックが罪の意識を抱えながらも、処分できずに保存しつづけ、最終的にマガーシャックの死後に「私」が見ることになった「アナベル・リイ映画」無削除版の類似は明白だろう。単純に内容を下敷きにしているのではなく、『悪霊』の特殊なテクスト来歴を『美しいアナベル・リイ』の筋書きはなぞっているのである。

しかし、大江による「サブテクスト」の使用の特色は、このように作品のプロットが、現実の文学史をなぞってしまっている点だけではない。実は、それは大江の読書体験をもトレースしたものになっているのである。先にあげた沼野充義との対談で、マガルシャック訳で長いあいだ『悪霊』を読んでいた大江は、「スタヴローギンの告白」の入っている英訳には長いことめぐりあわなかったとしている。(49)

今日ここに来るとき急いで書庫を見ていたら、古いペンギンブックスのデイヴィッド・マガーシャク訳の『白痴』『悪霊』などがありました。［中略］私がなぜいろんな英訳を探して読むようになったか、その理由は単純で、最初に読んだペンギンの『悪霊』の翻訳には、「スタヴローギンの告白」が入っていなかったからです。しかし「スタヴローギンの告白」の入ってる版にはなかなか出会いませんでした。その代りに、マクダフの『カラマーゾフの兄弟』にめぐりあって、私はマガーシャクの訳をずっと読んできたものですから、それに比べると、マクダフの訳は革命的に新しいという印象をもちました。(50)

ここで書誌的な情報を整理しておく。デイヴィッド・マガルシャック訳によるペンギン版『悪霊』*The Devils*（*The Possessed*）の初版が出版されたのが一九五三年。上記の引用で、大江が「画期的に新しい」と評するデイヴィッド・マクダフの『カラマーゾフの兄弟』英訳は、やはりペンギンより一九九三年に初版が刊行されている。一九四五年生まれのマクダフは、八〇年代後半から二〇〇〇年代にかけて、『罪と罰』『白痴』などドストエフスキイの代表作を訳したが、主要作品のなかで『悪霊』はほぼ唯一翻訳していない。他方で、マガルシャック訳のペンギン版『悪霊』に「スタヴローギンの告白」が増補されたのが一九七一年。その後、（対談時には刊行されていない）二〇〇八年までペンギン版で『悪霊』の新訳はでていない。大江が「スタヴローギンの告白」をなにではじめて読んだのかは不明だが、ペンギン版にかんするかぎり、「スタヴローギンの告白」は七〇年代まで読めなかったことになる。つまり、大江にとって「スタヴローギンの告白」は訳者マガルシャックによって二十年近くも「隠匿」されていたわけだ。そして、これは『美しいアナベル・リイ』における時間軸——「私」がマガーシャックの死後はじめて「アナベル・リイ映画」無削除版を見た年代——ともほぼ一致する。

8 「マイクロキャノン」としての私小説

このような読解から見える大江のサブテクスト使用の特色はなんだろうか。それは、単純な引用や模倣ではなく、ソーステクストの来歴、自分がその作品を読んだ時の状況やテクストとのあいだの個人的なつながりが層になって、作品に潜ませられていることにある。つまり、サブテクストは大江の読書体験のプリズムを通して作品に反映させられている。[51] 当然ながら、そこには作家の独断と偏見がふくまれることになる。

大江の作品が一見非常に目につきやすいかたちでサブテクストを用いているにもかかわらず、全貌が捉えづらいのもまさにこの点にある。たとえば、「ドストエフスキイと大江」という組み合わせが意外でもなんでもないにもかかわらず、この作品において看過されていたとすれば、「大江版『ロリータ』」という惹句のイメージが強すぎ、また「ドストエフスキイとナボコフ」が同じロシア語作家ながら「食いあわせ」が悪いという先入観も（特に研究者には）あるせいだろう。[52]「ドストエフスキイとナボコフ」、「ナボコフとエドワード・サイード」のように、研究者からすれば、反発しあうようなとりあわせでも、大江は「素人」ならではの手つきで「対立物の一致《コインシデンチア・オポジトルム》」をやすやすと作ってしまう。しかし、本来私たちの読書とはそういうものではなかったか。それは、専門家のように、文学史の流れにそって系統だてておこなわれるものではない。その都度その都度の個人的な関心にもとづいておこなわれるものだ。ただ、それは系統や影響関係に縛られていないだけであって、決して脈絡がないものではない。個々の読者からすれば、人生のそれぞれの場面でその本を手にとるなんらかの個人的な事情、必然があったのである——大江が（おそらく）エドワード・サイードとの親交をつうじて亡命者の文学に目を見開かされ、ナボコフを再読するようになっていったように。『美しいアナベル・リイ』が私小説的手法で書かれているとすれば、単純に作者の私生活が描かれているせいだけではなく、作者のそのような読書遍歴が埋めこまれているせいである。

　このような既成概念にとらわれないテクストの組み合わせは、「世界文学」の考え方にも通じている。新しいディシプリンとして「世界文学」を提唱する研究者のデイヴィッド・ダムロッシュは、従来の正典《カノン／キャノン》にしばられず、広大な世界文学空間に散らばる無数の作品から、それぞれの好みに応じて作品を選び出し、個人的な「小正典《マイクロキャノン》」を作ることを勧めている。[53] 大学卒業以来、研究者の道にすすむのではなく、あくまで実作者として世界文学と対峙し、読みつづけてきた大江の作品では、まさに理想的なかたちでマイクロキャノンが実践されていると言うべきだろう。またこの点に、外国文学を積極的に作品にとりいれた丸谷才一と大江の違いを見ることもできる。丸谷の場合、専業小説家になる以前、四十歳までは専任講師として大学に奉職しており、半ば以上アカデミズムの流れのなかにいた。そのことが、丸谷のモダニズムの伝統を重視したナボコフ受容を形成し、やはり学究的な素質をもちながら、アカデミズムとは距離をとった大江との差になってあらわれたのだろう。

　大江のテクストとテクストを「個人的なつながり」で結びつけるという手法は、『美しいアナベル・

リイ』のほかのところでも見ることができる。サクラさんは孤児になったあと、十歳にしてマガーシャックにひきとられた。映画「アナベル・リイ」無削除版が撮られたのがその二年後、サクラさん十二歳のころであり、これはスタヴローギンに犯されたマトリョーシャの年齢、ハンバートに犯されたロリータの年齢と重なり合う。大江はこのような形でも、ひそかにナボコフとドストエフスキイを自作で引きあわせていたことになる。

ところで、サクラさんは一九三五年生まれとされているようだが、これはロリータと同じ生年である。こうしたところからも、サクラさんがロリータの転生した姿として意味づけられていることがわかる。大江がロリータの生年を意識していたことは、先述した文庫版『ロリータ』によせた解説を読むとよくわかる[54]。大江は自分がロリータ（ドロレス・ヘイズ）と同じ年（一九三五）に生まれたことについて、「じつは私も［中略］一九三五年生まれということで、自分がロリータとつながっている事実をひそかに楽しんできた者だ」と言及している[55]。

また、注目すべきは実在の翻訳家デイヴィッド・マガルシャックの生没年が、ナボコフと一致している（一八九九―一九七七）ということだ。翻って、作中のマガーシャックも一九七七年頃に没している[56]。こうしてみると大江＝ロリータ＝サクラさん vs ナボコフ＝ハンバート＝マガーシャックという小説の内外に広がる対立軸が見えるだろう。

やはり沼野との対談で大江は『ロリータ』の筋を指して、ナボコフが「女性をまったく尊敬していない」と結論する（ただし私自身は、この大江の「尊敬」ということばにむしろ差別的なニュアンスを感じとるが）[57]。ナボコフの『ロリータ』では、ロリータことドロレス・ヘイズはハンバートから逃げだしたあと、平凡な男と結婚してこどもを身ごもる。しかし、世紀が変わっても生きてほしいというハンバートの願いもむなしく、ロリータは十七歳の若さで産褥熱で亡くなったことがハンバートの死後に書かれたジョン・レイ・ジュニアによる序文で明かされる。それにたいして大江のサクラさんは、自分の庇護者だと思っていた人間にレイプされていたという苛酷な過去を克服して立ちなおり、映画『「メイスケ母」出陣』で女優として復活を果たそうとする。大江はナボコフの『ロリータ』を書きかえることで、(『悪霊』もふくめた過去の文学作品の中で)虐げられてきた〈女性性〉のようなものを救おうとしたのだろう。

9 性と文学――谷崎／川端／ナボコフ

ところで、二〇〇〇年代になってにわかに高まったかのように見える大江のナボコフ熱だが、過去の発言をさかのぼって調べていくと、作家としての活動のごく初期からナボコフを意識していたことがわかってくる。『ロリータ』の邦訳が出版されてまだ間もない一九五九年、『毎日新聞』紙上で、日本の作家とその生活があまりに密着していることを懸念して、大江は以下のように述べている。

日本の作家には一般的に反・道徳的な、アモラルな精神が失われてゆきつつある。日本の作家は《ロリータ》のような、絶望的に背徳のにおいにみちてはいるが、すさまじく美しくもある作品、きわめて二十世紀的な作品を生みだす生活を、ついにもたないだろう。[58]

つまり、大江も五〇年代後半の、〈性〉に文学がどう対峙すべきか、私小説が行き詰まったあとどうすべきかという日本文学が直面していた問題意識から出てきた作家だった。

また、大江は二〇〇一年におこなわれたシンポジウムでは、次のような発言を記録に残している。

確かに、私は性的な悲惨を書いてきました。とくに仕事を始めたころ、私は日本文学の巨匠、谷崎や川端の美意識と、その意識的にあいまいな表現に反撥していました。そして、とくにそのような日本的主題系の核心をなす性の表現に、独力で対抗しようという意志を持っていました。(59)

奇しくも、と言うべきか、受容関係をぬきにした対比研究において、ナボコフがひきあいにだされる日本の作家は谷崎潤一郎（一八八六―一九六五）、川端康成（一八九九―一九七二）の二人が定番である。谷崎は『痴人の愛』（一九二四）で、ナオミというロリータに比肩するような近代文学屈指のヒロイン像を作りだした。(60)また『鍵』（一九五六）は『ロリータ』とほぼ同時期に発表され、内容をめぐって猥褻か芸術かという論争を巻き起こしている。

川端はナボコフと同年（一八九九）に生まれた作家であり、日本における『ロリータ』の翻訳紹介の直後、『眠れる美女』を発表している。(61)少女愛、ネクロフィリアをテーマとしたこの作品は、ナボコフ『ロリータ』への連想をさそう。(62)

谷崎、川端とも近代文学を代表するスタイリストであり、作品に漂う耽美的な雰囲気、フェチシズム、日本的な美意識を強くもっていた作家だった。ただしナボコフとは、主題の上で表層的な結びつきはあっても、性の描き方ひとつとってもかなりの落差があったことは明らかである。むしろ主題の上で連想が働く分、その差が見えやすいと言うべきか。『ロリータ』は内容の不謹慎さに反して、性描写自体の分量も多いとは言えない。あってもそれは、『美しいアナベル・リイ』で柳夫人が揶揄的に言及するような「［アナベルに］わが情熱の笏杖《しゃくじょう》をつかませた」などという、(63)文体的に強烈に異化されたものになっている。

大江は丸谷とは異なり、作家と生活を密着させる私小説的なしかけを用いつつも、過激だがグロテスクな性描写で知られるようになった。『美しいアナベル・リイ』でも、「私」とサクラさんは木守から「アナベル・リイ映画」無削除版を見せられる。

> 痩《や》せた下腹部から腿《もも》が、スクリーンいっぱいにクローズアップされる。それはスカートをはいていないが、記憶にあるとおり右足を外に曲げて、股間に黒い点をさらしている。そして黒い点は、穴そのものとなる。そこに太い拇指《おやゆび》がこじいれられる。指につながる手、手の甲につながる腕は、それ自体が剛毛を生やし厚手の外套をまとっている。(64)

「私」は、こんなグロテスクなものを被害者のサクラさんに見せる木守を「陋劣」だと非難して、もみあいになってしまうのだ。

10　ソフト・パワー戦略の掌中のなかで

しかし、この「アナベル・リイ映画」無削除版が「私」にとって衝撃的だったのは、それがたんに卑劣な犯罪の記録だったからだけではない。高校生の「私」は、松山のアメリカ文化センターで五〇年代はじめに「アナベル・リイ映画」自主検閲版をすでに見て、そこに使われているポーの詩「アナベル・リイ」とともに大切なものとして胸に刻みこんで生きてきたからだ。二十年以上をへて見せられた無削除版の存在は、その高校生の憧れがあまりにナイーヴなものであったことを暴いてしまっている。

ここには大江の生きた戦後日本の政治が二重映しになっている。すでに述べたように、高校生だった大江は、実際に現実の松山のアメリカ文化センター（当時としては洋書を手にとれる貴重な場所だった）に通って、ポーの「アナベル・リイ」の原詩を暗記したというが、そもそも戦後、米軍占領下で全国の主要都市に設立されたアメリカ文化センターは、米軍基地が敷設された都市で住民との摩擦を減じ、米国文化と民主主義への理解を促進するという「戦略的な目的」で設置されたものだった。当然ながらセンターに置かれた資料も、占領軍にとって「望ましい米国像」を広めるためのものに限られていたのであり、その図書室でアメリカの国民作家ポーの詩を暗唱する地方のエリート高校生は、まさに米国の「ソフト・パワー」戦略の掌中にいたにすぎなかったのだ。そして、その裏では「反共の防波堤」として日本列島の基地化が着々とすすめられていた[65]。

さらに悪いのは、無削除版の映画を撮り、幼いサクラさんを凌辱した情報将校マガーシャックが、こともあろうか日本文学者になり、女優としてのサクラさんを米国でプロデュースしたという事実だ。まだハリウッドでアジア人が珍しい時期に少女スターとしてひきまわされたサクラさんは、オリエンタリズムの対象、一方的に収奪された文化《カルチュラル・アプロプリエーション》（文学）のたとえでなくてなんだろう？（当然「サクラ」という名前も、あまりにわかりやすい日本のシンボルとしての意味をもたされている。）日本文化のよき理解者・庇護者であるべき文学者によるこの「裏切り」行為の意味は、エドワード・サイデンステッカーやドナルド・キーンといった世代の日本文学者が軍隊で日本語を修めたことを考えるとさらに重くなる（実際、大江は二〇〇〇年代ごろより親しくしていた外国人翻訳者・研究者とも疎遠になっていたようだ）。「アナベル・リイ映画」無削除版の存在は、テクストの境界を越えて、米国が敗戦国に強いたさまざまな犠牲を「私」＝大江につきつけるものとして描かれている。こうして見ると、『美しいアナベル・リイ』を、ポーとのつながりをことさらにとりあげて称揚する文学研究者の薄っぺらさが、作品によって批判されているのがわかってくる。

しかしながら驚くべきことに、そのような倫理的、政治的な事情をすべて勘案にいれても、この無削除版は全体として削除がある版よりも、ベートーヴェンのピアノソナタがはいるなど、「映画として［中略］断然優れて」いるものとして提示されているようなのである。[66]そして、先に引用したスクリーンをうつしとった描写にも、大江が傾倒するロシア・フォルマリズムでいうところの異化効果が、ふんだんに使われているのだ。

大江の伝記を執筆した小谷野敦は、大江の「凡庸な」政治的主張と作品の乖離について触れ、「だが、表層的にそう［＝「正しい」政治的主張をしている］であっても、大江は、人類の滅亡、あるいは集団自決といったものに、性的興奮を覚えているのではないか」と述べた。[67]右のような考察をへたあとでは、似たようなことが、『美しいアナベル・リイ』でも言えると結論せざるをえない。大江は小説家としての表現技法をすべてつぎこむことで、五十年前に『ロリータ』がつきつけた課題「絶望的に背徳のにおいにみちてはいるが、すさまじく美しくもある作品」（半世紀をへて、ここではさらに政治化された罪悪感も重ねられることになったが）に自分なりの答えをだすにいたったと言うべきだろう。

11　『ロリータ』を超えて

結論を言えば、丸谷がナボコフをモダニストとして、セックスと切り離した形で受容したのに対し、大江はむしろ『ロリータ』の官能性を重視し、批判的に超克しようとしたと言える。両者の対照的な態度は、私小説にたいする姿勢にも見てとることができる。

あらためて確認するまでもないことだが、いかな作家といえども時代的な制約からは逃れることはできない。その意味で、彼らは五〇年代後半の日本文学から出て、それぞれの問題意識をいだきながら創作をつづけてきたとも言える。そのことは、両者のナボコフ受容にたいする態度の違いにはっきりあらわれた。あとから、ナボコフという補助線をひいてみると、二人が目指したものの差が浮かびあがってくるのも当然だと言える。

良くも悪くも、日本でのナボコフ受容は五〇年代後半の文壇、出版界の空気と『ロリータ』というナボコフの全作品の中でも特異な作品に縛られてきた。そこから脱するには、九〇年代以降登場した若島正・沼野充義のような、研究者として精力的に活動しただけでなく、批評家・翻訳家としてもタレント性・影響力のあった文学者の登場を待たねばならなかった。二人によって、ナボコフ作品のパズルのような側面や、ロシア語作家としての顔が再評価され、読書人に知られるようになった。すでに述べたように、若島による『ロリータ』の新訳は大江の解説つきで新潮文庫におさめられている。また沼野による『賜物』のロシア語版からの新訳は、二〇一〇年に作家池澤夏樹個人編集の『世界文学全集』にはいった。このふたつは、日本における翻訳文学としてのナボコフの正典化をしめす象徴的なできごとだった。

並行して文壇においては、そのような九〇年代以降の新しい批評の流れを吸収した、冒頭で紹介した円城塔のような作家も登場するようになった。こうして丸谷・大江の理解とは異なるナボコフの一面が、日本文学にとりこまれるようになったと言えるだろう。

注

（1）黒井千次による発言。http://homepage1.nifty.com/naokiaward/akutagawa/senpyo/senpyo146.htm（二〇一七年五月二十五日閲覧）

（2）ちなみに、これはナボコフ『道化師をごらん！』（『見てごらん道化師を！』）の邦訳を反映したものかもしれない。この邦訳は数あるナボコフ訳のなかでも残念なものとして研究者には知られていて、たとえば作家の兄として紹介された登場人物が、次の頁では弟になってしまっていたりするなど（原文ではどっちもbrother、ウラジーミル・ナボコフ『道化師をごらん！』筒井正明訳、立風書房、一九八〇年、一〇四―一〇五頁）、訳者と編集者は「見なおし」という言葉を知らなかったかのようだ。ある場面で主人公が逗留することになった家庭に「十一歳の息子」がいると紹介されるのだが（同書、六六頁）、しばらくすると女の子が出てくる。これは実は同一人物で、原文ではchildとなっていたのを手拍子で「息子」と訳してしまったのだろう。円城がこうした性別の「錬金術」を意識しているとしたら興味深い。なお、このような点は二〇一六年の新訳ではすべて改訂されている。ウラジーミル・ナボコフ『見てごらん道化師《ハーレクイン》を！』メドロック皆尾麻弥訳、作品社、二〇一六年。

（3）円城塔『道化師の蝶』講談社、二〇一二年、二二頁。

（4）同書、八六頁。

（5）ちなみに、このヴェラに贈られた『見てごらん道化師を！』は、オークションの結果、ナボコフが勤務していたコーネル大学のクロック図書館に所蔵されている。

（6）この蝶の絵はナボコヴィアンには知られていても、一般には知られていないものだ。円城はいったいどこでこの蝶の絵を見つけたのだろうか？　という問いをここで投げておく。

（7）円城塔「厄災の中で書くこと――ナボコフに見る「道具」としての言葉」『東京新聞』夕刊、二〇一一年四月二十八日。

（8）石原千秋「密かで、したたかな「陰謀」」『産経新聞』二〇一二年一月二十九日。

（9）中田晶子のホームページ内の「ナボコフをさがして」には、日本文学にあらわれたナボコフへの言及が渉猟されており、参考になる。http://www10.plala.or.jp/transparentt/jnabvilia.html（二〇一六年五月二十五日閲覧）

(10) 佐伯彰一「奇妙なポルノグラフィ?」『文學界』一九五八年二月号、一六三—一六五頁。江藤淳「最後の戀人」『文學界』一九五九年二月号、一三九—一四二頁。

(11) 大久保康雄「解説——『ロリータ』をめぐる非難と称讃について」ウラジーミル・ナボコフ『ロリータ 上』大久保康雄訳、河出書房新社、一九五九年、二四六—二四七頁。

(12) 同書、二四七頁。

(13) 井上健「『ロリータ』日本上陸——自我と身体の読まれ方」『KRUG』五巻一号、二〇〇三年、八—一〇頁。

(14) 大久保「解説」二五一頁。

(15) 同書、二五二頁。

(16) 同書、二四八頁。

(17) 小島信夫「四十男の告白小説——一人のニンフェットへの欲情」『週刊読書人』一九五九年三月二日。

(18) 奥野健男「〝背徳〟は言い過ぎ」『夕刊讀賣新聞』一九五九年二月二十五日。

(19) 中田晶子「見えないユダヤ人——半世紀後に読む『ロリータ』」『南山短期大学紀要』三七巻、二〇〇九年、四六頁。

(20) 平林たい子「本」『読売新聞』一九五九年八月十六日。

(21) Charles E. Tutle Company, 1962. Vladimir and Véra Nabokov Publishing Correspondence, #4627. Division of Rare and Manuscript Collections, Cornell University Library.

(22) ウラジーミル・ナボコフ『ロリータ』大久保康雄訳、河出書房新社、一九六二年。

(23) 丸谷才一「日本文学のなかの世界文学」『展望』一九六六年一月号、八六—九四頁。

(24) 大久保「解説」二四六頁。

(25) 河出書房新社投げこみ広告、一九六〇年十二月。

(26) 丸谷「日本文学のなかの世界文学」九二頁。

(27) ここに丸谷自身も、東北という東京にくらべて「周辺」地域の出身だったという伝記的事実をつけ加えてもいいかもしれない。

(28) 篠田一士・丸谷才一「ナボコフの衝撃」『ユリイカ 特集ウラジーミル・ナボコフ』一九七一年八月号、八八—一〇一頁。

(29) しかし他方で、丸谷のナボコフ理解が十全なものだったわけではもちろんない。というより、丸谷のナボコフ理解は、ときにナボコフを「ジョイスの弟子」という枠のなかにあまりにとじこめようとする傾向がある。

丸谷は「故国の言葉と異国の言葉についてのノート」と題した文章で、ナボコフの『賜物』(丸谷は『贈り物』としている)の中の一節をあげ、作中の劇詩人ブッシュによる戯曲の中で「ヘラクレイトス」となるべきところが「ヘラクレス」となっている点をとりあげて、「問題の箇所は校正者の誤りでもなければ[中略]、ブッシュの誤りでもない」として、ここからジョイスとナボコフに共通する「神話的な、あるいはエロチックな、言葉あそび」をひきだすべきなのだとしている(丸谷才一「故国の言葉と異国の言葉についてのノート」『丸谷才一批評集 第四巻 近代小説のために』文藝春秋、一九九六年、三一八頁)。

しかし、これはおそらくはただたんに「校正者の誤り」=誤植で、その証拠に後の版では訂正されているし、そもそも英語版の元になった(丸谷の参照していない)オリジナルのロシア語版では「ヘラクレイトス」と正しく書かれている。

つまり、ヘラクレスが作中の劇詩人ブッシュによる遊びだとしたのは、丸谷の誤解というか、衒学《ペダント》ゆえのアクロバティックな曲解だったわけだが、これはナボコフの英語長編『青白い炎』のエピソードを思わせないでもない。長詩「青白い炎」を執筆する詩人ジョン・シェイドは、自らの神秘体験を裏書きすべく、Z夫人なる人物が臨死体験中に見たという「噴水」の真偽を確かめに直接会いに行くが、結局、新聞記事にあった噴水(fountain)は山(mountain)の誤植だったことが判明する。詩の中でシェイドは「誤植に基づいた――永遠の生とは!」と嘆息する(ウラジーミル・ナボコフ『青白い炎』富士川義之訳、岩波文庫、二〇一四年、一五二頁)。つまり人は自分の見たいものを対象に投影するということなのだが、丸谷も同じ轍をナボコフ的な偶然に導かれて通ったということだろうか。

(30) ウラジーミル・ナボコフ『ロリータ〔改訳決定版〕』河出書房新社、一九七四年、三二二頁。

(31) 丸谷才一「樹影譚」『樹影譚』文春文庫、一九九一年、八六頁。

(32) 同書、六〇―六一頁。

(33) 村上春樹『若い読者のための短編小説案内』文藝春秋、一九九七年、一六六頁。

(34) これは中田晶子が指摘している。"Transparent Things," http://www10.plala.or.jp/transparentt/maruya.html（二〇一七年五月二十五日閲覧）

(35) Vladimir Nabokov, *Bend Sinister*, New York: Vintage International, 1990, pp. 119-120.［ウラジーミル・ナボコフ『ベンドシニスター』加藤光也訳、みすず書房、二〇〇一年、一三八頁。］

(36) ナボコフの作品で、語り手がソ連に（ひそかに）帰国する筋書きのものもないではない。長編『見てごらん道化師を！』や詩「S・M・カチューリン公によす」（一九四七）などがそうである。

(37) 村上『若い読者のための短編小説案内』一六六―一六七頁。

(38) 丸谷「日本文学のなかの世界文学」九五頁。

(39) 同論文、九二―九三頁。

(40) 三浦雅士『出生の秘密』講談社、二〇〇五年、七三頁。

(41) 丸谷「樹影譚」八七頁。

(42) 村上『若い読者のための短編小説案内』一七〇頁。

(43) 大江健三郎「大江健三郎の50年」『IN POCKET』二〇〇四年四月号、五一―五二頁。

(44) 大江健三郎・沼野充義「対談 ドストエフスキーの〝新しい読み〟の可能性――ロシア・東欧文学をめぐって」『すばる』二〇〇七年四月号、二〇六―二〇七頁。ちなみに、この対談は、後に引用する『21世紀ドストエフスキーがやってくる』に収録されたものと重複部分も含んでいる。

(45)『臈たしアナベル・リイ総毛立ちつ身まかりつ』（二〇〇七）を文庫化にさいし改題。

(46) 大江健三郎『美しいアナベル・リイ』新潮文庫、二〇一〇年、一一四―一一五頁。

(47) たとえば巽孝之「「アナベル・リー」の娘たち――エドガー・アラン・ポーの文学史」林文代編『英米小説の読み方・楽しみ方』岩波書店、二〇〇九年、六一―八一頁など。

(48) 大江健三郎・沼野充義「ドストエフスキーが21世紀に残したもの」大江健三郎ほか『21世紀ドストエフスキーがやってくる』集英社、二〇〇七年、一一三頁。

(49) ただし、英語圏にマクダフ訳まで「スタヴローギンの告白」の訳がなかったというわけではない。ごく初期の訳として、一九二二年には、ヴァージニア・ウルフによる英訳も出版されている（S・コテリアンスキイとの共訳）。
（50）大江・沼野「ドストエフスキーが21世紀に残したもの」一一三―一一四頁。
（51）同書、一一四頁。
（52）余談だが、ポーランドのSF作家スタニスワフ・レムもまた、『ロリータ』と『悪霊』を並べて評価している。スタニスワフ・レム「ロリータ、あるいはスタヴローギンとベアトリーチェ」加藤有子訳『高い城・文学エッセイ』沼野充義・巽孝之・芝田文乃・加藤有子・井上暁子訳、国書刊行会、二〇〇四年、三二一―三六〇頁。
（53）デイヴィッド・ダムロッシュ『世界文学とは何か？』秋草俊一郎・奥彩子・桐山大介・小松真帆・平塚隼介・山辺弦訳、国書刊行会、二〇一一年、四五五頁。
（54）文庫版『ロリータ』によせた大江の解説は、『ロリータ』そのものへの解説ではなく、この『美しいアナベル・リイ』への自著解説として読むと腑に落ちる。そもそも、サクラさんは三十年ぶりに作家の「私」に連絡をとるにあたって、「私」の「文庫版『ロリータ』新訳への解説」を読んだということ、そして実際にその一節が作中で引用されていることからもわかるように、『美しいアナベル・リイ』は大江の『ロリータ』解説を前提とする形で書かれている。
　たとえば、『ロリータ』で獄中で審議を待つあいだに手記を書いているという設定のハンバートが「陪審席にいる翼を持った紳士のみなさん！」と呼びかけるシーンを指して、「この陪審員たちが、なぜ翼を持っているか？　それは、海のそばの王国で愛し合うアナベル・リーと詩の歌い手をうらやんで、少女を死にいたらしめたのが、翼を持った天使たちであったからだ」として、ポーの詩と『ロリータ』の照応関係を指摘しているが（大江健三郎「解説――野心的で勤勉な小説家志望の若者に」ウラジーミル・ナボコフ『ロリータ』若島正訳、新潮文庫、二〇〇六年、六二二頁）、これは『美しいアナベル・リイ』の中の映画「アナベル・リイ」で、幼いサクラさんを犯すのが、翼の描かれた外套を着たGIだったことへの著者自注になっている。作中では詩「アナベル・リイ」との対応のみが説明されるが、それは『ロリータ』という先例に倣ったものだったわけだ。
（55）同書、六一五頁。
（56）小説のなかで具体的な年号は明らかにされないが、「ミヒャエル・コールハース計画」がクライストの生誕二百年祭ということで、一九七七年あたりということはわかる。ただしマガーシャックは死去したとき五十代だったというから、マガルシャック・ナボコフと生年は一致しない。
(57) 大江がこのような考えにいたったのは、親しくしていたロシア語通訳・エッセイストの米原万里（一九五〇―二〇〇六）の影響もあった。米原がナボコフを嫌悪したのは、彼女が日本共産党と強い関係があった人物であることを考えれば（この考えを大江は否定しているが）当然とも言えた。大江・沼野「対談　ドストエフスキーの〝新しい読み〟の可能性」二一一頁。
(58) 大江健三郎「「学生作家」ということ」『毎日新聞』一九五九年二月二十一日。
(59) 大江健三郎・すばる編集部編「シンポジウム　ノスタルジーの多義性」『大江健三郎・再発見』集英社、二〇〇一年、一五二頁。
(60) 例として中川ユカリ「『痴人の愛』私論――アリス・ロリータ・ナオミ」『国文学科報』一五号、一九八七年、六九―八二頁。ポール・マッカーシー「ナボコフの「ロリータ」と谷崎の「痴人の愛」――対比の試み」西原大輔訳『國文學――解釈と教材の研究』四三巻六号、一九九八年、一〇〇―一〇八頁。
(61) 『新潮』に一九六〇年一月から一九六一年十一月までに十七回にわたって発表された（一九六〇年七月から十二月までは休載）。
(62) また川端には『名人』という実際の囲碁の対局に取材した作品があり、わかりやすいエキゾチズムと手頃な長さから各国語に翻訳もされ、海外でもよく知られている。この作品はチェス棋士の心理を題材にとったナボコフ『ディフェンス』と比較されることがある。William N. Rogers II, "Heroic Defense: The Lost Positions of Nabokov's Luzhin and Kawabata's Shūsai," *Comparative Literature Studies*, vol. 20, no. 2, 1983. pp. 217-230.
(63) Vladimir Nabokov, *Lolita*, New York: Vintage International, 1997. p. 15.［ナボコフ『ロリータ』二七頁。］
(64) 大江『美しいアナベル・リイ』二一〇頁。
(65) 「アメリカ文化センター」、米国の「ソフト・パワー」戦略については以下の文献を参照。松田武『対米依存の起源――アメリカのソフト・パワー戦略』岩波現代全書、二〇一五年、一〇―一一頁。
(66) 大江『美しいアナベル・リイ』二〇五頁。
(67) 小谷野敦『江藤淳と大江健三郎――戦後日本の政治と文学』筑摩書房、二〇一五年、三四八頁。

第六章　カタログのなかのナボコフ

――正典化、死後出版、オークション

もしナボコフに対する義務よりも大きな義務があるとすれば、それは文学史に対する義務だ。ドミトリイとヴェラはこのことを深く理解している。

マーティン・エイミス「ナボコフ夫人を訪ねて[1]」

1　「欲望」の対象としての『ロリータ』

ヴァルター・ベンヤミンは、蒐書についての有名なエッセイ「蔵書の荷解きをする」（一九三一）で、一冊の本を所有したいという思いは、ひとを病気にもし、犯罪者にもしてしまうものなのだ、という内容のことを述べている。[2]そのような意味で、ナボコフの本は「欲望」の対象であったし、現にそうであるようだ。

アリソン・フーヴァー・バートレットによる『本を愛しすぎた男――本泥棒と古書店探偵と愛書狂』（二〇〇九）は、九〇年代後半から二〇〇〇年代初頭にかけて北カリフォルニアを中心に活動していた稀代の書籍窃盗犯ジョン・ギルキーを追ったノンフィクションである。逮捕されるまで、カードやチェックの詐欺をくりかえし、二十万ドル近くの本を盗んだとされる本泥棒ギルキーが、一九九七年に最初

に落掌した稀覯書はナボコフの本だった。

　彼［ギルキー］はバウマン・レアブックショップに電話をかけて、お勧めの本があるかとたずねた。店員は『ロリータ』の初版本をあげた。その本なら知っていた。［中略］それに、値段がその種の本にしてはそれほど高くない――およそ二千五百ドルだった。注文することにした。二日か三日で『ロリータ』が届いた。

　ギルキーはそこそこ価値のある本ならすでに何冊か持っていたが、『ロリータ』は彼にとって最初の、真に価値のある本だった。単に高価だったからではなく（それ以外の本はどれも千ドル以下だった）、その歴史的重要度、その悪評ゆえだった。[3]

ギルキーは著者（アリソン・フーヴァー・バートレット）に、本は「購入した」ものと語ったようだが、その後のギルキーの行動や当時の状況からすると、二千五百ドルもの本を本当に買ったとは考えづらい。『ロリータ』こそ、ギルキーに稀覯本を所持する「蜜の味」を教えてしまった運命の本だったのだ。ナボコフは『ロリータ』で性的倒錯を描いたが、その書物自体が、一種の倒錯《フェチシズム》の対象になったのである。

　そして、ギルキーが『ロリータ』に執着した理由とは、それが「真に価値のある」ものだからだった。もし『ロリータ』が、たんなる猥本や、ベストセラーのたぐいであれば、二千五百ドルの値はつかなかっただろうし、ギルキーも罪を犯してまで手に入れようとは思わなかっただろう。その「価値」が跳ねあがったのは、『ロリータ』が少女への愛情というテーマをあつかいながらも、高い文学的評価をえていたから――具体的には「大手出版社ランダム・ハウス社傘下のモダン・ライブラリー社が一般読者に投票を募った「英語で書かれた二十世紀の小説ベスト百」で第四位に位置していた」からだった。[4] 実際、このあとギルキーは物質的、精神的スノビズムを満たすために、同ランキングにリストアップされたほかの小説を片っ端から盗むようになったのだ。

2　世界一高価な『ロリータ』

ギルキーのケースは、「文学的価値」が、ダイレクトに本の商品としての価値を創出することをしめしている。ピエール・ブルデューの提唱した芸術的・文化的な価値をうみだす「象徴資本」ということばさえ、アカデミックな世界では浸透した感のある今となっては忘れられがちなことだが、「文学的価値」という概念自体、もとより一種の比喩であって、作家や作品のもつ威信や価値は数値で正確に測られるようなものではない。

他方で、物質としての書物は、具体的な価格をつけられて流通するものでもある。もちろん、その価値もまた不動のものではなく、古書の場合なら初版本であるかどうか、あるいは著者のサインがついているのかどうかなど、本の状態によって細かく変動する不安定なものである。そして、「文学的価値」もまた、本の物質としての価格を決めるひとつの変数として作用する。

ナボコフの古書価について、興味深い資料をもうひとつだけ紹介しておこう。[5] 古書の世界で、著者が献辞を書いて、知人に送った自著を「署名いり献本《インスクライブド・コピー》」と言う。ナボコフの場合、自著にサインすることがきわめてまれだったため、ただの署名本でも希少価値がある。そして、「署名いり献本」のジャンルで、もっとも有名かつ高価なナボコフ本ははっきりしている。

『ロリータ』が世界的なベストセラーになったのは、グレアム・グリーン（一九〇四―一九九一）の力

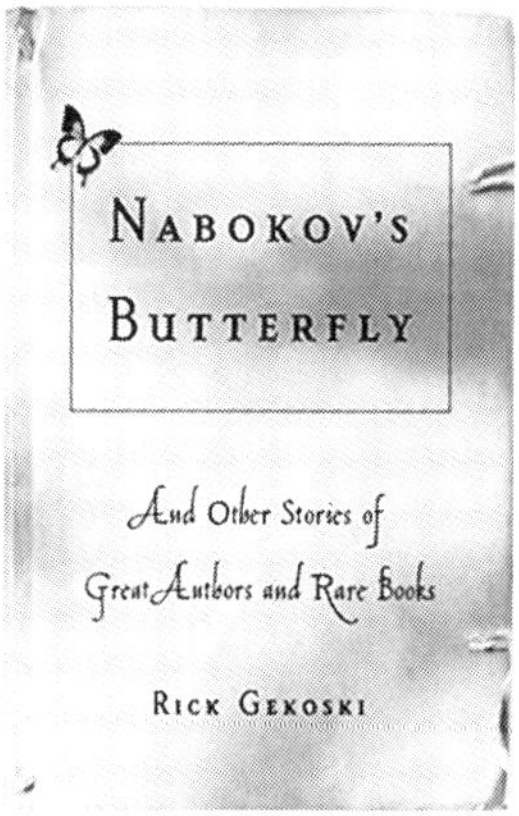

リック・ゲコスキー『ナボコフの蝶』表紙

によるところが大きいという事実はよく知られている。ナボコフの『ロリータ』は、その内容から当初アメリカ国内での出版はできず、パリのオリンピア・プレスのトラヴェラーズ・コンパニオンというシリーズの一冊として刊行された。それをたまたまとりあげたのが、作家のグレアム・グリーンであり、その評を発端にして注目があつまった[6]。つまり、グリーンが言及しなければ、『ロリータ』とナボコフは文学史に埋もれていた可能性が高い。

あとになって、ナボコフはグリーンに直接面会し、感謝をこめて献辞をいれた『ロリータ』初版を贈った。この本は当然ながら、上記のような歴史的経緯があるため、非常に価値があるものになる。グリーンあての献辞がついた『ロリータ』をグリーンから買いとったのは古書店主のリック・ゲコスキーであり、その顛末は稀覯本ディーラーの実体験をつづったエッセイ『トールキンのガウン』（アメリカ版『ナボコフの蝶』）（二〇〇四）にくわしく書かれている[7]。

一九八八年、グリーン本人から連絡をうけたゲコスキーは、「グレアム・グリーン様、ウラジーミル・ナボコフより、一九五九年十一月八日」という献辞と「腰の高さで舞う緑のアゲハチョウ」のイラストがついた『ロリータ』初版を買いとることになる[8]。ゲコスキーはこの本をグリーンから四千ポンドで買いとり、すぐさま九千ポンドで売却した[9]。そして、さらに買いもどして転売したという。

グレアム・グリーンから購入したオリジナル本のほうは、一九九二年に一万三千ポンドで買い戻し、まもなくニューヨーク在住の収集家に売却した。彼にとっては安い買い物だった。二〇〇二年にこれが〈クリスティーズ〉にふたたび現われたときには、二十六万四千ドルという驚天動地の価格に跳ね上がった。私はそのとき会場に居合わせ、とび上がるほどに驚いたが、古書業者としての良心の呵責で気分が悪くなった。(10)

ゲコスキーの手をはなれた『ロリータ』は、一九八八年から短期間で大幅に値段がつりあがっていた。四千ポンドで持ち主から買いとった本を、九千ポンドで販売し、さらに一万三千ポンドで買いなおし、その十年後には二十六万四千ドルで落札されたというのだから、(物価の変動などを考慮せずに)単純に計算した場合、わずか十年少々で、数十倍もの値がついたことになる。

「古書」というと日本では好事家の趣味といったイメージで、一度購入されればコレクションとして架蔵され市場にはなかなか流出しないもののような印象がある。もちろん海外にもマニアはいるが、そもそも最古のオークションハウスのサザビーズが、古書の販売を目的としていたように、西欧で古書の美術品としての位置づけはマージナルなものではなかった。現代作家の作品でも条件がそろえば投機目的で頻繁に売買されることもまれではない。しかし、『ロリータ』のあまりにバブリーな値上がりは、まっとうな古書ビジネスをしているものなら「気分が悪く」なるほどのものだったのだ。

3　正典化されるナボコフ

ナボコフの古書価が急速につりあがった九〇年代、それはナボコフが正典《カノン／キャノン》化され、その象徴資本を蓄積したのと同時期だった。二〇一二年、オンラインジャーナルの『コメンタリー』誌にD・G・マイヤーが寄稿した記事「ここ二十五年間におけるアメリカの作家のＭＬＡにおける文献数ランキング」が、ネット上で話題になった（表1）。「ＭＬＡ」は米国現代語学文学協会の略語（Modern Language Association of America）であり、ここではその作成するデータベース（ＭＬＡインターナショナル・ビブリオグラフィ）を指している。このデータベースは有料ながら、英語圏最大の文学系のデータベースとして、研究者ならまっさきに参照すべきものだ。そのデータベースの文献数が、二〇一二年までの四半世紀でもっとも多かった「アメリカの作家」のランキングで、ナボコフはヘンリー・ジェイムズ、ウィリアム・フォークナー、Ｔ・Ｓ・エリオット、ハーマン・メルヴィルについで五位にランクインした[11]。あくまで「ここ二十五年」という限定つきではあるが、ヘミングウェイやポー、ホーソーンといったアメリカ文学の文学的巨人《リテラリー・ジャイアンツ》たちをも単純な数字の上ではしのいでいることになる（ただしこのマイヤーの調査ではなぜかマーク・トウェインの数値が実際より低くカウントされてしまっている）。

ナボコフの場合、（アメリカ文学に参入したことが遅いこともあって）先行するほかの正典作家とことなり、文献のほとんどが「ここ二十五年」に書かれている。そのため、一九四七年からの累計文献数と比較した順位は五ランクアップとなり、他作家をごぼうぬきにしている。この文献数の中には、ロシア文学者によって、ロシア文学関係の学術誌に発表された論文も多くふくまれるため、数値だけをとりだして「アメリカの作家」として評価するのはフェアではない面もあるのだが（しかしそもそも「フェア」な評価はなにかという問題もある）、それでもナボコフがこの三十年間に大量の批評をあつめた作家であることはまちがいない。

このような研究熱の高まりは、ある程度作家の側で準備したものと見ることもできる。そもそも、ナボコフの作品は「難解」であり、さまざまな意匠がほどこされ、批評家に謎解きをせまるような構造に

（表1）「ここ25年間におけるアメリカの作家のMLAにおける文献数ランキング」

順位	作家名	文献数	1947年からの累計と比較した場合の順位変動
1	ヘンリー・ジェイムズ	3,188	+1
2	ウィリアム・フォークナー	2,955	-1
3	T・S・エリオット	2,659	+1
4	ハーマン・メルヴィル	2,579	-1
5	ウラジーミル・ナボコフ	2,290	+5
6	アーネスト・ヘミングウェイ	2,220	-0-
7	エドガー・アラン・ポー	1,958	-2
8	トニ・モリソン	1,950	+9
9	ナサニエル・ホーソーン	1,751	-4
10	ウォルト・ホイットマン	1,647	-2
11	エミリー・ディキンソン	1,623	+2
12	エズラ・パウンド	1,620	-3
13	ウィラ・キャザー	1,482	+5
14	ラルフ・ワルド・エマーソン	1,326	-3
15	ウォレス・スティーヴンズ	1,122	-1
16	イーディス・ウォートン	1,087	+5
17	ヘンリー・デイヴィッド・ソロー	1,076	-5
18	F・スコット・フィッツジェラルド	1,002	-3
19	フラナリー・オコナー	935	+3
20	マーク・トウェイン	882	-4
21	ジョン・スタインベック	823	+2
22	ウィリアム・カーロス・ウィリアムズ	772	-0-
23	ソール・ベロー	706	+2
24	リチャード・ライト	670	+2
25	ロバート・フロスト	661	-5

なっていた。その端的な発露が、一九七〇年に刊行された研究者アルフレッド・アペル・ジュニアによる『詳注ロリータ』だろう。これは『ロリータ』を文学的な引用の織りものと見なして、アペル・ジュニアが百五十頁にもおよぶ膨大な注をつけたものだ。この『詳注ロリータ』は、改訂をほどこされながら現在も市販されているが、注目すべきは、ナボコフがその注を、自分の書籍に付属したかたちで出版するのをゆるしたという点だろう。そのことによって、ナボコフは自著に対するひとつの読み方を「公認」しているのだ。

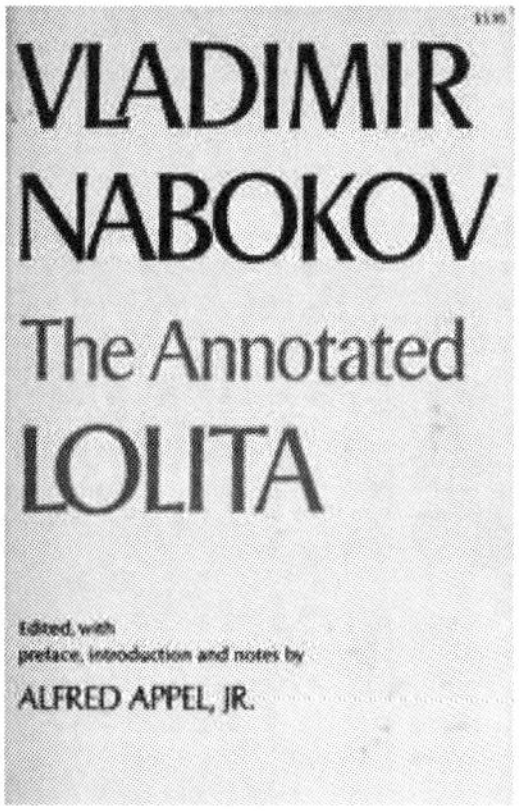

『詳注ロリータ』初版表紙

『詳注ロリータ』はひとつの例だが、ナボコフがかなりの程度意識的に、自分に対する批評を取捨選択していたことは疑いようがない事実である。ユーリイ・レヴィングは、ナボコフがインタヴューなどをつうじてセルフイメージをコントロールすることで、いかに自分の象徴資本の価値を高めたかを論じている。[12] 俗世間から隔離されたホテル住まいの隠者、芸術至上主義者、難解な作風の「言葉の魔術師」……こういったわれわれがナボコフにいだくイメージ、それはすべてとは言わなくとも、少なくとも部分的には、自著の表紙や広告などのプロモーションやインタヴューなどに、ナボコフ自身が細かく口を出すことでつくられていったものだ。ナボコフがとっていたポーズ——亡命貴族、第四章ですでに見た「捕虫網を手にした愛妻家」、つまりは金銭などの世俗事や文学的名誉から距離をとる気難しい老作家——逆説的だが、そのような態度が、(時に自分の死後もつづき、家族をも守護する)息の長い文学的成功につながると作家は知っていたのだ。

事実、一九七七年に作家が死去したあと、ナボコフの名声は下火になるどころか、逆に高まった。[13] 遺族とその周囲によって、ウィルソンとの往復書簡集（一九七九）、文学講義シリーズ、戯曲集『ソ連から来た男』（一九八四）、『魅惑者』（一九八六）、書簡集（一九九一）など重要な出版物が定期的に刊行され、そのたびに批評や研究がつみかさねられた。それはあたかも火に薪をくべるようなものだった。他方で、書誌など研究上の基本文献も整備されていった。

なかでも、ターニングポイントになったのが、九〇年代の頭に出版されたニュージーランド人ブライアン・ボイド（一九五二—）による二巻本の伝記（一九九〇—一九九一）だった。[14] 二冊合わせて千四百頁を超えるこの書物は、驚異的な情報量で、ナボコフという作家を論じるうえで必要な伝記的な事実の束を研究者に提供した。このような「インフラ」がととのえられたこともあって、九〇年代後半から二〇〇〇年代前半にナボコフ研究は黄金期を迎えることになる。

そして、ボイドが伝記を書くきっかけになったのが、未亡人ヴェラ・ナボコフからスイスに呼びだされたことだった。まだ大学院をでたばかりの駆け出しだった一九七九年に、博士論文を送ったことがきっかけでモントルーに招かれ、亡き夫の書誌を整理するよう頼まれたのだった。以降、ボイドがナボコフ家秘匿の資料の提供をうけ、伝記まで完成させたことを思えば、そもそもこの正典化の流れは、ナボコフ家側のシナリオにそったものだったと言えなくもない。

もちろん、伝記がひとつの文芸ジャンルとして定着しているアメリカでは、定本的な伝記の存在は、ある程度以上の評価をうけた作家には欠かせないものであり、偉大な文学の殿堂へとつづく「聖別」の第一歩だ。だからこそ、作家が生前から、自分の伝記作者を指定しておくような事態がおこるのだが、実際にナボコフも一九六〇年代から、本書でもすでに何度か言及した研究者アンドルー・フィールド

アンドルー・フィールド

（一九三八―）に伝記の執筆をまかせ、資料を提供していた（ちなみに、このときのフィールドもボイドと同じくまだ二十代の若者だった）。結局、公認の伝記を書かせるという目論見は、フィールドがナボコフの意に満たない記述を繰りかえしたため頓挫するのだが、忠実な伝記作者による詳細な伝記の出版は、作家の生前からの宿願だった。フィールドの伝記で懲りていたヴェラは、だれよりも先にボイドの伝記の原稿を校閲したという。ナボコフの遺族たちによる力添えがあって、九〇年代から二〇〇〇年代にかけてナボコフの象徴資本の価値は急激に高まったと言える。

このような遺族たち、学者たちの協同をさして、レヴィングは以下のように述べている――「そのエステート、忠実な批評家たち、学者たちはいやおうなしにみな、ナボコフを著名かつ高名な存在にかつぎあげることで、その価値を高めることに貢献した。この目に見えない談合によって、ナボコフは聖別され、その作品は希少なものとなった[15]」。ナボコフが正典化され「象徴資本」が高まれば、遺族やエージェントが富をえるだけでなく、研究者も間接的に利益をえることになる（それはアカデミック・ポストかもしれないし、地方新聞からの『ロリータ』についてのコラムの依頼かもしれない）。作家やその家族、研究者や批評家は一種の利益共同体であって、その内側にいる人間は作品の賛美はできても批判は難しくなる。

もちろん、アカデミックな世界での名声と、出版界での成功や古書価の高騰がイコールというわけではない。しかし、今から見ていくようにこの二種類の世界が、かなり意図的に結びつけられていたことはまちがいない。本章はナボコフの死後、その象徴資本をめぐっておこなわれている現在進行形のかけひき――「見えない談合」のドキュメントである。

4　売り払われる遺産

すでに見たように、ナボコフの本は九〇年代後半には、少なくとも『ロリータ』と一部の入手しづらい作品に関しては、古書市場で高値でとりひきされるようになっていた。ナボコフ作品が高額で売買されるようになった背景には、正典化と同様、作家自身にその理由のいくらかがあるとも言える。作家自身、自分の原稿や書簡を実質的に売却したことがあったからだ。

一九五九年、ナボコフは議会図書館に自分の草稿を寄贈したが、それは『ロリータ』でえた莫大な収入とともに、降りかかった巨額の所得税の控除を受けるためだった。ブライアン・ボイドのエッセイ「ナボコフの遺産」を引用する。

> 一九五九年、『ロリータ』の収入に莫大な税金がふりかかり、ナボコフは税の控除のため議会図書館に文書を寄贈することにした。草稿が邪魔して、完成作品から興味がそれるようではだめだとつねに考えていたにもかかわらず、金銭面の誘惑が反感を制した。つづく数年のうちに、ナボコフは議会図書館にロシア語長短編と、一九六二年の『青白い炎』までの英語作品の手稿を送った。図書館側が翻意するよう説得したにもかかわらず、懸念が募ったナボコフは資料にアクセスすることを五十年の間禁じた。(16)

このとき、議会図書館に収蔵された原稿や資料のなかには、上記にあるような発表ずみの作品の草稿やゲラ刷り、書簡だけでなく、最初期に書かれた未完の短編「ナターシャ」、長編『賜物』の続編のために書かれたメモ（「『賜物』第二部」）など、貴重な資料もふくまれていた。引用にもあるように、ナボコフはこうした未完の作品や制作途中の作品の公開を望まなかった。しかし、ほかの多くの作家同様、「金銭面の誘惑」が最終的に勝利をおさめた。公開したくない作品を公共図書館に供出するという矛盾に満ちた行動のすえ、ナボコフが出した妥協案は「寄贈後五十年間の非公開」だった。

　本来なら伏せられるべき未完成な作品や私信を、公共機関に有償でうけわたすこと――このような姿勢は、ナボコフのセルフイメージである「俗事から隔絶した芸術家」からはほど遠いものであることはまちがいない。しかし原稿を一度図書館にあずけたあとも、ナボコフは一九七〇年十二月、議会図書館の原稿部門《マニュスクリプト・ディヴィジョン》のジョン・ブロデリックに「私にあなたがおっしゃる新しい法律についてお教えいただけますでしょうか――もし図書館にもっと「寄付する」のではなく「預ける」ことにした場合、なにがどれくらい私の財産にとって有利になるのかお教えいただけますでしょうか」と新しい税制についての質問を書きおくっている。[17] このような原稿や書簡の管理および売却は、作家の死後も遺族によって踏襲された。一九九二年、ナボコフの妻ヴェラと息子ドミトリイのもとに残された膨大なナボコフの原稿や書簡の一部が、古書店経由でニューヨーク公共図書館に売却されたのだ。

　この際、ニューヨーク公共図書館とナボコフ家のあいだをとりもったのが、古書店主のグレン・ホロウィッツ（一九五五―）だった。一九九一年、死の間際にあったヴェラ・ナボコフは、かつてブライアン・ボイドをよびつけたときのように、当時まだ実績もさほどなかった若きホロウィッツをモントルーによびよせた。ホロウィッツの手に販売を託した大量の資料は、ボイドがまさにそれを利用して伝記を書きあげたばかりのものだった（ここに、あとあとまで踏襲される、自分たちの管理下における編集・出版ののちの資料の売却というパターンがすでにうかがえる)。
ホロウィッツは「モントルーとニューヨークを行ったり来たりして、六か月から九か月にわたる熾烈な交渉を経たのち、すべてひっくるめて、百五十万ドルで購入するようニューヨーク公共図書館を説得した」。文学関係のアイテムとしては史上はじめて百万ドルをこえるこの「画期的な取り引き」によって[18]、ホロウィッツは多額の手数料(このようなケースの場合、一〇パーセントから二〇パーセントが仲買業者のとり分とされる)をえただけでなく、ディーラーとして一躍名をあげることになった。[19]
名をあげたのはもちろんホロウィッツだけではない。ホロウィッツの尽力により、一括してニューヨーク公共図書館に売却されたコレクションは、その原稿部門のひとつであるヘンリー・W・バーグとアルバート・A・バーグ記念英米文学コレクションに収蔵された。この通称「バーグ・コレクション」はディケンズ、テニソン、ヴァージニア・ウルフから、ホイットマン、ヘンリー・ジェイムズ、エリオットまで、英米文学の主要な作家の書簡、原稿、著作を収集したアーカイヴであって、予約制ながら世界中から毎年多くの研究者の訪問をうけている。ここに原稿や書簡が収められることは、作家にとってまさに「殿堂入り」を意味する栄誉でさえある。[20]
一九九二年に売却されたコレクションは、同アーカイヴの「ウラジーミル・ナボコフ文書」の幹《みき》となっている。この文書は、少なくとも一般にアクセスできるナボコフ関係の資料としては最大のもので、ロシア語・英語両面の創作活動のすべての時期におよぶ、数多くの貴重な文書、ノート、原稿、ゲラ、未刊行の執筆物、書簡、書籍をおさめており、総数は一万五千アイテムにのぼる。なかにはいまだアクセスを制限された、未公開の原稿類も多く、全貌を把握しているものは研究者の中にすらほとんどいない。

サザビーズのカタログで販売された「アンドルー・フィールド文書」

このようなナボコフ家「公認」による原稿の「史上最高額」での売却は、ナボコフの「価値」を世間にしらしめることにもなった。それを示すひとつの事例として、九〇年代よりナボコフの著書がメジャーなオークションハウスのカタログに掲載されるようになったことがあげられる。一九九四年には、サザビーズにアンドルー・フィールド所蔵の「アンドルー・フィールドのナボコフ文書」が評価額《エスティメート》八千から一万二千ドルで出品されているが、これはまとまった文書のメジャーなオークションへの出品としてはもっとも古い[21]。ナボコフの初版本や、知人に送った手紙は、いまもオークションで流通しているが、まさに九〇年代前半の正典化と並行して、ナボコフの市場がつくられたことがわかる。

5　ドミトリイ・ナボコフ——父の代理人

ホロウィッツがモントルーに呼びよせられた一九九一年の四月、作家の妻ヴェラ・ナボコフが八十九歳で亡くなった。ナボコフに長年影のようにつきしたがい、手紙の代筆や車の運転などマネージャー業務全般をこなし、作家の死後も著作権の管理や各国語の翻訳のチェックなど膨大な雑務をひきうけてきた妻ヴェラの死が意味するのは、一人息子であるドミトリイ・ナボコフ（一九三四―二〇一二）が両親の遺産の一切をひきつぎ、処分する権利をえた、ということだった。

ドミトリイ・ナボコフは、一九三四年に当時の亡命先であるベルリンで生まれた。結婚九年目にして生まれた待望の息子に、ウラジーミルは尊敬していた亡き父親と同じ名前をつけた。ある意味で、作家の以後の生活はすべて、いかにこの一粒種を守り育てるかということに捧げられていたと言っても過言ではない。ナチスによる迫害の危険が迫ると、住み慣れたベルリンを離れ、さらにフランスからアメリカへと渡った。亡命という不自由な環境の中で、考えうる最高の教育を用意した。そのためにナボコフは借金もした。息子はハーヴァード大学を卒業後、オペラ歌手になる道を選んだ。一九五〇年代末に、ナボコフがアメリカを去ってスイスに移り住んだのは、ヨーロッパで活動する息子のそばにいようとしたためだったという。

ドミトリイもまた、ヴェラと同じく父親の忠実な影として働いた。ドミトリイの場合、父親の初期のロシア語作品を翻訳することが主な仕事になった。一九五九年の『処刑への誘い』(『断頭台への招待』)の英訳を皮切りに、ナボコフのロシア語長短編のほとんどは、「ドミトリイ・ナボコフが、作者と共同作業で翻訳」というかたちで出版されている。

ナボコフ父子

作家の死後もその姿勢は変わらなかった。一九八〇年、ドミトリイは愛車フェラーリ・三〇八GTBで仕事から帰る途中で事故にあい、全身に大やけどと、首の骨を折る瀕死の重傷を負った。その後は歌手業を実質的に引退し、父の未訳作品や未刊行作品の翻訳や出版、書簡集の編集など、遺産の整理にうちこんでいた。

6 ヴェラの蝶

二十世紀の終わりの数年間を、ドミトリイ・ナボコフはいそがしく過ごしていた。ナボコフの生誕百周年を前にして、催しものや記念出版があいついだが、作家の息子こそ、代理人としてキャンペーンの中心にいたからだ。一九九七年にはエイドリアン・ライン監督による新しい映画『ロリータ』が公開された。一九六二年のキューブリックによる映画化以来、三十五年ぶりに『ロリータ』が銀幕によみがえるということもあり、ドミトリイは各地を飛びまわって初日挨拶をこなした。[22] 一九九八年、生誕百年を記念してイサカのコーネル大学でおこなわれた国際ナボコフ学会のフェスティバルでは、ゲストとしてまねかれ、世界中から集まったナボコフ学者を前にして講演をおこなった。ナボコフの死後の名声が、ピークをむかえた瞬間でもあった。

ナボコヴィアンたちが生誕百周年を盛大に祝うなかで、ドミトリイはナボコフの遺品の一般販売にのりだした。ドミトリイが手をつけたのは、父親が母親に贈った署名いり献本だった。結婚後、とくに英語作品において、ナボコフは自著のほぼすべてを妻に献じており、「妻へ」という献辞が扉の前に印刷されていることは知られている。それだけでなく、作家は自分の本の見本ができあがるたびに、献辞の頁に自筆のイラストを描き、物理的にも妻に贈りつづけていた。そのイラストは鱗翅類学者ナボコフらしい緻密さで細部まで生物学的な特徴が描かれることもあれば、色鉛筆をもちいた大胆な色づかいで極彩色の架空生物が描かれることもあった。再版やペーパーバック化されるたびごとに、あるいは各国語の翻訳が出版されるごとに、送られてくる著者献本を同じようにして妻に贈ったため、ナボコフが死去した時点で相当数の「署名いり献本」がヴェラの手元にあったことになる。

この「ヴェラの蝶」の販売を託されたのが、以前ニューヨーク公共図書館に文書を販売して信頼を勝ちえたホロウィッツだった。グレン・ホロウィッツ書店はこの販売のために、カラー図版が多数はいった特製のカタログ『ヴェラの蝶』を限定二千部（！）で作成した。欧米では古書店は目録作成に力を入

カタログ『ヴェラの蝶』口絵

れるが、その基準で見ても美本の類であり、展覧会のカタログにちかい。ナボコフが妻のために描いた蝶のイラストをふんだんにおさめたこの本は一種の標本箱として、いかにも収集欲をかきたてる。一般には流通しなかった非売品ながら、ISBNまでつけられ、コレクターズ・アイテムとしての価値をもっている。[23]

　このカタログは、日本ではほとんど知られていないものなので、内容について述べておくことは意味があるだろう。商品説明とは別に、カタログは著名人からの寄稿をおさめている。執筆者は、ドミトリイ・ナボコフ、ブライアン・ボイド、生物学者スティーヴン・ジェイ・グールド、批評家マイケル・ウッド、伝記作家ステイシー・シフ、作家ジェイムズ・ソルター、生物学者カート・ジョンソンといった豪華な顔ぶれだ。収録された未刊行版の映画『ロリータ』脚本からの抜粋も、現在にいたるまで、ここでしか読めないものになっている。

カタログは、販売するアイテムを、ほぼ刊行年順に整理しならべている。それぞれの商品ごとに、その来歴や出版情報、商品の状態、ナボコフの作品における文学的な意味が、最新の研究を参考にして詳細に――場合によっては数ページにわたって――記述されている。

販売されているラインナップも、百三十五点におよぶ錚々たるものだ。ナボコフの著作については、一九一六年、サンクトペテルブルグでナボコフがはじめて刊行した私家版の『詩集』からはじまって、ケンブリッジ―ベルリン―パリ亡命時代のロシア語文献、アメリカ時代以降の英語文献まで、少部数のものもふくめ、ナボコフが生前刊行したほぼすべての印刷物をおさめている。その中には、ロマン・ロラン『コラ・ブルニョン』、ルイス・キャロル『不思議の国のアリス』のロシア語訳、『イーゴリ軍記』、ミハイル・レールモントフ『現代の英雄』、プーシキン『エヴゲーニイ・オネーギン』などの英訳や、雑誌に掲載された自作の詩や短編、長編抜粋などの切り抜きもふくまれている。自作の海外版として、英露だけでなく、イタリア、フィンランド、スウェーデン語版も出品されている。そして百三十五点中、三点がナボコフが直接の著者や訳者ではない、蔵書からの出品である（ロットナンバー二番、A・E・ハウスマン『シロップシャーの若者』、『最後の詩集』。五八番、ヴェラに贈った『イタリア語の基礎　第一部――はじめてのイタリア語読本』。一一三番、ディーター・ツィンマー『ウラジーミル・ナボコフ――全作品書誌』）。

原稿のような「一点もの」は基本的にないものの、マイケル・ジュリアーによる『ウラジーミル・ナボコフ書誌』に収録されていないものや、[24]現在では入手が非常に難しいものも多くそろえている。その多くが、ナボコフ本人の手によってなんらかの書きこみがされており、書誌学的にも、文献学的も貴重である。研究上の観点からは本来なら、一括して学術機関に譲渡・販売すべきでもあるコレクションを、息子は個別に値段をつけて販売した。ドミトリイとホロウィッツがつけた価格は、上は十二万五千ドルから下は五百ドルまで幅広く、総額は三百三十万ドルを超える。金額だけ見れば、七年前にニューヨーク公共図書館へ販売した資料の二倍以上の価格である。

出品された個々のアイテムについても少しだけ紹介しておこう。百三十五点のうち、最高価格である十二万五千ドルの値がつけられたのは二点。ひとつは、一九五五年にオリンピア・プレスが発行した『ロリータ』初版の第二刷で、ナボコフの書きこみがびっしりされたものだ。『ロリータ』の本文批評のうえでも貴重な本であり、最高額がつけられたのも不思議はない。

ナボコフの書きこみ入り『ロリータ』初版の第二刷

訂正つき『ロリータ』初版本とならんで十二万五千ドルの最高額がつけられたのが、私家版の論文集になる。これはナボコフが過去発表した鱗翅類の論文十二本を雑誌から切りとって、自分で綴じたものだ。最後に「ヴェラへ」と書かれており、いくつかの論文には、単行本『強硬な意見』（一九七三）収録用に手なおししたあとがある。現在は鱗翅類の論文を集成した『ナボコフの蝶』が刊行されてしまったため、簡単に読めないものはないものの、世界に一冊しかないという意味ではたしかに貴重だ。

ちなみに、最後の長編『見てごらん道化師を！』の、妻への署名つき献本もこのときに売りにだされている。第五章で紹介した円城塔が「道化師の蝶」でモチーフにしたイラストつきのものだ。あの、色とりどりの格子柄模様の翅をした蝶のイラストがついた『道化師』は、ロットナンバー一三二番、二万五千ドルで販売された。

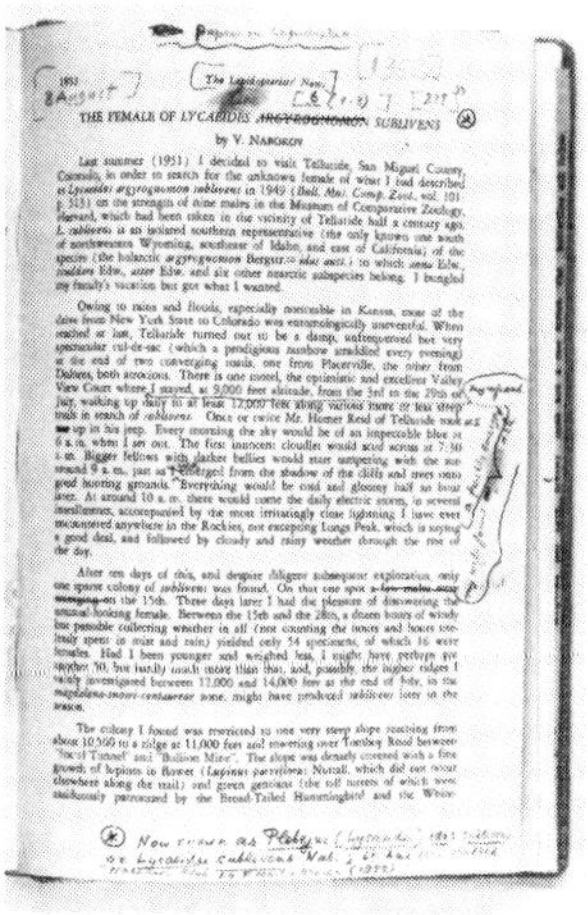

1951 August

The Lepidopterists' News

THE FEMALE OF *LYCAEIDES* ~~*ARGYROGNOMON*~~ *SUBLIVENS*

by V. NABOKOV

Last summer (1951) I decided to visit Telluride, San Miguel County, Colorado, in order to search for the unknown female of what I had described as *Lycaeides argyrognomon sublivens* in 1949 (*Bull. Mus. Comp. Zool.*, vol. 101 p. 513) on the strength of nine males in the Museum of Comparative Zoology, Harvard, which had been taken in the vicinity of Telluride half a century ago. *L. sublivens* is an isolated southern representative (the only known one south of northwestern Wyoming, southeast of Idaho, and east of California) of the species (the holarctic *argyrognomon* Bergstr.) to which *anna* Edw., *scudderi* Edw., *aster* Edw. and six other nearctic subspecies belong. I bungled my family's vacation but got what I wanted.

Owing to rains and floods, especially noticeable in Kansas, most of the drive from New York State to Colorado was entomologically uneventful. When reached at last, Telluride turned out to be a damp, unfrequented but very spectacular cul-de-sac (which a prodigious rainbow straddled every evening) at the end of two converging roads, one from Placerville, the other from Dolores, both atrocious. There is one motel, the optimistic and excellent Valley View Court where I stayed, at 9,000 feet altitude, from the 3rd to the 29th of July, walking up daily to at least 12,000 feet along various more or less steep trails in search of *sublivens*. Once or twice Mr. Homer Reid of Telluride took me up in his jeep. Every morning the sky would be of an impeccable blue at 6 a.m. when I set out. The first innocent cloudlet would scud across at 7:30 a.m. Bigger fellows with darker bellies would start tampering with the sun around 9 a.m., just as I emerged from the shadow of the cliffs and trees onto good hunting grounds. Everything would be cold and gloomy half an hour later. At around 10 a.m. there would come the daily electric storm, in several installments, accompanied by the most irritatingly close lightning I have ever encountered anywhere in the Rockies, not excepting Longs Peak, which is saying a good deal, and followed by cloudy and rainy weather through the rest of the day.

After ten days of this, and despite diligent subsequent exploration, only one sparse colony of *sublivens* was found. On that one spot ~~a few males were emerging~~ on the 15th. Three days later I had the pleasure of discovering the unusual-looking female. Between the 15th and the 28th, a dozen hours of windy but possible collecting weather in all (not counting the hours and hours tediously spent in mist and rain) yielded only 54 specimens, of which 16 were females. Had I been younger and weighed less, I might have perhaps got another 50, but hardly much more than that, and, possibly, the higher ridges I vainly investigated between 12,000 and 14,000 feet at the end of July, in the *magdalena-snowi-centaureae* zone, might have produced *sublivens* later in the season.

The colony I found was restricted to one very steep slope reaching from about 10,500 to a ridge at 11,000 feet and towering over Tomboy Road between "Social Tunnel" and "Bullion Mine". The slope was densely covered with a fine growth of lupines in flower (*Lupinus parviflorus* Nuttall, which did not occur elsewhere along the trail) and green gentians (the tall racemes of which were assiduously patronized by the Broad-Tailed Hummingbird and the White-

私家版鱗翅類学論文集

7　ドミトリイの蝶

ナボコフがヴェラに贈った著作の数々は、ドミトリイにとってみれば両親の形見であって、このようなかたちでコレクターに散逸させることに抵抗感はなかったのかと思う。ただし、海外のある程度著名な作家の場合、将来的に売却されることを見こして自著を献じたり、書簡を残しておくケースも少なくない。研究者のスティーヴン・ブラックウェルも指摘しているように、ナボコフは『ロリータ』で名声をえるまえから、自分の活動の「商品価値」をはっきりと見こし、書簡や原稿の管理をしていた作家だった[25]。

さらに、ナボコフは先ほど引用した一九七〇年の議会図書館の原稿部門のブロデリックにあてた手紙で、図書館に寄贈することにした原稿も、本当は息子に残してやりたいのだというむね述べている。

> 『アーダ』の膨大な完全原稿のような、いつの日か財産になるかもしれない資料を自分の息子に残さないのは、その子を廃嫡するも同然だと、友人たちから言われました[26]。

ナボコフの息子への溺愛ぶりがうかがえる書簡だが、むしろこのような手紙を公開すること自体、書簡集の編者でもあるドミトリイの意図が少々透けて見え、やや気持ちが悪い——ドミトリイは（膨大な書簡の中から）あえてこの手紙を出版することで、父の声を借りるかたちで自分に作家の原稿を処分する自由があるという宣言を、ナボコフの愛読者たちに向かってしているのだ。

ドミトリイによる遺産の処分は、「ヴェラへの蝶」にとどまらなかった。数年後、ドミトリイは「ドミトリイの蝶」——父から自分に贈られた献辞つき署名本を中心に売りにだしたのだ。しかも今回はカタログ販売ではなく、大掛かりなオークションだった。競りこそ、コレクターの欲望をあおり、結果的に利益を最大化することに息子は気がついたのだ。パリのオークションハウスのタヤンを販売元にして、二〇〇四年五月五日、ナボコフのおひざ元とも言えるスイスはジュネーヴのホテル・デス・ベルゲスでおこなわれた競売に、「ドミトリイの蝶」たちはかけられた。このセールは、「ナボコフの重要文書については、二回目にしておそらくは最後になる大規模なセールである」とうたわれていた[27]。

タヤンが作成したカタログは「ナボコフの蔵書《ビブリオテーク》」と題され、内扉には「ドミトリイ・ナボコフの蔵書、ウラジーミル・ナボコフの献辞と書きこみつき」という表示もある。商品の解説はすべてフランス語であり、巻頭のアレン・ニコラスの解説とドミトリイ・ナボコフの挨拶は仏英バイリンガルになっている。総カラーで百頁をこす豪華なカタログであり、ナボコフが描いたカラフルな蝶のイラストを見ているだけで飽きない。

タヤン編のカタログ『ナボコフの蔵書』表紙

カタログには百四点にのぼるアイテムが、『アーダ』から、アルファベット順に並べられている。英語作品・英訳作品を中心に、刊行年が新しいものが多く、一九九九年のホロウィッツのセールほど希少な品の出品はないが、それでも全体として重要なコレクションであることはまちがいない。またナボコフ著・訳でなく、ナボコフについての研究書にナボコフがサインしたものも一定数出品されている（ロットナンバー九八番から一〇四番、L・S・デンボ編『ナボコフ――人と作品』、アペル編『ナボコフ――批評、回想、翻訳、トリビュート』など）。

研究上重要なのは、献辞以外にも、ナボコフ自身による書きこみがある本が数多くふくまれていることだ。そのうちのいくつかは、著作の一部分を自分で仏訳したり、英訳したり、露訳したりした書きこみがあるもので（二番『アーダ』、二二番『賜物』、四五番『ロリータ』）、ナボコフが自作の翻訳をする（あるいは監修する）ときにつかった本であることがわかる。また、いくつかの本には献じるさいにナボコフ自身の手で詩が書きこまれている（三二番『断頭台への招待』、六九番『プニン』）。もちろん、多くの本で初版につきものの誤植が手書きで修正されている。こういった書きこみの一部は、カタログ内で書きおこされている。また、写真によって部分的に読みとれるところもある。ホロウィッツのものと同様、カタログ自体がナボコフ研究にとって重要な資料になっている。

肝心の価格はどうだろうか。客に価格を決めてもらうという点で、カタログ販売だった一九九九年のセールとは前提条件がことなっており、単純な比較はできない。それぞれの商品にはオークション会社の専門家が、スイスフランとユーロの両方で評価額《エスティメート》を事前につけている。最高評価額がつけられた商品は三点あり、評価額八万から十万ユーロという値づけがされている。ロットナンバー一番『アーダ』、四〇番『ロリータ』、七一番『詩とプロブレム』の初版署名木であり（『ロリータ』はアメリカ版初版）、どれもナボコフ自身の手によるあざやかな蝶のカラーイラストが描かれている。

日本人として気になる出品は、ロットナンバー四四番、一九五九年の河出書房新社刊の日本語版『ロ

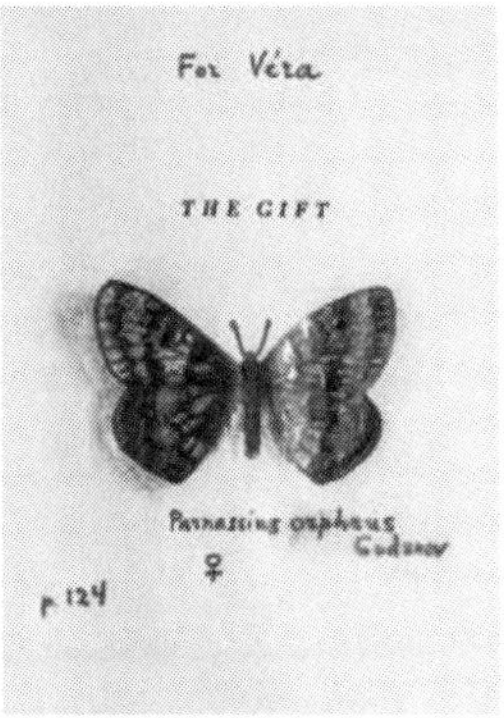

『賜物』英語版初版の献辞

日本語版『ロリータ　上』初版表紙

日本語版『ロリータ』初版の献辞

リータ』初版に、ナボコフが蝶の絵を描き、署名をしてドミトリイに贈ったものだ。献辞はロシア語で「ミチューシャ［ドミトリイの愛称］へ。日本の蝶を」と書かれ、その下に「ロリータ」と日本語で書かれている。これは第五章で触れた東郷青児が耽美な装画を描いた二巻本で、期せずしてナボコフと青児のコラボが完成している。この珍品は、二万五千から三万ユーロの評価額になっている。

こういった一連の出品の中で目をひくのが、一九九九年にカタログ販売されたのと同じ本が出品されていることだ。

たとえば、ロットナンバー二三番の『賜物』英語版初版の署名いり献本は、一九九九年のホロウィッツだと四万ドルだが、二〇〇四年のオークションでは二万五千から三万ユーロの評価額になっている。

ロットナンバー三三番の『キング、クイーン、ジャック』英訳版の献辞つき初版本は、ホロウィッツのカタログで二万二千五百ドル、タヤンで二万五千から三万ユーロの評価額になっている。

ロットナンバー三四番『カメラ・オブスクーラ』のロシア語版献辞つき初版本が、ホロウィッツのカタログだと三万五千ド

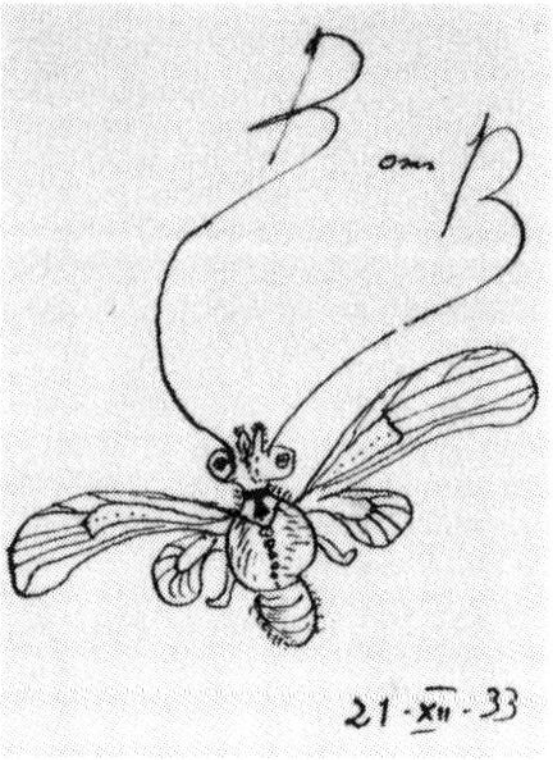

『カメラ・オブスクーラ』ロシア語版初版の献辞

『キング、クイーン、ジャック』英語版初版の献辞

ル、タヤンでは二万五千から三万ユーロの評価額になっている。

　こうして見ると、一九九九年のホロウィッツのカタログ販売の商品は、売れ残ったものも相当数あったことがわかる。そして少なくとも二〇〇四年の時点では、値下げはほとんどおこなわれず、「強気」の価格設定がされていたようだ。おそらくドミトリイの頭には、グリーンへの献辞つきの『ロリータ』が、二〇〇二年にクリスティーズで二十六万四千ドルで売れたという情報があったにちがいない。

　しかしふたを開けてみれば、このオークションは、ほとんどなにも売れないという「大惨事」に終わった。ナボコフの本の世界的なコレクターであるマイケル・ジュリアーによれば、価格が高すぎたことと、あまりに多量の商品が一度にオークションにかけられたのが失敗の原因だという。ナボコフの本の収集家は、基本的にごく小規模の集団であって、そのような条件では市場が商品を吸収しきれない。さらに、コレクターには『ロリータ』にしか関心がないものも多いとジュリアーは分析している。[28] つまり、大部分がギルキーやゲコスキーの客のような層であって、グリーン旧蔵の『ロリータ』

が高額で売れたからといって、ナボコフの本全体の価格がはねあがっていたわけではなかったのだ。

8 『ローラのオリジナル』のオリジナル

一九九九年のホロウィッツ書店のカタログ販売と、二〇〇四年のタヤンのオークションのちがいは、後者にはナボコフの署名本だけでなく、数点の原稿がふくまれていたことだった。うち一点は、一九七五年以降につけられていたノートで、数ページながらナボコフによるメモ書きがあるもののようだ（評価額は一万五千から二万ユーロ）。

当然ながら、他人あての書簡や、他人に贈った自著と、作品の原稿では資料としての性質がことなる。前者はひとに見られることが前提だが、後者は作家が所有するプライヴェートなものだ。自分の原稿にたいして厳格な態度をとっていた作家を思えば、このような「流出」は以前なら考えられないことだった。しかし二〇〇〇年代以降、ドミトリイは、原稿の断片もオークションや古書店に出品するようになっていた[29]。

売りにだされたナボコフの原稿のなかで、ひときわ注目を集めたのは、『ローラのオリジナル』の原稿カードだろう。死の直前まで執筆がつづけられた「ナボコフ未完の遺作」であるこの作品は、体調をくずした作家がローザンヌの病院で「自分が死んだときに『ローラ』が未完成のままなら、焼却するように」と妻ヴェラに厳命したという事情もあって[30]、公開について長らく物議をかもしてきた。ヴェラはこの作品を焼却することはなかったが、原稿を一九九二年のニューヨーク公共図書館への売却リストにふくめなかった。

しかしドミトリイ・ナボコフは、テレビ、インターネットをふくむメディアや著名人を巻きこんで

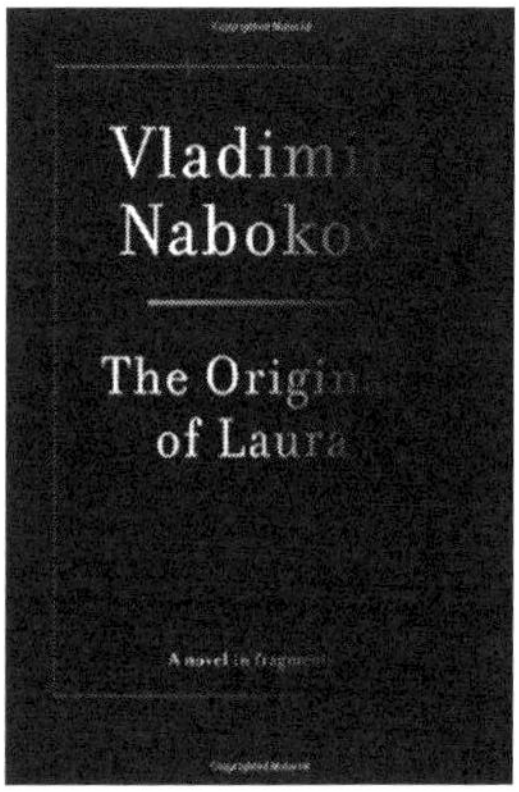

『ローラのオリジナル』初版表紙

「出版するか、燃やすか」という「なやむ姿を見せつづけた」末、二〇〇九年、母ならば決して公開しなかっただろうこの資料の出版に踏みきった。(31)

もちろん、これが研究者にとって長年夢みつづけてきた垂涎の品であることはまちがいない。現に断片はナボコフ特有の文体でつづられており、『透明な対象』、『見てごらん道化師を！』と書き継いできた晩年のナボコフが追い求めた形而上学的なテーマをうかがわせる意味でも興味深いものだった。しかしその一方で、到底一冊分の分量に満たないばらばらの文章を、作者の遺志に反して、はっきりした理由もないまま（ドミトリイは出版の理由について、自分が「いい奴」だからだと韜晦しているが(32)）、出版したことで批判も浴びることになった。

研究者のレヴィングは、ドミトリイがいかに事前に「ナボコフの遺作」に対する世間の期待をあおり、それが頂点に達した瞬間に『ローラ』を刊行し、利益を最大化したかについて書いている。レヴィングが言うように、状況を操作して、作品への注目をあつめ、自作の「象徴資本」を高めること——これは父親の方法を拡大して踏襲したものでもあった。(33) レヴィング以外にもその理由を金銭的なものだと推測する研究者は多かった。

こういった推測をある意味で裏づけるのが、ドミトリイによる『ローラのオリジナル』原稿の販売だった。「原稿」と言っても、この場合、まさに「『ローラのオリジナル』のオリジナル」である百三十八枚の下書きのインデックスカードを指す。レヴィングによれば、ドミトリイのもとには数年前にニューヨーク公共図書館から買いとりのオファーもきていたようだが、ドミトリイが提示した額は図書館の予算をはるかに超えるものだったらしい(34)。ドミトリイがとった手段は、やはりオークションだった。しかし、結果は期待どおりとはいかなかったようだ。中田晶子はオークションの顚末を以下のように伝えている。

> ドミトリイは二〇〇九年十二月四日に開催されたクリスティーズのオークションに『ローラ』のカードすべてを「評価額四十万ドルから六十万ドル」で出品した。ところが二十万ドルから始まった競りはわずか二十八万ドルで止まってしまい、取引が成立しなかった。その間わずか二十秒程度だったという(35)。

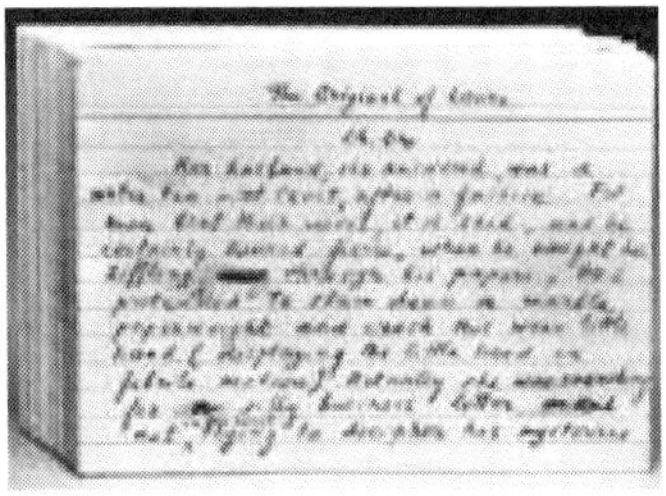

『ローラのオリジナル』原稿カード

オークションにおいて、事前に設定された最低落札額《リザーブ》に届かず、とりさげられるということの不面目さは、商品に傷がつくのも同然だと言われる。ところが、懲りずにと言うべきか、ドミトリイは一年を待たずにふたたび「『ローラのオリジナル』のオリジナル」を同じクリスティーズのオークションにかけた。今回、クリスティーズがつけた評価額は十六万ドルから二十三万ドルであって、前回の評価額を大きく割りこむどころか、その最高入札額の二十八万ドルにすら届いていない。二〇一〇年十一月二十三日におこなわれた実際の競売では、その低くなった評価額をさらに下まわる金額の十二万四千ドルで落札された(36)。

もちろん一般的に考えれば、死後四十年とたたない現代作家の未完の原稿に、十二万四千ドルという価格は、十分すぎる評価だろう。しかし、そのオークションの経緯を見れば、落札価格が出品側の期待にそうものでなかったことはまちがいない。

オークションの「低調さ」には、いくつか理由が考えられる。そもそも、百三十八枚のインデックスカード（ナボコフはある時期から手のひらサイズのインデックスカードに描写ごと、場面ごとに自作を書きつけていく手法をとっていた）に書かれた断片としてしか存在しないこの作品を出版するにあたって、ドミトリイはそのまま、ファクシミリ・コピーとそれを活字におこしたものを併記するというかたちで刊行した（ファクシミリ・コピーのほうはご丁寧にミシン線までついており、読者がその気になれば実際に切り離して元のカードを再現できるという仕様だった）。そのため元のカードに資料的価値がほとんどなかったこと。だが、さらに重要な理由は、長年にわたってメディアを巻きこんで「出版するか、燃やすか」と騒いだのち、二〇〇九年に鳴り物いりで公刊された『ローラのオリジナル』自体が、読者の期待を裏切り、小説的な魅力に乏しかったせいだろう。もし、『ローラ』が前情報どおり「ナボコフの遺作」にふさわしい内容の作品であれば、資料的な価値は度外視しても、手元に置いておきたいというコレクターもいたにちがいない。

読者が感じた落胆は、『ローラ』に寄せられた書評に如実にあらわれてしまっている。レヴュー数こそ多かったが、内容はかならずしも好意的なものではなかったのだ。以下にいくつか反応をとりあげておく。

『ローラのオリジナル』の手がかりはあまりに曖昧であって、ナボコフがどこにいくつもりだったのか、その執念深すぎるファンをひきつけておくのに十分だ――ほかの人間を長いこと引きとめておくにはあまりに証拠が乏しいにしても。

（『ニューヨークタイムズ・ブックレビュー』[37]）

『ローラのオリジナル』を読んでみてまずおこるのは、よろこびどころか、ある種の吐き気である。

（『ウォールストリートジャーナル』[38]）

『ローラのオリジナル』はだいたいにおいて欲求不満の練習問題である。

（『ロサンゼルス・タイムズ』[39]）

このような辛辣なレヴューも、評価額にたいする入札額のわりこみも、期待を煽りすぎた代償と言うべきだろう。

9　刊行ラッシュ

『ローラのオリジナル』の公刊とそのオークションでの売却は、「ナボコフの遺産」の管理が新たなフェイズに移行したことをしめす一種象徴的な出来事だった。「出版するな」と厳命された作品が出版された、つまりそれは、あらゆるナボコフの未発表作品に、刊行の可能性がでてきたということだった。以下に、『ローラ』の出版と前後して公刊された主な「ナボコフの遺産」を列挙する。

・ロシア語戯曲集『モルン氏の悲劇――戯曲集および演劇講義』（二〇〇八）、『モルン氏の悲劇』（英訳

版二〇一二）

・英訳詩集『韻文と訳文――三世紀のロシア語詩』（ナボコフが翻訳したロシア語、フランス語詩などの集成、二〇〇八）

・未完のロシア語初期短編「ナターシャ」（英訳二〇〇八、ロシア語原文二〇一一）

・英語版『選詩集』（二〇一二）

・『ヴェラへの手紙』（妻への書簡集、英訳版二〇一四、ロシア語原文二〇一八）

・短編「立ちどまった男」（生前未刊行のロシア語短編、英訳二〇一五）

・断片「『賜物』第二部」（ロシア語、二〇一五）

・『精密なる線――ウラジーミル・ナボコフの科学的芸術』（ナボコフが鱗翅類の論文のために描いた図の集成、二〇一六）

・『不眠症の夢――ナボコフによる時間の実験』（ナボコフが夢を書きとめたもの、二〇一七）

右記はあくまで主なものであって、書簡やエッセイの類をいれればリストははるか長大なものになる。そしてこれは現在進行形の事態であって、ナボコフの遺産は、まさに断簡零墨にいたるまで掘りつくされ、出版されつつある。そして出版済みの原稿の一部は、『ローラ』同様に販売された。たとえば、二〇一八年二月現在も、グレン・ホロウィッツ書店は、生前未刊行の戯曲『モルン氏の悲劇』の原稿を販売している。(40)

二〇〇八年前後から刊行されたこうした「遺産」と、それ以前の死後刊行物にはさまざまな点でちがいがあった。その最たるものは、やはり『ローラ』に代表されるように、未完の原稿や、構想段階の作品がふくまれていたことである。たとえば、一九八六年に英訳刊行されたロシア語中編『魅惑者』は、ナボコフが出版に値すると考えた最後のロシア語作品リストの「筐底」にふくまれていたもので、その出版には正当性があった。これは書簡集などもそうで、ウィルソンとの往復書簡集などはナボコフの生前から企画がすすめられていた。

上記のリストには、『ヴェラへの手紙』のような、内容的に見てナボコフ最良の著作物のひとつと呼べるものもふくまれている。他方で、『ローラ』や「ナターシャ」、「『賜物』第二部」といった作品は、ナボコフが生きていれば明らかに出版を許可しなかっただろう類の作品だった。

加えて『選詩集』、『韻文と訳文』のように、本来ばらばらに発表されたものを、まとめて一冊にした選集も出版された。質の担保よりも、出版すること自体が目的化し、優先されるようになった結果、当然ながら後述するような評価の問題を呼ぶことになった。

いずれにせよ、このような「遺産」の「新発見」のたびに、ナボコフ研究のコーパスは拡大していっ

ヴィンテージ・インターナショナル版『アーダ』新版表紙

た。それは単純な概念上の問題だけではなく、物質として、商品としての「本」のかたちにも如実にあらわれた。ヴィンテージ版『ウラジーミル・ナボコフ短編集』は、一九九五年の初版の時点で、いままで未訳だった作品をふくめた六十五編をおさめた「網羅的な短編集」という位置づけだったが（実際、作品社から刊行された邦訳題も『ナボコフ短篇全集』だった）、その後二〇〇二年「復活祭の雨」、二〇〇六年「言葉」、二〇〇八年「ナターシャ」と、新たな短編が発見されるたびに、増補新版として出しなおされることになった（そういったことはおそらく今後もなされるだろう）。本が厚くなるごとに、愛読者は買いなおしを迫られるようになった。

それだけではない。『ローラのオリジナル』の件からもうかがえるように、ナボコフの場合、コーパスの更新は、商業的なキャンペーンと同期していた。『ローラ』のケースでは、事前に『プレイボーイ』に抜粋が掲載された。同じように「ナターシャ」や『ヴェラへの手紙』など、新たに作品が公刊される場合、『ニューヨーカー』のような高級誌に事前に作品や内容の一部が公開された（書籍としての刊行前に自作を雑誌に掲載させるのは、六〇年代以降のナボコフ自身の方法だったことは第四章ですでに述べた）。

二〇〇九年、大手出版社ランダムハウスの子会社ヴィンテージ・インターナショナルは、刊行するナボコフ作品集のデザインを一新することを発表した。すべての表紙が、ナボコフが蝶の専門家だったことを連想させる標本箱の意匠で統一され、その中身をそれぞれのデザイナーがペーパークラフトのようなデザインで思い思いに彩る洒脱なものだった。一見して、まさに読者の収集欲をそそるようにしつらえられている。デザインには、村上春樹の英訳作品のデザインも担当している「世界一有名なブックデザイナー」チップ・キッドなど豪華な顔ぶれが起用された（チップ・キッドは、二〇〇九年に『ローラのオリジナル』のブックデザインも手がけている）[41]。ヴィンテージのシリーズは、『短編集』のみならず、『ローラのオリジナル』や『モルン氏の悲劇』のような「ナボコフの遺産」も次々にラインナップにとりこんでいった。こうして私たちは新しいパッケージで、新しくなったナボコフの「全作品」を読むことができるようになったのだ。

他方で、上記のような新しく刊行された「ナボコフの遺産」の中には、そもそも作品の出版意義自体が、『ローラ』同様議論になることすらあった。たとえば、ナボコフによる英訳詩集『韻文と訳文――三世紀のロシア語詩』は、詩人のアレクサンダー・ネムサーに「昨日のマッシュポテトの大発見」だと酷評された[42]。あまりの言い草だが、『韻文と訳文』は、「三世紀のロシア語詩」という副題が示すように、生前、ナボコフがさまざまな場所で訳していたロシア語詩の翻訳を網羅的に収録したものだが、それゆえ作品選定に一貫性がなかった。また、ナボコフの翻訳詩の常として、訳文自体も無粋なものだった。そのため、この評者には、一般読者の読むものではない、「残りもの」ととられてしまったようだ。ナボコヴィアンには価値があっても、一般読者の理解を超えている――これは『ローラ』の評価とも共通するものがあるだろう。

「ナボコフの遺産」の公開、出版キャンペーンがドミトリイの主導でおこなわれたことはたしかだ。話題をふりまきながら、「ナボコフの遺産」の整理・処分はおこなわれたのである。

クリスティーズカタログ表紙

10 在庫一掃セール

このような出版ラッシュの中、ドミトリイは「ナボコフの遺産」の三回目の大規模販売を敢行した。二〇一一年六月十三日に、ロンドンのクリスティーズでおこなわれたオークションに、ナボコフの遺品を大量に出品したのだ。前述したように、二〇〇四年のタヤンのオークションは、「二回目にしておそらくは最後になる大規模なセール」とうたわれていた。しかし、その四年後のクリスティーズのカタログにも、「以下のロットは、ナボコフの家族からの直接の提供としては、最後の重要なまとまったコレクションになる」と記されている[43]。「ドミトリイ・ナボコフのコレクション提供の書籍と物品」と題された今回の出品は、前の二回とちがって、別の作家の印刷物・書籍と同時にオークションにかけられている。とはいえ、ロットナンバー二九一番から四〇一番まで、百十一点もの商品が出展されていることを考えれば、その規模は前二回にひけをとらない。ただし、今回のオークションが前二回とくらべて異質なのは、本だけでなくナボコフゆかりの様々な物品が出店されていることだろう。

百点以上の出品の先頭をかざるのは、ナボコフの愛用した机だ。晩年、ホテル暮らしの作家は、腰への負担からか、立って執筆をおこなうことが多かった（あるいはベッドに寝転んで）。その執筆用の木製の机が、愛用の辞書ウェブスター第二版とのセットで出品され、三千八百から五千三百ドルの評価額がつけられている。

ナボコフ愛用の書きもの机

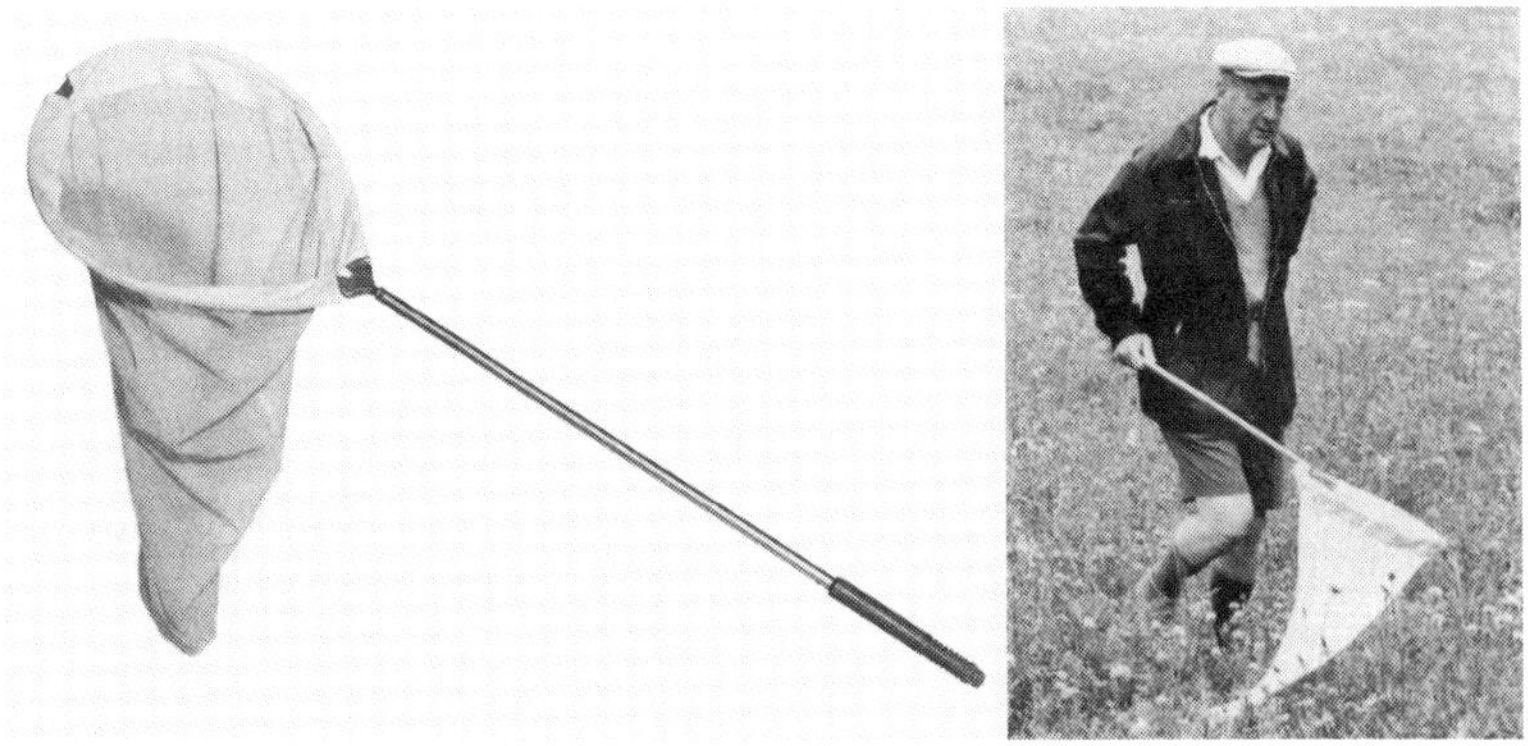

ナボコフ愛用の折りたたみ式捕虫網

また、写真を通じてナボコフのシンボルとでも言うべき存在になった例の捕虫網も出品されている。ナイロン織りのネットに、金属製の柄と木製の持ち手がついた品物だ。この使いこまれた捕虫網についた評価額は四千六百から六千ドルであり、全商品の最高値を記録している。

愛用の蝶モチーフの鉛筆削りにペーパークリップのセット

机や捕虫網だけでない。ナボコフに関するありとあらゆるアイテムが出品されている。愛用の木製のスタウントンチェスセット（千二百から千八百ドル）。愛用の携帯チェス盤セット（六百十から九百ドル）、愛用の蝶モチーフの鉛筆削りにペーパークリップのセット（三百十から四百五十ドル）。宮城の名産の紬「仙台平」の桐箱にはいった、消しゴムつきの愛用の鉛筆セット（六百十から九百ドル）。愛用の老眼鏡のセット（千百から千五百ドル）。愛用のロイヤル社の携帯タイプライターのセット（ローマ字とキリル文字一台ずつ、三千百から四千五百ドル）。『ロリータ』のハート形のフレームの女性用サングラスのセット（千四百から二千七百ドル）。愛用の革製ブリーフケース（鍵つき、六百十から九百ドル）。スイス製八日巻き携帯時計（三百十から四百五十ドル）。蔵書から二十七冊の本（アレクサンドル・ブローク『十二』、ドミトリイ・ミルスキイ『ロシア文学史』、『アントン・チェーホフ書簡集』、J・P・ドンレヴィー『ジンジャー・マン』、デューラー作品集、ロブ＝グリエほか、多くが書きこみいり、千六百から二千三百ドル）。

あたかもガレージセールの様相を呈しているが、このオークションは事実上、ドミトリイによる「在庫一掃セール」だったようなのだ。このことは、出品されている献辞つき署名本の価格を見てもわかる。上記のようなナボコフ愛用の品以外の、献辞つき署名本の多くは、前回、前々回のカタログ販売、オークションに出品されたものが多い。

たとえば、前回、前々回と出品されていた『キング、クイーン、ジャック』英訳版の献辞つき署名本は、今回も出品されている。ホロウィッツのカタログ販売で二万二千五百ドル、タヤンで評価額二万五千から三万ユーロだったものが、二〇一一年には評価額三千百から四千五百ドルになっている。

蝶の絵がついたナボコフの『賜物』英語版初版の献辞つき署名本は、一九九九年のホロウィッツだと四万ドルだが、二〇〇五年のオークションでは評価額二万五千から三万ユーロになり、二〇一一年のクリスティーズでは評価額三千百から四千五百ドルになった。

このように、二〇一一年六月のクリスティーズのオークションでの評価額は、ホロウィッツ書店のカタログ販売、タヤンのオークションにくらべても大きく下がっているものが多い。商品によっては十分の一近くまで「暴落」していると言える。七年前のタヤンのオークションが惨憺たる結果に終わったことをふまえて、ドミトリイとクリスティーズは現実的な値づけをしたと言える。『ローラのオリジナル』のときと同じように、再出品することで、評価額低下を飲んででも、ドミトリイは父の遺産を処分してしまいたかったのだろう。

11　息子の死

ドミトリイ・ナボコフは、オークションの八か月後、二〇一二年二月二十三日に死去した。享年の七十七歳は、父とほぼ同じ年齢だった。

ドミトリイが死去したあとも、その影響力は学界や出版界に依然として残っている。ドミトリイの没後に刊行された出版プロジェクトの多くは、生前からその主導ですすめられていたものだ。

二〇一五年、ナボコフ最大最後のロシア語長編『賜物』の続編の、構想中の断片である「『賜物』第二部」が、ロシアの文芸誌『星《ズヴェズダー》』に発表された。一九三八年ごろ、ナボコフがとりくんでいたというこの続編が、断片のかたちで存在することは研究者のあいだでは知られていたが、内容についてはボイドの伝記などから伝わっているものしか情報がなかった。出版したのは、ドミトリイの許諾をえて、議会図書館に所蔵された原稿の調査をすすめていた研究者・翻訳家のアンドレイ・バビコフ（一九七四—）だった。[44] その解説の末尾には、ドミトリイへの感謝のことばが書きそえられていた。[45]

実のところ、出版されたのは、わずか二十頁に満たない断片であり、小説として読めないどころか、作品としてかなり評価が難しいものだった。この「続編」の刊行にたいして、厳しく批判したのが、ブライアン・ボイドとならぶナボコフ研究の泰斗、ウィスコンシン大学マディソン校のアレクサンドル・ドリーニン（一九四七—）だった。ドリーニンは『星』誌に「ディレッタニズムの蹉跌」という文章を寄稿し、バビコフの原稿の読みとりの精度や解釈を批判した。寄稿の末尾は「（ナボコフがなぜこの原稿を保管したのかはわからないが）明らかなのは、どんくさい素人《ディレッタント》が半世紀後に原稿を台無しにしてしまうためではないということだ」という、かなり強いことばでしめくくられていた。[46] その後、バビコフも反論し、ドリーニンがそれに再反論するというかたちで『ナボコフ・オンラインジャーナル』上で、両者による応酬がくりひろげられた。[47] その後、さらに『新評論』誌にバビコフは長文の反論を寄せた。[48]

九〇年代、ドリーニンはドミトリイと良好な関係をたもち、自分もアーカイヴからナボコフの未刊行の原稿を出版したこともあったが、のちに決裂し、『ローラ』の出版にも批判的だった。その後ドリーニンにかわって「ロシア側」の研究者としてドミトリイに重用されて台頭したのが若手のバビコフだったことを思えば、ドリーニンのバビコフ批判の背景には、『ローラ』からつづく、ドミトリイの強引な出版活動への反感があったことはまちがいない。このようなできごとがしめすのは、本来ならば、ともに「ナボコフの遺産」の象徴資本の価値を高めるために「見えない談合」をおこなう必要がある専門的な研究者とのあいだにすら、亀裂ができていたことである。

いまだつづくかのように見えるドミトリイの影だが、晩年の息子は遺産の償却による利益の最大化をはかりつつも、自分が父の遺産の「唯一の管理人」であることから降りようともしていた。『ローラ』の出版と前後するが、二〇〇八年、ドミトリイはいままで実質自分が管理していた著作権のマネジメントを大手エージェントのイギリスのワイリー・エージェンシーに委託した。ワイリーは、「死後」著作権管理のプロフェッショナルとでも言うべきエージェントで、イタロ・カルヴィーノ、ホルヘ・ルイス・ボルヘス、ソール・ベローなど錚々たる面々の著作権を管理していることで知られている。作家の代理人、利益代弁者として、ときにあまりに高額なアドヴァンスを要求するその辣腕は、「ジャッカル」と呼ばれ出版社の恐怖の的だった。英米の出版業界に取材したジョン・トンプソンの『文化の商人――二十一世紀における出版ビジネス』によれば、ワイリーの手法とは、自分のクライアントの著作を出版する出版社に対し、バックリストの既刊本を含めた大規模なプロモーションを求めるというもので、近年のナボコフのプロモーションの多くは、アメリカ国内・海外とわずワイリーの求めと考えれば、説明がたやすい(49)。

ドミトリイが手を引いたのは著作権の管理だけではない。翻訳者としての役目からも身を引いた。二〇〇〇年前後まで、ドミトリイは自分の手で父のロシア語をすべて英訳することにこだわっていた。長編だけでなく、書簡、短編、戯曲と、ナボコフの手によるあらゆるものは、ドミトリイの手を介して、ドミトリイの文章で届けられていたのだ――あたかも、自分が死んだ父の唯一の声であると主張するかのように。アメリカのウラジーミル・ナボコフ協会の会誌『ナボコヴィアン』は、ナボコフの死後まもなく創刊された『ウラジーミル・ナボコフ・リサーチ・ニュースレター』を前身として長い歴史をもっているが、ドミトリイによる父のロシア語詩の英訳が掲載されるのが長年のルーティンになっていた。この「こだわり」の背景には、父の生前、共訳者として長年ともに仕事をし、その翻訳に対する厳格な姿勢を叩きこまれたという事情があっただろう。

しかし、「ナターシャ」よりあとの「ナボコフの遺産」の翻訳の多くは、ほかの翻訳者にまかされている。老齢ということもあり、残された時間が少なかったせいなのか、バビコフなど主に自分の目にかなう翻訳者を介しておこなわれるようになった。これは自分の声がもはや父の声ではないと認めた象徴的な出来事だった。

12 プライヴェートからパブリックへ

ドミトリイの遺志とは関係ないところでも、「ナボコフの遺産」の公開はすすんでいくだろう。たとえば、すでにのべたように議会図書館の「ナボコフ文書」は、寄贈から五十年間はアクセスが禁じられていた。二〇〇九年、この文書は予告どおり一般に公開された。現在、マイクロフィルムのかたちではあるが、自由に閲覧できるようになっており、その気になれば閲覧室にある専用の端末から、持ちこんだUSBスティックに、ナボコフが寄贈したすべての文書をおさめることもできてしまう。

今後、出版の可能性があるとすれば、バーグ・コレクション内におさめられた、未公開の初期ロシア語詩のような作品や、両親への手紙、日記のようなプライヴェートな内容のものになるだろう。『ヴェラへの手紙』が公刊されたことを思えば、後者のような私生活にかかわる資料も公開される可能性は高い。これはナボコフの死後四十年が経過して、その人生についての情報が、プライヴァシーの領域から、公開されて一般読者や研究者に共有されるべきものの領域へと移ってきたことを意味するのだろう。

もちろん、こうした「遺産の公開」が読者の興味をひくかどうかは別問題だ。ひとつひとつの「新発見」は研究者には興味深くとも、「『ロリータ』にしか興味がない一般読者」にどこまで訴えるのかは未知数だ。おそらく、その多くは「ナボコフの本のコレクター」と同じくらい小規模なナボコフに強い関心をもつ一部の読者によって、華々しい商業的成功とは別のところで消費されるのだろう——だが、それがむしろナボコフに対する適正な評価なのだとも言える。きちんとした校訂をへた資料が出版されるのであれば、研究者としてはそれを拒否する理由はない。

ナボコフの伝記を更新する動きもでてきている。ナボコフ家の協力をえて書かれ、決定版と思われたブライアン・ボイドの伝記も、刊行から二十年をへて見なおされつつある。アンドレア・ピッツァー『ウラジーミル・ナボコフの秘密の過去』（二〇一三）や、ロバート・ローパー『アメリカのナボコフ——『ロリータ』への道』（二〇一五）など近年は新たな伝記の刊行がつづいている。もちろん、総合的に見てボイドの伝記を超えるにはいたっていないのだが、新しい資料をもとに書かれており、ナボコフについての知見を深めてくれるものだ。ボイドやドリーニンといった権威の時代から、若い研究者に世代交代がすすむなかで、ナボコフの人生も書きなおされ、隠されていた事実も明かされるだろう。

プライヴェートからパブリックへ——ドミトリイの著作権管理・主要翻訳者からの撤退も、そのような流れの中で理解することができる。二〇一七年、ナボコフ・エステートは解散し、「ウラジーミル・ナボコフ文学基金」が著作権を管理することになった。その管財人にはブライアン・ボイドやワイリー・エージェンシーも名をつらねている。遺族やその遺族に特権的なアクセスをゆるされた少数の研究者が中心にいた「見えない談合」も、新たなステージにはいりつつある。

ナボコフが『ロリータ』の執筆と刊行をきっかけにして、富と文学的名声をえたのはまちがいない。しかし、その道のりは平坦ではなかった。そもそも、英語での執筆にしたところで、単純に執筆言語を切り替えただけではなかった。それは新しいマーケットで、新しいコンテクストに己を適合させるということだった。その結果としての『ロリータ』の商業的成功のあとも、作家はたゆまずに自己翻訳をおこない、マーケティングに介入することで、英語作家として、アメリカの作家としてのセルフイメージを更新していった。ある意味でそれは、ヨーロッパ亡命時代をともにした亡命者たちを切りすてることでもあり、自分のアメリカ・デビューを下支えした出版社や編集者、友人と袂をわかつことでもあった。作家の死後も遺族による厳重な管理をへて、ナボコフの遺産《レガシー》は残され、テクストは私たちの目の前にひらかれてある。

注

(1) マーティン・エイミス「ナボコフ夫人を訪ねて」西垣学訳『ナボコフ夫人を訪ねて――現代英米文化の旅』大熊榮・西垣学訳、河出書房新社、二〇〇〇年、一三七頁より一部改変を施して引用。

(2) ヴァルター・ベンヤミン「蔵書の荷解きをする」浅井健二郎訳『ベンヤミン・コレクション2 エッセイの思想』浅井健二郎編訳、三宅晶子・久保哲司・内村博信・西村龍一訳、ちくま学芸文庫、一九九六年、一六頁。

(3) アリソン・フーヴァー・バートレット『本を愛しすぎた男――本泥棒と古書店探偵と愛書狂』築地誠子訳、原書房、二〇一三年、六二頁。

（4）同書、六三頁。

（5）『ブックマンズ・プライス・インデックス』や、『クリスティーズ・ブック・オークション・レコーズ』といった年鑑には、その年にあった目ぼしいオークションや、古書の出物がわかる。九〇年代から増えるナボコフの書籍の値段は、おおむね一貫して上昇している。また、パトリアシア・アハーンとアレン・アハーンによる古書蒐集ガイドには、古書店でとりあつかわれている主要な作家の価格の推移が掲載されているが、二〇〇〇年版の情報では、たとえば現存する部数が少ないという意味でナボコフの全長編の中でももっとも希少性が高い一九三六年の英語版『カメラ・オブスクーラ』は一九八六年に千五百ドルだったのが、一九九五年には一万五千ドルになり、二〇〇〇年には二万五千ドルになっている。Patricia Ahearn, Allen Ahearn, *Book Collecting 2000: A Comprehensive Guide*, New York: G. P. Putnam's Sons, 2000. p. 339. その後、二〇一一年の改訂版では同書籍の価格は四万五千ドルになっており、八〇年代から九〇年代にかけて大幅に価値を高めたことがわかる。Patricia Ahearn, Allen Ahearn, *Collected Books: The Guide to Identification and Values*, Comus, MD.: Quill & Brush Press, 2011.

（6）グリーンの評価については以下の文献も参照のこと。若島正「『ロリータ』と英国大衆小説――グリーン＝ゴードン論争の背景をめぐって」若島正・沼野充義編『書きなおすナボコフ、読みなおすナボコフ』研究社、六五―八一頁。

（7）『トールキンのガウン』は、アメリカでキャロル・アンド・グラフ社から発売されるさいに、『ナボコフの蝶――著名な作家と稀覯本をめぐるその他の話』と改題された。

（8）リック・ゲコスキー『トールキンのガウン――稀覯本ディーラーが明かす、稀な本、稀な人々』髙宮利行訳、早川書房、二〇〇八年、二〇頁。

（9）同書、二一―二二頁。

（10）同書、三〇頁。

（11）D. G. Myers, "MLA Rankings of American Writers," *Commentary*, 26 March 2012 https://www.commentarymagazine.com/literary/mla-rankings/（二〇一七年二月十五日閲覧）

（12）Yuri Leving, "Nabokov and the Publishing Business: The Writer as his Own Literary Agent," Yuri Leving, Frederick H. White, *Marketing Literature and Posthumous Legacies: The Symbolic Capital of Leonid Andreev and Vladimir Nabokov*, Lanham: Lexington Books,

2013. pp. 101-114.

（13）ここで、ナボコフの書簡をめぐって七〇年代におこった、ひとつの奇妙な事件について触れておきたい。一九七四年、第一章でもふれたナボコフの友人グレーブ・ストルーヴェが、ナボコフの書簡など関係文書一式を自称研究者アンドレイ・アウスレンデル（ロシア出身のアメリカ人）に売却している。提示された四千ドルの金額に同意したストルーヴェは、ヒースロー空港で受けわたしをするが、アウスレンデルは二千ドルしか支払わないまま行方をくらまし、結局千五百ドルが未払いになった。背景にはすでにナボコフとストルーヴェの中が冷えきっていたことがあって、ストルーヴェはナボコフに無断で書簡を売却した。研究者のマリヤ・マリコヴァがくわしく経緯を説明している。Мария Маликова, "Письма Глева Струве Владимиру и Вере Набоковым 1942-1985 годов," *Русская литература*, no. 1, 2007. С. 218-219.

（14）日本ではその上巻にあたる部分がブライアン・ボイド『ナボコフ伝――ロシア語時代　上・下』（諫早勇一訳、みすず書房、二〇〇三年）として刊行されている。

（15）Yuri Leving, "Interpreting Voids: Vladimir Nabokov's Last Incomplete Novel," *Marketing Literature and Posthumous Legacies*, p. 229.

（16）Brian Boyd, "From the Nabokov Archive: Nabokov's Literary Legacy," *Stalking Nabokov: Selected Essays*, New York: Columbia University Press, 2011. pp. 43-44.［ブライアン・ボイド「ナボコフの遺産」秋草俊一郎訳『群像』二〇〇九年十一月号、八七頁。］

（17）Vladimir Nabokov, *Vladimir Nabokov: Selected Letters 1940-1977*, San Diego: Harcourt Brace Jovanovich, 1989. p. 476.［ウラジーミル・ナボコフ／ドミトリ・ナボコフ、マシュー・J・ブルッコリ編『ナボコフ書簡集　2　1959-1977』三宅昭良訳、みすず書房、二〇〇〇年、四六〇頁。］

（18）サイモン・ガーフィールド『手紙　その消えゆく世界をたどる旅』杉田七重訳、柏書房、三五三頁。

（19）Rachel Donadio, "The Papers Chase," *The New York Times*, 25 March 2007. http://www.nytimes.com/2007/03/25/books/review/Donadio.t.html（二〇一七年二月三日閲覧）

（20）二〇〇九年には、ポール・オースターの草稿を収蔵したことでも話題になった。

(21) このさい、このコレクションを誰が落札したのかはさだかではないが、ちなみに、バーグ・コレクションの所蔵リストを見ると、いくつか類似の項目があるため、おそらくＮＹＰＬが購入して、コレクションに統合したことがわかる。*Sotheby's, English Literature and History, Private Press and Illustrated Books and Related Drawings: Including Papers of the First Duke of Ormonde, Lord Lieutenant of Ireland, Books from the Library of Stanley Baldwin, Books and Papers of the Spy Kim Philby, Original Set Designs for Films by Charles Chaplin, Manuscripts of Literary and Religious Works by Lancelot Andrewes, Saint Robert Southwell, S.J. Robert Southey, Francis Thompson, Oscar Wilde, Rudyard Kipling and Others, a Fine Letter by Elizabeth I to Charles IX about War with France, Fine Series of Letters by Christina Rossetti, Roger Casement, G.B. Shaw, Graham Greene, Vladimir Nabokov and Others, Inscribed Presentation Copies of Books by James Joyce, Oscar Wilde, Graham Greene, Winston Churchill and Others*, London: Sotheby's, 1994. p. 85.

(22) 中田晶子「Humbert Humbert と Norman Rockwell ――映画 *Lolita*（1997）の功罪を再考する」『南山短期大学紀要』三二巻、二〇〇四年、三九―四〇頁。

(23) Glenn Horowitz, ed., *Véra's Butterflies: First Editions by Vladimir Nabokov Inscribed to his Wife*, New York: Glenn Horowitz Bookseller, 1999.

(24) Michael Juliar, *Vladimir Nabokov: A Descriptive Bibliography*, New York: Garland Publishing, 1986.

(25) Stephen H. Blackwell, "Nabokov and his Industry," John Bertram, Yuri Leving eds., *Lolita-The Story of a Cover Girl: Vladimir Nabokov's Novel in Art & Design*, Blue Ash, Ohio: Print Books, 2013, p. 234.

(26) Nabokov, *Vladimir Nabokov: Selected Letters*, p. 475.［ナボコフ『ナボコフ書簡集　2』四六〇頁。］

(27) Tajan, ed., *Bibliothéque Nabokov: La bibliothéque de Dmitri Nabokov, ouvrages dédicacés et annotés par Vladimir Nabokov*, Paris: Tajan, 2004. p. 11.

(28) マイケル・ジュリアーからの私信より。Michael Juliar, 9 September 2016.

(29) 二〇一〇年六月二日、やはりクリスティーズで、ナボコフのチェス・プロブレムの原稿のセットが出品された（一万一千ドルで落札）。"Sale 7854 Valuable Manuscripts and Printed Books 2 June 2010, London, King Street," http://www.christies.com//lotfinder/books-manuscripts/nabokov-vladmir-a-collection-of-approximately-5320080-details.aspx?from=searchresults&intObjectID=5320080&sid=1fdaf1da-697c-4f46-ab1f-e498307fbca2（二〇一七年二月十五日閲覧）

（30） Dmitri Nabokov, "Introduction," Vladimir Nabokov, *The Original of Laura*, New York: Knopf, 2009. p. xvi. ［ドミトリイ・ナボコフ「序文」ウラジーミル・ナボコフ『ローラのオリジナル』若島正訳、作品社、二〇一一年、八頁。］

（31） 中田晶子「『ローラ』をめぐる欲望――遺作が姿を現すまで」ナボコフ『ローラのオリジナル』一九八頁。『ローラのオリジナル』をめぐる騒動と公開の顚末についてくわしく書かれている。

（32） Dmitri Nabokov, "Introduction," p. xviii. ［ナボコフ「序文」一一頁。］

（33） Leving, "Interpreting Voids," pp. 223-240.

（34） Ibid., p. 234.

（35） 中田「『ローラ』をめぐる欲望」ナボコフ『ローラのオリジナル』二〇〇―二〇一頁［適宜数字表記を漢数字に変更した］。

（36） "Sale 7882 Valuable Printed Books and Manuscripts 23 November 2010, London, King Street," http://www.christies.com/lotfinder/books-manuscripts/nabokov-vladimir-autograph-manuscript-of-the-5370926-details.aspx （二〇一七年二月十三日閲覧）

（37） David Gates, "Nabokov's Last Puzzle," *The New York Times*, 11 November 2009. http://www.nytimes.com/2009/11/15/books/review/Gates-t.html?pagewanted=all&_r=0 （二〇一七年二月十七日閲覧）

（38） Alexander Theroux, "In the Cards, A Last Hand: A Novel Posthumously Constructed from 138 Handwritten Index Cards," *The Wall Street Journal*, 20 November 2009. https://www.wsj.com/articles/SB10001424052748704576204574530052854454092 （二〇一七年二月十七日閲覧）

（39） James Marcus, "'*The Original of Laura*' by Vladimir Nabokov, edited by Dmitri Nabokov," *Los Angeles Times*, 15 November 2009. http://www.latimes.com/entertainment/la-ca-vladimir-nabokov15-2009nov15-story.html （二〇一七年二月十七日閲覧）

（40） "Vladimir Nabokov: Early Working Manuscript," http://www.glennhorowitz.com/featured/the_tragedy_of_mr._morn （二〇一七年二月十五日閲覧）

（41） Danielle Maestretti, "Beautiful New Cover Designs for Nabokov Classics," *Utne Blogs*, 15 December 2009. http://www.utne.com/arts/new-cover-designs-for-nabokov-books-6047 （二〇一七年二月十七日閲覧）

（42） Alexander Nemser, "Vlad the Impaler," *New Republic*, 4 March 2009. https://newrepublic.com/article/61162/vlad-the-impaler

（二〇一七年二月十七日閲覧）

（43） Christie's South Kensington, Ltd., ed., *Fine Printed Books and Manuscripts: Monday 13 June 2011*, London: Christie's, 2011. p. 97.

（44） Владимир Набоков, "Дар. II часть," Публикация, подготовка текста и примечания Андрея Бабикова, *Звезда*, vol. 4, 2015. С. 157-175.

（45） Андрей Бабиков, "«Дар» за чертой страницы," *Звезда*, vol. 4, 2015. С. 156.

（46） Александр Долинин, "О пагубах дилетантизма," *Звезда*, vol. 9, 2015. С. 232.

（47） Андрей Бабиков, "Письмо в редакцию," *Nabokov Online Journal*, vol. X-XI, 2016/2017. Александр Долинин, "Ответ А. Бабикову," *Nabokov Online Journal*, vol. X-XI, 2016/2017. http://www.nabokovonline.com/current-volume.html（二〇一七年二月二十六日閲覧）

（48） Андрей Бабиков, "Публикация второй части «Дара» Набокова и ее критика," *Новый Журнал*, vol. 281, 2015. С. 156-170.

（49） John B. Thompson, *Merchants of Culture: The Publishing Business in the Twenty-First Century*, second edition, Cambridge: Polity Press, 2012. pp. 66-71.

おわりに

1

カフカ研究者の川島隆さんは、著者『カフカの〈中国〉と同時代言説――黄禍・ユダヤ人・男性同盟』のあとがきを、こう書きはじめている。

カフカは「社会に背を向けた文学として、社会に背を向けて読まれがち」だと序章で書いたが、実はそれは、かつての私自身の読み方のことである。カフカの文学は「社会」を拒む文学であり、ゆえに作者の生きた社会の文脈とは無関係に読めると私は思っており、だからこそカフカは私にとって価値があった。けれども［中略］、文学というコミュニケーション手段にコミットすることもまた一つの社会的行為に他ならず、どれだけ社会からの自立性を主張する文学作品であっても、実際はどうしようもなく同時代の社会との関わりで存在するものなのだ、という思いが強くなっている。(1)

（1）川島隆『カフカの〈中国〉と同時代言説――黄禍・ユダヤ人・男性同盟』彩流社、二〇一〇年、二三三頁。

（私と川島さんでは比べるのもおこがましいが）自分にとってナボコフもそのような対象としてあった。私の場合、博士論文の書籍化である前著『ナボコフ　訳すのは「私」――自己翻訳がひらくテクスト』（東京大学出版会、二〇一一）の上梓と前後して、マディソン、ケンブリッジとアメリカの大学に二度籍を置き、アメリカでどう研究し、成果を発表していけばいいのかという葛藤や、帰国と前後して日本の大学教育の中のどこに自分の居場所を見いだしていけばいいのかという悩みを経験したことが大きかった（特に後者は、「〇〇文学者」としては中途半端な自分の「商品価値」がほとんどないという現実を思い知らされることでもあった）。しかし、それこそ「個人的な（ありふれた）悲劇」であって、断るまでもなくだれの関心もひかない事項に属する。

読者はお気づきだろうが、本書で、私はナボコフの小説をほとんど読んでいない。その点で本書は、前著と著しい対照をなしている――前著で私はほとんどナボコフの小説を読むことしかしていないからだ。この点で不満を感じる向きもあるだろうが、本書は私という人間が、テクストというきらびやかな宮殿をでて、ざらざらした大地をよろよろとでも歩いていこうとした結果であって、前向きにとらえていただければ幸いである。私自身も社会化されていくなかで、それでも――自分がどう変わって《アダプトされ》いっても――ナボコフは読むことはできるということをなんとか示そうとしたのが本書だと言える。その意味で、本書は部分的に私論文的でもある。

2

ナボコフ研究の現況と未来について少々。かつて、若島正は「さまざまな批評の道具が駆使できる格好の場所のように見えるナボコフ研究が、ジョイス産業のような活況をいまだ呈していないのは、ひとえにこうしたナボコフの息子たちの禁欲的な態度による」と書いていた[2]。しかしこれは一九九三年の話であって、すでに第六章で述べたように、ナボコフ研究は九〇年代の後半から二〇〇〇年代の前半にかけて加速度的に文献を蓄積していき、「産業」と言ってもいいような状況が到来した。つまりは、『ガーランド・コンパニオン』（一九九五）や『ケンブリッジ・コンパニオン』（二〇〇五）のような大規模な論集の刊行、長編だけでなく、短編や、鱗翅類の研究、映画とのかかわりなどのような研究の細分化、シンポジウム版作品集の刊行によるロシア語原文へのアクセスの向上、ロシア人研究者の本格的な参入、スラヴィストたちによるナボコフのロシア語時代の再評価、ロシアでのナボコフ・ブーム……といった活況である。

他方で、ナボコフがこのまま正典の座を維持するかどうか疑問もある。第六章で紹介したマイヤーのデータ以降（一九四七―二〇一二）の文献数の推移を調べてみると、この十年間でナボコフについての論文はかならずしも増加していない。ＭＬＡインターナショナルビブリオグラフィにおける二〇一二年から二〇一七年までの五年間に書かれた論文数は百四十件であり、直前の五年間の三百四十七件にくらべると急減している。百四十件はヘミングウェイ、ポー、キャザー、トウェインよりも少ない数字だ（データベース内のロシア語による研究の本数も減少している）。

考えられるひとつの原因として、ナボコフ研究の見取り図が再編されつつあることがあげられる。二〇一〇年代にはいって研究の細分化はさらにすすみ、戯曲や詩のような、従来はマイナーと思われてい

（２）若島正「失われた父ナボコフを求めて」『乱視読者の新冒険』研究社、二〇〇四年、二一七頁。

たジャンルについてもモノグラフが刊行された。「審美的な作家」というイメージをくつがえすような倫理や政治とのかかわりについてもすぐれた研究書が若手によって書かれた。ナボコフが執筆し、作品を発表してきた文化的コンテクストについても発掘・理解が進んだ。研究者たちはボイドによる大部の伝記研究をあらかた咀嚼してしまうと、あらたな事実の発見をもとめ、アーカイヴ調査にのりだした。結果、全作品のコーパスが拡充したことはすでに第六章でのべたとおりだが、研究においてもアーカイヴ資料で自説を補強することが、二〇一〇年以降もはや常套手段になった。

他方、ニューズレター時代から四十年近くナボコフ研究者の交流の場になってきた『ナボコヴィアン』は一時休刊し、自分の立ち位置を再検討している。またナボコフ研究のトップジャーナルだった『ナボコフ・スタディーズ』は紙媒体での刊行を停止してしまった。かわってと言うべきか、研究者ユーリイ・レヴィングが編集する『ナボコフ・オンラインジャーナル』がより国際的なスタイルの編集で新しい中心のひとつになりつつある。

もともとナボコフ研究・批評は、「細部を愛撫せよ」と語った作家のことばを踏襲し、作者のアイデアをなぞるようなものがひとつの主流としてあった。しかし現況は上記に述べたような事情もあって、すでにある英語やロシア語のテクストを愚直に読むだけでは、少なくとも国際的な水準では認められづらい状況にあると思う（読むのがひとつの言語だけならなおのことだ）。

しかし、沼野充義によれば、文学研究はテクストとコンテクストの永遠の往復運動のようなものだという。今後コンテクストへの理解がすすみ、テクストのセットが更新されれば、ふたたびテクストへの回帰が起こるのかもしれない。

ナボコフ研究のもうひとつの特徴は、言うまでもなく『ロリータ』がずばぬけて批評の恩恵にあずかっているということだ。ナボコフ自身、「有名なのは『ロリータ』で、私じゃない」とあるインタヴューで述べ、[3]ボイドも「みなが『ロリータ』を知っているが、ほかにはほとんどなにも知らない」と述べているほどだが、[4]それは研究にもあてはまるのである。たとえば、MLAで作品ごとの論文の数を調べてみると（二〇一六年まで）、一位『ロリータ』の三百七十七本にくらべ、二位の『青白い炎』が百六十五本、三位の『アーダ』が百三十四本と二倍以上の開きがある。『ロリータ』が残っても、ほかの作品は批評もあつめず、読まれなくなることは十分考えられる。

デイヴィッド・ダムロッシュは、正典を超えてさらにその上に君臨する一部の作家のことを「ハイパーキャノン」と呼んでいる。シェイクスピア、ディケンズ、ジョイス……こうしたハイパーキャノンの作家たちは、あらたに注目されるようになったマイノリティの文学やポストコロニアル文学からなる「カウンターキャノン」の台頭や、文学業界全体の沈下にも耐えて、研究や批評をあつめつづけ、今後も成長していくという。[5]九〇年代に文献が整備されたことで急速に正典化されたナボコフだが、今後、その地位を維持できるかどうか（あるいは「ロリータ」の名前だけが残るか）を試されていると言っても

（3） Vladimir Nabokov, *Strong Opinions*, New York: Vintage International, 1990. pp. 106-107.

（4） Brian Boyd, "From the Nabokov Archive: Nabokov's Literary Legacy," *Stalking Nabokov: Selected Essays*, New York: Columbia University Press, 2011. p. 50.［ブライアン・ボイド「ナボコフの遺産」秋草俊一郎訳『群像』二〇〇九年十一月号、九八頁。］

（5） David Damrosch, "World Literature in a Postcanonical, Hypercanonical Age," Haun Saussy ed., *Comparative Literature in an Age of Globalization*, Baltimore: Johns Hopkins University Press, 2006, pp. 43-53. なお、本論文でダムロッシュは、カウンターキャノンによってマージナルな存在に成り下がった元メジャー作家を「シャドーキャノン」と呼んでいる。本書第五章副題では、意図的にずれた意味でこの語をもちいていることをお断りしておく。

いい（もちろん、なれなくてもまったく仕方がないのだが）。

3

本書の一部の章には、ある程度独立したものとして別々の時期に書かれたものもある。各章の初出は以下のとおりである（なお、口頭発表などは煩雑なため省いた）。

序章　書き下ろし
第一章　書き下ろし
第二章　"Nabokov and Laughlin: A Making of an American Writer," *Nabokov Online Journal*, vol. 10/11 2016. pp. 1-23.
第三章「世界は注釈でできている――ナボコフ『エヴゲーニイ・オネーギン』注釈と騙られた記憶」『スラヴ研究』五五号、二〇〇八年、九一―一二一頁。
第四章　書き下ろし
第五章「日本文学のなかのナボコフ――誤解と誤訳の伝統」『文学』十三巻四号、二〇一二年、一二七―一四三頁。
第六章　書き下ろし

第二章、第三章、第五章のいずれも本書収録にあたって翻訳・加筆・修正した。たとえば第三章は、「注釈で出来た世界」として、二〇〇五年に新潮新人賞評論部門最終候補になった。その後改稿して、二〇〇八年に『スラヴ研究』に「世界は注釈でできている――ナボコフ『エヴゲーニイ・オネーギン』注釈と騙られた記憶」として発表した。さらに二〇一三年一月にAATSEEL（スラヴ・東欧語教員アメリカ協会）において、論文をもとにアメリカでの調査結果の知見を加えたものを口頭発表した。その際いただいた会場からの指摘をもとに、さらに改稿したものが本書に収録したヴァージョンになる。

4

ここで、謝辞をのべさせていただきたい。

本書は公益信託福原記念英米文学研究助成基金の出版助成（二〇一六）を受けて刊行される。故福原麟太郎氏とそのご遺族、そして基金の運営に尽力されている方々の寛大さに心より感謝する次第である。

一部の章の執筆とそのための資料調査にかんしては、日本学術振興会の海外特別研究員制度（二〇一二―二〇一四）、および科学研究費補助金「ウラジーミル・ナボコフの当時のコンテクストにおける受容研究」（研究活動スタート支援：課題番号26884012）、「ウラジーミル・ナボコフの渡米後の受容の変化をめぐる研究」（若手研究（B）：課題番号16K16814）の助成を受けた。記して感謝する。

本書完成にいたるまで数えきれないほど多くの方の助言やコメント、助力をえた。それは、学会発表に対していただいたコメントだったり、送っていただいた入手が難しい論文や書評だったりした。いちいちお名前をあげることはしないが、こうした無償の行為は、いまだ学術的なフェアネスという文化が生きている証でもあるだろう。

完成までにお世話になった大勢の方々の中でも、井上健先生とデイヴィッド・ダムロッシュ先生に特に感謝する。

井上先生には博士論文執筆後、駒場の比較文学科に特別研究員として受け入れていただいた。そこで、本書収録の論文「日本文学のなかのナボコフ」を書くことができた（その後、教員として初年次部門で働いたことで、私の駒場生活は本郷に匹敵するほど長くなった――場所が書いたものに影響することはたしかにあるだろう）。

ダムロッシュ先生には、やはり特別研究員としてハーヴァードの比較文学科に受け入れていただいた。本書の第二章は、ケンブリッジに腰を据えておこなった一年八か月の研究調査の直接の成果である。ハーヴァードで比較文学科のコースワークに参加したことや、ＩＷＬ（世界文学研究所）のサマースクールに参加したことも、本書の方向性に決定的な影響を与えた。

担当編集者である慶應義塾大学出版会の村上文さんに感謝する。本書は、二〇一四年に村上さんに出版のお声がけをいただいたことにはじまる。村上さんには出版助成や原稿の出版へのプロセスの重要な局面で的確なアドヴァイスをいただいた。また本文中のフランス語の訳文についても一部提案いただいた。怠惰な著者としては、本書は村上さんの手助けなしには完成しなかったことを強調しておく。

私事になるが、最後にひとつだけ。一九四〇年のはじめ、ハーヴァードで非テニュア教員として働きはじめたばかりのハリー・レヴィンは、やはりハーヴァードの修了生で、ロシアからの移民のエレーナ・ザルードナヤ（彼女自身、トロツキイの日記の英訳などをしていた――当時の知識人の雰囲気がわかるだろう）と結婚したこともあって、ユニバーシティ・ハウジングに世話になることになった。

数年のあいだ、妻と私が所帯をもつことになったのは、メモリアル・ドライヴ九〇九番にあった、一並びの四軒の黄色い木造の家のひとつだった。大学所有のその家は、チャールズ川に面しており、いまのピーボディ・テラス（大学院生むけアパートメント）の場所にあった。［中略］最初の二年間――一九四〇年から四二年にかけて――デルモア・シュウォーツとガートルード・シュウォーツが、私たちのとなりの九〇八に住んでいた。その建物を、ニューディレクションズが借り入れて階下を派出所にしていたのだ。[6]

レヴィン夫妻と、当時ハーヴァードで英語を教えていたデルモアと、『パーティザン・レヴュー』に寄稿する書評家であり、ニューディレクションズでフルに働いていたガートルードのシュウォーツ夫妻は、当然のことながら親しく交流することになった。ひとつづきの黄色い家で、二組の夫婦は毎晩のように食事をともにし、飲み交わしたという。

しかしレヴィンとシュウォーツの交友は長くはつづかなかった。シュウォーツは抱えこんだ自身の性格を御せずに、レヴィンやロフリンだけでなく、妻ガートルードのもとからも去っていくことになる。シュウォーツがレヴィンのもとを去っていくのと前後して、一九四二年九月に同じ大学街の西側、クレイギー・サークル八番に越してきたのがナボコフ一家だった。もとよりV・シーリンのファンだったというエレーナ夫人の存在もあり、レヴィンはナボコフと家族ぐるみの交友をした。レヴィンがメモリアル・ドライヴの黄色い家をでて新居に移り、ナボコフ一家がイサカにうつっても彼らの交流はつづいた。

（6） Harry Levin, *Memories of the Moderns*, New York: New Directions, 1980. pp. 108-109.

時は流れ、一九六四年には、レヴィンやシュウォーツが住んだ黄色い建物はとりこわされ、跡地に大規模な集合住宅が建てられた。さらにその半世紀後、私はハーヴァード大学が提供するハウジング・サイトでワンベッドルームの部屋をそこに見つけた。二〇一四年七月三十一日（ゴア・ヴィダルが死んだ日）、J－1ヴィザでアメリカにわたった私は、メモリアル・ドライヴのコンクリートうちっぱなしの集合住宅ピーボディ・テラスで——その場所の過去のいきさつなどまったく知らずに——やはり「所帯をもつ」ことになった。ケンブリッジ以来日々を分けあい、現在までささえてくれている妻・英子に本書をささげることにする。

二〇一八年春　ケンブリッジ—東京

慶應義塾大学出版会

翻訳地帯

新しい人文学の批評パラダイムにむけて

エミリー・アプター 著／
秋草俊一郎・今井亮一・坪野圭介・山辺弦 訳

戦争とは、誤訳や食い違いの極端な継続にほかならない——。ポスト9.11の混迷する世界状況を、人文学の観点から緻密に分析し、翻訳研究と文学を融合させる斬新な試み。

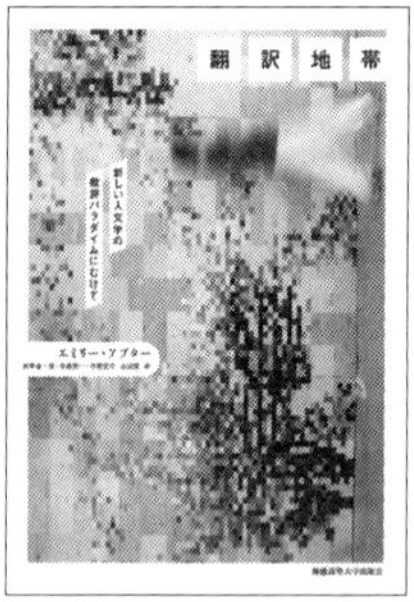

四六判／上製／420頁
ISBN 978-4-7664-2518-5
◎ 5,500円　2018年4月刊行

◆主要目次◆

表示価格は刊行時の本体価格(税別)です。

著者
秋草俊一郎（あきくさ・しゅんいちろう）
1979年生まれ。東京大学大学院人文社会系研究科博士課程修了。博士（文学）。日本学術振興会特別研究員、ハーヴァード大学研究員、東京大学教養学部専任講師などを経て、現在、日本大学大学院総合社会情報研究科准教授。専門は比較文学、翻訳研究など。著書に、『ナボコフ　訳すのは「私」——自己翻訳がひらくテクスト』。訳書に、クルジジャノフスキイ『未来の回想』、バーキン『出身国』、ナボコフ『ナボコフの塊——エッセイ集1921－1975』（編訳）、モレッティ『遠読——〈世界文学〉への挑戦』（共訳）、アプター『翻訳地帯——新しい人文学の批評パラダイムにむけて』（共訳）など。

アメリカのナボコフ
——塗りかえられた自画像

2018年５月30日　初版第１刷発行

著　者————秋草俊一郎
発行者————古屋正博
発行所————慶應義塾大学出版会株式会社
〒108-8346　東京都港区三田2-19-30
TEL〔編集部〕03-3451-0931
〔営業部〕03-3451-3584〈ご注文〉
〔　〃　〕03-3451-6926
FAX〔営業部〕03-3451-3122
振替　00190-8-155497
http://www.keio-up.co.jp/
装　幀————岡部正裕（voids）
組　版————株式会社キャップス
印刷・製本——中央精版印刷株式会社
カバー印刷——株式会社太平印刷社

Printed in Japan ISBN978-4-7664-2522-2

索引

カ行

ナ行

ハ行

マ行

ヤ行

ラ・ワ行

図版一覧

カバー図版

Stacy Schiff, *Véra (Mrs. Vladimir Nabokov)*, London: Picador, 2000. unpaged.

序章

『新しいロシアのことば』1940 年 6 月 23 日号

Новое русское слово, 23 июня 1940 года.

ウェルズリー大学でのウラジーミルとヴェラ・ナボコフ、1942 年

Andrea Pitzer, *The Secret History of Vladimir Nabokov*, New York: Pegasus Books. 2014. unpaged.

第一章

グレーブ・ストルーヴェ

Глеб Струве, *Русская литература в изгнании*, Москва: Русский путь. 1996. unpaged.

ホダセーヴィチとベルベーロヴァ、ソレントのゴーリキー邸で、1924 年

Олега Коростелева, Манфреда Шрубы ред, *"Современные записки": (Париж, 1920-1940): из архива редакции*, том 4, Москва: *Новое литературное обозрение*, 2014. unpaged.

ジナイーダ・シャホフスカヤ（左）とナボコフ一家、マントン、1938 年

Stacy Schiff, *Véra (Mrs. Vladimir Nabokov)*, London: Picador, 2000. unpaged.

アルベルト・パリイ

Prof. Albert Parry. Special Collections and University Archives, Colgate University Libraries.

『プニン』初版表紙

Vladimir Nabokov, *Pnin*, New York: Doubleday, 1957. Dust cover.

マルク・シェフチェリ

Galya Diment, *Pniniad: Vladimir Nabokov and Marc Szeftel*, Seattle: University of Washington Press, 1997. unpaged.

ロマン・ヤコブソン

Ibid., unpaged.

ミハイル・カルポヴィチ

Владимир Набоков, *Переписка с Михаилом Карповичем 1933-1959*, под ред. А. А. Бабикова, М.; Литфакт, 2018. С. 34.

『ドクトル・ジバゴ』アメリカ版初版表紙

Boris Pasternak, *Doctor Zhivago*, trans. Max Hayward, Manya Harari, New York: Pantheon, 1958. Dust cover.

ロシア語版『ロリータ』初版表紙

Владимир Набоков, *Лолита*, перевод автор, New York: Phaedra, 1967. Dust cover.

第二章

デルモア・シュウォーツ

James Atlas, *Delmore Schwartz: The Life of an American Poet*, New York: Farrar, Straus and Giroux, 1977. Dust cover.

ジェイムズ・ロフリン

Greg Barnhisel, *James Laughlin, New Directions, and the Remaking of Ezra Pound*, Amherst: University of Massachusetts Press, 2005. Dust cover.

『ニューディレクションズ・ブックス　1940-1941年秋冬号』より

New Directions Books, Fall & Winter, 1940-1941, Norfolk, Conn.: New Directions, p. 24.

ハリー・レヴィン

"John Simon Guggenheim Memorial Foundation," http://www.gf.org/fellows/all-fellows/harry-levin/

『ニューディレクションズ・ブックス――刊行予定リスト』、1941年

New Directions Books: A Preliminary Listing, Norfolk, Conn.: New Directions, 1941. Dust cover.

『セバスチャン・ナイトの真実の生涯』初版表紙、1941年

Vladimir Nabokov, *The Real Life of Sebastian Knight*, Norfolk, Conn.: New Directions, 1941. Dust cover.

『サタデー・レヴュー・オブ・リテラチャー』（1941年12月20日号）に掲載された広告

Saturday Review of Literature, vol. 24, no. 35, 20 December 1941. p. 15.

ケイ・ボイル

The Editors of Salem Press, ed., *War Short Story Writers*, Ipswich: Salem Press, 2016. Dust cover.

『ニューディレクションズ・イン・プローズ・アンド・ポエトリー』6号目次

New Directions in Prose and Poetry, vol. 6, 1941. p. 407.

『ロシア詩人三人集――プーシキン、レールモントフ、チュッチェフの新訳選詩集』表紙

Vladimir Nabokov ed. and trans., *Three Russian Poets: Selections from Pushkin, Lermontov and Tyutchev in New Translations*, Norfolk, Conn.: New Directions, 1944. Dust cover.

『ニューディレクションズ・カタログ』（1944）より、シリーズ「近代文学の創り手たち」広告

New Directions Catalogue, Norfolk, Conn.: New Directions, 1944. Dust cover.

『ニコライ・ゴーゴリ』初版表紙

Vladimir Nabokov, *Nikolai Gogol*, Norfolk, Conn.: New Directions, 1944. Dust cover.

『ナイン・ストーリーズ』初版表紙

Vladimir Nabokov, *Nine Stories*, New York: New Directions, 1947. Dust cover.

アルヴィン・ラスティグ

Ned Drew, Paul Sternberger, *Purity of Aim: The Book Jacket Designs of Alvin Lustig*, Rochester: RIT Press, 2010. Dust cover.

イタロ・ズヴェーヴォ『ジーノの意識』表紙

Italo Svevo, *The Confessions of Zeno*, trans., Beryl de Zoete, New York: New Directions, 1946. Dust cover.

スコット・フィッツジェラルド『グレート・ギャツビー』表紙

F. Scott Fitzgerald, *The Great Gatsby*, New York: New Directions, 1945. Dust cover.

フランツ・カフカ『アメリカ』表紙

Franz Kafka, *Amerika*, trans., Emlen Etting, New York: New Directions, 1946. Dust cover.

エドマンド・ウィルソン

Jeffrey Meyers, *Edmund Wilson: A Biography*, Boston: Houghton Mifflin, 1995. Dust cover.

ユタ州でのナボコフ一家、1943 年

Boyd, *Vladimir Nabokov: The American Years*. unpaged.

1944 年 7 月 10 日のロフリンあての手紙にナボコフが添えた地図

Vladimir Nabokov, *Vladimir Nabokov: Selected Letters 1940-1977*, San Diego: Harcourt Brace Jovanovich, 1989. unpaged.

アルタ・ロッジ、1945 年

Robert Roper, *Nabokov in America: On the Road to* Lolita, New York: Bloomsbury, 2015. unpaged.

アルタ・ロッジのロフリン

Laughlin, *The Way It Wasn't*, 2006. unpaged.

アレン・テイト

Thomas A. Underwood, *Allen Tate: Orphan of the South*, Princeton: Princeton University Press, 2003. Dust cover.

ロバート・マクレガー

"Institute for Studies in Pragmatism / The Zournas Gift," http://www.pragmaticism.net/zournasgift.htm

ジェイスン・エプスタイン

Jason Epstein, "A Strike and a Start: Founding *The New York Review*," *The New York Review of Books*, http://www.nybooks.com/daily/2013/03/16/strike-start-founding-new-york-review/

パットナム版『ロリータ』表紙、1958 年

Vladimir Nabokov, *Lolita*, New York: G.P. Putnam's Sons, 1958. Dust cover.

『セバスチャン・ナイトの真実の生涯』再版版表紙、1959 年

Vladimir Nabokov, *The Real Life of Sebastian Knight*, New York: New Directions, 1959. Dust cover.

『セバスチャン・ナイトの真実の生涯』ペーパーバック版表紙、1977 年

Vladimir Nabokov, *The Real Life of Sebastian Knight*, New York: New Directions, 1977. Dust

cover.

現在のニューディレクションズ版『セバスチャン・ナイトの真実の生涯』表紙

Vladimir Nabokov, *The Real Life of Sebastian Knight*, New York: New Directions, 2008. Dust cover.

第三章

ナボコフ訳注プーシキン『エヴゲーニイ・オネーギン』初版、1964 年

"Ken Lopez Bookseller," http://lopezbooks.com/item/26333/

ナボコフの領地の地図

Vladimir Nabokov, *Speak Memory: An Autobiography Revisited*, New York: Vintage International, p. 17.

ナボコフの領地の地図の原本

Jane Grayson, *Illustrated Lives: Vladimir Nabokov*, London: Penguin Books, 2001. unpaged.

現実のヴィラ・バトヴォ・ロジデストヴェノの地図

Александр Семочкин, *Тень русской ветки: Набоковская Выра*, СПб.: Лига Плюс, 1999. C. 9.（地名をカナ表記にさしかえた）

第四章

ヴェラに化粧されるナボコフ

Stacy Schiff, *Vera (Mrs. Vladimir Nabokov)*, London: Picador, 2000. unpaged.

イサカ、シックスマイルクリークで捕虫網をかまえるナボコフ

Paul O'Neil, "'Lolita' and the Lepidopterist: Author Nabokov is Awed by Sensation He Created," *Life International*, 13 April 1959. p. 63.

イサカの自宅で妻とチェスに興じるナボコフ

Ibid., p. 66.

『ニューヨーク・ポスト』に掲載されたウラジーミルとヴェラ

Anon., "The Author of 'Lolita" — Unhurried View," *New York Post*, 17 August 1958, p. 10.

鼻眼鏡をかけたナボコフ

Jane Howard, "The Master of Versatility — Vladimir Nabokov: *Lolita*, Languages, Lepidoptera," *Life*, vol. 57, no. 21, 20 November 1964. p. 61.

ドミトリイ、ウラジーミル、ヴェラ

Ibid., p. 64.

モントルー・パラス前のベンチでの執筆風景

Ibid., p. 66.

蝶に魅入られた男

Herbert Gold, "The Artist in Pursuit of Butterflies," *Saturday Evening Post*, 1 February 1967. p.

81.
「鱗翅類学者に追われた蝶の視点」
Ibid., p. 82.
「ヴェラ・ナボコフは車を運転し、手紙の返事をだし、草稿を校訂する——ときおり、会話を検閲する」
Ibid., p. 83.
モントルー・パラスでチェスを指す二人
Vladimir Nabokov, *Poems and Problems*, New York: McGraw-Hill, 1970. Dust cover.
グシュタート山上のナボコフ
Boyd, *Vladimir Nabokov: The American Years*. unpaged.
『ニューズウィーク』1962年6月25日号
Newsweek, 25 June 1962. Cover.
『タイム』1969年5月23日号
Time, 23 May 1969. Cover.
1971年10月、ミュンヘンのテレビクルーによる撮影風景
Boyd, *Vladimir Nabokov: The American Years*. unpaged.
呵呵大笑するナボコフ
Vladimir Nabokov, "Lips to Lips," trans., Dmitri Nabokov with the collaboration of the author, *Esquire*, September 1971. p. 151.
67歳のプロフィール
Penelope Gilliatt, "A Witty and Profound Study of Vladimir Nabokov, Author of, among Others, 'Lolita' and 'Speak, Memory'," *Vogue*, vol. 148, no. 10, December 1966. p. 225.
幻影的ナボコフ
Ibid., pp. 226-227.
モントルー・パラスのファサードとジバンジィのネクタイ
Simona Morini, "Vladimir Nabokov Talks about his Travels," *Vogue*, vol. 159, no. 8, 15 April 1972. pp. 74-75.
『ベンドシニスター』初版のジャケット
Vladimir Nabokov, *Bend Sinister*, New York: Henry Holt and Company, 1947. Dust cover.
『メアリー』初版のジャケット
Vladimir Nabokov, *Mary*, New York: McGraw-Hill 1970. Dust cover.
「ポンチョと無限の夢」
"Nabokov," *Saturday Review of the Arts*, January 1973. unpaged.
ナボコフによるソルジェニーツィンのコスプレ
Ibid., unpaged.
アレクサンドル・ソルジェニーツィン

“EVERYMAN CLASSICS ALEKSANDR SOLZHENITSYN Biography & Authors Voice,” http://www.everymanslibrary.co.uk/adult_bio_solzhenitsyn.htm

鏡の国のナボコフ

“Nabokov,” unpaged.

第五章

長編『見てごらん道化師を！』の献辞の頁にナボコフが書きそえた蝶

Vladimir Nabokov, *Look at the Harlequins!* New York: McGraw-Hill, 1974. Cornell University, Kroch Library Rare & Manuscripts Collections.（著者撮影）

東郷青児による河出書房新社『ロリータ　上』口絵

ウラジーミル・ナボコフ『ロリータ　上』大久保康雄訳、河出書房新社、1959年、口絵。

河出ペーパーバックス版『ロリータ』表紙、1962年

ウラジーミル・ナボコフ『ロリータ』大久保康雄訳、河出書房新社、1962年、表紙（河出書房新社資料室蔵）。

「人間の文学」版『ロリータ』表紙、1967年

ウラジーミル・ナボコフ『ロリータ』大久保康雄訳、河出書房新社、1967年、表紙。

「エトランジェの文学」版『ロリータ』表紙、1974年

ウラジーミル・ナボコフ『ロリータ　改訳決定版』大久保康雄訳、河出書房新社、1974年、表紙（河出書房新社資料室蔵）。

大江が解説を寄せた新潮文庫版『ロリータ』表紙、2006年

ウラジーミル・ナボコフ『ロリータ』若島正訳、新潮文庫、2006年、表紙。

第六章

リック・ゲコスキー『ナボコフの蝶』表紙

Rick Gekoski, *Nabokov's Butterfly: And Other Stories of Great Authors and Rare Books*, Boston: Da Capo Press, 2006. Dust cover.

『詳注ロリータ』表紙

Vladimir Nabokov, *The Annotated Lolita*, annotated by Alfred Appel Jr., New York: McGraw-Hill, 1970. Dust cover.

アンドルー・フィールド

“Griffith University Archive: Deputy Chairman School of Humanities,” https://griffitharchive.griffith.edu.au/items/professor-andrew-field-foundation-deputy-chairman-school-of-humaities/

サザビーズのカタログで販売された「アンドルー・フィールド文書」

Sotheby's, *English Literature and History, Private Press and Illustrated Books and Related Drawings: Including Papers of the First Duke of Ormonde, Lord Lieutenant of Ireland, Books from the Library of*

Stanley Baldwin, Books and Papers of the Spy Kim Philby, Original Set Designs for Films by Charles Chaplin, Manuscripts of Literary and Religious Works by Lancelot Andrewes, Saint Robert Southwell, S.J. Robert Southey, Francis Thompson, Oscar Wilde, Rudyard Kipling and Others, a Fine Letter by Elizabeth I to Charles IX about War with France, Fine Series of Letters by Christina Rossetti, Roger Casement, G.B. Shaw, Graham Greene, Vladimir Nabokov and Others, Inscribed Presentation Copies of Books by James Joyce, Oscar Wilde, Graham Greene, Winston Churchill and Others, London: Sotheby's, 1994. p. 85.

ナボコフ父子

Jane Grayson, *Illustrated Lives: Vladimir Nabokov*, London: Penguin Books, 2001. unpaged.

カタログ『ヴェラの蝶』口絵

Glenn Horowitz, ed., *Véra's Butterflies: First Editions by Vladimir Nabokov Inscribed to his Wife*, New York: Glenn Horowitz Bookseller, 1999. unpaged.

ナボコフの書きこみ入り『ロリータ』初版の第二刷

Ibid., unpaged.

私家版鱗翅類学論文集

Ibid., unpaged.

タヤン編のカタログ『ナボコフの蔵書』表紙

Tajan, ed., *Bibliothèque Nabokov: La bibliothèque de Dmitri Nabokov, ouvrages dédicacés et annotés par Vladimir Nabokov*, Paris: Tajan, 2004. Dust cover.

日本語版『ロリータ』初版の献辞

Ibid., p. 53.

日本語版『ロリータ　上』初版表紙

ウラジーミル・ナボコフ『ロリータ　上』大久保康雄訳、河出書房新社、1959年、表紙。

『賜物』英語版初版の献辞

Tajan, ed., *Bibliothèque Nabokov*, p. 36.

『キング、クイーン、ジャック』英語版初版の献辞

Ibid., p. 42.

『カメラ・オブスクーラ』ロシア語版初版の献辞

Ibid., p. 44.

『ローラのオリジナル』初版表紙

Vladimir Nabokov, *The Original of Laura*, New York: Knopf, 2009. Dust cover.

『ローラのオリジナル』原稿カード

"Sale 7882 Valuable Printed Books and Manuscripts 23 November 2010, London, King Street," http://www.christies.com/lotfinder/books-manuscripts/nabokov-vladimir-autograph-manuscript-of-the-5370926-details.aspx

ヴィンテージ・インターナショナル版『アーダ』新版表紙

Vladimir Nabokov, *Ada, or Ardor: A Family Chronicle*, New York: Vintage International, 2009.

Dust cover.

クリスティーズカタログ表紙

Christie's South Kensington, Ltd., ed., *Fine Printed Books and Manuscripts: Monday 13 June 2011*, London: Christie's, 2011. Cover.

ナボコフ愛用の書きもの机

Ibid., p. 97.

ナボコフ愛用の折りたたみ式捕虫網

Ibid., p. 115.

愛用の蝶モチーフの鉛筆削りにペーパークリップのセット

Ibid., 123.

引用元クレジット一覧

アメリカ到着後の年譜と地図

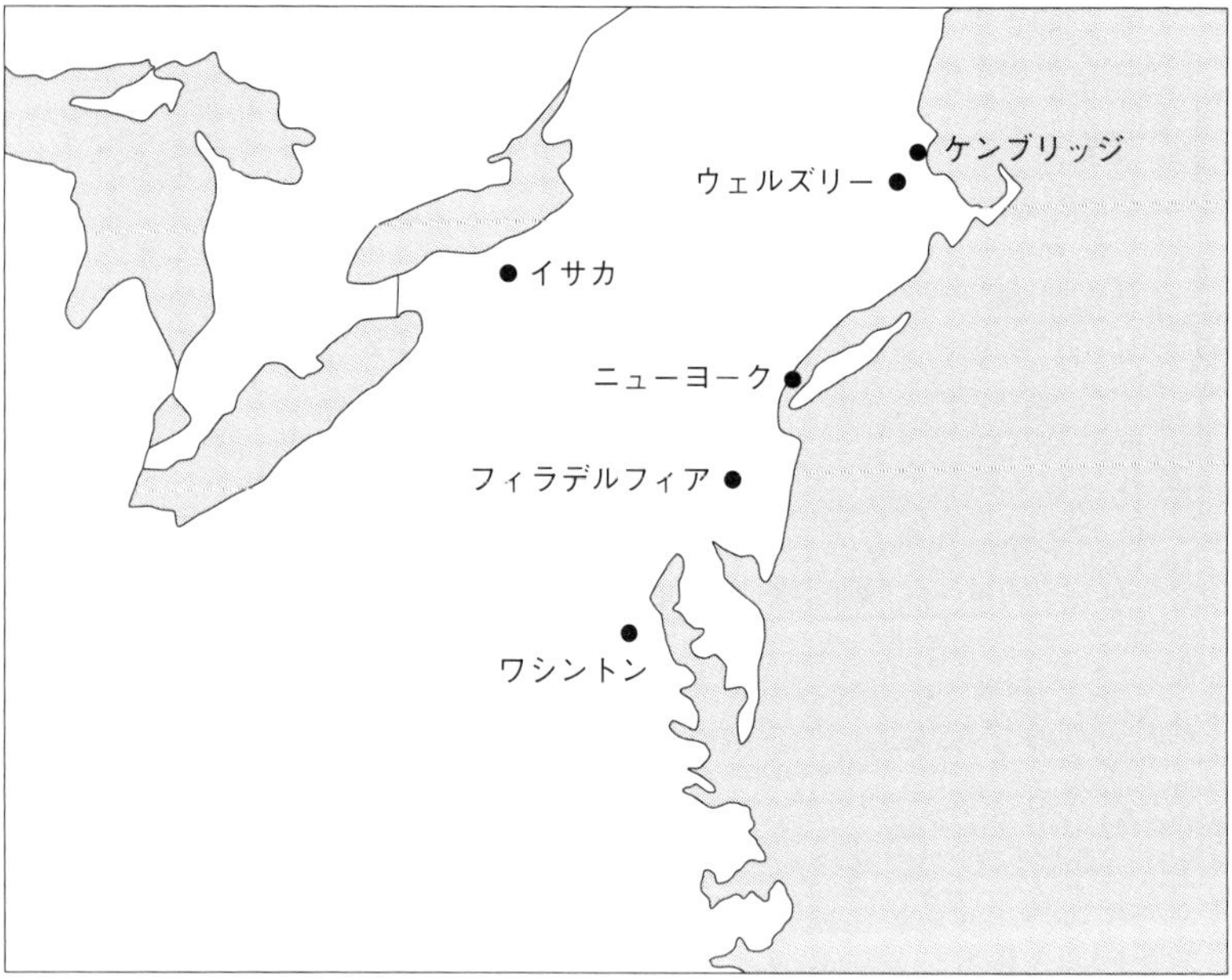

1940（41歳） 5月19日、フランス・サン＝ナゼールから客船「シャンプラン」号に乗り、26日にニューヨーク・マンハッタン上陸。ナタリヤ・ナボコフのアパートに滞在、以降ニューヨークを転々とする。アメリカ自然史博物館で鱗翅目研究をはじめる。ニコライ・ナボコフの紹介でエドマンド・ウィルソンと知り合う。7月中旬－9月中旬、ミハイル・カルボヴィチのヴァーモントの別荘に滞在。

1941（42歳） 3月、ウェルズリー大学で二週間の講演。5月、ウェルズリー女子大学講師のオファーをうける。6－8月、スタンフォード大学で講演。6月、グランドキャニオンで新種の蝶を発見。9月、西部から戻りウェルズリーに引っ越す。11月、『セバスチャン・ナイトの真実の生涯』をニューディレクションズより刊行。

1942（43歳） ハーヴァート大学比較動物学博物館の非常勤研究員になる。『新雑誌』の創刊号に、最後のロシア語散文創作となる「北の果ての国」が掲載される。9月、ケンブリッジに引っ越す。秋、南部・中西部の大学をまわる講演旅行にでかける（その後もたびたび講演には訪れた）。

1943（44歳） 夏、家族でジェイムズ・ロフリンの経営するアルタ・ロッジに滞在。

1944（45歳） 6月、レストランで食中毒をおこし入院する。8月、評論『ニコライ・ゴーゴリ』をニューディレクションズより刊行。

1945（46歳） 2月、翻訳『ロシア詩人三人集』をニューディレクションズより刊行。7月12日、アメリカ合衆国市民となる。

1946（47歳） 6月、ニューハンプシャーのニューファウンド湖畔のロッジで夏をすごす。

1947（48歳） 6月、『ベンドシニスター』をヘンリー・ホルト社より刊行。6－9月、コロラド州エステス・パークで蝶の採集旅行。

1948（49歳） 春、肺疾患による体調不良。コーネル大学に准教授として招聘される。7月、イサカに引っ越す。以降、58年までイサカの複数の住所を転々とする。はじめて自家用車を購入し、以降蝶の採集旅行が毎年の行事になる。

1949（50歳） 7月、ユタ大学でおこなれた作家会議に出席。

1950（51歳） 3月、『ニューヨーカー』25周年パーティに出席。4月、肋間神経痛で入院。6月、ボストンの歯医者で歯をすべて抜く。

1951（52歳） 2月、『決定的証拠』をハーパー・アンド・ブラーザーズ社より刊行。夏、コロラド州テルライドを蝶の採集旅行で訪問。

1952（53歳） 2－6月、ハーヴァード大学にて講師を務める。4月、ロシア語小説『賜物』が書籍としてチェーホフ社より刊行される。7－8月、ワイオミングを蝶の採集旅行で訪れる。

1953（54歳） 2－3月、『オネーギン』訳注の調査のため、ケンブリッジに滞在。4－6月、アリゾナ州ポータルで蝶の採集。12月、『ロリータ』脱稿。

1954（55歳） 2月、『ロリータ』原稿をニューディレクションズに送付。夏、一家でニューメキシコに旅行。ヴェラが感染症にかかりニューヨークの病院に入院。10月、『ロリータ』がリジェクトされる。11月、『向こう岸』がチェーホフ社より刊行される。

1955（56歳） 9月、『ロリータ』をオリンピア・プレスより刊行。12月、グレアム・グリーンに「今年の三冊」に選ばれる。その後、大きく注目される。

1956（57歳） 2月、『オネーギン』訳注の調査のため、ケンブリッジに滞在。ハリー・レヴィンらと旧交を温めあう。

1957（58歳） 5月、『プニン』がダブルデイ社より刊行。6月、『アンカー・レヴュー』に『ロリータ』の抜粋が掲載。ハーヴァードでナボコフを教員に迎える人事が立ちあがるが、ロマン・ヤコブソンのせいで立ち消えに。

1958（59歳） 3月、レールモントフ『現代の英雄』英訳をダブルデイ社より刊行。8月、『ロリータ』がアメリカでパットナム社より出版されるや、ベストセラーに。10月、ニューヨークのウォルドルフ＝アストリア・ホテルで朗読会。11月、CBCで初のTV出演。

1959（60歳） 2月、サバティカルを利用しニューヨークへ。4月－8月、各地を旅行しながら蝶の採集など。8月、キューブリックと面会。9月、アメリカを去ってヨーロッパへ。フランス、イギリス、イタリアを販促のためまわる。9月、『処刑への誘い』英訳をパットナム社より刊行。

1960（61歳） 2月、アメリカに帰国し、カリフォルニアで『ロリータ』映画用脚本を執筆。11月、ふたたびヨーロッパに。各地のホテルを転々とする。

1961（62歳） 10月、ホテル、モントルー・パラスに移る。ここが終の棲家になった。

1962（63歳） 4月、『青白い炎』をパットナム社より刊行。6月、映画『ロリータ』プレミアのためニューヨークへ。その後ふたたびヨーロッパに戻る。

1963（64歳） 5月、『賜物』英訳をパットナム社より刊行。

1964（65歳） 3月、帰米し、ニューヨーク、ケンブリッジなどで朗読会をおこなう。4月、アメリカを永久にあとにする。6月、プーシキン『エヴゲーニイ・オネーギン』英訳がボーリンゲン叢書より刊行。9月、『ディフェンス』（ロシア語版タイトル『ルージン・ディフェンス』）がパットナム社より刊行。

1965（66歳） 長年の友人だった批評家エドマンド・ウィルソンとの間に『オネーギン』の翻訳をめぐる論争がおこる。その後、関係は修復不能なほど冷えこむ。10月、『目』（ロシア語版タイトル『密偵』）がフィードラ社より刊行。

1966（67歳） 2月、『ワルツの発明』英訳がフィードラ社より刊行。春夏にかけて、『芸術作品の中の蝶』のためイタリアで美術館めぐり。5月、英訳『絶望』改訂版がパットナム社より刊行。

1967（68歳） 1月、『記憶よ、語れ——自伝再訪』がパットナム社より刊行。8月、ロシア語版『ロリータ』がフィードラ社より刊行。

1968（69歳） 4月、『キング、クイーン、ジャック』英訳がマグロウヒル出版より刊行。

1969（70歳） 4月、『アーダ』がマグロウヒル出版より刊行。

1970（71歳） 9月、『メアリー』（ロシア語版タイトル『マーシェンカ』）がマグロウヒル出版より刊行。

1971（72歳） 12月、『栄光』（ロシア語版タイトル『偉業』）がマグロウヒル出版より刊行。

1972（73歳） 10月、『透明な対象』がマグロウヒル出版より刊行。

1973（74歳） 11月、『強硬な意見』がマグロウヒル出版より刊行。

1974（75歳） 8月、『見てごらん道化師を！』がマグロウヒル出版より刊行。

1975（76歳） 7月、ダヴォスで蝶の採集中に転倒、救出されるが以降体調は完全に回復せず。

1977（78歳） 6月、気管支炎を発症する。7月2日、ローザンヌの病院で没。未完の原稿『ローラのオリジナル』が残された。

ニューヨーク・シティ

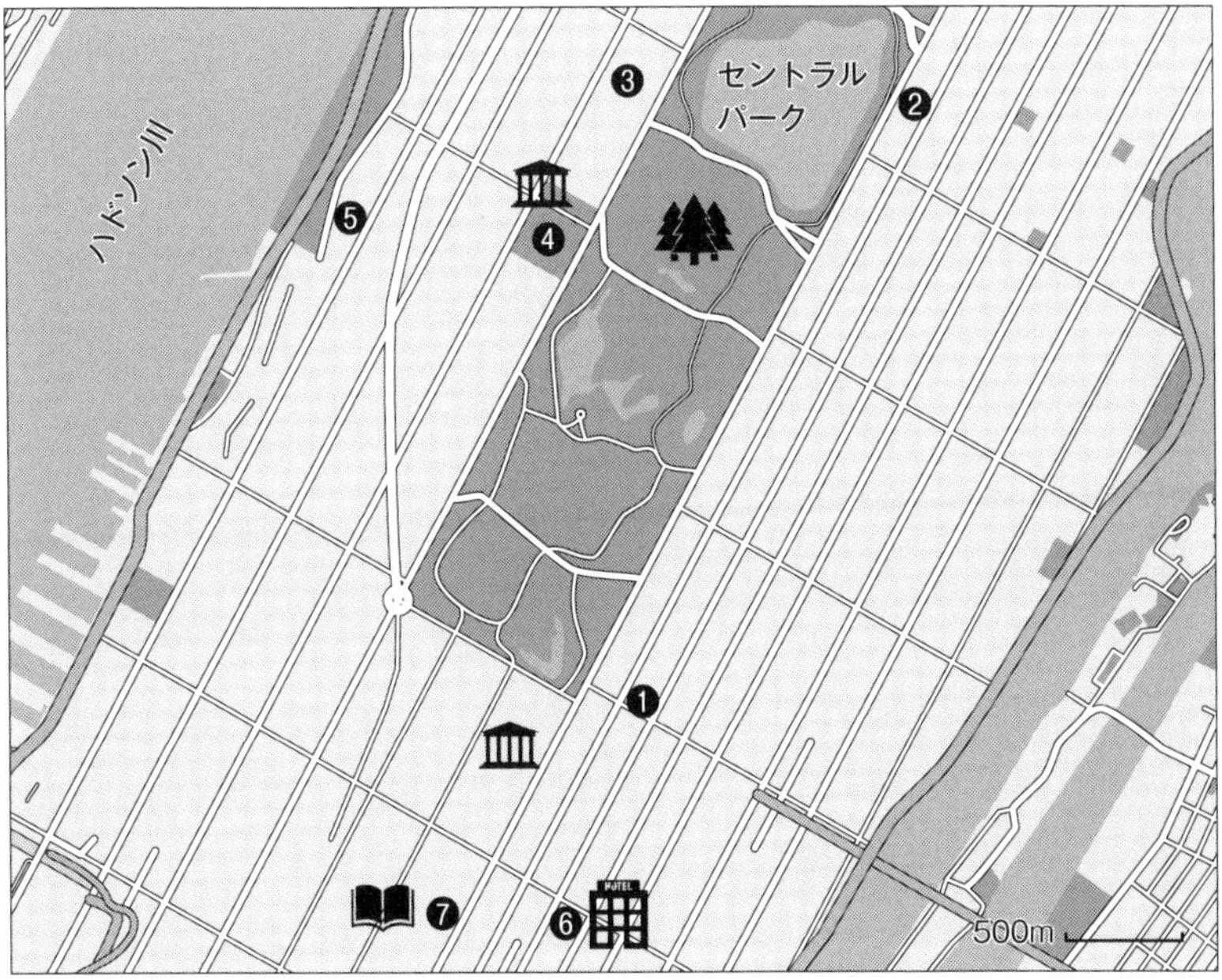

❶ 32 East 61st Street
1940年5月26日　ニューヨーク到着後滞在した、いとこニコライ・ナボコフの前妻ナタリヤ・ナボコフ（ジナイダ・シャホフスカヤの姉）のアパートメント（その後、同アパートの別の部屋が空いたため移動）。
❷ 1326 Madison Avenue
1940年6月10日　移動したアパートの安価なサブレット。
❸ 35 West 87th Street
1940年9月中旬　移った「ひどく小さなフラット」。
❹アメリカ自然史博物館　Central Park West & 79th Street
1940年代、蝶の標本の調査のため、たびたび立ち寄った。
❺ 304 West 75 Street
友人の編集者ロマン・グリンベルグのアパートメント。ニューヨーク滞在時にはたびたび訪問、宿泊していた。
❻ウォルドルフ＝アストリア　301 Park Avenue
1958年10月、当時著作がベストセラーになっていたアグネス・デ＝ミル、ファニー・ハーストと朗読会をおこなう。
❼ニューヨーク公共図書館　476 5th Avenue
『エヴゲーニイ・オネーギン』訳注のための資料調査をおこなった。現在、ここのバーグ・コレクションにナボコフの関連文書が保管されている。

ウェルズリー

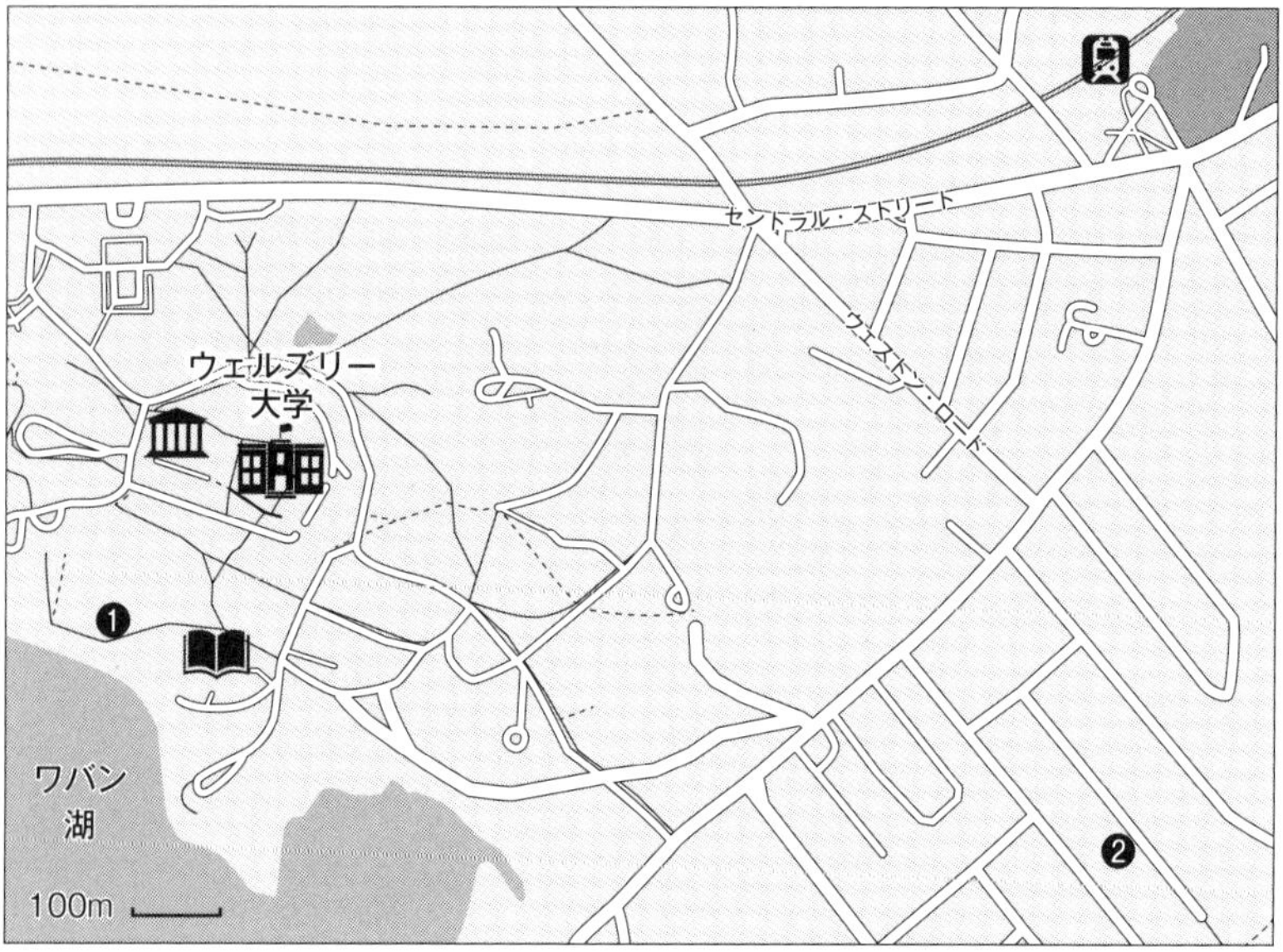

❶ウェルズリー大学クラフリンホール
Claflin Hall, Wellesley College
1941年3月15日—29日
二週間ほど滞在し、講演をおこなった。このときの印象がよく、ウェルズリー大学で働きながら、近郊に住むことになる。
❷ 19 Appleby Road
1941年9月－1942年8月　ニューヨークから越してきた「大きな、下見板張りのギャンブレル屋根の家」。

ケンブリッジ

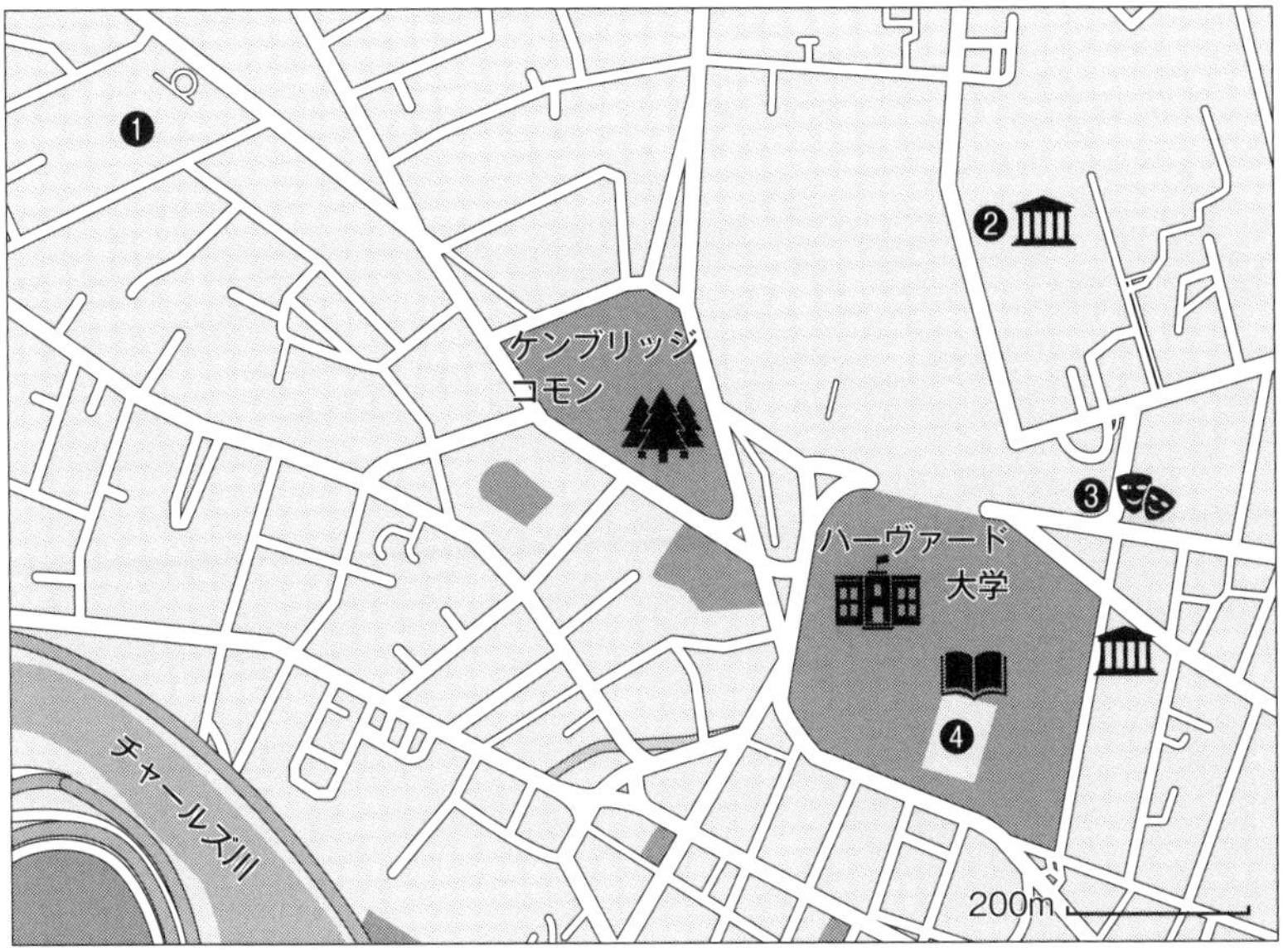

❶ 8 Craigie Circle

1942年9月－1948年6月　ナボコフがアメリカで例外的に腰を落ち着けた場所。ここの35号室に約6年間ものあいだ住むことになる。ここで『ニコライ・ゴーゴリ』（1944）や『ベンドシニスター』（1947）といった作品が書かれた。

❷ハーヴァード大学比較動物学博物館　26 Oxford Street

1941年10月から最初はボランティアとして、鱗翅類の標本の整理にかかわり、のちに非常勤研究員として正式に採用され、研究をおこなうようになる。

❸サンダース・シアター　45 Quincy Street

1964年4月10日、最後の朗読会をおこなった場所。また、1952年には代替教員としてこのホールで『ドン・キホーテ』の講義を学部生相手におこなっている。

❹ハーヴァード大学ワイドナー図書館　1 Harvard Street

1950年代をつうじて、この図書館をたびたび訪れて『エヴゲーニイ・オネーギン』訳注のための資料調査をおこなった。

イサカ

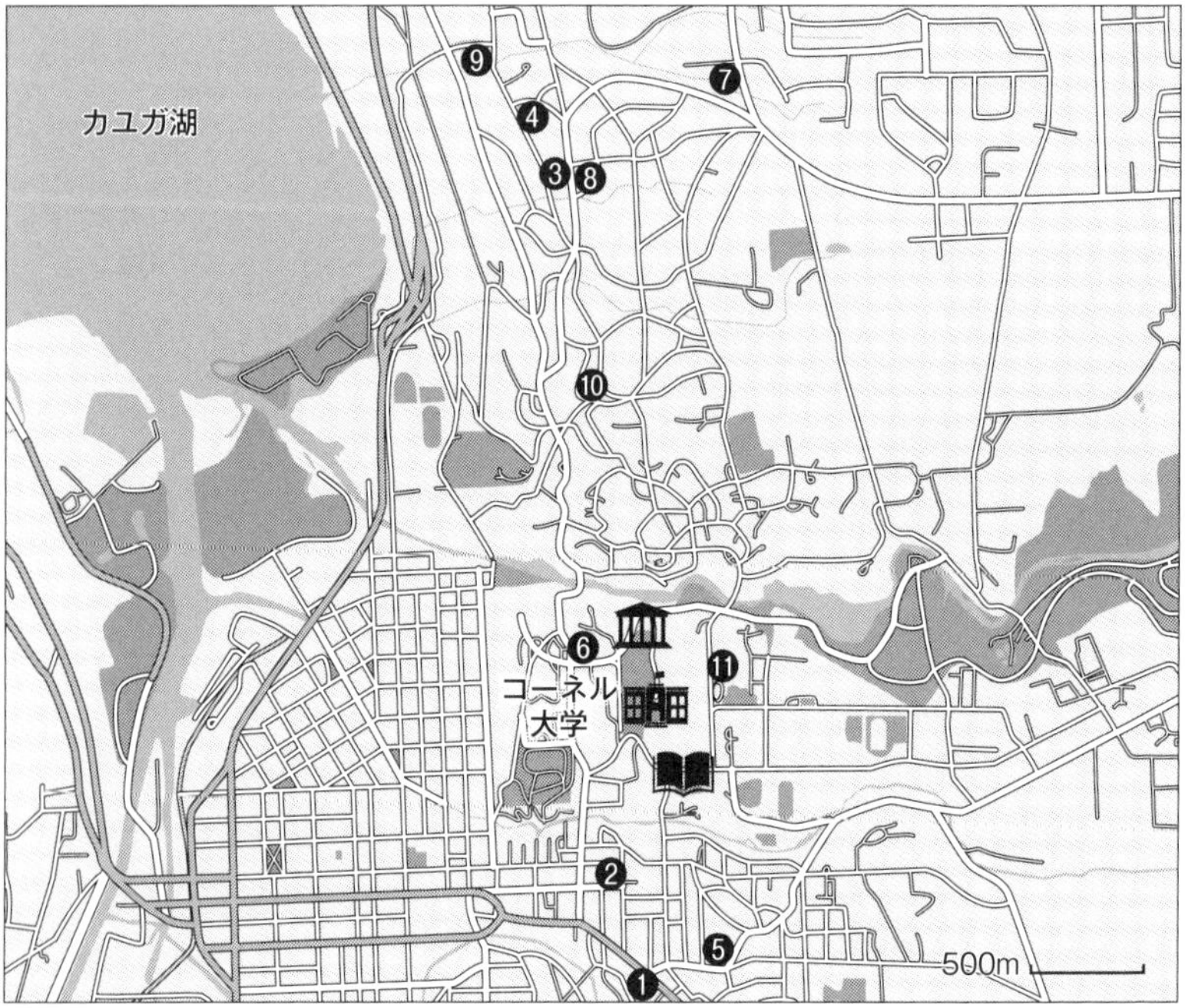

❶ 957 East State Street
1948 年 7 月－ 8 月（1953 年 9 月） ケンブリッジから移ってきて借りた家。以降、休暇中の教員の家のサブレットを繰り返すことになる。
❷ 802 East Seneca Street
1948 年 8 月－ 1951 年夏 イサカの住所としてはもっとも長く使われた。『ロリータ』のヘイズ家の家のモデルにもなったという。
❸ 623 Highland Road
1951 年 8 月後半－ 1952 年夏
❹ 106 Hampton Road
1952 年 9 月－ 1954 年 1 月
❺ 101 Irving Place
1954 年 2 月－ 1954 年 9 月
❻ベルエア・アパート 700 Stewart Avenue
1954 年 9 月－ 1955 年 7 月 キャンパスのはずれのアパートの 30 号室に滞在する。
❼ 808 Hanshaw Road
1955 年 7 月－ 1956 年夏
❽ 425 Hanshaw Road
1956 年 9 月－ 1957 年 2 月
❾ 880 Highland Road
1957 年 2 月 － 1958 年 2 月 『青白い炎』でジョン・シェイドが住んでいる家のモデルとなった平屋建て。
❿ 404 Highland Road
1958 年 2 月－ 1959 年 イサカの最後の住所。
⓫コーネル大学ゴールドウィン・スミス・ホール 232 East Avenue
ナボコフのオフィスがあった建物。